Los anillos de Afrodita

Amanda Quick

Los anillos de Afrodita

Traducción de
Delia Lavedan

CÍRCULO de LECTORES

I

Las tenebrosas ventanas de las ruinas
brindaban una silenciosa advertencia sobre
el temperamento del señor de la casa.
DEL CAPÍTULO UNO DE *LAS RUINAS*,
DE AMELIA YORK

El Monje Loco de Monkcrest cavilaba frente al fuego.

Parecía como si se hubiera asomado al borde de un profundo pozo y escrutara las sombrías aguas de la melancolía. Aún no se había precipitado en las profundidades, pero últimamente sentía de vez en cuando que su equilibrio era alarmantemente precario.

Durante muchos años había resistido la tentación de escudriñar en las sombras. Sus estudios académicos, junto con la tarea de educar a dos vivarachos hijos huérfanos de madre, le habían obligado a centrar su atención en cuestiones más importantes.

Pero hacía un mes y medio que sus hijos, Carlton, el primogénito y heredero, y su hermano menor, William, habían partido hacia el continente en compañía de su viejo tutor. Realizaban el Gran Viaje, el recorrido por Europa que se considera la culminación de la educación de un caballero.

Al Monje Loco le había sorprendido descubrir cuán vacíos

parecían desde entonces los salones de Monkcrest. Salvo por su fiel servidumbre y *Elf,* el enorme sabueso, se había quedado solo. Sabía que cuando Carlton y William regresaran, las cosas ya no volverían a ser realmente como antes. Con sus diecinueve y diecisiete años, sus hijos se acercaban a la madurez. Eran fuertes, inteligentes e independientes, jóvenes águilas dispuestas a emprender el vuelo.

Sabía que llevaba en la sangre esa tendencia a escudriñar en las sombras, legado de sus antepasados, aquella larga progresión de hombres que habían ostentado el título de condes de Monkcrest antes que él. Algunos de ellos, los Monjes Locos, fueron los responsables del desafortunado apodo con que debería cargar después el resto.

El enorme sabueso se desperezó frente al fuego, inquieto como si percibiera el desasosiego de su amo. El animal levantó su poderosa cabeza y dirigió a Leo Drake una mirada tan directa que lo desconcertó.

–Es la tormenta, *Elf*. Toda esa energía carga la atmósfera de electricidad. Sin duda provoca un efecto nocivo en un hombre de mi temperamento.

Elf no pareció quedar completamente conforme con la explicación, pero de todas formas volvió a agachar la cabeza para apoyarla sobre sus formidables patas. Los clavos de metal que adornab n el grueso collar de cuero refulgían con un brillo tenue bajo la oscilante luz del fuego.

Leo contempló la pelusa color plata que orlaba el hocico de *Elf*. En los últimos tiempos había advertido similares hebras níveas entre sus propios cabellos oscuros al mirarse todas las mañanas en el espejo para afeitarse.

–¿Crees posible que estemos haciéndonos viejos, *Elf*?

Elf resopló, levemente disgustado. Ni se molestó en abrir los ojos.

–Gracias a Dios. Me tranquilizas. –Leo tomó la copa casi vacía de coñac que tenía en una mesita cercana y bebió un sorbo–. Por un instante me sentí un poco preocupado.

Fuera, el viento aullaba. Durante la pasada hora, una intensa tormenta había desatado toda su ira contra los muros de piedra de la vieja abadía que había servido de morada a los Monjes Locos a lo largo de varias generaciones. Todavía restallaban relámpagos ocasionales a lo lejos, que iluminaban la biblioteca con su infernal resplandor, pero lo peor ya había pasado. La furia de los elementos se atemperaba.

Leo asumió el hecho de que sus investigaciones acerca de las atávicas culturas de antiguas civilizaciones ya no lograban captar su atención con la fuerza suficiente como para alejarlo de las desoladas aguas del pozo.

–Tal vez el problema sea precisamente el exceso de estudio, *Elf*. Quizá sea hora de que volvamos a salir de caza.

Elf sacudió la cola, manifestando su total acuerdo con la sugerencia.

–Desgraciadamente, no hemos tenido presas interesantes en la zona durante meses. –Leo apuró el coñac–. De todas formas, he de encontrar algo con que entretenerme o acabaré como un personaje de esas escalofriantes novelas tan populares en las bibliotecas circulantes.

Elf movió una oreja. Leo sospechaba que su sabueso tenía aún menos interés que él en las historias de amor, terror y sombríos misterios que narraban aquellas novelas.

–Puedo verme ahora, pasando de una habitación vacía, abandonada y llena de telarañas a otra, buscando espectros y extrañas apariciones entre las tinieblas. Y siempre a la espera de que la bella e indefensa heroína caiga en mis garras.

La imagen de una bella e indefensa heroína entre sus garras no mejoró en absoluto su estado de ánimo. El hecho era que no había tenido a ninguna mujer entre sus garras, indefensa o no, desde hacía mucho tiempo.

Tal vez esa desdichada circunstancia fuera la causa de la inquietud que lo atenazaba esa noche.

Echó un vistazo a los repletos estantes de su biblioteca. Nada de lo que allí había lo atraía. El tedio parecía haber llegado hasta la médula de sus huesos. Consideró la posibilidad de volver a llenar su copa de coñac.

Elf se estiró y alzó la cabeza. Esta vez no miró a Leo. Su atención se concentraba en la ventana de la biblioteca.

–¿Te pone nervioso la tormenta? No tienes buen aspecto.

Elf no le hizo caso. Se alzó sobre sus patas traseras como con desgana, y permaneció inmóvil durante algunos segundos. A continuación, se dirigió lentamente hacia la ventana. Sus enormes patas no hacían ruido alguno sobre la alfombra oriental.

Ante la actitud alerta del sabueso, Leo frunció el entrecejo. Alguien se aproximaba a la abadía de Monkcrest. En la mitad de la noche. En el apogeo de la peor de las tormentas de primavera.

–Imposible –dijo Leo–. Nadie osaría presentarse aquí sin haberle invitado yo. Y no he vuelto a hacer algo semejante desde que cometí el error de recibir al idiota de Gilmartin el mes pasado.

Al recordar la breve visita, no pudo menos de hacer una mueca. Charles Gilmartin se había presentado como un erudito; pero, en cambio, demostró ser tanto un charlatán como un necio. Leo no toleraba ninguna de las dos categorías. Se decía que debía de estar verdaderamente desesperado por gozar de una compañía inteligente para haber perdido el tiempo con semejante hombre.

Un nuevo relámpago, más distante esta vez, iluminó el cielo de la noche. No llegó acompañado, sin embargo, del sonido del trueno, sino del de las ruedas de un carruaje que traqueteaba sobre el suelo empedrado del patio delantero.

Entonces, era verdad. Alguien había cometido el imperdonable descaro de presentarse en la abadía sin anunciarse.

–¡Por todos los diablos! –protestó Leo, aferrando el cuello del botellón de coñac y vertiendo una buena cantidad en la copa–. Quienquiera que sea, seguro que esperará que le ofrezca cobijo al menos esta noche, *Elf*.

El perro siguió contemplando la ventana en silencio.

–Finch se librará de él.

Finch había comenzado a trabajar en la abadía cuando Leo era apenas un muchacho. Tenía una dilatada experiencia en desembarazarse de visitantes indeseados. La leyenda que envolvía a Monkcrest sostenía que los Monjes Locos adolecían de una notoria falta de hospitalidad. Los rumores acerca de sus pésimos modales se aproximaban bastante a la verdad. Los amos de la abadía de Monkcrest mantenían la tradición de deshacerse de todos aquellos que amenazaban con aburrirles. Semejante política no propiciaba una vida social muy activa.

Elf gruñó por lo bajo. Leo advirtió que no se trataba de su habitual gruñido de advertencia, sino de una expresión de canina curiosidad.

El carruaje se detuvo en el exterior. Se oyó el golpetear de cascos sobre los adoquines, y surgieron voces desde los establos. Luego, llegó el grito de un cochero, reclamando ayuda con los caballos.

–¡Mueve tu trasero, hombre! Tengo en el coche a una respetable dama y a su doncella. Necesitan cuanto antes el calor de un fuego y algo de comida decente. ¡Date prisa! Los malditos relámpagos están asustando a los caballos.

–¿Una dama? –murmuró Leo–. ¿De qué demonios está hablando?

Con desgana, Leo dejó la copa de coñac en la mesa, se puso de pie y se dirigió a la ventana. Se detuvo al lado de *Elf* y apoyó una mano sobre la enorme cabeza del animal. Abajo, el patio delantero de la abadía era escenario de una actividad fuera de lo común.

Los faroles del coche revelaban la silueta de un pequeño vehículo lleno de barro. Dos mozos de cuadra con linternas salieron de los establos para hacerse cargo de los caballos. El cochero, envuelto en un grueso capote, descendió del pescante para abrir la puerta del carruaje.

–Quienesquiera que sean, no hay duda de que se han equivocado de camino –le dijo Leo a *Elf*–. Finch no tardará en aclarar las cosas y orientarlos.

Abajo, Finch apareció en la escalinata del pórtico de la abadía. Por lo visto el viejo mayordomo había estado entreteniéndose en la cocina, ya que aún conservaba restos de un trozo de queso en una mano. Con la otra, procuraba abrocharse la chaqueta sobre el prominente vientre.

Finch se metió el último trozo de queso en la boca y comenzó a agitar los brazos. Sus palabras resultaban confusas por tener la boca llena y estar las ventanas cerradas, pero aun así Leo pudo descifrarlas.

–Vamos, ¿qué significa esto? –protestó bajando los escalones–. ¿Quiénes se creen que son para llegar sin avisar a semejante hora?

Movido por una creciente curiosidad, Leo abrió la ventana para poder escuchar con más claridad. La lluvia casi había cesado, pero el ululante viento traía tanta humedad que bastó para mojarle el cabello. *Elf* asomó el hocico por la ventana para husmear el aire de la noche.

–Tienes visitas, viejo –anunció el cochero, al tiempo que se acercaba para ayudar a uno de los ocupantes del coche.

–Ésta es la residencia del conde de Monkcrest –declaró Finch–. Y no espera visita alguna. Os habéis equivocado de dirección.

Antes de que el cochero pudiera responder, una mujer, cuyas facciones ocultaba la capucha de su capa, bajó del carruaje. Era evidente que el huraño recibimiento de Finch no había logrado intimidarla.

–Todo lo contrario –anunció en un tono frío y crispado que no admitía discusión–. La abadía de Monkcrest era nuestro destino. Tenga a bien informar a su amo de que tiene huéspedes. Soy la señora Beatrice Poole. Traigo conmigo a mi doncella. Esperamos poder pasar la noche aquí.

Finch se estiró todo lo largo que era. Miró por encima del

hombro a Beatrice Poole, quien no era, según advirtió Leo, particularmente alta. Sin embargo, lo que le faltaba de estatura lo compensaba con creces con unos aires de autoridad que hubieran enorgullecido al mismo Wellington.

–Su señoría no recibe huéspedes que no han sido invitados –replicó Finch con tono áspero.

–Tonterías. A mí me recibirá.

–Señora...

–Se lo aseguro, no me marcharé de aquí hasta haber hablado con él. –Beatrice echó una mirada al interior del coche–. Ven, Sally. Ya hemos soportado esta tormenta demasiado tiempo. Esta clase de clima está muy bien para crear el ambiente de una novela, pero es sumamente inconveniente en la vida real.

–Ya lo creo que sí, señora –concedió una mujer rolliza y corpulenta que bajó del vehículo con la ayuda del cochero–. No es noche para hombres ni bestias, *n'est-ce pas*?

Ante el acento francés a todas luces falso de la mujer, Leo alzó las cejas. Estaba dispuesto a apostar que, fuera quien fuese Sally, no había pasado ni siquiera una hora en Francia.

–Queremos secarnos y entrar en calor lo antes posible –declaró Beatrice.

–Alto ahí, señoras. –Finch extendió los brazos, bloqueándoles el acceso a la escalinata principal–. No pueden invitarse a la abadía de Monkcrest así como así.

–Desde luego, no he recorrido toda esta distancia para que se me ponga de patitas en la calle –le informó Beatrice–. Tengo asuntos que tratar con su señoría. Si no está dispuesto a escoltarnos hasta el interior de la casa, tenga a bien apartarse de mi camino.

–Aquí el que da las órdenes es su señoría –replicó Finch con su tono más amenazador.

–Estoy convencida de que si supiera lo que está ocurriendo le ordenaría que nos hiciera entrar de inmediato.

–Lo que sólo demuestra lo poco que conoce a su señoría –contestó Finch con firmeza.

–He oído decir que el conde de Monkcrest es un verdadero excéntrico –dijo Beatrice–. Pero me niego a creerlo capaz de arrojar a dos inocentes, indefensas y extenuadas mujeres a las fauces de esta espantosa tormenta.

–La dama tiene una forma más bien dramática de expresarse, ¿verdad? –dijo Leo, al tiempo que rascaba distraídamente las orejas de *Elf*–. Algo me dice que nuestra señora Poole ni está indefensa ni es inocente. Y tampoco se la ve especialmente extenuada.

Elf sacudió una oreja.

–Una mujer que se atreve a venir a Monkcrest en una noche como ésta, sin invitación y con la sola compañía de su doncella, no puede ser una tierna florecilla.

El perro se movió, acercándose más a la ventana.

Finch, con los brazos abiertos, retrocedía por la escalinata.

–Señora, debo insistir en que vuelva a subir a su coche.

–No sea ridículo –dijo Beatrice, avanzando hacia él con la decisión de un general.

Leo esbozó una ligera sonrisa.

–El pobre Finch no tiene la menor posibilidad, *Elf* –aseguró.

–Mire, señora –persistía Finch, con voz teñida de desesperación–. Hay una posada en las afueras de la aldea. Puede pasar la noche allí. Informaré a su señoría de que desea hablar con él por la mañana. Si él está de acuerdo, se lo haré saber a usted.

–Pasaré la noche bajo este techo, y así lo harán también quienes me acompañan. –Hizo un gesto con la mano, señalando al cochero–. Acomode a John en un lugar seco y limpio. También necesitará una buena jarra de cerveza y una comida caliente. Me temo que este hombre tan valiente ha sufrido la peor parte del terrible viaje que hemos hecho. No quiero que termine resfriado. Mi doncella, por supuesto se quedará conmigo.

El cochero obsequió a Finch con una sonrisa triunfante.

–Nada de lujos para mí, compañero –matizó–. Con algunas

rebanadas de tocino, un poco de pastel de pescado, si tiene a mano, y la cerveza, bastará. Aunque siento debilidad por el budín.

–Asegúrese de que tenga budín y todo lo que desee –indicó Beatrice–. Se lo ha ganado, después de nuestro desafortunado encuentro con el salteador de caminos.

–¿Salteador de caminos? –repitió Finch, mirándola fijamente.

–Fue una terrible experiencia –intervino Sally, llevándose la mano a la garganta y estremeciéndose visiblemente–. Semejantes villanos, que no vacilan en atacar a mujeres inocentes como *madame* y *moi*, vea. Fue una maldita suerte que no estuviéramos...

–Es suficiente, Sally –la interrumpió resueltamente Beatrice–. No hay ninguna necesidad de añadir más melodrama a la historia. Ambas hemos salido indemnes del asunto.

–¿Qué es toda esa historia acerca de un salteador? –inquirió Finch–. No hay salteadores en las tierras de Monkcrest. Nadie osaría acercarse aquí.

–Sí, ¿qué es esto de un salteador? –repitió Leo en voz baja, al tiempo que se acercaba a la ventana para asomarse.

–El ladrón acechaba al otro lado del río –explicó Beatrice–, exactamente detrás del puente. Un tipo repugnante. Por suerte, llevaba mi pistola conmigo, y John también estaba armado. Entre los dos logramos desalentarlo.

El cochero miró a Finch con una sonrisa dibujada en el rostro.

–El villano no me prestó demasiada atención, ¿sabe? –confesó–. Fue la señora Poole la que le metió el temor de Dios en el cuerpo. Tuve la sensación de que jamás se había enfrentado con una dama que esgrimiera una pistola. Tal vez se lo piense dos veces antes de intentar asaltar el siguiente coche.

Finch hizo caso omiso de los detalles del caso.

–Si lo encontraron al otro lado del río, entonces no estaba en las tierras de Monkcrest –determinó.

–No veo cuál es la diferencia –repuso Beatrice–. Un salteador es un salteador.

–Mientras se mantenga apartado de las tierras de Monkcrest, este asunto no preocupará a su señoría –señaló Finch.

–Qué conveniente para su señoría –comentó Beatrice.

–Señora, usted parece no comprender la situación –exclamó Finch–. Su señoría es muy meticuloso con respecto a ciertas cuestiones.

–Igual que yo. Después de que se haya ocupado de John, puede hacernos llegar una bandeja con té y algo para comer a Sally y a mí. Una vez que nos hayamos aseado, iré a ver a su señoría.

–Mire, ponga una pinta de ginebra en esa bandeja, *s'il vous plaît* –dijo Sally–. Por razones medicinales.

Beatrice se recogió las faldas y se dispuso a entrar esquivando a Finch.

–¿Sería tan amable de apartarse de mi camino? –instó.

–¡La abadía de Monkcrest no es ninguna maldita posada! –bramó Finch.

–En tal caso –contestó la dama–, la comida y el servicio serán infinitamente superiores a lo que nos vimos obligadas a tolerar anoche en el camino. Tenga la bondad de anunciar a su señoría que estaré lista para reunirme con él dentro de media hora.

En ese instante, el viento se arremolinó en torno a la capucha de su capa y la apartó de su rostro. Por primera vez, Leo pudo ver sus facciones a la luz del resplandor que salía por la puerta abierta de la entrada.

Llegó a distinguir un bien delineado perfil, compuesto por una frente despejada e inteligente, una nariz orgullosa y una mandíbula elegantemente torneada, antes de que Beatrice volviera a cubrirse la cabeza. Debía tener veintitantos años, acercándose peligrosamente a los treinta, y parecía acostumbrada a poner de manifiesto sus innatas dotes de mando. Definitivamente, era una mujer de mundo, la clase de mujer que se salía siempre con la suya.

–¿Decirle a su señoría que lo verá dentro de media hora? –repitió Finch, mientras erguía los hombros y hundía la cabeza como un toro preparándose para embestir–. Nadie da órdenes a su señoría como si se tratara de un maldito lacayo, señora.

–¡Cielos, jamás se me ocurriría darle órdenes al conde de Monkcrest! –replicó Beatrice con suavidad–. Pero pensé que quizás a su señoría le agradaría estar informado acerca de las cosas que ocurren bajo su propio techo.

–Puedo asegurarle, señora, que su señoría tiene métodos para enterarse de todo lo que sucede en su propia casa y en las tierras de Monkcrest –replicó Finch en tono ominoso–. Métodos que están más allá del alcance del común de los mortales, si sabe a qué me refiero.

–Supongo que se refiere a esos interesantes rumores sobre el interés que su señoría suele mostrar por cuestiones sobrenaturales. Personalmente, no creo ni una palabra de todo eso.

–Quizá debería hacerlo, señora. Por su propio bien.

Beatrice rió con sorna.

–No trate de asustarme, buen hombre. Pierde el tiempo. No me cabe duda de que los lugareños disfrutan con esas historias, pero yo me considero una autoridad en la materia y no le otorgo crédito alguno a las tonterías que he oído.

Leo frunció el entrecejo.

–¿Una autoridad? –repitió–. Me pregunto qué diablos quiere decir con eso.

Elf alzó la cabeza y husmeó el aire.

Abajo, en el patio, Beatrice había llegado al límite de su paciencia.

–Sally, no vamos a permanecer aquí fuera ni un minuto más. Entremos.

Se puso en movimiento con tal rapidez que, evidentemente, cogió a Finch por sorpresa.

Leo observó con involuntaria admiración cómo sorteaba

ágilmente al mayordomo. Pasó como una ráfaga frente a él, subió por la escalinata de piedra y desapareció en el interior del vestíbulo. Sally la seguía pisándole los talones.

Finch se quedó mirándolas con la boca abierta.

En un gesto amable, el cochero le dio unas palmadas en el hombro.

–No se culpe por lo sucedido, hombre –aconsejó–. Durante el breve tiempo que he estado a su servicio, he descubierto que la señora Poole es una fuerza de la naturaleza. Una vez que ha tomado una decisión, lo mejor es hacer lo que ella quiere.

–¿Cuánto hace que trabaja para ella? –preguntó Finch con rostro inexpresivo.

–Me contrató ayer por la mañana para que la trajera hasta Monkcrest. Pero ha sido tiempo más que suficiente para conocer muy bien a la dama. Algo que debe decirse en su favor es que, al contrario de la mayoría de los nobles, se preocupa por su servidumbre. Hemos comido muy bien en el camino, y jamás grita o insulta como muchos que podría mencionar.

Finch contempló los escalones vacíos.

–Debo hacer algo con ella. Su señoría se pondrá furioso.

–En su lugar, yo no me preocuparía por el amo –comentó el cochero alegremente–. La señora Poole sabrá cómo tratarlo, aunque sea un poco extraño, como dicen algunos.

–Usted no conoce a su señoría.

–No, pero como ya le he dicho, sí conozco un poco a la señora Poole. Su Monje Loco está a punto de encontrarse con la horma de su zapato.

Leo dio un paso atrás y cerró la ventana.

–El cochero puede estar en lo cierto, *Elf* –afirmó–. No cabe duda de que un hombre prudente debe proceder con suma cautela al tratar a la formidable señora Poole.

Elf hizo un movimiento equivalente a un encogimiento de hombros y volvió a su lugar frente al pie del hogar.

–Me pregunto para qué habrá venido aquí –continuó Leo,

pasándose la mano por los húmedos cabellos–. Supongo que sólo hay una manera de saberlo.

Como de costumbre, el perro no se inmutó. Se acomodó frente al fuego y cerró los ojos.

Leo cogió el cordón para llamar a Finch, al tiempo que dejaba escapar un suspiro.

–Estoy convencido de que tendré que lamentarlo –admitió–. Pero, si lo miramos por el lado positivo, la velada promete ser, sin duda, mucho más interesante de lo que parecía hace una hora.

Beatrice bebió un largo sorbo de su té recién hecho.

–Maravilloso. Esto es exactamente lo que necesitaba.

Sally estudió con atención el contenido de la bandeja que había traído la doncella desde la cocina.

–No hay ni una maldita copa de ginebra aquí –protestó, y clavó la mirada en la desventurada muchacha–. Eh, chica, ¿dónde está mi ginebra?

La joven dio un respingo.

–Cook le manda un poco de la suya. Está en la garrafa.

–Es esa delicada botellita, ¿verdad? –Sally observó la pequeña botella de cristal con expresión dubitativa–. Supongo que bastará. –Se sirvió una generosa copa, que bebió de un solo sorbo–. *Mais oui.*

Notoriamente aliviada, la doncella se concentró en la tarea de disponer las rebanadas de pan tostado y de pastel de pescado frío.

–¡Por todos los diablos! –exclamó Sally, y bebió otro trago de su copa antes de dejarse caer sobre una silla, frente al fuego–. Pensé que jamás llegaríamos aquí, señora. Y todavía menos con ese salteador de caminos y la tormenta. Daba la impresión de que ciertas fuerzas diabólicas y sobrenaturales se empeñaban en alejarnos de este sitio, *n'est-ce pas?*

–No seas ridícula, Sally –replicó la dama.

Las piezas de vajilla que había en la bandeja entrechocaron de forma audible. De inmediato, Beatrice oyó un jadeo ahogado.

–¡Oh! –susurró la doncella–. Lo siento, señora.

Beatrice miró con más atención a la muchacha y pudo ver que era muy joven. Dieciséis años, como mucho.

–¿Ocurre algo? –le preguntó.

–No, señora. –La doncella se apresuró a acomodar los platos y enderezó el frasco de mermelada–. No pasa nada.

Beatrice frunció el entrecejo.

–¿Cómo te llamas?

–Alice, señora.

–Parece que acabes de ver un fantasma, Alice. ¿Te encuentras mal?

–No. De veras, señora –insistió Alice, secándose nerviosamente las manos en el delantal–. Soy fuerte como un caballo, como diría mamá. De verdad que sí.

–Me alegra saberlo.

Sally observó a Alice con mirada especulativa.

–Tengo la impresión de que estás terriblemente asustada.

–No estoy asustada por nada –replicó Alice, orgullosamente.

–*Au* contrario –dijo Sally, en tono altanero.

–*Au contraire* –murmuró Beatrice.

–*Au contraire* –corrigió Sally con rapidez.

Alice contempló a Sally con gran curiosidad.

–Cook dice que usted es la elegante doncella francesa de la señora. ¿Es eso cierto?

–*Absolument*. –Sally resplandecía de orgullo–. Allá en Londres, todas las damas distinguidas optan por contratar doncellas francesas, así como también prefieren modistas francesas, y sombrereras, y todo lo demás.

–¡Oh! –exclamó Alice, mostrándose convenientemente impresionada.

–Alice –dijo Beatrice, ceñuda–, supongo que no tendrás miedo de la reacción de tu amo ante mi inesperada visita.

A pesar de lo que dijo el mayordomo, me resisto a creer que su señoría llegue a culpar a su servidumbre de mi presencia bajo su techo.

–No, señora –respondió Alice con presteza–. No se trata de eso. Hace sólo unas pocas semanas que trabajo aquí, pero sé que su señoría no me responsabilizaría de nada que no fuera culpa mía. Todo el mundo sabe que es raro... –Se interrumpió, evidentemente horrorizada por sus propias palabras.

–¿Raro? –exclamó Sally–. *Que c'est?*

El rubor invadió las mejillas de Alice.

–Bueno, es uno de los Monjes Locos –respondió al fin–. Mamá dice que su padre y su abuelo también eran extraños, pero jamás quise decir...

Beatrice se compadeció de ella.

–Cálmate, Alice. Te prometo que no le diré a su señoría que lo has llamado «raro».

–Lo que quería decir –persistió Alice, empeñada con arrojo en aclarar el malentendido– es que todos los que viven en Monkcrest saben que los Monjes Locos se ocupan de los suyos. Son buenos amos, señora.

–Entonces no es preciso que temas por su reacción –dijo Beatrice con una sonrisa–. Pero, por si acaso alguno de los habitantes de la casa está un poco preocupado al respecto, ten la plena seguridad de que me propongo explicar a tu señor con todo detalle la razón de mi visita. Después de que hayamos conversado, comprenderá todo a la perfección.

Alice, sorprendida, abrió los ojos.

–Pero señora, él ya lo sabe. Está al tanto de todo, quiero decir.

Sally la miró con ojos que echaban chispas.

–¿A qué condenados demonios te refieres? –inquirió.

Alice no pareció advertir el repentino cambio al inglés más popular. En su juvenil rostro se mezclaban el temor reverencial y la excitación.

–Oí cómo Finch le contaba a Cook que cuando fue a informar a su señoría de que usted estaba aquí, el conde ya estaba enterado de su llegada.

–*Quel* sorprendente –murmuró Sally.

Beatrice parecía encontrarlo gracioso.

–Asombroso –comentó.

–Sí, señora –continuó Alice–. Es de lo más sorprendente. Finch dijo que su señoría sabía todo acerca de su visita. Que había viajado desde Londres, que tenía una doncella francesa y que un salteador de caminos la había asaltado al otro lado del río. Incluso estaba al tanto de que usted quería reunirse con él dentro de media hora.

–¿Con el salteador de caminos? –preguntó Beatrice con suavidad–. Preferiría evitar otro encuentro con él, si fuera posible.

–¡No, señora! –la corrigió Alice con impaciencia–. Con su señoría.

–¡No me digas! –dijo Beatrice.

No cabía duda de que el conde había realizado un excelente trabajo al impresionar a su servidumbre con aquel alarde de omnipotencia.

Alice asintió con aire de confidente.

–Nadie acierta a comprender cómo hace su señoría para enterarse así de las cosas, pero Cook dice que es típico de él. Finch dice que el amo tiene sus métodos.

–¡Ah, sí, los métodos de su señoría! –Beatrice bebió un nuevo sorbo de té–. Alice, lamento desilusionarte, pero sospecho que tu amo no utilizó ninguna intuición metafísica para conseguir ese sorprendente conocimiento anticipado. Creo que es mucho más probable que se limitara a abrir la ventana y asomar la cabeza para poder escuchar mi conversación con su mayordomo.

Alice se puso rígida, claramente ofendida por la sugerencia de que el conde hubiera podido hacer algo tan vulgar como escuchar conversaciones ajenas.

–Oh, no, señora. Estoy segura de que no hizo nada semejante. ¿Por qué iba a asomar la cabeza bajo la lluvia?

–Un comportamiento peculiar, sin duda –murmuró Beatrice–. Tal vez podríamos aventurar una explicación al hecho de que se le conozca como el Monje Loco, ¿mmm?

Alice parecía abatida ante la renuencia de Beatrice a mostrarse impresionada por los misteriosos métodos del conde. Retrocedió hasta la puerta.

–Con su permiso, señora. ¿Desea algo más?

–Esto es todo por ahora –respondió Beatrice–. Gracias, Alice.

–Muy bien, señora.

La joven se marchó deprisa. Beatrice aguardó hasta que la puerta se cerró tras ella. Luego, cogió una tostada y le dio un bocado.

–Estoy verdaderamente famélica, Sally.

–*Moi* también –dijo Sally, apoderándose de un enorme trozo de pastel y de un tenedor–. Puede tomar a la ligera el encuentro con el salteador si así lo quiere, señora, pero le juro que tenemos suerte de estar vivas. Vi la expresión de sus ojos. Era un tipo repugnante.

–Por fortuna, contábamos con un cochero muy valeroso. Menos mal que John no se asusta con facilidad.

–¡Ja! –Sally se metió un gran pedazo de pastel en la boca–. Los cocheros son todos iguales. Insensatos, eso es lo que son. Y la mayor parte del tiempo están borrachos como una cuba. No, señora, fue su pequeña pistola la que ahuyentó al fulano, no John.

–Sé que ha sido un viaje difícil, Sally. Una vez más, gracias por haber accedido a acompañarme a pesar de haberte avisado con tan poco tiempo. Esta vez no conseguí arrancar de Londres a mi prima y a mi tía, pues las habían invitado a una recepción por todo lo alto. Y no quería obligar a mi pobre ama de llaves a venir conmigo. La señora Cheslyn no es buena viajera.

Sally se encogió de hombros.

–Bueno, no se preocupe –repuso–. Me alegro de haber tenido la oportunidad de practicar mi francés. Pronto me graduaré en La Academia, y estaré en condiciones de aspirar a un trabajo en una gran casa. Tengo que tener una buena pronunciación, *n'est-ce pas?*

–Tu pronunciación mejora día tras día. ¿Ya has elegido un nuevo nombre?

–Todavía estoy dudando entre uno sencillo, como «Marie», u otro un poco más elegante. ¿Qué le parece «Jacqueline»?

–Muy bonito.

–*Mais oui.* –Sally apuró su copa de ginebra–. Jacqueline, entonces.

Beatrice sonrió. Afortunadamente para Sally y su atroz acento, contratar a una doncella francesa era considerado el último grito de la moda. En la desesperación por conseguir una, la mayoría de las damas de la nobleza estaban dispuestas a pasar por alto una dudosa pronunciación. La verdad lisa y llana era que no había tantas doncellas, modistas o sombrereras francesas disponibles. No era conveniente mostrarse demasiado selectiva.

«Desde luego –pensó Beatrice– si alguna de las potenciales señoras para las que pudiera trabajar Sally se diera cuenta de que su acento no es lo único cuestionable en su caso, e indagara en su pasado, las cosas se le complicarían un poco.»

Sally poseía algo en común con el resto de las mujeres que pasaban por La Academia. En algún momento de sus vidas, todas ellas habían sobrevivido de mala manera como prostitutas en los peores suburbios de Londres.

Beatrice y su amiga Lucy Harby, conocida por sus clientas como la exclusiva modista francesa madame D'Arbois, no se habían propuesto ofrecerles a aquellas pobres mujeres una forma de dejar la calle. Enfrentadas a la circunstancia de ser mujeres de buena cuna venidas a menos, habían estado muy ocupadas tratando de salvarse de un futuro como institutrices para preocuparse por salvar a otras. Pero una vez instaladas felizmente en sus nuevas ocupaciones, el destino y la educación de Beatrice como hija de un vicario se pusieron de manifiesto.

La primera joven, sangrando por una hemorragia a causa de un aborto, había aparecido en la puerta trasera de la flamante tienda de modas de Lucy apenas un mes después de su inauguración. Beatrice y Lucy la subieron a las incómodas habitaciones que compartían. Cuando estuvieron seguras de que la joven sobreviviría, ambas idearon un plan para encontrarle una nueva ocupación.

El salvoconducto para acceder a una vida mejor consistió en un falso acento francés.

El plan para transformar a la joven prostituta en una doncella francesa funcionó tan bien que determinó el nacimiento de La Academia.

Cinco años habían pasado desde aquella noche decisiva. Ahora, Beatrice contaba ya con su pequeña casa en la ciudad. Lucy, que era la que había tenido más éxito financiero de las dos con sus trajes escandalosamente caros, había contraído matrimonio con un acaudalado mercader de telas que valoraba su talento para los negocios. Se había mudado a una hermosa casa en un barrio más selecto, pero aún continuaba dirigiendo su salón de modas como madame D'Arbois.

Beatrice y Lucy convirtieron sus viejas dependencias sobre la tienda de modas en un aula, y contrataron a un profesor para que enseñara los rudimentos del francés a jóvenes desesperadas.

De cuando en cuando, alguna de sus alumnas volvía a las calles. Después de incidentes de esta naturaleza, Beatrice solía pasarse un tiempo con el ánimo por los suelos. Lucy, mucho más pragmática a la hora de afrontar cuestiones semejantes, adoptaba una actitud filosófica: «No es posible salvar a todo el mundo», argumentaba.

A pesar de que sabía que su amiga tenía razón, en el fondo de su corazón Beatrice seguía siendo la hija de un vicario. Se le hacía muy difícil aceptar los fracasos.

Sally contempló los lúgubres muros de piedra de la estancia.

–¿Cree que este sitio está embrujado, como insinuó la mujer del posadero? –preguntó.

–No, no lo creo –respondió Beatrice con firmeza–. Pero tengo la impresión de que la servidumbre de su señoría disfruta con la extravagante reputación de su señor.

Sally se estremeció.

–Los Monjes Locos de Monkcrest. Da escalofríos, *n'est-ce pas?*

Beatrice sonrió.

–¡No me digas que de verdad crees las historias que anoche nos contó la mujer del posadero!

–Desde luego, eran como para tener pesadillas, ya lo creo. Toda aquella charla acerca de lobos y hechicería, y horripilantes sucesos nocturnos...

–Tonterías.

–¿Y entonces por qué le permitió que siguiera hablando hasta casi la medianoche? –replicó Sally.

–Me pareció una manera divertida de pasar el tiempo.

Sally desconocía los verdaderos motivos del alocado viaje a través del desolado territorio de Devon. Todo lo que sabía era que Beatrice había venido a ver al conde de Monkcrest por un oscuro asunto de familia. «Lo que no es ni más ni menos que la verdad», pensó Beatrice.

–Por lo que se dice de él, parece sacado directamente de una de las novelas de la señora York –comentó Sally; otro escalofrío hizo temblar su generoso pecho–. *Quel* misterioso, *n'est-ce pas?* Me recuerda a esos tipos de la aristocracia que viven en castillos en ruinas, duermen en criptas y nunca se asoman a la luz del día.

–¿Quieres decir que lees las novelas de la señora York? –inquirió Beatrice, sorprendida.

–Bueno, digamos que no las leo sola –reconoció Sally–. Pero siempre hay alguien que las lee en voz alta para el resto de nosotras. Las partes que más me gustan son las que hablan de fantasmas y de dedos sangrantes que hacen señas desde tenebrosos pasadizos.

–Entiendo.

–Todas esperamos la próxima novela de la señora York, *El castillo de las sombras.* Rose dice que su ama ha comprado un ejemplar. En cuanto la señora termine de leerla, Rose se la pedirá y nos la leerá.

–No sabía que te interesaran las novelas de terror –admitió Beatrice; se sintió agitada por un leve y familiar temblor de placer–. Estaré encantada de prestarte mi ejemplar de *El castillo de las sombras*.

Los ojos de Sally brillaron de placer.

–Es muy amable de su parte, señora Poole. Todas le quedaremos muy agradecidas.

«No tan agradecidas como yo a vosotras», se dijo Beatrice.

Siempre se emocionaba al enterarse de que alguien disfrutaba con las novelas que escribía bajo el seudónimo de Amelia York. Sin embargo, no le dijo nada a Sally acerca de su secreta identidad como autora. Los únicos que sabían que se ganaba la vida escribiendo eran Lucy y los miembros de su familia.

Siguió la mirada de Sally, que se paseaba por la habitación. Quizá pudiera tomar algunas notas antes de marcharse. La abadía de Monkcrest era indudablemente pintoresca. Gruesos muros de piedra, puertas en forma de arco, y lo que parecían ser interminables kilómetros de lóbregos pasadizos, todo ello se combinaba para crear un escenario que podía adaptarse perfectamente bien a cualquiera de sus novelas.

Cuando se dirigían a las habitaciones que les habían asignado, Sally y ella atravesaron una galería repleta de gran cantidad de objetos raros y antigüedades. Estatuas griegas, romanas y zamarias las contemplaban con sus impávidos rostros de piedra, inmóviles dentro de sus nichos en el muro. Armarios llenos de piezas de alfarería y cristales antiguos ocupaban los rincones de los salones.

«Además de ser un erudito –reflexionó Beatrice– Monkcrest es sin lugar a dudas un coleccionista de antigüedades.»

Cerró los ojos y se abandonó a la atmósfera que impregnaba los antiguos muros de piedra.

De inmediato comenzó a revolotear en torno a ella una nueva conciencia. Por un instante, pudo sentir el peso de los años. Era una sensación vaga, sutil, indescriptible, una impresión que había tenido a menudo en presencia de objetos o edificios muy antiguos. Los etéreos vapores flotaban a su alrededor.

Se trataba, claro está, de melancolía. Con frecuencia la acometía frente a moradas de semejante raigambre. Pero también había alguna presencia del porvenir. En el pasado, el caserón había conocido tiempos de felicidad, y volvería a conocerlos. Las pesadas capas de la historia la oprimían. Pero en ese lugar no había nada que pudiera ocasionarle pesadillas o que la mantuviera en vela.

Cuando volvió a abrir los ojos, se dio cuenta de que lo que más la impresionaba de la abadía de Monkcrest era la soledad.

–Imagínese vivir en unas ruinas como éstas –comentó Sally–. Tal vez su señoría esté realmente loco.

–La abadía de Monkcrest no está exactamente en ruinas –matizó Beatrice Poole–. Es muy vieja, pero parece que cuenta con un excelente mantenimiento. Ésta no es la casa de un loco.

Beatrice no intentó explicarle a Sally las sensaciones que le despertaba el clima del lugar. Se trataba de una parte de sí misma que jamás había logrado expresar con palabras. Pero estaba segura de tener razón. El conde podía ser un ermitaño, podía ser huraño y excéntrico, pero no era un demente.

Sally se sirvió un nuevo trozo de pastel.

–¿Cómo puede estar segura de que el Monje Loco no va a encerrarnos en el sótano para celebrar extraños rituales ocultos con nosotras?

–Por lo poco que sé acerca de esa clase de cosas, tengo la impresión de que para celebrar rituales ocultos se necesitan vírgenes. –Beatrice sonrió–. Ninguna de las dos cumple ese requisito.

–*Mais oui.* –Sally resplandecía–. Bueno, entonces eso sí que es un alivio, ¿verdad? Voy a servirme un poco más de ginebra.

Beatrice estaba tan convencida del desdén de Monkcrest por las ciencias ocultas como lo estaba de su cordura. El conde era una autoridad respetada en el campo de las antigüedades y las viejas leyendas. Había escrito con profusión sobre el tema, y siempre desde una perspectiva distante y erudita.

Al contrario de ella, y muy a su pesar, él no perseguía destacar los elementos sobrenaturales o románticos en sus trabajos. A lo largo de los últimos dos días, había leído varios de los largos y aburridos artículos que el conde había escrito para la Sociedad de Anticuarios. Estaba dolorosamente claro que Monkcrest sentía un absoluto desprecio por los elementos estremecedores que constituían todo el repertorio de Beatrice.

Si llegaba a enterarse de que ella escribía novelas de misterio para ganarse la vida, la echaría a la calle sin miramientos. Sin embargo, ésa era una posibilidad sumamente remota, pues su identidad como la señora York constituía un secreto guardado con sumo celo.

Y, a pesar de las opiniones de su servidumbre, no creía que el Monje Loco fuera ningún hechicero. No tendría el poder de mirar dentro de una bola de cristal y descubrir su verdadera identidad.

Sally apuró la ginebra.

–Por lo que dijo el mayordomo, a su señoría no le entusiasma tener compañía. Me pregunto por qué habrá accedido a recibirla sin discutir.

Beatrice reflexionó acerca de la sensación de vacío que rielaba bajo la superficie de la abadía de Monkcrest.

–Quizás esté aburrido.

2

> Algo se deslizó entre las sombras, un
> fantasma, que importunado por su presencia,
> no podría regresar a su profundo sueño.
> DEL CAPÍTULO DOS DE *LAS RUINAS*,
> DE AMELIA YORK

–¿Ha recorrido usted todo este trayecto, enfrentándose con salteadores de caminos, soportando pésimas posadas, bajo esta tormenta atroz, sólo para preguntarme acerca de los Anillos Prohibidos de Afrodita? –inquirió Leo, presionando con los puños cerrados sobre la repisa de mármol tallado que cubría la chimenea–. Señora, no hay muchas cosas que puedan asombrarme, pero usted sí que lo ha logrado.

«Los malditos anillos. Imposible.»

Desde luego, había oído los ridículos rumores que circulaban por ahí. Solía recoger chismorreos relacionados con el tema de las antigüedades del mismo modo que un granjero hace con la cosecha. En los últimos tiempos había escuchado que después de doscientos años habían reaparecido los misteriosos Anillos Prohibidos, pero no había dado crédito a tales historias.

Su fuente de información, un marchante de antigüedades, aseguraba que, entre todas las tiendas posibles de Londres, los Anillos Prohibidos habían aparecido en una casa de empeños y habían vuelto a desaparecer de inmediato, probablemente comprados por algún coleccionista crédulo.

Leo no creía en la autenticidad de las supuestas reliquias, ni en los informes que le habían llegado, pues no había aparecido ninguna evidencia que sirviera para confirmarla. El mundo de las antigüedades estaba repleto de fantasiosos reclamos de legitimidad y de historias susurradas a media voz acerca de acontecimientos extraños y objetos raros, y Leo había consagrado su vida a la tarea de discernir entre la verdad y el fraude. Hacía mucho tiempo que había aprendido a no aceptar nada de buenas a primeras, regla que no sólo aplicaba a sus investigaciones profesionales sino a su vida personal.

La leyenda de los Anillos Prohibidos de Afrodita destacaba por ser una de las más oscuras. Hasta donde estaba enterado, tan sólo un grupo de eruditos como él mismo y un puñado de coleccionistas habían oído hablar del tema. Una creencia tan enigmática como aquélla no era tema de conversaciones casuales en los salones. Sabía por experiencia que ese tipo de cosas raramente atraían el interés del mundillo social.

Pero esa noche se enfrentaba con una mujer que no sólo tenía referencias de la leyenda, sino que estaba tratando de enterarse de todo lo que pudiera sobre ella. De todas las posibles explicaciones que podía tener la inesperada visita a altas horas de la noche de una desconocida, ésta era la última que se le hubiese ocurrido.

Lo cierto era que nada de lo relacionado con aquella visita estaba demostrando ser predecible, y ello lo inquietaba. Para empezar, le irritaba ser incapaz de apartar los ojos de Beatrice. Para evitar quedar en evidencia frente a ella, había recurrido a la artimaña de mirarla por el rabillo del ojo. Era ridículo. No había explicación lógica para la involuntaria fascinación que lo dominaba. Era como si estuviera hipnotizado.

Beatrice se había sentado en uno de los dos sillones situados frente al fuego. Se hacía difícil creer que acababa de realizar un largo y agotador viaje. El aura de femenina vitalidad que la rodeaba atraía la atención de Leo como el néctar a las abejas.

El conde no era un experto en moda, pero Beatrice mostraba un inequívoco aire de distinguida elegancia. Su brillante cabellera trigueña estaba sujeta en un airoso moño que realzaba la graciosa curva de la nuca. Los cortos rizos que orlaban sus sienes tenían un aire de descuido, como si se acabaran de soltar de las horquillas.

El talle de su vestido revelaba las suaves curvas de unos pechos pequeños y firmes, y una silueta flexible y esbelta. La falda fruncida al vestido de mangas largas color cobre caía en gráciles pliegues sobre sus exquisitos tobillos, enfundados en finas medias. La delicada tela de lana era de excelente calidad. El traje de talle alto tenía un corte tan perfecto que no le cupo duda de que debía haber sido diseñado por una modista con gran experiencia. Una modista muy cara.

El vestido era una pieza del rompecabezas que no encajaba. El resto no evidenciaba la existencia de grandes cantidades de dinero. Beatrice no había llegado en un coche particular con lacayos de librea y multitud de criados; es más, su cochero había sido contratado el día anterior. No llevaba joyas, y su doncella se expresaba como si acabara de dejar las calles.

El interrogante que, por alguna razón, más lo acuciaba, había sido respondido. Ella se las había ingeniado para hacerle saber discretamente que era viuda. Si hubiese tenido que adivinar, habría dicho que el esposo le había dejado una pequeña herencia, pero de ninguna manera una fortuna.

¿Cómo se explicaba el vestido?

Beatrice era... Se interrumpió, tratando de encontrar la palabra exacta. Su asediado cerebro logró finalmente emitir *interesante.* Tuvo que reconocer a regañadientes que el término era apenas adecuado. Ella era mucho más que meramente interesante. A decir verdad, era por completo diferente a cualquier mujer que hubiera conocido.

Sus facciones regulares y bien modeladas estaban iluminadas

por la inteligencia y la evidente fuerza de su personalidad, más que por una gran belleza. Había acertado con su primera estimación; debía rondar los treinta años, aunque esa impresión se debía más a su aire de confianza en sí misma que a su aspecto.

Probablemente, no había sido la joven más popular en los bailes de salón de Londres durante su juventud, pero Leo apostaba a que nadie podría ignorarla si se encontraba cerca. Era imposible.

Le provocaba un curioso desasosiego. En su presencia, todos sus sentidos se sentían difusamente perturbados, como si los hubiera rozado una corriente eléctrica invisible.

Tenía la incómoda sensación de que Beatrice podía ver más allá de la fría y enigmática fachada que él se cuidaba de mostrar al mundo. Se dijo que, aunque fuera tan sólo una ilusión, de todos modos resultaba desconcertante. Pero no le dio mayor importancia.

Llegó a la conclusión de que los ojos de Beatrice eran responsables en buena medida. Eran de una desusada mezcla de pardo y dorado, pero no fue eso lo que atrajo su atención. La clara y sorprendente percepción que mostraba su mirada alimentaba su intriga y lo instaba a actuar con cautela.

Experimentó la sensación de que la dama lo estaba estudiando tan atenta y meticulosamente como él a ella. Advertirlo le produjo un extraño efecto. Tuvo que controlar un repentino impulso de abandonar su puesto frente al fuego. No pensaba ceder a la inexplicable tentación de rondar por la habitación igual que *Elf* cuando deseaba salir de caza.

–Me parece que es usted la única persona en toda Inglaterra que puede ayudarme, milord –dijo Beatrice–. Su vasta erudición acerca de las viejas leyendas es inigualable. Si hay alguien que puede proporcionarme todo tipo de detalles en relación con los Anillos Prohibidos, ése es usted.

–De modo que ha recorrido usted todo este camino sólo para entrevistarse conmigo. –Sacudió la cabeza–. No sé si debo sentirme halagado u horrorizado. Ciertamente, no era necesario que se molestara en hacer semejante viaje, señora. Podía haberse limitado a escribirme.

–La cuestión es de suma urgencia, mi señor. Y para ser totalmente sincera, su reputación es tal que temí que no considerara adecuado contestar mi carta en, digamos, tiempo y forma.

Leo esbozó una leve sonrisa.

–En otras palabras –repuso–, ha oído por ahí que tiendo a no prestar atención a los requerimientos que no me resultan interesantes.

–O a los que juzga poco académicos o basados en la curiosidad ociosa.

Él se encogió de hombros.

–No voy a negarlo –admitió–. Suelo recibir cartas de gente que, aparentemente, pierde mucho el tiempo leyendo novelas.

–¿Desaprueba las novelas, milord? –inquirió Beatrice, en un tono curiosamente neutro.

–No desapruebo *todas* las novelas, sólo las de terror –respondió Leo–. Ya sabe usted a cuáles me refiero. Las que hablan de horrores sobrenaturales y extraños misterios.

–Oh, sí. Las de terror.

–Las tonterías acerca de espectros y luces trémulas en la lejanía ya son bastante malas. Pero que los autores introduzcan una historia de amor dentro de la narración es algo que supera mi paciencia.

–¿Conoce bien estas novelas, milord?

–Leí una –reconoció–. Jamás emito una opinión sin hacer antes una pequeña investigación.

–¿De qué novela se trataba?

–De una de un tal York, me parece. Dicen que es un autor muy popular. –Hizo una mueca–. Quizá debería decir autora, ya que la mayoría parece que han sido escritas por mujeres.

–En efecto. –Beatrice sonrió de manera enigmática–. Muchos creen que las mujeres son más proclives a situar las pasiones más siniestras en escenas y paisajes imaginarios.

–Ciertamente, no vamos a discutir esa cuestión.

–¿Desaprueba a las mujeres que escriben, milord?

–No a todas –repuso, un tanto desconcertado por la pregunta–. He leído muchos libros escritos por mujeres. Los únicos que me desagradan son los de terror.

–¿Especialmente los de la señora York?

–Así es. ¡Qué imaginación exacerbada tiene esa mujer! Toda esa palabrería sobre castillos en ruinas, y fantasmas y esqueletos que salen al paso... Es demasiado. –Sacudió la cabeza–. No podía creer que hiciera casarse a la heroína con el misterioso amo del castillo embrujado.

–Creo que esa clase de héroe es una especie de sello personal de la señora York –comentó suavemente Beatrice–. Es una de las características que hacen tan singular su obra.

–¿Cómo dice?

–En la mayoría de las novelas de terror, el misterioso señor del castillo o la abadía resulta ser el villano de la historia –explicó Beatrice pacientemente–. Pero en los libros de la señora York, generalmente termina siendo el héroe.

Leo la observó con atención.

–¡El protagonista de la novela que leí vivía en una cripta subterránea, por el amor de Dios! –protestó.

–*La maldición.*

–¿Cómo dice?

Beatrice carraspeó con suavidad.

–Me parece que el título de esa novela es *La maldición* –respondió–. Al final del relato, el héroe sale a la superficie y se traslada a las habitaciones bañadas por la luz del sol del castillo. La maldición ha sido conjurada, ¿comprende?

–¿Ha leído esa novela?

–Desde luego –replicó Beatrice, sonriendo con frialdad–. En Londres, mucha gente lee los libros de la señora York. Habría supuesto que un caballero entregado con tanta abnegación a la investigación sobre la autenticidad de las antiguas leyendas no haría grandes objeciones a una novela cuyo tema es una de ellas.

–¡Por todos los diablos, la señora York inventó la leyenda de su novela!

–Bueno, se trata simplemente de una novela, no de un artículo erudito para la Sociedad de Anticuarios.

–El hecho de que me dedique al estudio de las creencias ancestrales, señora Poole, no supone que tenga que disfrutar con extravagantes historias sobrenaturales.

Beatrice contempló a *Elf,* que estaba echado frente al fuego.

–Tal vez su intolerancia hacia las novelas de misterio provenga de la molesta existencia de historias más bien desafortunadas que giran en torno a su persona.

Leo siguió la mirada de Beatrice.

–Ha acertado usted, señora Poole –afirmó–. Cuando uno se encuentra reflejado en algunos relatos de misterios sobrenaturales, tiende a tener de ellos una imagen negativa.

Beatrice se volvió hacia él y se inclinó hacia delante.

–Milord, puedo asegurarle que mi interés por los Anillos Prohibidos de Afrodita no es frívolo en absoluto.

–¿De verdad?

Leo estaba fascinado por la manera como la luz de las llamas teñía de un color oro oscuro el cabello de la mujer. En ese instante se sorprendió imaginándose ese mismo cabello cayendo suelto por los hombros y se obligó de inmediato a concentrarse en la conversación.

–¿Puedo preguntarle cómo se enteró de la existencia de los anillos y por qué está tan decidida a descubrirlos?

–Estoy realizando indagaciones acerca de un asunto privado que parece estar relacionado con la leyenda.

–Es una respuesta un tanto vaga, señora Poole.

–Dudo que le interese conocer todos los detalles.

–Está equivocada. Insisto en conocerlos antes de decidir cuánto tiempo pienso dedicar a la cuestión.

–Discúlpeme, milord, pero esa afirmación podría confundirse con una forma velada de chantaje.

Leo fingió reflexionar sobre la acusación.

–Supongo que mi pretensión de conocer la historia completa podría ser considerada como tal –concedió.

–¿Está diciéndome que no piensa ayudarme a menos que le confíe determinadas cuestiones de naturaleza estrictamente personal y que incumben solamente a mi familia? –Beatrice arqueó las cejas–. No puedo creer que sea tan grosero, milord.

–Créalo. Ciertamente, no tengo intención de satisfacer lo que bien podría ser apenas mera curiosidad.

Beatrice se puso de pie y se dirigió a la ventana más cercana. Con las manos a la espalda, parecía contemplar pensativamente las sombras de la noche, pero Leo se dio cuenta de que estaba observando la imagen de él reflejada en el cristal. Incluso podía sentir cómo decidía qué estrategia debía adoptar. Aguardó con interés, para ver qué haría a continuación.

–Me advirtieron que podía llegar a mostrarse difícil –afirmó con irónica resignación.

–Es evidente que tales advertencias no lograron disuadirla de emprender el viaje por el desolado territorio de Devon.

–No, no lo hicieron. –Lo observó a través del oscuro cristal–. No soy de las que se desalientan con facilidad, milord.

–Y yo no soy de los que se dejan seducir con facilidad.

–Muy bien, ya que insiste, seré franca. Tengo la impresión de que mi tío puede haber sido asesinado a causa de los Anillos Prohibidos.

Cualesquiera que fuesen los motivos que esperaba escuchar, aquél no figuraba entre ellos. Sintió que un escalofrío le recorría la espalda, pero hizo uso de la lógica para recuperarse.

–Si se ha inventado un cuento sobre un asesinato para convencerme de que la ayude a encontrar los anillos, señora Poole –replicó–, debo advertirle que no trato con amabilidad a quienes tratan de engañarme.

–Usted me pidió la verdad, señor. Estoy tratando de decírsela.

No apartó los ojos de ella.

–Tal vez sea mejor que me cuente el resto de la historia.

–Sí. –Beatrice se retiró de la ventana y comenzó a pasearse

por la habitación–. Hace tres semanas, el tío Reggie murió en circunstancias algo difíciles.

–La muerte siempre es un asunto difícil. –Leo inclinó la cabeza–. Mis condolencias, señora Poole.

–Gracias.

–¿Quién era el tío Reggie?

–Lord Glassonby. –Beatrice hizo una pausa, y una expresión de nostalgia ensombreció su mirada–. Era un pariente más bien lejano por parte de mi padre. El resto de la familia lo consideraba bastante excéntrico, pero yo le tenía un gran afecto. Era bueno y entusiasta, y después de entrar en posesión de una pequeña herencia inesperada el pasado año, también sumamente generoso.

–Entiendo. ¿Por qué dice que las circunstancias de su muerte fueron difíciles?

Beatrice dejó de pasearse y volvió a unir las manos en la espalda.

–El tío Reggie no estaba en su casa en el momento de su muerte.

Aquello se ponía más interesante minuto a minuto.

–¿Y dónde estaba? –preguntó Leo.

Beatrice se aclaró la garganta con delicadeza.

–En un establecimiento que, según creo, es frecuentado por caballeros con gustos más bien fuera de lo común.

–Más vale que se exprese con toda claridad, señora Poole –insistió Leo–. No estoy dispuesto a conformarme con tan pobre explicación.

Beatrice suspiró.

–El tío Reggie estaba en un burdel.

A Leo le hizo mucha gracia ver cómo el rubor teñía las mejillas de la dama. Tal vez, después de todo, no fuera tan mundana.

–Un burdel –repitió.

–Sí.

–¿Cuál? –inquirió.

Beatrice permaneció callada el tiempo suficiente para dirigirle una mirada penetrante.

–¿Cómo dice?

–¿Qué burdel? Hay un gran número de ellos en Londres.

–Oh. –Beatrice se concentró intensamente en los dibujos de la alfombra oriental que veía bajo sus pies–. Creo que a ese establecimiento lo llaman La... –una tosecilla la obligó a interrumpirse– ... La Casa de los Azotes.

–He oído hablar de él.

Beatrice alzó velozmente la cabeza y le dirigió una mirada de reproche.

–En su lugar, yo no me jactaría de ello, milord –replicó–. No le deja en muy buen lugar.

–Le aseguro que jamás he sido cliente de La Casa de los Azotes. Mis gustos en la materia van en otra dirección.

–Comprendo –murmuró Beatrice.

–Tengo entendido que es un burdel dirigido a hombres cuyos apetitos sensuales se satisfacen con diversas formas de castigos corporales.

–Milord, por favor. –La voz de Beatrice parecía estar a punto de quebrarse–. Le aseguro que no es preciso entrar en detalles.

Leo sonrió para sí.

–Continúe con su historia, señora Poole –ofreció.

–Muy bien –aceptó Beatrice, dando media vuelta para encaminarse al extremo de la biblioteca–. En los días siguientes a la muerte del tío Reggie descubrimos, con desagradable sorpresa, que en algún momento de sus últimas semanas de vida había gastado una importante suma de dinero. De hecho, su situación financiera estaba próxima a la bancarrota.

–¿Había contado con heredar su fortuna? –preguntó Leo.

–No, es muchísimo más complicado que eso.

–Soy todo oídos.

–Ya le he explicado que el tío Reggie podía llegar a ser sumamente generoso. –Beatrice se volvió y caminó en dirección opuesta–. Pocos meses antes de morir, nos anunció su intención de financiar la presentación en sociedad de mi prima Arabella, pues su familia dispone de muy poco dinero. –Se interrumpió–. En realidad, en mi familia nadie cuenta con demasiado dinero.

–¿Salvo el tío Reggie?

–Era la excepción –precisó–, y la herencia que había recibido el año anterior sólo podía calificarse de modesta. Aun así, era mucho más cuantiosa que la suma del patrimonio del resto de mis parientes.

–Entiendo.

–En todo caso, Arabella es francamente adorable y encantadora.

–Y sus padres confían en casarla con un acaudalado joven de la nobleza, ¿no es así?

–Bueno, para ser sinceros, sí –admitió Beatrice, mirándolo con el ceño fruncido–. No se trata de ningún deseo inusitado, milord. Es el sueño más anhelado de muchas familias venidas a menos.

–En efecto.

–El tío Reggie se ofreció generosamente a pagar el importe de una presentación en sociedad y a proveer a Arabella de una pequeña aunque respetable dote. Su familia hizo arreglos para que ella y la tía Winifred...

–¿La tía Winifred?

–Lady Ruston –explicó Beatrice–. La tía Winifred había enviudado hacía varios años, pero en sus buenos tiempos solía frecuentar las más altas esferas. Es la única persona de la familia que mantiene buenas relaciones con la clase pudiente.

–De modo que los padres de Arabella le pidieron a lady Ruston que acompañara a Arabella en su presentación en sociedad.

–Exactamente. –Beatrice le dirigió una mirada de aprobación–. Mi tía y mi prima están viviendo conmigo en la casita que poseo en Londres. La verdad es que todo estaba desarrollándose de forma bastante satisfactoria. Arabella había conseguido atraer la atención del hijo mayor de lord Hazelthorpe y tía Winifred aguardaba una petición de mano.

–Hasta que el tío Reggie tuvo un ataque en un burdel y descubrieron que no quedaba dinero para pagar las deudas resultantes de la presentación en sociedad ni para la dote de Arabella.

–Eso lo resume muy bien. Hasta ahora nos las hemos arreglado para ocultar la verdad de las circunstancias que rodearon la muerte del tío Reggie y sustraerla de las murmuraciones.

–Me parece que empiezo a tener una idea del problema –comentó Leo en voz baja.

–Es evidente que no podemos ocultar los hechos indefinidamente. Un día u otro, los acreedores de mi tío vendrán a llamar a nuestra puerta, y cuando lo hagan todo el mundo descubrirá que Arabella ya no dispone de ninguna herencia.

–Y ya pueden ir despidiéndose del heredero de lord Hazelthorpe –concluyó Leo.

Beatrice hizo una mueca.

–Tía Winifred está fuera de sí por la preocupación –explicó–. Hasta ahora nos las hemos ingeniado para conservar las apariencias, pero se nos está acabando el tiempo.

–Se avecina el desastre –murmuró Leo, en tono lúgubre.

–No tiene nada de divertido, milord –replicó Beatrice, deteniéndose frente a él–. Mi tía puede ver esa alianza desde el punto de vista financiero, pero mucho me temo que Arabella está perdidamente enamorada, y quedará destrozada si los Hazelthorpe obligan al joven a alejarse de ella.

Leo exhaló un largo suspiro.

–Discúlpeme si no muestro demasiada compasión por el desengaño de su prima, señora Poole, pero la experiencia me ha demostrado que las pasiones juveniles no son necesariamente bases sólidas sobre las que se pueda fundar un matrimonio.

Para su sorpresa, Beatrice inclinó la cabeza.

–Tiene toda la razón –aceptó–. Estoy completamente de acuerdo. Como adultos maduros que somos y después de haber corrido mundo desde hace años, es natural que tengamos una perspectiva más realista de las cuestiones románticas de lo que puede tenerla una muchacha de diecinueve años.

Coincidían totalmente en ese punto, pero por alguna razón la prontitud con la que Beatrice había desestimado el poder de la pasión logró irritar a Leo.

–Por supuesto –murmuró.

–Sin embargo, y desde un punto de vista absolutamente práctico, no puede negarse que Arabella y el heredero de Hazelthorpe constituirían una pareja perfecta. Y lo cierto es que se trata de un joven muy agradable.

–Acepto su palabra –dijo Leo–. ¿Su tío perdió el dinero en las mesas de juego?

–No. Tío Reggie podía ser excéntrico, pero no era un jugador. –Beatrice se colocó detrás de una silla; aferrando el borde con ambas manos, contempló a Leo desde el otro extremo de la habitación–. Poco antes de su muerte, tío Reggie realizó una única compra, y muy cara. Entre sus papeles se encontró un registro de la misma.

Leo la miró atentamente.

–¿Y esa adquisición bastó para destruir sus finanzas?

–De acuerdo con lo que he podido determinar hasta ahora, así es.

–Si va a decirme que su tío compró los Anillos Prohibidos de Afrodita, ahórrese el esfuerzo, pues no creo una palabra de esa leyenda.

–Pues, en efecto, eso es lo que le iba a decir, milord.

Beatrice estaba mortalmente seria. Leo estudió con atención cada matiz de su expresión. La mirada clara y directa de la joven no vaciló. Meditó acerca de los rumores que habían llegado hasta él.

–¿Qué la condujo a creer que su tío adquirió los Anillos?

–Algunas notas que dejó. La única razón por las que están en mi poder es porque tío Reggie llevaba escrupulosamente su agenda. También escribía un diario, pero se ha perdido.

–¿Perdido?
–La misma noche de su muerte entraron ladrones en su casa. Creo que se llevaron el diario.
Leo frunció el entrecejo.
–¿Por qué razón querrían llevarse un diario personal unos simples rateros? No pueden aspirar a venderlo.
–Tal vez no se tratase de simples ladrones.
–¿Faltaba algún otro objeto de valor? –preguntó Leo con gran interés.
–Algunas cosas de plata, ya sabe, lo que suelen llevarse. –Beatrice se encogió de hombros–. Pero creo que fue sólo para que pareciera que el robo había sido obra de ladrones corrientes.
–Algo que usted no cree –replicó Leo, mirándola con aire pensativo.
–En absoluto.
–Imposible –replicó Leo, tamborileando con los dedos sobre la repisa de la chimenea–. Es un desafío a la credulidad.
Sin embargo, no lograba olvidar los relatos acerca de los anillos que habían atraído su atención. Movido por la curiosidad, preguntó a la dama:
–¿Su tío estaba interesado en el coleccionismo de antigüedades?
–Siempre le sedujo ese campo, pero no pudo afrontar el gasto que suponía dedicarse a ello hasta que recibió la herencia. No obstante, no compró demasiado, después. Sostenía que la mayoría de los objetos que estaban a la venta en las tiendas de antigüedades eran falsos.
A su pesar, Leo quedó impresionado.
–Tenía razón –afirmó–. Parece que su tío tenía buen olfato para las piezas antiguas.
–Toda la familia está dotada de una cierta sensibilidad para ese tipo de cosas –respondió ella con vaguedad–. En cualquier caso, tío Reggie parecía tener la convicción de que los Anillos Prohibidos eran la puerta de entrada hacia tesoros fabulosos. Eso fue lo que lo incitó a seguirles el rastro.

–Ah, sí, el señuelo del tesoro fabuloso. Ha conducido a más de uno a la perdición. –Leo frunció el entrecejo–. ¿Solía ir con frecuencia a La Casa de los Azotes?

Beatrice se ruborizó.

–Por lo visto, era un buen cliente de la propietaria, madame Virtue.

–¿Cómo lo sabe?

Beatrice se miraba los dedos.

–Tío Reggie llevaba un registro de sus visitas en la agenda. Él... ejem, hablaba de ellas como de visitas al médico. Me parece que padecía... hum... alguna clase de dolencia masculina.

–¿Dolencia masculina?

Ella volvió a carraspear con incomodidad.

–Una especie de debilidad en cierto órgano que es privativo de los hombres.

–Era impotente.

–Sí, bueno, además de sus visitas regulares a La Casa de los Azotes, parece que era paciente de un tal doctor Cox, que le suministraba un brebaje llamado «elixir del vigor masculino».

–Comprendo.

Leo apartó las manos de la chimenea y se dirigió hacia su escritorio.

Por primera vez consideraba seriamente la posibilidad de que hubiera algo de cierto en los rumores que le habían llegado. La idea era totalmente absurda. Aquellas historias ponían a prueba toda lógica y toda credibilidad. ¿Pero qué pasaba si era verdad que los Anillos Prohibidos habían sido hallados?

Beatrice le dirigió una intensa mirada.

–Ya le he puesto al corriente de los detalles de mi situación, milord. Ha llegado el momento de que cumpla con su parte del trato.

–Muy bien. –Le vino a la memoria el viejo volumen que había leído después de que contactara con él el anticuario–. De acuerdo con la leyenda, hace alrededor de doscientos años cierto alquimista esculpió una estatua de Afrodita. El material que utilizó, absolutamente único, lo había creado en su propio taller. Se supone que es extremadamente resistente, y que no le afectan ni el martillo ni el cincel.

–Entiendo –dijo Beatrice, con el ceño fruncido en un gesto de concentración.

–Se dice también que el alquimista escondió un fabuloso tesoro en el interior de la estatua de Afrodita y la selló, cerrándola con una llave formada por dos anillos. Estatua y anillos desaparecieron poco tiempo después. –Leo extendió las manos–. A lo largo de todos estos años, cada cierto tiempo aparecen cazadores de tesoros que tratan de encontrarlos, pero hasta ahora no han sido hallados; ni la estatua, ni los anillos.

–¿Ésa es toda la historia?

–Lo esencial de la misma, sí –afirmó Leo–. En todo este tiempo han aparecido cierto número de falsificaciones. Es más que probable que, a pesar de su instinto para las antigüedades, su tío fuera víctima de un plan urdido para hacerle creer que había adquirido los Anillos Prohibidos.

–Sí, sé que es posible que comprara una falsificación –concedió Beatrice–. Pero no tengo alternativa; debo ir hasta el fondo de la cuestión.

–Suponiendo que de alguna manera hubiera adquirido un par de anillos, auténticos o no, ¿qué le hace pensar que ésa fue la causa de su muerte?

Beatrice salió de detrás de la silla y volvió a la ventana.

–Además del hecho de que le desvalijaron la casa la misma noche de su muerte, tío Reggie dejó algunas notas en su agenda señalando que estaba sumamente nervioso por alguna razón. Según lo que escribió, creía que alguien había estado siguiéndolo por todo Londres.

–Usted dijo que era un reconocido excéntrico.

–Sí, pero no era una persona asustadiza o nerviosa. También me resulta sospechoso que muriera poco después de comprar los Anillos Prohibidos.

Leo sintió que se le erizaban los pelos de la nuca. «Contrólate, hombre –se dijo–. Tú estudias leyendas, no crees en ellas.»

–Señora Poole, si por una remota casualidad consiguiera encontrar los anillos, ¿qué haría con ellos?

–Venderlos, por supuesto –respondió, sorprendida por la pregunta–. Parece la única manera de recuperar algo del dinero de mí tío.

–Comprendo.

Ella se alejó de la ventana.

–¿Hay algo más que pueda decirme sobre los anillos, milord?

Leo titubeó.

–Sólo que puede ser peligroso involucrarse en un asunto que atrae a los cazadores de tesoros. Suelen ser gente imprevisible. La perspectiva de cobrarse una gran pieza, especialmente antigua y legendaria como en este caso, provoca efectos impredecibles en algunas personas.

–Sí, sí, puedo entenderlo –repitió Beatrice, desestimando la advertencia de Leo con un airoso movimiento de muñeca–. ¿Pero puede decirme algo más sobre los anillos?

–Oí un rumor sin confirmar –contestó lentamente– que sostenía que habían aparecido en una pequeña tienda de antigüedades regentada por un hombre llamado Ashwater.

–Discúlpeme, milord, pero ya estoy enterada de eso. Fui a ver al señor Ashwater. La tienda estaba cerrada, y los vecinos me dijeron que había emprendido un largo viaje por Italia.

Leo tuvo la sensación de que Beatrice estaba perdiendo la paciencia. No sabía si sentirse molesto o divertido. Ella era el huésped que no había sido invitado. Ésta era su casa. Ella era la que había caído intempestivamente sobre él, exigiendo respuestas a sus preguntas.

–¿Ya ha comenzado a realizar averiguaciones? –preguntó.

–Desde luego. ¿Cómo cree que me enteré de su experiencia en antigüedades legendarias, milord? Después de todo, sus artículos aparecen en publicaciones más bien poco conocidas.

Jamás había oído su nombre antes de comenzar mis investigaciones.

Leo se preguntó si debía sentirse ofendido.

–Es rigurosamente cierto que no soy un autor de novelas populares como la señora York.

Beatrice lo contempló con una sonrisa que casi podía considerarse condescendiente.

–No se sienta mal por eso. No todos podemos escribir lo suficientemente bien para vivir de ello, milord.

–Yo escribo –replicó Leo, apretando los dientes– para un público diferente del de la señora York.

–Por fortuna, en su caso no es preciso convencer a nadie para que compre sus textos, ¿verdad? La fortuna de los Monkcrest es legendaria, según mi tía. Puede permitirse escribir para publicaciones que no pagan por sus artículos.

–Me parece que nos estamos desviando del tema, señora Poole.

–En efecto –coincidió; su sonrisa era de una frialdad extrema, y sus ojos echaban chispas–. Milord, le estoy sumamente agradecida por la información que me ha brindado, por limitada que sea. No voy a abusar de su hospitalidad más de lo estrictamente indispensable. Mi doncella y yo nos marcharemos a primera hora de la mañana.

Leo pasó por alto sus palabras.

–Un momento, señora Poole. ¿Cómo piensa seguir investigando la cuestión de los anillos?

–Mi próximo movimiento será entrevistarme con la persona que estaba con él en el momento de morir.

–¿Y quién es esa persona?

–Una mujer que se hace llamar madame Virtue.

La impresión lo dejó sin palabras por espacio de varios minutos. Cuando por fin logró salir de la parálisis, Leo aspiró con fiereza para serenarse.

–¿Se propone hablar con la propietaria de La Casa de los Azotes? Imposible. Absolutamente imposible.

Beatrice inclinó un poco la cabeza y lo miró con dureza.

–¿Por qué razón dice eso, milord?

–¡Por el amor de Dios, es la dueña de un prostíbulo! Quedará usted totalmente descalificada si trasciende que ha tenido tratos con ella.

La diversión iluminó los ojos de Beatrice.

–Una de las ventajas de ser una viuda de cierta edad, estoy segura de que ya lo ha adivinado, milord, es que gozo de una libertad mucho más amplia que la que tenía cuando era una jovencita.

–Ninguna dama respetable posee el grado de libertad necesario para reunirse con dueñas de burdeles.

–Procederé con suma discreción –replicó ella con un aplomo, sin duda, destinado a tranquilizarlo–. Buenas noches, milord.

–¡Maldición, señora Poole!

Ella ya estaba en la puerta.

–Ha sido usted de cierta ayuda. Gracias por su hospitalidad.

–Y a mí me llaman loco –susurró para sí Leo.

3

El señor de las ruinas volvió a esfumarse en las sombras, como si retornara a su ámbito natural. Las tinieblas se cerraron en torno a él. La muchacha sintió que quedaba muy poco tiempo. Debía encontrar la forma de salir antes de que el tenebroso noble reapareciera.
DEL CAPÍTULO TRES DE *LAS RUINAS*,
DE AMELIA YORK

Tenía que detenerla.

Quince minutos después de que la puerta se cerrara tras ella, Leo seguía recorriendo con ansiedad la biblioteca dando largos pasos. Lo acosaba un fuerte presentimiento.

No tenía la menor duda de que Beatrice se proponía llevar a cabo su alocado plan.

–No tiene ni idea de en qué se está metiendo –le dijo a *Elf*–. Como mínimo, sin duda pondrá en peligro su reputación. Y en el peor de los casos...

No pudo terminar de pronunciar la frase. Si realmente había alguien en pos de los anillos, y había asesinado a lord Glassonby a causa de ellos, Beatrice podría correr un serio peligro.

Se detuvo bruscamente. Sólo cabía hacer una cosa. Tendría que descubrir la verdad de todo el asunto por su cuenta. Después de todo, era una autoridad en viejas leyendas y en antigüedades. Si alguien podía encontrar los Anillos Prohibidos y la Afrodita del alquimista, ése era él.

La señora Beatrice Poole, lectora de novelas de terror, sólo crearía problemas, y con toda probabilidad acabaría enredándose en una aventura extremadamente arriesgada si persistía en seguir adelante con la investigación sin ninguna ayuda.

Tenía que encontrar la forma de convencerla de que dejara el asunto en sus manos. No iba a ser sencillo hacerla desistir de su búsqueda. Por lo poco que había visto de ella, le resultaba claro que Beatrice era una formidable mujer dotada de una poderosa voluntad. A lo largo de su viudez había perdido la costumbre de aceptar consejos, cuando no instrucciones, de la parte masculina de la especie; de hecho, dudaba que alguna vez hubiera estado dispuesta a aceptarlos.

Necesitaba algo de tiempo para poder disuadirla. Y si la empresa fracasaba, lo que parecía ser más que probable, iba a ser preciso algo más de tiempo para preparar un viaje a Londres. Su servidumbre podía manejar la mayoría de los asuntos rutinarios de la finca, pero había un punto que requeriría su atención personal antes de partir.

Tiró con fuerza del cordón de terciopelo que accionaba la campanilla.

Cuando Finch apareció en la habitación, Leo había terminado la copa de coñac que se había servido.

–¿Milord?

–Mañana por la mañana informe a la señora Poole de que no puede marcharse de Monkcrest por lo menos hasta pasado mañana.

–¿Pretende que yo impida marcharse a la señora Poole? –Finch abrió la boca con estupor; tragó con dificultad dos veces y recobró la compostura–. Milord, eso es algo que puede estar más allá de mis posibilidades. La señora Poole es una dama muy enérgica. Ni el mismísimo diablo podría detenerla si ha tomado la decisión de dejar la abadía.

–Por suerte, no necesitamos llamar al diablo en nuestra ayuda. Creo que puedo arreglármelas solo.

–¿Cómo dice, milord?

Leo fue hasta la ventana.

–Al amanecer le dirás a la señora Poole que el río ha crecido de tal forma que el puente ha quedado sumergido y resultará intransitable por lo menos un día más.

–Pero la lluvia cesó hace una hora –puntualizó Finch–. El puente estará transitable por la mañana.

–No me entiendes, Finch –dijo Leo con paciencia–. El puente estará sumergido al menos durante todo un día más.

–Sumergido. Entiendo. Bien, milord.

–Gracias, Finch. Sabía que podía contar contigo. –Leo se volvió–. Puedes decirle a la señora Poole que me reuniré con ella en el desayuno. Después, le mostraré el invernadero.

–El invernadero. Muy bien, milord.

Aturdido, Finch inclinó la cabeza y abandonó la biblioteca.

Beatrice aspiró el cargado aroma vegetal que impregnaba el invernadero y se preguntó si acaso no habría caído en una trampa. Fuera como fuese, no podía culpar al conde por la crecida del río, a menos que diera por cierta la leyenda que rodeaba a Monkcrest y que le atribuía poderes sobrenaturales sobre los elementos.

Se negó a ceder ante semejante tontería. Por intrigante que fuera Monkcrest, no podía dominar las fuerzas de la naturaleza. Por otro lado, cuanto más tiempo pasaba al lado del conde más fácil le resultaba creer que no se trataba de un hombre corriente. Sin duda era inteligente, enigmático, y estaba imbuido de una perturbadora autoridad. Pero definitivamente no era vulgar.

Su apariencia le fascinaba mucho más que la leyenda que lo rodeaba. Tenía el severo e inquebrantable semblante del hombre que no cede con facilidad. Por supuesto, lo más probable era que no tuviera mucha experiencia al respecto. No era un hombre que se hubiera visto obligado jamás a depender de nadie.

Su cabellera mostraba la suficiente cantidad de hebras de plata como para atraer el interés de Beatrice. No era ningún jovenzuelo inexperto, sino un hombre que conocía en qué consistía la vida y había llegado a sus propias conclusiones. El color de sus ojos era de un raro matiz del ámbar, y las fuerzas combinadas de la voluntad y la inteligencia les conferían una expresión enigmática.

Por todo lo que Beatrice ya sabía sobre él, resultaba evidente que ciertos aspectos de la leyenda eran reales. Era arrogante y obstinado, pero no podía negar que estimulaba su imaginación de una manera que ni siquiera el propio Justin Poole había logrado durante su cortejo.

Ya no tenía edad para reaccionar así, y el hecho le causaba un enorme fastidio. El pulso acelerado, la curiosidad irresistible y un agudo estado de alerta eran propios de jóvenes como Arabella. Una madura viuda de veintinueve años se suponía más allá de tales sofocos.

Monkcrest quedaría más que impresionado si pudiera leerle el pensamiento. La historia de su breve matrimonio formaba parte de la leyenda. Tía Winifred, inagotable fuente de información de todos esos detalles personales, le había contado algo sobre el tema. «Todos saben que los Monjes Locos son una familia bastante original –le decía Winifred–. Al contrario de lo que hace la mayoría, en las cuestiones sentimentales suelen seguir el dictado de su corazón. Me parece que el actual conde se casó a los diecinueve años.» «¿Tan joven?», le había preguntado Beatrice, sorprendida. «Se dice que ella era la mujer de sus sueños –había contestado su tía–. Esposa ejemplar y madre amantísima. Él le entregó su corazón y ella lo recompensó con un primogénito, que sería su heredero, y otro hijo más. Pero a los pocos años murió a causa de una infección pulmonar.» Beatrice se había quedado impresionada por la triste historia.

«Se dice que Monkcrest quedó destrozado –continuó Winifred–. Juró que jamás volvería a casarse. Los Monjes Locos son hombres de una sola mujer, ya sabes.»

Beatrice había comentado, con cierta aspereza, que el hecho de tener ya dos hijos le había permitido a Monkcrest no tener que volver a pensar en el matrimonio. Winifred le había contemplado con aire inquisitivo y le había contestado: «En realidad, su historia se parece mucho a la tuya, querida mía. La misma tragedia de encontrar un gran amor y perderlo luego demasiado pronto».

Beatrice sabía bien que su propio y fugaz matrimonio había sido elevado por su familia a la categoría de leyenda.

Hizo a un lado los chismes de Winifred y observó a Leo. Éste cambió ligeramente su posición contra la columna. El leve movimiento hizo estirar la tela de su chaqueta sobre sus anchos hombros. Beatrice deseó no ser tan consciente de la manera en que la bien cortada prenda destacaba su silueta vigorosa y elegante.

No tenía que interesarle el hecho de que la pechera de su camisa de hilo no mostrara los volantes tan en boga, o que anudara su corbata con un estilo estricto y severo en lugar de llevar el elaborado lazo que hacía furor en Londres. Pero le interesaba.

Era evidente que el conde no se preocupaba demasiado por la moda, pero su estilo frío y extremadamente seguro de sí podía provocar la envidia de más de uno. Lo rodeaba un aire taciturno y sombrío que le recordó a uno de los héroes de sus propias novelas.

Ahogó un gemido. Era ridículo. Su imaginación de escritora adjudicaba a aquel hombre turbadoras honduras. Tenía que evitar que el sentido común y el ingenio la abandonaran.

Se inclinó para tomar en sus manos una brillante orquídea dorada.

–Tiene usted una impresionante colección de plantas, milord.

–Gracias –respondió Leo, apoyando el hombro contra una

estaca–. Este invernadero fue construido por mi abuelo. Sentía auténtica pasión por la jardinería, a la que se entregaba movido por un interés científico.

–Jamás he visto orquídeas de este color.

–Fueron un regalo de un conocido mío que pasó muchos años en el Extremo Oriente. Las trajo de una isla llamada Vanzagara.

–A todas luces, la jardinería es uno de sus muchos intereses, milord.

Beatrice se detuvo para admirar un macizo de enormes crisantemos originalmente moteados.

–He conservado el invernadero porque contiene muchas curiosidades. Pero no experimento por la jardinería la misma pasión que mi abuelo.

–¿Su padre también realizaba experimentos de jardinería?

–Es muy probable, en su juventud. Pero me contaron que, a medida que pasaron los años, sus intereses se dirigieron hacia el estudio de los temas relacionados con la mecánica. Su viejo laboratorio está repleto de cronómetros, manómetros y otros muchos instrumentos.

Beatrice caminó hacia un macizo de cactus.

–Usted no siguió los pasos de su padre –determinó.

–No. Mi padre y mi madre murieron en un naufragio cuando yo tenía cuatro años, y lo cierto es que no los recuerdo con claridad. Fui criado por mi abuelo.

–Comprendo. –Le echó una rápida mirada, desasosegada por su propia imprudencia–. No lo sabía.

–Desde luego que no. No se preocupe.

Beatrice avanzó lentamente por el pasillo, deteniéndose de cuando en cuando para observar algún ejemplar.

–¿Puedo preguntarle qué fue lo que lo indujo a estudiar las leyendas arcaicas y las antigüedades?

–Me intrigaron desde mi más tierna edad –explicó Leo–. Mi abuelo me dijo una vez que el interés por los arcanos está en la sangre de los Monkcrest.

Beatrice inclinó la cabeza para aspirar la fragancia de una extraña orquídea color púrpura.

–Tal vez su erudito interés en las leyendas provenga del hecho de que usted mismo es producto de una leyenda –sugirió.

Leo se apartó de la estaca donde se apoyaba y comenzó a caminar por el pasillo paralelo al que ella recorría.

–Es usted una mujer inteligente, señora Poole –repuso–. Me niego a creer que otorgue algún crédito a las ridículas historias que circulan sobre mí.

–Detesto desilusionarlo, milord, pero a partir de mis observaciones he llegado a la conclusión de que algunas de ellas se basan en hechos concretos.

La miró con expresión burlona.

–¿Por ejemplo? –inquirió.

Beatrice pensó en algunas de las historias que le había relatado la mujer del posadero.

–Se dice que las tierras de Monkcrest siempre han sido inusitadamente prósperas –apuntó–. Las cosechas son muy abundantes y las ovejas suministran una de las mejores lanas de toda Inglaterra.

–Sea como fuere, eso no se debe a la influencia de lo legendario o lo sobrenatural. –Leo hizo un gesto impaciente, señalando no sólo el invernadero sino también los verdes prados circundantes–. Lo que puede usted ver en las tierras de Monkcrest es el fruto de una interminable serie de experimentos agrícolas y la aplicación de serias técnicas científicas.

–¡Ah, la ciencia! –Beatrice dejó escapar un exagerado suspiro de decepción–. ¡Qué sofisticado! Un poco de magia habría sido mucho más excitante.

Leo le dirigió una reprobatoria mirada de soslayo.

–Ninguno de los demás hombres de la familia hemos sentido la fascinación que experimentaba mi abuelo por el estudio del suelo y de las plantas, pero todos hemos cumplido con nuestras responsabilidades.

–Para beneficio de la poco natural prosperidad de sus tierras. Veamos, ¿qué otros aspectos de la leyenda de Monkcrest he podido comprobar? –Apoyó el codo sobre una mano y tamborileó con el índice sobre su mejilla–. Me parece que se dice que, en el pasado, mientras reinaba la confusión en otras tierras del reino los habitantes de Monkcrest vivían en paz.

–Es verdad –admitió Leo–. Pero eso se lo debemos a lo apartado de nuestra localización geográfica. Los monjes que construyeron la abadía en las postrimerías del siglo XII eligieron esta parte de la costa porque sabían que nadie se interesaba demasiado por ella. Como consecuencia de su previsión, Monkcrest nunca ha sido perturbado por cuestiones políticas.

–Y de esta forma otro de los mitos de Monkcrest se disuelve en la bruma.

Leo apretó las mandíbulas.

–¿Desea explicarme alguna otra historia?

–Algo respecto a que la abadía estaba embrujada... –comenzó Beatrice, con una sonrisa expectante.

Leo hizo una mueca.

–Toda casa inglesa tan antigua como ésta carga con la fama de estar plagada de fantasmas –le recordó.

–Solía circular el extraño rumor de que los Monjes Locos eran conocidos por su asociación con los lobos.

Leo la miró al tiempo que sofocaba una carcajada.

–Aquí no hay lobos, tan sólo *Elf*.

–¿*Elf*?

–Mi sabueso.

–Oh, sí, por supuesto. Es demasiado grande y fiero como para ser un elfo.

–Puede ser. Pero ciertamente no es un lobo. Por favor, continúe con su lista de las leyendas de Monkcrest.

Beatrice contaba con bastante información y se preguntó hasta dónde podría llegar con sus preguntas. Tenía la sensación de que su anfitrión no tenía demasiada paciencia tratándose de aquel tema.

–Supongo que puedo desestimar todos esos rumores acerca

de que, a la edad en que otros jóvenes se dedican a estudiar griego y latín, los hombres del linaje de los Monkcrest se dedican al estudio de la brujería.

–Puras idioteces –protestó Leo; sus labios se curvaron, evidenciando un humor renuente que no podía disimular–. Reconozco que los hombres de mi familia tienden a perseverar en sus intereses predilectos con algo que podría calificarse de entusiasmo obsesivo. Pero puedo asegurarle que ninguno ha utilizado la brujería en su búsqueda de conocimiento. Al menos, no ha sido así en los últimos años.

–¿Por qué insiste en convertir una excelente leyenda en una serie de aburridas explicaciones? –preguntó Beatrice, con un mohín de fastidio.

La expresión divertida desapareció del rostro de Leo con tanta rapidez que no estuvo segura de haberla visto realmente. Quedó sorprendida al contemplar la melancolía que la reemplazó.

–Acepte este comentario de alguien que sabe: las leyendas tienen sus inconvenientes, señora Poole.

–Quizá –coincidió ella–. Pero también poseen sus ventajas, ¿no cree?

–¿A qué se refiere?

Beatrice era muy consciente de que estaba a punto de internarse en terrenos peligrosos. Lo miró a través de un manojo de helechos.

–Un hombre que es el centro de una interesante leyenda, sin duda encuentra muy sencillo manipular las más ingenuas y demasiado imaginativas.

Leo alzó las cejas.

–¿Qué está insinuando, señora Poole?

–Sin ánimo de ofender, milord, debo decirle que lo creo muy capaz de utilizar su propia leyenda para lograr sus propósitos.

–Basta ya de tonterías –dijo Leo, apoyando las manos en el estante que sostenía los helechos. Se inclinó hacia ella, mostrando una expresión de implacable determinación–. No la he traído aquí para discutir sobre jardinería o leyendas familiares.

Estaba muy cerca de ella. Beatrice tuvo que contener el impulso de dar un paso atrás.

–Ya me lo imaginaba –replicó–. Desea convencerme de que abandone mis planes de realizar averiguaciones sobre la muerte de mi tío, ¿no es así?

–Es usted muy perceptiva, señora Poole.

–No hace falta demasiada percepción para deducir que se opone a la idea. Ya me lo había parecido anoche. ¿Puedo preguntarle por qué siente una preocupación personal por mis intenciones?

–Me opongo a su plan porque es una empresa potencialmente peligrosa.

–Creo que el verdadero peligro radica en la posibilidad de no llegar a descubrir toda la verdad –replicó ella.

–No sabe de lo que está hablando. Ya le dije anoche que muchos han muerto en la búsqueda de ese tesoro.

–Tío Reggie bien podría contarse entre ellos –alegó–. Si es el caso, tengo intención de descubrir quién lo asesinó, y luego trataría de recuperar parte del dinero que perdió.

–Comprendo sus preocupaciones. –Leo se irguió–. Después de reflexionar anoche sobre el asunto, llegué a la conclusión de que, si los anillos existen, lo mejor sería encontrarlos cuanto antes.

Ella lo contempló con recelo.

–¿Qué está diciendo, milord?

–Tengo la solución que resolverá el dilema.

–¿De verdad, milord? –Beatrice cruzó los brazos sobre el pecho–. ¿Y de qué se trata?

–He decidido acompañarla en su regreso a Londres –anunció Leo–. Haré mis propias averiguaciones sobre los anillos.

–¿*Usted* va a buscarlos? –exclamó Beatrice, contemplándolo con asombro–. No lo comprendo, milord.

–Es muy sencillo –afirmó–. Usted se mantendrá completamente al margen de la cuestión, mientras yo me ocupo de todo.

Finalmente la iluminó la comprensión.

–Quiere los Anillos Prohibidos para usted solo, ¿no es así?

–Señora Poole, aunque le resultara posible descubrir el paradero de los anillos por sus propios medios, lo cual es sumamente improbable, sería en extremo peligroso que quedara en posesión de los mismos. Yo estoy mucho mejor pertrechado para afrontar esa clase de problemas.

–¿Cómo se atreve, milord? –protestó, irguiéndose en toda su altura y mirándolo por encima de los helechos–. Si piensa por un solo instante que voy a abandonar mis investigaciones para dejarle el campo libre, está muy equivocado. Esos anillos y el dinero cuya venta produzca pertenecen a mi prima Arabella; tío Reggie tenía el propósito de que lo recibiera como herencia.

–¡Maldición, no es el dinero lo que me preocupa!

–Lo comprendo muy bien.

Pareció quedar algo apaciguado.

–Me alegra saberlo.

–El dinero jamás sería una preocupación primordial para un hombre con su personalidad –afirmó Beatrice, observándolo con suspicacia–. Pero hay otras cosas que sin duda podrían despertar los rasgos más, digamos, codiciosos de su temperamento.

–¿Cómo dice?

–Admítalo, Monkcrest –repuso–. Ansía poner sus manos sobre los anillos porque quiere saber la verdad acerca de la leyenda. Persigue el tesoro que supuestamente se oculta dentro de la Afrodita del alquimista.

–¡Por los cuernos del diablo, señora!

–No lo culpo. Sería un golpe brillante, ¿verdad? Sólo piense en el artículo que podría escribir para la Sociedad de Anticuarios. Después de todo, ¿con qué frecuencia sucede que un hombre que se dedica al estudio de las viejas leyendas tenga la oportunidad de demostrar la verdad de una de ellas?

–La leyenda no tiene nada que ver con esto –replicó Leo; apartó las manos del estante y flexionó los dedos con un movimiento ágil y fiero–. Al menos, no directamente.

–Tonterías –rechazó ella–. Acaba de decirme que es parte de la idiosincrasia de los Monjes Locos dedicarse a sus intereses con entusiasmo obsesivo. Es usted un apasionado de la investigación de las antiguas creencias y yo, tonta de mí, le he servido en bandeja la posibilidad de un fabuloso descubrimiento relacionado con una de ellas.

–Señora Poole, esto no es ningún juego de la búsqueda del tesoro. Estamos hablando de una situación que puede entrañar peligros.

Ella abrió las manos.

–¡Qué maldita estúpida he sido al buscar su ayuda! Ha sido como meterme en la boca del lobo.

–Tenga la amabilidad de dejar a un lado el melodrama. Sucede que ha acudido al único hombre en toda Inglaterra que le puede solucionar este asunto.

–Discúlpeme, milord, estoy abrumada por su modestia y su humildad. –Dio media vuelta y se encaminó hacia el otro extremo del invernadero–. ¡El único hombre en toda Inglaterra que puede ayudarme, hay que ver! Apostaría a que hay varios dispuestos a hacerlo.

–¡Maldita sea, sabe muy bien que eso no es verdad! –Fue tras ella por el pasillo paralelo–. Soy el hombre que necesita para encarar esta aventura, y ése era el motivo de su visita aquí, si lo recuerda.

Beatrice se detuvo y giró para enfrentarse cara a cara con él a través de un plantío de margaritas inusitadamente grandes.

–Permítame aclarar una cosa, milord –replicó–. Vine aquí en busca de la información que pudiera brindarme. Usted me la ha proporcionado, cosa que le agradezco mucho. Pero eso es todo lo que esperaba de usted.

–Necesita mucho más que eso de mí, señora Poole –aseguró Leo, entrecerrando los ojos de forma ominosa–. Y, le guste o no, lo va a conseguir. Voy a acompañarla de regreso a Londres mañana por la mañana.

Esa noche, cuando se reunió con Sally en el pequeño salón que unía sus dos alcobas, Beatrice estaba encolerizada.

–¡Es un auténtico desastre! –protestó–. ¿Qué rayos voy a hacer con él?

Sally, envuelta en una bata desteñida y tocada con un gorro amarillento en la cabeza, se reclinó en su silla frente al fuego y bebió un sorbo de ginebra.

–No le haga caso –aconsejó.

–No es tarea fácil. –Beatrice también se hallaba preparada para irse a la cama. Su bata de *chintz* revoloteaba alrededor de sus piernas mientras caminaba de un lado a otro frente a la chimenea–. Es de esa clase de hombres que sencillamente no pasan desapercibidos.

–*Mais oui.* Puede apostar a que sí. –Sally frunció el entrecejo–. ¿Se dio cuenta de que sus ojos son del mismo color que ese enorme perrazo que tiene?

–Una ilusión óptica, nada más.

–Si usted lo dice. Sin embargo, yo diría que es algo bastante peculiar. –Sally tomó otro trago de ginebra–. Siento mucho que las cosas no salgan tal como las planeó. Pero mírelo por el lado bueno, señora; si el conde de Monkcrest nos escolta de regreso a Londres, podremos conseguir habitaciones mucho más cómodas en esa condenada posada que las que ocupamos al venir aquí.

Beatrice se detuvo junto a la ventana. No podía discutir el tema en profundidad con Sally, que desconocía la verdadera razón de su viaje a Devon.

Había sido una estúpida al ir allí. Al consultarle acerca de la cuestión de los Anillos Prohibidos, había agitado involuntariamente un irresistible señuelo frente a Monkcrest. A aquel hombre le apasionaban las leyendas y las antigüedades. Sólo había que leer sus artículos para saberlo.

Se preguntaba qué diablos iba a hacer con él. Debía mantenerlo alejado de Londres. No podía permitir que diera con los anillos antes que ella.

Dos horas más tarde se encontraba despierta en la cama, rumiando las mismas preguntas que se había formulado esa noche. Se hallaba sumida en la tarea de idear un plan para escaparse subrepticiamente de la abadía antes del amanecer cuando sus pensamientos se vieron interrumpidos por el sonido inconfundible de cascos de caballo sobre los adoquines.

Era casi medianoche. No se le ocurrió ninguna razón lógica que explicara la presencia de un caballo en el patio delantero a aquellas horas. Tal vez Monkcrest estuviera a punto de recibir a otro huésped que no había sido invitado. Se lo tendría merecido. Además, también sería útil para desviar su atención de ella.

Curiosa, apartó el pesado edredón y se sentó en el borde de la cama. Cuando apoyó los pies descalzos en el frío suelo la recorrió un escalofrío. En el hogar todavía chisporroteaban algunas brasas, pero no proporcionaban el calor suficiente para caldear la habitación.

Deslizó los pies dentro de las zapatillas, se puso la bata y se dirigió a la ventana. La luna llena iluminaba el patio delantero de la abadía.

Divisó un caballo y su jinete que avanzaban al trote hacia la salida. El semental era un inmenso animal con un cuello airosamente arqueado y flancos musculosos. El hombre que lo montaba lo hacía con el dominio nacido de la autoridad. Los pliegues de una negra capa se arremolinaban a su espalda. Un gran sabueso corría a la par con la boca abierta.

Beatrice apoyó los codos en el alféizar de la ventana, mientras los contemplaba perderse en la oscuridad.

Reflexionó largo rato sobre el asunto, pero no pudo pensar en una buena razón que obligara al Monje Loco de Monkcrest a salir al galope en plena noche con la única compañía de su sabueso.

Apresar salteadores de caminos era parecido a cazar cualquier otra clase de bestias salvajes. Se aprendían los modos y costumbres de la presa, y luego se utilizaba ese conocimiento para tenderle una emboscada.

Años de experiencia le habían enseñado mucho a Leo. Se había enterado de que esa noche uno de los miembros de la nobleza rural de la zona ofrecía una fiesta. La mayoría de los invitados pasaría la noche en casa del anfitrión. No obstante, era inevitable que algunos regresaran a sus casas, y quienes así lo hicieran llevarían puestas sus mejores joyas.

Si eso no fuera atractivo suficiente, la luna llena de esa noche tentaría a cualquier forajido ambicioso que acertara a estar por la zona. Leo estaba casi seguro de que el villano que había intentado asaltar a Beatrice todavía andaba cerca.

Había establecido la costumbre de mantenerse al tanto de todo lo que pasaba dentro y fuera de los dominios de los Monkcrest. Informaciones, habladurías y noticias fluían hacia la abadía por medio de criadas, jardineros y peones. Leo tenía el hábito, tal como lo habían tenido los Monjes Locos que le habían precedido, de reunir toda la información y verificarla.

Le habían comentado que esa tarde, en la taberna de la aldea, había hecho acto de presencia un forastero alborotador.

Los salteadores solían aparecer con mucha frecuencia en los caminos. Darles caza era un deporte poco convencional. Pero Leo se recordó que todo el mundo necesitaba tener un pasatiempo.

A lo largo de los años, Leo había perfeccionado su habilidad para localizar los escondites favoritos de sus presas. Raramente se equivocaba. Esa noche se quedó vigilando una densa arboleda que inevitablemente atraía a todo villano que pasara a caballo por el lugar. Desde su lugar de observación al otro lado del camino, aguardó paciente a que se oyera el traqueteo de las ruedas de algún carruaje. Sabía que un hombre oculto entre los árboles también esperaba.

Soplaba un viento helado. Leo pensó en el cálido fuego y el coñac que lo esperaban en casa. Y luego en Beatrice. Al día siguiente se dirigiría con ella a Londres. Sintió una íntima punzada de excitación.

El crujir de las ruedas y el ruido sordo de los cascos sobre el suelo lodoso lo arrancaron de su ensueño. Sacó de su cinturón una de las dos pistolas que llevaba con él y tiró suavemente de las riendas de *Apollo*. El gran tordillo dejó de cabecear y alzó la testa con las orejas enhiestas.

El carruaje tomó la curva del camino a paso lento por lo fangoso del suelo. En su interior, habían sido descorridas las cortinas. Los faroles iluminaban a sus ocupantes, un hombre mayor de poblados bigotes y patillas y una dama tocada con un inmenso turbante gris.

Durante unos instantes, no sucedió nada. Leo se preguntó si se había equivocado al localizar a su presa. Entonces, acompañados por el crujido de ramas rotas y hojarasca, emergieron de la arboleda un caballo y su jinete, y se situaron en medio del camino.

–¡Deténte y entrégate, cochero, o te arrancaré la cabeza de los hombros!

El asaltante llevaba un sombrero de ala ancha, y ocultaba sus facciones con una máscara hecha con un triángulo de sucia tela. Sostenía la pistola con brazo firme.

Leo se alzó el cuello de la capa y se caló el sombrero hasta los ojos. Las sombras de la noche harían el resto. Se preparó para salir con *Apollo* de su refugio.

–¡Maldita sea tu estampa, desgraciado! –El nervioso cochero tironeó frenéticamente de las riendas–. ¿Qué quieres de nosotros? No llevo nada más que una pareja de ancianos.

Al ver que el cochero se detenía para frenar en seco el bamboleante carruaje, el asaltante se echó a reír.

–Una pareja de la nobleza local, querrás decir.

Hizo pasar su caballo frente al carruaje y se detuvo junto a la portezuela.

–Bueno, veamos, ¿qué tenemos aquí? Salid. Daos prisa y en menos que canta un gallo podréis seguir el viaje. No me deis problemas o llenaré de plomo alguna barriga. Me da igual empezar por cualquiera de los dos.

La dama del turbante lanzó un agudo chillido que asustó a los caballos.

–¡Harold, es un salteador de caminos!

–Ya lo veo, querida. –Harold se asomó por la ventanilla–. Mire, mi esposa y yo llevamos muy pocas joyas. Yo tengo un reloj y ella lleva un par de baratijas, nada más.

–Echaré un vistazo –replicó el bandido, moviendo con impaciencia la pistola–. Salid del coche, los dos.

Leo picó a *Apollo* con las rodillas. El semental surgió del follaje y se situó al borde del camino.

–Este jueguecito nocturno ha llegado a su fin –anunció Leo.

–¿Qué malditos demonios...? –El bandido se dio la vuelta en su silla; por encima de la máscara, sus ojos se abrieron con asombro–: ¿Qué crees que estás haciendo? Este carruaje es mío. Vete antes de que te agujeree las tripas.

–¡Harold, otro más! ¡Estamos perdidos!

Leo hizo caso omiso de la mujer. Apuntó al asaltante con su pistola.

–Te lo advierto, ésta no es una zona productiva para los salteadores de caminos. Si no te marchas antes del amanecer, te colgarán.

El hombre rió con estrépito.

–Supongo que eres el lobo con apariencia humana del que me hablaron en la posada –replicó–. Bien, tengo noticias para ti..., no creo en los hombres lobo ni nada por el estilo.

–Ése es tu problema. Tira la pistola.

–No creo que tenga por qué obedecerte, señor lobo.

La seguridad que mostraba el bandido activó una señal de alarma en la cabeza de Leo. Algo andaba mal. Éste tenía que ser el mismo bandido que había puesto pies en polvorosa al enfrentarse con Beatrice y su pistola. Era demasiado suponer que había dos bandidos asolando la región al mismo tiempo.

O bien Beatrice y su pistola resultaban mucho más intimidatorias que él con su propia arma, o el asaltante tenía un buen motivo para actuar con tamaña temeridad.

Leo oyó el crujido de una rama al romperse un segundo más tarde. Un nuevo jinete surgió de entre los árboles. La luz de la luna brilló en el cañón de la pistola que empuñaba.

El jinete apuntó, y abrió fuego sin titubear.

Leo se echó a un lado en su montura, pero la bala lo alcanzó en el hombro.

Por un instante, todo fue un caos. El impacto provocó un espasmo en el brazo de Leo, y lo obligó a dejar caer la pistola. *Apollo* se encabritó y Leo forcejeó para mantenerse en la silla. El alarido de la mujer retumbó en todo el bosque.

Un fuego helado agarrotó el hombro izquierdo de Leo. Podría haber sido mucho peor; si no se hubiera apartado ligeramente de su trayectoria, la bala le habría perforado el cuello. Todo pasatiempo tenía sus desventajas.

El primero de los bandidos lanzó una estrepitosa carcajada.

–Como ves, señor hombre lobo, esta noche no he salido solo de cacería.

El salvaje gruñido de una gran bestia rasgó el silencio de la noche.

Todos se quedaron inmóviles.

–Casualmente, yo tampoco –replicó Leo, sonriente.

El efecto paralizante del grito de batalla de *Elf* cesó de inmediato. Con la excepción de *Apollo*, los caballos se desbocaron. Con una enorme excitación, comenzaron a erguirse sobre las patas traseras, relinchando y creando una enorme confusión.

El cochero aprovechó la oportunidad para espolear los suyos. Las aterrorizadas criaturas se lanzaron hacia delante, poniendo en movimiento el carruaje con un salto.

–¡Harold! –chilló de nuevo la mujer.

Los dos bandidos estaban demasiado ocupados intentando controlar a sus propias cabalgaduras para prestar atención al coche cuando éste desapareció a toda velocidad detrás de la curva.

–En nombre de todo lo sagrado, ¿qué rayos ha sido eso? –gritó el primero de los villanos.

–¡Es ese lobo del que nos habló anoche la mujer de la posada! –le contestó el otro, también a gritos.

–No existe ningún maldito lobo. Es un condenado cuento, te lo aseguro.

Leo silbó una vez. *Elf* emergió de un salto de entre la espesura. Se arrojó sobre el primero de los asaltantes, mostrando sus relucientes dientes.

–¡Dispárale! –gritó el bandido-. ¡Mátalo, por el amor de Dios!

Leo se las ingenió para sacar la otra pistola que ocultaba en el bolsillo interior de la capa. Apuntó y disparó con un único movimiento.

La bala alcanzó al segundo de los bandidos en el muslo en el preciso instante en que levantaba su pistola hacia *Elf*. El hombre aulló y cayó del caballo. Se quedó tendido en el suelo, sujetándose la pierna herida con ambas manos.

El primero de los bandidos acabó por desistir de controlar su caballo y se deslizó por el flanco hasta dar de bruces contra el suelo. *Elf* se dispuso a saltar sobre él.

–*¡Elf!* –ordenó Leo–. ¡Quieto!

El sabueso se detuvo en seco. Quedó de pie junto al hombre, gruñendo por lo bajo.

Un extraño silencio se adueñó del lugar. Leo trató de sacudirse la desagradable y vertiginosa sensación que amenazaba con apoderarse de su voluntad. Tuvo conciencia de la humedad que comenzaba a impregnar su hombro, y de la creciente quemazón.

Desde el suelo, el primer bandido apartó su aterrorizada mirada de *Elf* para posarla en Leo con expresión de espanto.

–Nos dijeron en la posada... –Hizo una pausa y se pasó rápidamente la lengua por los labios–. Nos dijeron que los Monjes Locos sólo vigilaban sus tierras.

–Estaban equivocados –replicó Leo–. Los Monjes Locos cuidan de los suyos, y eso incluye a sus huéspedes. Anoche intentaste robar a una dama que iba camino de Monkcrest. Hoy pagas ese error.

–¡Maldición! –El bandido volvió a echarse de espaldas al suelo, con gesto de desesperación–. Sabía que esa mujer iba a darme problemas en cuanto la vi.

4

Un pacto extremadamente peligroso con un hombre que acaso podría demostrar ser el diablo en persona.

DEL CAPÍTULO CUATRO DE *LAS RUINAS*, DE AMELIA YORK

Beatrice vio cómo Leo atravesaba de nuevo el pórtico de la abadía. Una honda curiosidad la había mantenido en vela, firme en su puesto junto a la corriente de aire que se filtraba por la ventana. Sabía que no lograría conciliar el sueño hasta descubrir adónde había ido el conde y qué había hecho. Aquel hombre y los misterios que lo envolvían ejercían sobre ella una fascinación que no podía explicar.

Al instante se dio cuenta de que algo andaba mal. El gran semental no entró al galope, sino que lo hizo a un paso firme y parejo. *Elf* trotaba a su lado, con la lengua colgando, la luz de la luna reflejándose en los clavos de metal de su collar de cuero.

Leo iba sentado en la montura, aunque ligeramente inclinado, como si estuviera extenuado.

El semental se detuvo y se quedó allí, quieto. *Elf* subió los escalones de la entrada y ladró una vez, reclamando atención. Leo comenzó a desmontar. Pero en mitad del fluido y experimentado ademán, se detuvo bruscamente y se apretó el hombro.

Alarmada, Beatrice lo vio liberarse de los estribos de un puntapié y deslizarse con cautela del caballo.

Una vez a salvo en el suelo, logró permanecer de pie, aunque sosteniéndose del borde de la silla. Como si percibiera que alguien estaba observándole, alzó la mirada hacia la ventana.

Ella retrocedió con rapidez, dio media vuelta, cogió una vela y fue presurosa hacia la puerta. Sin importar lo que hubiera ido a hacer Leo, estaba claro que se había lastimado durante la aventura. Beatrice se preguntó si se habría caído del caballo.

Pero tal posibilidad no despejaba la incógnita más importante: ¿qué era lo que había obligado al Monje Loco de Monkcrest a salir a altas horas de la noche?

Llegó hasta la escalera en el preciso instante en que un coro de voces comenzó a retumbar en el vestíbulo.

–No te asustes, Finch. El bastardo sólo consiguió chamuscarme un poco. Fue por mi maldita y condenada culpa.

–Milord, perdone el atrevimiento, pero realmente debo decirle que, a su edad, un hombre debe evitar las emociones intensas.

–Gracias por el consejo –replicó Leo, en un tono que podría haber congelado los fuegos del infierno.

–Milord, está sangrando. Hay que vendar esa herida.

–¡Por el amor de Dios, hombre, baja la voz! No quiero que se despierte la señora Poole. Insistiría en pedir explicaciones desde ahora hasta el amanecer.

–Así es –intervino Beatrice mientras descendía por la escalinata–. Claro que la señora Poole va a exigir algunas respuestas. ¿Qué está pasando aquí, por todos los cielos? En mi carácter de huésped de esta casa, tengo derecho a una explicación.

Ante el sonido de su voz, Leo dejó escapar un gemido. Pero no se volvió.

–¡Maldición! Pensaba que ya había cumplido con la cuota de mala suerte que me tocaba esta noche.

Beatrice alcanzó el último escalón.

–¿Qué le pasa en el brazo, Monkcrest?

Leo se detuvo en la entrada de la biblioteca y la miró por encima del hombro herido. Bajo el resplandor de la lámpara del vestíbulo, sus saturninas facciones parecían aún más amenazadoras que unas horas antes. El dolor y el malhumor se habían fundido en una peligrosa llama que inflamaba sus ojos.

–A mi hombro no le pasa nada, señora Poole.

–Tonterías –repuso Beatriz; dejó la vela en una mesa y cruzó el vestíbulo para acercarse a él–. Eso que mancha su capa es sangre, ¿verdad?

–Le aconsejo que vuelva a la cama, señora.

–No sea ridículo. Usted necesita atención.

–Finch puede atenderme solo –insistió Leo.

Dando grandes zancadas, el conde entró en la biblioteca. Pegado a él iba *Elf*, gimiendo suavemente. Finch los seguía a grandes zancadas.

–En verdad, milord, debería terminar con esta clase de aventuras. Una cosa era cuando tenía veinte años –señaló–, pero otra distinta es ahora que tiene cuarenta.

–Todavía no he cumplido los cuarenta –gruñó Leo.

Beatrice se detuvo en la entrada.

–Tengo algo de experiencia en estas cosas, Finch –aseguró–. Por favor, tráigame trapos limpios y agua caliente.

–No le hagas caso, Finch –ordenó Leo, dejándose caer pesadamente en una silla frente al fuego del hogar–. Si aprecias la situación de la que gozas en esta casa, no prestarás atención a los requerimientos de la señora Poole.

Beatrice esgrimió la más tranquilizadora de sus sonrisas y la dedicó por entero a Finch.

–Su señoría no es dueño de sí en este momento –juzgó–. Haga lo que le digo, Finch. Dése prisa, por favor.

Tras una breve vacilación, Finch pareció tomar una decisión.

–Regreso en un momento, señora –anunció, y desapareció raudo rumbo a las cocinas.

Beatrice entró en la biblioteca con aire enérgico. *Elf* tenía la cabeza apoyada sobre la rodilla de Leo y lo miraba fijamente.

–Permítame ver su hombro, milord.

Leo la contempló con furia.

–¿Siempre se sale con la suya, señora Poole? –inquirió Leo.

–Cuando la cuestión es suficientemente importante, suelo insistir –argumentó, al tiempo que le quitaba la capa de los hombros y la arrojaba a un lado.

Leo apretó los dientes pero no se resistió. Al ver la sangre que empapaba su camisa blanca, Beatrice ahogó una exclamación.

–¡Cielo santo!

–Si se propone desmayarse, señora Poole, tenga la amabilidad de hacerlo en otra parte. En mi actual estado, dudo que pueda sostenerla.

–Jamás me he desmayado en toda mi vida –replicó, aunque se sintió aliviada al ver que la mancha roja había comenzado a secarse–. Tiene suerte. La hemorragia parece haberse detenido. Voy a necesitar unas tijeras para cortar la camisa y retirarla de la herida.

–En mi escritorio, el primer cajón de la derecha. –Leo tomó la botella de coñac con la mano derecha–. ¿Qué experiencia?

–Perdón, ¿qu me pregunta? –dijo ella mientras iba hacia el escritorio.

–Le dijo a Finch que tenía algo de experiencia en esta clase de cosas. –Echó coñac en una copa, lo bebió de un trago, y volvió a llenarla–. Dadas las circunstancias que me han condenado a ser su paciente, creo que tengo derecho a conocer la magnitud de sus conocimientos médicos.

–Antes de jubilarse, mi padre fue vicario. –Beatrice abrió el cajón y encontró las tijeras–. Mi madre era, naturalmente, la esposa del vicario.

–¿Lo que significa...?

Beatrice volvió a su lado con las tijeras en la mano.

–Se tomaba muy en serio sus responsabilidades –explicó–. No sólo realizaba actos de caridad, sino que solía asistir al médico del pueblo y a la comadrona.

–¿Y ella le enseñó lo que había aprendido? –preguntó Leo, contemplando aprensivamente las tijeras.

–Cuando tuve edad suficiente, comencé a acompañarla cada vez que la llamaban para atender a los enfermos o heridos. –Beatrice recortó la camisa alrededor de la herida con movimientos rápidos y cuidadosos–. Aprendí mucho.

–Deduzco que su madre pertenece a la irritante clase de personas que se consagran a las buenas obras.

Beatrice esbozó una leve sonrisa.

–Mi madre, milord, pertenece a esa clase de personas que se ponen al frente de cualquier proyecto en el que se sienten implicadas. Si no se hubiera casado con mi padre, estoy segura de que se habría ocupado de darle consejos a Wellington durante la guerra.

–Evidentemente, ha heredado usted su talento para tomar el mando. –Dejó escapar un profundo suspiro cuando Beatrice arrancó el último trozo de tela–. Tenga cuidado, señora. Ese hombro ya ha sufrido suficiente por esta noche.

Ella examinó la roja marca en carne viva, tranquilizada al comprobar que era superficial.

–Ya he visto un par de heridas de bala.

–Parece haber tenido una vida llena de aventuras, señora Poole.

–Eran resultado de accidentes de caza –matizó–. Esta clase de herida puede llegar a ser realmente grave, pero en este caso parece que la bala apenas lo rozó al pasar. Si le hubiera dado algunos centímetros más abajo...

–Pude tomar algunas precauciones. –Volvió la cabeza para mirarse el hombro–. Le dije que no era grave.

–Una herida como ésta puede agravarse si no es atendida como es debido.

Finch apareció en la entrada.

–Los trapos limpios y el agua que pidió, señora.

–Traiga todo aquí, por favor. Luego puede ir a buscar una camisa limpia para su amo.

–Sí, señora.

Finch apoyó la bandeja sobre la mesa y volvió a salir apresuradamente.

–¡Pobre Finch! –murmuró Leo–. Mucho me temo que ya no volverá a ser el de antes. Lo ha derrotado, señora Poole.

–Pamplinas. Simplemente está mostrando algo de sentido común, que es más de lo que puede decirse de usted, milord.

Beatrice apoyó las tijeras y cogió la garrafa de coñac.

Leo pareció divertirse con el gesto.

–¿Necesita darse ánimos para la tarea que le espera, señora Poole?

–No tengo ninguna intención de bebérmelo, milord. Aguante, por favor.

Y derramó el licor sobre la herida abierta antes de que él pudiera preverlo.

Leo contuvo el aliento.

–¡Maldición! ¡Qué forma de desperdiciar un buen coñac!

–Mi madre cree firmemente en la importancia de limpiar las heridas con bebidas espiritosas –comentó Beatrice, dejando la botella en la mesa–. Lo aprendió en uno de los libros de la biblioteca de mi padre.

–¿Dónde viven sus padres?

–Se han retirado a una agradable casita en Hampton. Papá tiene sus libros y sus rosales, y mamá ha organizado una escuela para los niños del lugar. Cree fervientemente en los valores de la educación.

–Dígame, señora Poole, ¿sus padres están al tanto de que se dedica a pasatiempos tales como la investigación de asesinatos y la búsqueda de peligrosas antigüedades?

–Aún no he tenido oportunidad de escribirles y hablarles de mis proyectos actuales. –Beatrice recortó las vendas de hilo–. Pero lo haré en cuanto haya resuelto la cuestión.

–Entiendo –repuso; se quedó mirando mientras ella ataba los extremos de la venda–. ¿Les sorprenderá enterarse de sus actividades?

–Estoy segura de que comprenderán que, dadas las circunstancias, no tenía más alternativa que buscar al asesino del tío Reggie y recuperar la herencia de Arabella.

–Desde luego. Eso es coser y cantar para una lectora de novelas de terror, ¿no, señora Poole?

–Se hace lo que se debe hacer.

Leo se limitó a gruñir y bebió un sorbo de coñac.

–¿Cuánto hace que enviudó, señora Poole?

La pregunta la cogió por sorpresa. Luego se dio cuenta de que Leo, sin duda, trataba de centrar su atención en otra cosa que no fuera el dolor de la herida.

–Estuve casada tres años, y hace cinco que enviudé.

–¿A qué edad se casó?

–A los veintiuno.

–De modo que tiene veintinueve años.

–Así es.

Se preguntaba adónde quería llegar.

–Condenadamente cerca de los treinta.

–En efecto, milord –coincidió, al tiempo que ataba firmemente la venda.

A Leo le rechinaron los dientes, y tomó un nuevo sorbo de coñac.

–¿Algún deseo de volver a casarse?

–Ninguno –respondió Beatrice, sonriendo con frialdad–. Una vez que una mujer ha conocido la perfección espiritual de la más armoniosa unión posible entre un hombre y una mujer, una vez que ha degustado la ambrosía de la comunicación física, intelectual y espiritual con su alma gemela, nunca podrá contentarse con menos.

–Así de bien le fue, ¿verdad?

–Fue perfecto, milord.

–Hasta la muerte de su esposo –señaló él.

–La perfección no puede durar para siempre –admitió–. Pero se sigue adelante sabiendo que se ha tenido el privilegio de amar como pocos lo han hecho. –Se detuvo brevemente para ajustar la venda–. Estoy segura de que lo entiende. He oído decir que su matrimonio fue también extraordinario.

–Mi esposa era un ejemplo de gracia y belleza –replicó él–. Fiel, gentil y la más amorosa de las madres para mis hijos. Ningún hombre podría esperar más de una mujer. Tenía el rostro y el carácter de un ángel.

Por alguna razón, el corazón de Beatrice dio un vuelco ante aquel comentario. Se las ingenió para esbozar una sonrisa.

–Fue afortunado, milord.

Leo alzó la copa a modo de brindis.

–Igual que usted, señora Poole. Como acaba de decir, son pocos los que llegan a conocer el verdadero amor, aun por corto tiempo. Yo tampoco quiero enturbiar las refulgentes llamas del recuerdo contrayendo un segundo matrimonio que nunca podría igualar al primero.

–Sin duda. –A Beatrice no le gustó el tono caviloso que detectó en su voz. Se esforzó por encontrar algo estimulante con que responder–. Tal vez sea lo mejor. Como bien hemos aprendido ambos a partir de nuestras propias tragedias, para gozar de un gran amor en ocasiones hay que pagar un alto precio.

–Sabe, señora Poole, suena usted exactamente igual que un personaje de esas novelas de misterio de las que hablábamos ayer.

–Pues entonces estamos igualados, milord. –Tomó las tijeras y cortó el extremo de la venda–. Usted también guarda un gran parecido con un personaje de esas novelas, con todas estas aventuras nocturnas y heridas de bala.

–¡Por todos los diablos! Tal vez Finch esté en lo cierto. Quizás esté haciéndome viejo para esta clase de cosas.

Beatrice sonrió con dulzura.

–Tal como dijo él, cuando alcanza cierta edad un hombre debe evitar las emociones intensas.

Leo hizo una mueca.

–*Touché*, como diría su criada.

Beatrice se dijo que, por desgracia, Sally no lo diría con una pronunciación tan excelente. Examinó su trabajo a la luz del fuego. La recorrió un estremecimiento. Se obligó a mantener la calma. La verdad era que hacía mucho tiempo que no veía a un hombre que no llevaba camisa. Sin embargo, era una mujer madura. Tenía que ser capaz de controlarse.

La fugaz imagen del delgado cuerpo de Justin se instaló en su mente. Resultaba extraño que hasta ese momento no se hubiera dado cuenta de que su esposo había tenido pecho y hombros un poco demasiado enjutos.

Naturalmente, Justin era mucho más joven, y su figura mostraba la esbeltez de su edad. Leo, por el contrario, era un hombre en la plenitud de la madurez, robusto, musculoso, con sólidos hombros y un pecho firme y bien constituido.

Advirtió que no se sentía perturbada solamente por la visión de un torso masculino desnudo. La oscura cabellera de Leo lucía alborotada tras su salida, y exhalaba la fragancia de la noche. Beatrice no había bebido coñac, pero de todas formas se sintió algo mareada.

–¿Cómo murió su esposo? –preguntó Leo intempestivamente.

La pregunta la arrancó de su ensoñación. Trató de recobrar la compostura.

–Lo mató a tiros un salteador de caminos –repuso.

–¡Santo Dios! Lo lamento –se excusó Leo, sorprendido.

–Fue hace mucho tiempo. –A lo largo de los últimos cinco años había repetido la historia tantas veces que las palabras ya no la hacían tartamudear. Intentó cambiar de tema–: ¿Sabe usted, milord?, creo que el incidente de esta noche desvirtúa un poco la leyenda de Monkcrest.

–¿A qué demonios se refiere?

–Un verdadero hechicero habría consultado su bola de cristal antes de salir con su caballo en mitad de la noche –arguyó Beatrice–. Sin duda, se habría olvidado de la cuestión una vez que hubiera visto cuál iba a ser el resultado.

Leo le dirigió una breve mirada sarcástica.

–Señora, le aseguro que la herida de mi hombro me ha dado ya una lección. No hay necesidad de herir mi orgullo.

–¡Es que es un blanco tan enorme, milord! ¿Cómo resistirme?

–Basta. Me rindo.

–Muy bien. –Beatrice se volvió para lavarse las manos–. Estará dolorido algunos días, pero estoy segura de que al final sólo le quedará una gallarda cicatriz como testimonio de su hazaña de esta noche.

La diversión que iluminaba los ojos de Leo se evaporó. Volvió la cavilosa mirada mientras la contemplaba secarse las manos con una toalla limpia.

–Supongo que debo darle las gracias.

–Se lo ruego, no trate de ser cortés, milord. No deseo que haga nada que no se adapte al papel.

Finch apareció en la puerta de entrada, carraspeando discretamente.

–Su camisa limpia, milord.

Leo lo miró de reojo.

–Gracias, Finch.

Finch cruzó la biblioteca y colocó con cuidado la prenda sobre los hombros de Leo. Éste no se molestó en pasar los brazos por las mangas, ni en abrocharse.

Finch volvió la mirada hacia Beatrice.

–¿Eso es todo, señora?

–Sí, gracias –le respondió ella con una sonrisa–. Ha sido de gran ayuda.

–Vete a la cama, Finch. –Leo se pasó las manos por los cabellos, llevándolos hacia atrás y despejando así su ancha frente–. Como siempre, has cumplido de forma admirable con tus obligaciones. Trata de dormir un poco.

–Sí, milord.

Finch recogió la ropa ensangrentada, el cazo con agua y la jarra y salió de la biblioteca.

Leo aguardó hasta que la puerta se cerró tras el mayordomo. Luego, con un lento movimiento de su mano, hizo girar perezosamente el coñac que aún tenía en la copa. Se quedó contemplando el fuego en absoluto silencio.

Beatrice se sentó frente a él, tratando con todas sus fuerzas de no mirar su pecho desnudo. Por desgracia, la camisa desabrochada poco hacía por cubrir la mata de oscuro y rizado vello que, a modo de flecha, se perdía bajo la cintura de sus pantalones de montar.

Haciendo alarde de una prodigiosa fuerza de voluntad, Beatrice logró fijar la mirada en el rostro de Leo.

–Cuénteme qué ha pasado esta noche, milord.

Leo empezó a encogerse de hombros, pero se interrumpió, haciendo una mueca de dolor.

–La curiosidad me lleva a preguntarle primero qué cree usted que ha ocurrido.

–Vislumbro tres posibilidades.

Leo alzó una ceja.

–¿De veras? –inquirió Leo.

–La primera es que fue a encontrarse con su amante y, en lugar de encontrarla a ella, se topó con el marido.

El resplandor del fuego se reflejaba en las profundidades de los ojos del conde.

–Puedo asegurarle, señora Poole, que desde hace muchísimo tiempo mantengo la política de no relacionarme con mujeres casadas. Ninguna mujer vale una sola bala. ¿Cuál es su segunda hipótesis?

–Que se entretiene representando el papel de salteador de caminos.

–Imaginativo, pero no muy halagador. –Se sirvió un poco más de coñac–. Estoy abrumado por la pobre opinión que tiene de mí, aunque puedo asegurarle que es totalmente infundada.

–Eso me deja con la última posibilidad. –Hizo una pausa–. Salió para atrapar al bandido que anoche detuvo mi carruaje.

La copa que Leo iba a llevarse a los labios quedó a medio camino. Con extrema lentitud, volvió a apoyarla sobre la mesa.

–Impresionante, señora Poole. Muy impresionante. Dígame, ¿quién le enseñó a deducir de esa forma?

–Mi padre –respondió–. Sostiene que el buen Dios concedió los poderes de la lógica y la razón tanto a hombres como a mujeres con la intención de que hicieran uso de esos dones ambos por igual.

Una fugaz sonrisa curvó la comisura de los labios de Leo.

–Me parece que me gustaría conocer a su padre.

–Iba a explicarme la causa de su herida, milord.

–Supongo que se lo ha ganado.

–Sí, desde luego que sí.

Leo palmeó la cabeza de *Elf*, y luego se levantó lánguidamente de la silla. Con la copa en la mano, se dirigió hasta su sillón favorito y se acomodó en él.

El sabueso se estiró frente al fuego, en su lugar de costumbre.

–Es una historia más bien sórdida, señora Poole. –Leo estiró las piernas hacia el hogar–. Y no me deja muy bien parado.

–A pesar de todo, quiero escucharla.

Leo apoyó la cabeza contra el almohadón de terciopelo rojo y cerró los ojos.

–En síntesis, su tercera suposición es acertada. He ido en busca del bandido que la sorprendió anoche.

A pesar de haber esperado una respuesta semejante, Beatrice se sintió horrorizada.

–¿Quiere decir que ha salido en plena noche para atrapar a un peligroso forajido?

Leo abrió los ojos y la contempló con mirada enigmática.

–A decir verdad, es la mejor hora para cazar forajidos. Son criaturas noctámbulas.

–¡Por todos los santos! ¿Es que está usted loco?

Leo arqueó las cejas en gesto de silenciosa burla, sin decir palabra.

Beatrice se sonrojó y ocultó su incomodidad bajo una mirada furibunda.

–Presumo que ha encontrado a su presa.

–Los señores de los caminos tienden a mantener conductas previsibles. –Leo lanzó un suspiro–. Pero éste logró sorprenderme. Tenía un compañero, y no me di cuenta de ello hasta que casi fue demasiado tarde.

–¿Eran dos?

–Por lo visto, después de toparse con usted anoche, llegó a la muy sabia conclusión de que necesitaba ayuda.

–Milord, todo esto no es en absoluto gracioso. ¡Dos bandidos! Ha tenido suerte de salir con vida.

–No estaba solo. También yo llevaba conmigo un compañero.

Elf movió las orejas y se puso más cómodo.

Beatrice le echó una mirada.

–Comprendo. ¿Y qué ha sido de los dos bandidos?

–Dado el estado de mi hombro y lo avanzado de la hora, no estaba de humor para llevarlos hasta la aldea y despertar al magistrado local. –Leo bebió un nuevo sorbo de coñac–. De modo que los he despachado, después de darles una severa advertencia.

–¿Tan sólo una advertencia?

–Creo que tardarán en volver –replicó él con una sonrisa–. *Elf* deja una impresión perdurable.

Beatrice se estremeció.

–Sí, estoy segura de que es así –admitió, y volvió la mirada hacia Leo–. Ha corrido un gran riesgo, milord.

–No debería haber sido más que rutina. Pero debo reconocer que esta noche he estado un tanto descuidado. –Le dirigió una mirada significativa por encima del borde de su copa–. En mi defensa, sólo puedo aducir que tuve un día sumamente exigente. Un día que me dejó distraído y de pésimo humor. No estaba en mi mejor forma.

–¿Suele hacer regularmente esta clase de cosas?

–¿Perseguir salteadores de caminos? Sólo cuando alguno aparece por la zona. En general, tienden a evitar las tierras de los Monkcrest. Los rumores de hombres lobo y hechiceros son un verdadero fastidio, pero sirven para mantener alejados a los bandidos.

Beatrice reflexionó sobre las implicaciones de una afirmación aparentemente tan simple.

–El que trató de asaltarme anoche no estaba de hecho dentro de vuestras tierras.

Leo hizo un movimiento vago con la mano que sostenía la copa.

–Estaba lo suficientemente cerca.

–En realidad, actuaba al otro lado del río –matizó con cierta cautela.

Leo la observó a través de sus párpados.

–¿De verdad?

Beatrice se puso de pie de un salto.

–Para perseguirlo ha tenido que cruzar el puente. Ese mismo puente que se suponía que estaba bajo el agua.

–Le alegrará saber que las aguas han descendido con más rapidez que la esperada.

–¿De veras? –Beatrice aferró con fuerzas las solapas de su bata–. No sé por qué no me sorprende mucho.

–Señora Poole, no sé qué es lo que insinúa, pero le aseguro...

–No estoy insinuando nada, milord. Lo acuso de no haberme informado sobre las verdaderas condiciones en que se encontraba ese puente.

–Tranquilícese. Aunque el puente no hubiera estado todo el día bajo el agua, los caminos habrían estado demasiado fangosos para atravesarlos con un carruaje a gran velocidad. Si hubiera partido esta mañana, le habría llevado tres días llegar a Londres, en lugar de dos. Eso habría significado dos noches en malas posadas, en vez de sólo una.

–No trate de engañarme, Monkcrest –replicó Beatrice, sin

dejar de pasearse de un lado a otro frente a la chimenea–. He sido embaucada. Sabía que había algo sospechoso detrás de todo esto. Debería haber investigado las condiciones del puente por mi cuenta.

–Acabo de explicarle que no ha perdido nada de tiempo al retrasar un día su partida –insistió él en tono apaciguador.

–No se trata de eso, milord. Usted me ha engañado.

Un chispazo de irritación cruzó fugazmente los ojos de Leo. A Beatrice le quedó claro que el Monje Loco no estaba acostumbrado a que sus decisiones fueran cuestionadas.

–Hice lo que me pareció más adecuado –afirmó Leo con ecuanimidad.

–¡Ya! No lo creo en absoluto. Retrasó mi partida porque esperaba poder utilizar ese tiempo para persuadirme de que abandonara mi plan.

–Maldita sea para lo que ha servido... –murmuró Leo–. Un esfuerzo totalmente inútil.

Beatrice se detuvo en el otro extremo de la chimenea.

–Así es. Tengo la firme intención de comenzar mis investigaciones acerca de la muerte de mi tío en cuanto llegue a Londres.

–Me ha convencido de sus intenciones, señora Poole. Es obvio que la lógica y el sentido común no la harán cambiar de idea, a pesar de la preparación que su padre le dio en esas disciplinas.

Beatrice se limitó a mirarle con disgusto.

Leo apuró los restos de su coñac y dejó la copa con fuerza.

–Y ésa es, en suma, la razón de que esta noche haya ido en busca de su salteador de caminos y, por lo tanto, de que me encuentre en estas condiciones.

–¿Cómo dice? –inquirió ella, volviéndose hacia él–. ¿Acaso se propone culparme a mí de su herida?

Leo pareció reflexionar sobre el asunto.

–Sí, creo que se podría afirmar, sin temor a equivocarse, que usted es la responsable de esta herida que me he ganado en el hombro.

–¡Pero qué descaro! ¿Cómo se atreve?

–Creo que está muy claro. Si hubiera seguido usted mi excelente y práctico consejo y se hubiera abstenido de jugarse el cuello en la búsqueda de esos condenados anillos, no me habría visto obligado a salir de excursión a medianoche.

–No alcanzo a ver la relación entre una cosa y otra, milord.

–Insisto, no puede estar más claro. Me he visto obligado a ocuparme del problema del salteador de caminos porque no se podía postergar.

Ella le dirigió una mirada fulminante.

–¿Y por qué no podía hacerse al día siguiente?

–Porque, como ya le dije, tengo la intención de acompañarla a Londres por la mañana –le respondió, en tono calmoso.

–Si cree por un solo instante que voy a permitirle que intervenga en este asunto después de la decepción que me ha causado hoy, está muy equivocado, milord.

De súbito, Leo se puso de pie de un salto, irguiéndose intempestivamente sobre ella.

–¡Mi señor! –Beatrice dio un paso atrás y su tacón chocó contra algo duro. El ronco gruñido de *Elf* detuvo su retroceso–. Su hombro...

–Ya está mucho mejor.

–Mire, Monkcrest, no logrará intimidarme.

–Usted no me comprende, señora. –Apoyó la mano en la repisa de la chimenea, junto a la cabeza de Beatrice–. No estoy tratando de asustarla.

–Tanto mejor –repuso ella, y tragó con dificultad–. Porque puedo asegurarle que no tengo intenciones de permitirle que lo haga. No creo ni en uno solo de los rumores que circulan sobre usted. Usted no es ningún demente, sino un caballero, y espero que se comporte como tal.

–En mi familia suele ser difícil distinguir entre ambas cosas.

–Tonterías.

La gélida sonrisa de Leo hizo desaparecer cualquier rastro de calor que hubiera podido desprender su mirada.

–Dejaremos el tema para tratarlo en otra ocasión –sugirió–. Estaba a punto de proponerle una sociedad, señora Poole.

Beatrice lo contempló con rostro inexpresivo, apenas consciente de que *Elf* se había retirado hasta un rincón de la habitación.

–¿Una sociedad? –repitió paralizada.

–Usted y yo perseguimos el mismo objetivo –aseguró, acercándose a ella–. Ambos queremos encontrar el rastro de los Anillos Prohibidos. ¿Quién sabe?, si los anillos han reaparecido, quizá también lo haya hecho la Afrodita del alquimista. Es probable que cada uno tenga información que puede ser valiosa para el otro.

–¿Y qué? Tanto me da.

–Ya veo que no es posible hacer que modifique sus planes. Le aseguro que tampoco hay forma de que yo altere los míos. Así que parece que estamos condenados a entendernos, señora Poole. Por lo tanto, bien podemos trabajar juntos.

–Esos anillos pertenecen a mis familiares. Si son descubiertos, no permitiré que usted los reclame como suyos.

–Usted dijo que si encontraba los anillos los vendería a un coleccionista para recuperar el dinero que su tío gastó en ellos.

–Sí –aceptó, mirándolo con perplejidad–. Eso será exactamente lo que se hará.

–Pues entonces no tenemos por qué disentir en esto, señora –afirmó Leo, mucho más suavemente–. Si en el curso de su investigación aparecen los anillos, véndamelos a mí.

Beatrice sintió que se le secaba la garganta.

–¿Que se los venda a usted?

–Tenga la plena seguridad de que puedo disponer de la cantidad que usted fije como precio.

–Yo... no lo dudo, milord. –Se dio cuenta de que comenzaba a titubear. Era una sensación poco familiar–. Pero reconozco que su sugerencia me sorprende. No había pensado en venderle a usted los anillos.

–Considere las posibilidades, señora Poole –propuso Leo,

bajando el tono de voz hasta convertirla en un susurro grave y persuasivo; era la voz de un amante que quería seducir y cautivar, la voz de un hechicero–. Un socio que la ayude en sus investigaciones; y un cliente seguro para los anillos, si damos con ellos. Un paquete bien compacto, ¿verdad?

Beatrice se estremeció.

–Una sociedad –repitió. La palabra le sonaba exótica, de un extraño atractivo. Se aclaró la garganta y añadió–: Le aseguro que consideraré seriamente su sugerencia.

–Es mejor que lo haga deprisa. Salimos para Londres mañana por la mañana.

–No lo dé por hecho tan pronto, Monkcrest. Sólo dije que consideraría su propuesta.

–Hágalo, señora Poole –instó–. Y rápido.

Estaba tan cerca de ella que podía haber tocado su torso desnudo con la yema de los dedos. El calor que emanaba su cuerpo la envolvió. De pronto sintió que perdía el aliento, como si él la hubiera aplastado con todo su peso.

¡Una sociedad! Era una idea extravagante, como mínimo. Pero no pudo evitar el chisporroteo de temeridad que vibró en su interior. Una sociedad con el Monje Loco de la abadía de Monkcrest, cualquiera que fuese el resultado, sería una aventura digna de una heroína de sus novelas.

En el peor de los casos, siempre podría utilizar el material como fuente de inspiración para su próximo libro.

Ese último pensamiento le devolvió la serenidad.

–Es posible que acabe resultándome de utilidad como ayudante mío, milord –dijo lentamente.

–Socio, señora Poole –corrigió Leo–. Socio a partes iguales, no ayudante.

–Humm.

La sonrisa que exhibió Leo podría haber atraído a cualquiera de sus desprevenidas heroínas hasta una cripta.

Volvió a aclararse la garganta.

–Muy bien, milord. Hemos llegado a un acuerdo.

–Quizá convenga que sellemos nuestro pacto.

–¿Sellarlo? ¿Cómo? –frunció el ceño–. ¿Quiere que hagamos un contrato por escrito, milord?

–¡Oh, no, mi querida señora Poole! Lo que tengo en mente es mucho más interesante.

Sin previo aviso, inclinó la cabeza. Su boca se cerró sobre la de ella.

Beatrice supo en ese instante que si había alguien loco en esa habitación era ella. Desde luego, sólo una mujer que ha perdido el juicio le permitiría a un hombre prenderle fuego a sus sentidos de aquella manera.

Beatrice le rodeó el cuello con sus brazos y lo abrazó como si en ello le fuera la vida.

5

El pavoroso silencio era mucho más
amenazador que cualquier sonido.
DEL CAPÍTULO CINCO DE *LAS RUINAS*,
DE AMELIA YORK

Leo sintió que la sangre se le arremolinaba en las venas. En un instante, la temperatura de la habitación aumentó varios grados. Se sintió feroz y violentamente *vivo*. El deseo sexual que lo dominaba era tan intenso que se superponía al dolor.

Tenía cerca de cuarenta años, lejos ya de la edad en la que un hombre es víctima de la lujuria incontrolable de la juventud. Hacía tanto tiempo que había mantenido sus pasiones reprimidas que había olvidado lo que se sentía al perder el control sobre ellas.

No había planeado besar a Beatrice. No, eso no era verdad. Se había propuesto besarla. En realidad, ahora que lo pensaba, no había tenido demasiadas alternativas. El efecto que ella provocaba en su interior podía igualarse al de las especias picantes. Lo irritaba y lo inflamaba. Y lo dejaba con el anhelo de probar nuevos sabores. Tarde o temprano habría terminado por besarla, pero lo cierto era que no había planeado rendirse en ese preciso instante.

No era ni el momento ni el lugar indicados. Esa noche él no controlaba la situación, ni a sí mismo.

Se sentía molesto porque Beatrice casi le había hecho perder los estribos, un hecho extremadamente fuera de lo común. En pocas palabras, su estado no era precisamente óptimo. Y para colmo de males, Beatrice acababa de decirle que había conocido la más perfecta de las uniones, desde el punto de vista físico y también espiritual, que podía darse entre un hombre y una mujer.

Se preguntó si acaso no había sido esa misma afirmación lo que lo había provocado. Tuvo que admitir que no le agradaba la idea de que ella hubiera conocido tamaña felicidad junto a otro hombre. Fuera cual fuese la razón, había sido totalmente incapaz de resistirse a la tentación de besarla.

Sabía que la había cogido por sorpresa. Había alcanzado a ver la expresión de estupor reflejada en sus ojos antes de que su boca descendiera sobre la de ella. Sin embargo, Beatrice estaba respondiendo a su beso.

En realidad, la magnitud de su respuesta lo maravillaba.

Los labios de Beatrice eran cálidos, suaves y acogedores bajo los suyos. Le había rodeado el cuello con sus brazos. Había dejado de intentar refugiarse contra la repisa de mármol y se había apretado contra su cuerpo; y ahora podía sentir la exquisita curva de sus pechos bajo su holgada bata.

Su cuerpo era agraciado, vital, excitantemente sólido en los lugares adecuados. Tenía en las caderas una plenitud que clamaba por la caricia de su mano.

Lo acometió un destello de triunfo que le mareaba. Supo que no se había equivocado cuando, hacía un rato, le había sorprendido mirándole el pecho. Como mínimo, él estimulaba su curiosidad, en suficiente grado como para cederle su boca.

Con un gemido, ahondó el beso. Beatrice murmuró algo ininteligible, pero no se retiró.

Leo dejó que sus manos se deslizaran por debajo de la bata y descendieran hasta la cintura, y cada vez más abajo, hasta que tocó la curva de la cadera con la punta de los dedos. Entre él y la calidez de su piel sólo se interponía la delgada tela de su camisón.

La apretó dulcemente, atrayéndola todavía más hacia la rigidez de su miembro enhiesto. Pudo sentir el estremecimiento que la recorrió en lo más profundo de su propio cuerpo. El aroma que exhalaba Beatrice trastornaba sus sentidos, desbocándolos con frenesí.

Pensó en el sofá. Estaba sólo a pocos pasos.

–Milord –jadeó Beatrice, apartando la boca y mirándolo con expresión divertida–. Me parece que ha abusado del coñac para calmar su dolor. Sin duda, por la mañana lamentará todo esto.

–Sin duda –coincidió él, y volvió a apretarla contra su erección–. ¿Y usted?

Beatrice abrió la boca. Leo contuvo la respiración. Por supuesto que Beatrice lo lamentaría; cualquier dama en su situación, obligada por las convenciones y los dictados de la sociedad, se declararía profundamente ofendida. Y por si ello no fuera aún motivo suficiente para arrepentirse, en otros tiempos ella había podido probar la ambrosía. Leo tenía la seria sospecha de que sus besos no sabían a néctar.

Beatrice cerró la boca y le dirigió una extraña sonrisa.

–No –respondió.

–¿No? –Le recorrió una oleada de alivio, seguida por otra de exultante placer. Volvió a inclinar su boca sobre la de ella–. Bueno, en ese caso...

Beatrice le puso los dedos en los labios, logrando detenerlo.

–Ha sido una experiencia muy, muy interesante.

Leo se quedó inmóvil, consciente del contacto de sus dedos.

–¿Interesante? –repitió.

–En efecto. Podría decirse que inspiradora.

–Señora Poole, usted me halaga –dijo, sonriendo contra la mano de ella.

Ella dejó escapar un profundo suspiro.

–Besarlo es una experiencia muy estimulante.

–¿Estimulante?

–Sí, pero creo que ya hemos llegado demasiado lejos, milord –arguyó–. Si vamos a ser socios, lo mejor será no complicar la empresa con esta clase de asuntos.

El regocijo que Leo experimentaba se evaporó en un abrir y cerrar de ojos.

–Esta clase de asuntos –repitió con cuidado–. Comprendo.

Ella se escabulló de entre sus brazos y comenzó a dar vueltas animadamente alrededor de él.

–Estoy segura de que estará de acuerdo conmigo, milord, en que la intimidad sólo contribuirá a enturbiar las aguas de nuestra sociedad.

Leo se recordó que, cuando menos, había logrado el objetivo de establecer una alianza. Debía avanzar paso a paso.

–En efecto, señora Poole –aceptó, inclinando la cabeza con grave formalidad–. En mi calidad de nuevo socio, le sugiero que se vaya a la cama.

–¡Pero si no tengo sueño, milord! En realidad, por alguna razón me siento mucho más despabilada. Bien podemos aprovechar la oportunidad para discutir nuestros planes.

–Váyase a la cama –insistió Leo con suavidad–. Ahora.

Beatrice vaciló, pero algo que vio en su rostro debió de persuadirla de que esa noche la mejor política era la de la discreción.

–Como desee, milord.

Con suma serenidad, se dirigió a la puerta de la biblioteca, la abrió y salió de la habitación.

Leo escuchó con atención. Oyó los pasos cada vez más rápidos según Beatrice atravesaba el vestíbulo; cuando alcanzó la escalera, ya corría. Subió volando, como si la siguiera algún personaje de una novela de terror.

Leo miró a *Elf*

–Si yo no estaba loco antes de que la señora Poole se convirtiera en mi socia, lo estaré antes de que acabe este asunto.

El nuevo propietario del museo escuchó el suave y característico sonido de la clepsidra en la oscuridad. El artefacto no era una pieza auténtica; se trataba de una copia de un extraño mecanismo oriental diseñado para revelar augurios y presagios. Esa noche marcaba las horas con un incesante goteo.

El implacable y ominoso sonido resaltaba el hecho de que el tiempo corría. Los primeros rumores acerca de los anillos que habían atraído el interés de los coleccionistas habían acabado por desvanecerse. La mayoría había llegado a la conclusión de que las historias que habían circulado por las tiendas de antigüedades eran fruto de la imaginación o del fraude.

Pero en ese momento los anillos habían vuelto a desaparecer. No había forma de saber qué había ocurrido con ellos. ¿Cuánto tiempo pasaría antes de que nuevos rumores volvieran a atraer la atención de otras personas?

Una nueva oleada de especulaciones acerca de los anillos bien podía hacer que los coleccionistas que en un primer momento habían desestimado las anteriores se preguntaran si no contenían un poso de verdad, después de todo. Entre los que habían preferido ignorar la ronda inicial de murmuraciones, había algunos que podían llegar a ser peligrosos si decidían tomar cartas en el asunto.

La luz de la luna se filtraba por los altos ventanales. El frío y pálido resplandor iluminaba toda una serie de amenazantes máscaras colgadas en la pared, y creaba, también, densas sombras entre los pedestales que sostenían pequeñas estatuas, réplicas de otras halladas en tumbas egipcias.

El museo contenía un amplio surtido de objetos extravagantes. La mayor parte de los que se exhibían en las cámaras del primer piso eran fraudes y falsificaciones. Otros, como la máquina magnética del rincón, eran creaciones de charlatanes y farsantes, inventados para embaucar a los crédulos.

El propietario del museo pasó frente a una piedra plana, totalmente tallada, imitación de otra encontrada en una cripta romana. Estaba cubierta de signos astrológicos.

La luz de las velas iluminó de lleno el reloj de agua. Eran casi las dos de la madrugada. Excelente momento para contemplar las piezas del museo. Buena hora para pensar.

Esa noche sería necesario hacer uso de un raciocinio profundo y sutil. Hasta ese momento, los errores habían sido pocos, pero la muerte de lord Glassonby había sido un completo desastre. Una vez más, los Anillos Prohibidos de Afrodita habían vuelto a escaparse.

Habían estado tan cerca. Tan condenadamente cerca.

«Respira profundamente. Serénate. Todavía hay tiempo para encontrar los anillos. No todo está perdido.»

El propietario fue hasta un armario, abrió la puerta e introdujo la mano enguantada en el interior para accionar una palanca secreta. Bajo el suelo de piedra chirriaron engranajes ocultos, y el armario entero giró sobre sí mismo y se movió hacia fuera, dejando a la vista un tramo de escalones de piedra.

El propietario descendió por ellos hasta llegar a la recámara sin ventanas que se encontraba bajo la superficie. A los buscadores de curiosidades que pagaban su entrada al museo jamás se les permitía acceder a aquella especie de cámara mortuoria.

Allí era donde se guardaban las piezas originales del museo. El nuevo dueño miró a su alrededor con expresión satisfecha. El cuarto parecía estar impregnado por una atmósfera de antigüedad y poder.

Muchas de las reliquias allí guardadas habían sido adquiridas tan sólo pocos meses atrás. Provenían de la colección de Morgan Judd, un hombre que comprendía la verdadera naturaleza y el valor del poder.

Judd había muerto en un misterioso incendio que destruyó su casa de campo. Pocos sabían que su colección de antigüedades había sobrevivido a las llamas. Y menos aún que algunas piezas habían terminado en aquella recámara.

La luz de la vela se paseó por encima de la superficie de una extraña vasija confeccionada con un singular metal que relucía con opaco fulgor. El anterior propietario sostenía que el objeto había pertenecido a un alquimista, y no había razón alguna para dudar de tal afirmación.

Al llegar al pie de la escalera, el nuevo propietario se volvió y pasó frente a una vitrina de cristal. En su interior había varios volúmenes encuadernados en cuero que Judd había sustraído de la sección de libros prohibidos de la biblioteca de un monasterio italiano. Los monjes medievales, que habían copiado el manuscrito de textos aún mucho más antiguos, grabaron advertencias en las gruesas tapas de cuero: «¡Cuidado! ¡Que ningún hombre abra este libro sin antes haber fortificado su alma con mucho ayuno y plegarias!».

El propietario rodeó los escalones y caminó por el pasillo que separaba dos largas vitrinas. Detrás de sus cerradas puertas había una serie de dispositivos que alguna vez utilizaron los antiguos habitantes de una isla de los Mares del Sur con propósitos desconocidos.

Se detuvo al final del pasillo, frente a un inmenso armario de madera. Sus puertas aparecían intrincadamente labradas con símbolos y números, y cerradas con un sólido candado.

Introdujo una vieja llave de hierro en el candado y abrió las puertas del armario. La llama del candil parpadeó sobre la figura que había en su interior. Estaba tallada en un misterioso material verde –no era exactamente piedra, y no alcanzaba a ser metal–, que desafiaba el impacto del martillo y del cincel. Para el propietario, era la pieza más importante de toda la colección.

–Trull jamás supo tu gran secreto, ¿verdad? Pero yo te reconocí de inmediato.

La Afrodita del alquimista no era muy grande. De pie sobre el suelo, no llegaba a la cintura de una persona. Era un grácil desnudo en que la diosa se mostraba tal y como la representaban los clásicos, emergiendo de las aguas. Los rizos de su cabellera ondeada repetían las olas que lamían sus pies. Símbolos alquímicos aparecían grabados en su base.

Acarició el verde y frío seno.

–Fue apenas un traspié, querida mía. Un pequeño error de cálculo. Pero te prometo que muy pronto encontraré los anillos.

Afrodita clavó su mirada vacía en las tinieblas.

–Al final, terminarás por develar tus secretos.

La luz del candil se reflejó en las serenas y silenciosas facciones de la estatua.

–Pronto, mi fría y pequeña diosa. Ya no habrá más errores.

La penumbrosa tienda de Cunning Lane lucía un desvaído cartel en la entrada, en el que se informaba al paseante de que ésas eran las instalaciones de un tal A. Sibson, anticuario. La verdad era que el mohoso y derruido establecimiento guardaba un enorme parecido con una casa de empeños.

La clientela formaba un grupo muy heterogéneo. Principalmente la componían rateros que buscaban vender sus botines robados y desesperadas damas venidas a menos, ansiosas por vender las reliquias de la familia. También incluía a ocasionales coleccionistas de antigüedades que habían oído rumores sobre la existencia de la trastienda de Sibson.

La campanilla que colgaba sobre la puerta sonó débilmente cuando Leo entró. En el interior no había señales de vida. Leo se abrió camino a través de un laberinto de vitrinas polvorientas, repletas de mugrienta bisutería, monedas antiguas y jarrones desportillados. Al llegar al mostrador, se detuvo.

–¡Sibson!

–En un momento estaré con usted.

La voz había surgido desde detrás de la cortina que ocultaba la parte trasera del establecimiento.

Leo se apoyó descuidadamente sobre el mostrador y echó un vistazo a la pequeña estancia. Había cambiado muy poco desde la última vez que estuvo allí. Una fina película de polvo cubría las falsas estatuas griegas de los rincones. En el suelo, una pila de piedras con inscripciones rúnicas parecían no haber sido movidas del lugar en muchos años.

Dada su condición de antiguo cliente del lugar, Leo sabía bien que todos los artículos de la parte delantera del negocio eran para el público más profano. Sibson guardaba sus ofertas más interesantes en la trastienda.

–Veamos, ¿en qué puedo ayudarle, señor? –inquirió Sibson, haciendo a un lado la cortina para mirar hacia fuera. Al ver a Leo, dio un respingo. Sus torcidos bigotes y sus ojos de hurón se movieron de arriba abajo, como buscando una vía de escape–. Monkcrest.

–Hola, Sibson. Ha pasado mucho tiempo, ¿verdad? No nos veíamos desde aquel día en el que trató de venderme aquel falso pergamino zamario.

–Mire usted, tenía mis razones para creer que era auténtico.

–Desde luego que sí. Le había pagado una interesante suma al viejo Trull para que lo compusiera. Y debo reconocer que realizó un excelente trabajo. Me gustó particularmente la delicadeza del diseño de delfines y conchas marinas.

–Me enteré de que estaba en la ciudad, milord. Es muy amable por su parte visitar mi humilde establecimiento. Tengo en mi trastienda algunos objetos encantadores.

–Hoy no dispongo de tiempo para revisar su mercancía. Mi presencia aquí se debe a otros asuntos.

Sibson se deslizó hacia la luz. Con su esquelética delgadez y su cuerpo huesudo, parecía estar en constante movimiento. Siempre daba la impresión de estar torciéndose, brincando o sacudiéndose espasmódicamente.

–¿Puedo preguntarle qué lo trae por aquí, milord?

–Estoy buscando información. Y, como siempre, estoy dispuesto a pagar bien por ella.

–¿Qué clase de información?

–Circula el rumor de que ciertas antigüedades han llegado a Londres, y desearía confirmar la veracidad de tales comentarios.

–¿Y de qué antigüedades se trata, milord?

–De un par de anillos –respondió Leo, en tono suave–. Claves para acceder al interior de una estatua de Afrodita.

Sibson abrió los ojos, sorprendido. Su mandíbula se sacudió de arriba abajo.

–Siempre hay unas cuantas Afroditas o Venus dando vueltas por ahí, en realidad. Y en este momento no tengo ninguna en existencias.

–Esta estatua es algo especial –replicó Leo–. Se dice que contiene en su interior un fabuloso tesoro.

Sibson produjo una serie de sonidos con la boca.

–No tengo noticia de que exista una estatua como la que describe, milord.

–Se la conoce como la Afrodita del alquimista.

–Oh, ésa Afrodita. –Sibson lanzó un resoplido desdeñoso–. No es más que una vieja leyenda, cosa que usted debería saber mejor que nadie, milord.

–Vamos, Sibson. Después de todos estos años, ya me conoce bien, y sabe que puedo ser muy generoso.

–Ya se lo he dicho, no sé de ninguna estatua que contenga un tesoro en su interior.

El gesto con que había acompañado esas palabras era de una petulancia irritante.

–¿Y los anillos? ¿Los que abren la Afrodita? –insistió Leo–. Me dijeron que pueden haber pasado por la tienda de Ashwater.

–¿Ashwater? –Sibson comenzó a sacudirse frenéticamente, presa de la furia–. *¿Ashwater?* Ese hombre sólo vende fraudes, falsificaciones. Todo el mundo sabe que los jarrones y las estatuas que vende son fabricadas en un taller italiano y luego embarcadas a Inglaterra. Ningún coleccionista que se respete trata con él. Cualquier comentario que surja de su establecimiento debe ser desestimado de inmediato.

–Parece que Ashwater se ha marchado al continente por un período de tiempo no determinado. ¿Tiene idea de lo que ha ido a hacer allí?

–Habrá ido a controlar sus fraudulentos negocios italianos, me imagino. Mire, no sé nada acerca del viaje de Ashwater, como tampoco conozco nada sobre ningún anillo. –Sibson se movió hacia la cortina–. Milord, me temo que tendrá que excusarme. En este momento estoy muy ocupado. He recibido un cargamento de Grecia, y tengo clientes que lo esperan.

–Sibson.

El anticuario se quedó inmóvil, aferrando con una mano el borde de la cortina. Tragó dificultosamente.

–¿Sí, milord?

–Si llega a saber algo acerca de los Anillos Prohibidos, me lo hará saber de inmediato, ¿entiende?

–Sí, milord. De inmediato. Ahora, si me disculpa... –Sibson desapareció en la trastienda y dejó caer la cortina por detrás de él.

Leo permaneció un momento en la silenciosa tienda, reflexionando acerca de las ventajas y las desventajas de presionar a Sibson. Decidió esperar. Por el momento, el ansioso comportamiento de Sibson ya le había dicho lo suficiente. Confirmaba lo que le habían dicho en otros establecimientos similares, diseminados a lo largo y ancho del intrincado laberinto londinense de callejones y estrechos pasajes.

Pocos meses antes, los rumores sobre los Anillos Prohibidos habían circulado con fuerza a través de la red de anticuarios y coleccionistas particulares. La excitación provocada se había evaporado rápidamente cuando los rumores terminaron por recalar en la tienda de Ashwater. Sibson había acertado al definir a su competidor. La reputación de Ashwater como anticuario dejaba mucho que desear. De hecho, se equiparaba a la del propio Sibson.

Ambos, sin embargo, extendían sus tentáculos hasta las profundidades de las oscuras aguas en las que se realizaba el tráfico de antigüedades falsas o robadas. Si había algo moviéndose en el lecho de ese turbio mar, ellos figuraban entre los primeros en enterarse. Dado que Ashwater no se encontraba en ese momento en la ciudad, Leo se veía obligado a tratar con Sibson.

Salió del establecimiento y cruzó la calle. Desde un portal, le sonrió una mujer de cabellos de un rojo artificial y mejillas pintarrajeadas al tiempo que apartaba el harapiento embozo que llevaba sobre el talle de su desteñido traje y dejaba al descubierto sus pezones maquillados.

–¿Le apetece probar la mercancía, milord? Soy un poco más joven que esas reliquias que tiene Sibson en su tienda. Y bastante más llena de vida, desde luego.

Era joven, aunque no tanto como otras busconas. De todas formas, no tardaban en envejecer en las calles.

–No, gracias. –Sacó algunas monedas del bolsillo y se las dejó caer en la mano al pasar frente al portal–. Vaya y procure comer algo.

La mujer contempló las monedas, desconcertada. Casi de inmediato cerró los dedos convulsivamente y lo miró a los ojos.

–¿Está seguro de que no quiere un servicio rápido? No hace falta que lo hagamos en el portal. Mi cuarto está ahí arriba.

–En este momento llevo un poco de prisa.

–Lástima. –Le dirigió una mirada esperanzada–. ¿Tal vez otro día?

–No creo que sea posible –respondió él con gentileza.

–Oh. –Suspiró desilusionada, aunque no sorprendida–. Me imagino que está acostumbrado a las damas elegantes, ¿verdad?

–Como acabo de decirle, tengo prisa. Buenos días, señora –dijo Leo, disponiéndose a seguir su camino.

Sus buenos modales hicieron reír a la mujer. La juvenil carcajada le recordó a Leo cuán joven era la muchacha.

–¡Vaya caballero que es usted, milord! No como otros tipos de la nobleza que vienen hasta Cunning Lane a visitar la tienda de Sibson. La mayoría me mira como si fuera un montón de basura tirado en el portal, desde luego que lo hacen.

Leo se quedó inmóvil. Lentamente, se volvió hacia la chica.

–¿Trabaja en este portal todos los días?

–Todos los días, desde hace tres años –confirmó ella; el rostro se le iluminó–. Pero no será para siempre. Estoy ahorrando dinero. Tom, el posadero de El Gato Borracho, se quiere retirar, y dice que me venderá la taberna si consigo el dinero.

Leo paseó su mirada por la calle y divisó el establecimiento mencionado. Sobre la puerta colgaba un cartel en el que figuraba un gato azul dibujado. Volvió a centrar su atención en la tienda de antigüedades.

–Seguramente verá a todos los que entran y salen del negocio de Sibson.

–Sí que los veo. –Arrugó la nariz–. Pero la mayoría finge no verme a mí. Deben ir con bailarinas de ballet, o irán a casas de citas donde las chicas trabajan dentro y no tienen que esperar en los portales.

–¿Cómo se llama?

–Clarinda, milord.

–Está claro que usted entiende de negocios, Clarinda.

Ella sonrió con orgullo.

–El viejo Tom ha estado enseñándome a llevar un negocio a cambio de mis servicios. Estoy aprendiendo todo lo necesario para encargarme de esa taberna. Tom dice que tengo un talento especial para trajinar con el dinero y los clientes.

–Estoy buscando información. Si quiere vendérmela, puedo pagársela muy bien.

Ella inclinó la cabeza hacia un lado.

–¿Qué clase de información?

–La mayoría de los clientes de Sibson son clientes regulares, ¿verdad?

–Sí. La mayoría. –Lo miró de reojo–. A usted no lo he visto nunca.

–Hacía mucho que no acudía a la tienda de Sibson –alegó–. Me parece que no la vi aquí la última vez que vine a ver sus artículos.

–Puede que estuviera arriba con un cliente –aventuró ella, encogiéndose de hombros.

–Quizá. –Leo sacó más monedas del bolsillo; había revuelto las aguas del estanque de Sibson, y podía ser interesante observar si algo afloraba a la superficie–. ¿Han acudido nuevos clientes a la tienda de Sibson en los últimos tiempos?

–Sólo los de costumbre, con la excepción de usted mismo, milord.

–Me gustaría que vigilara la tienda. Anote cualquier actividad fuera de lo normal; le agradecería mucho que prestara especial atención a cualquier cliente nuevo que lo visite, o a cualquiera de los habituales que venga con más frecuencia que de costumbre.

Un destello de algo que tanto podía ser codicia como ilusión pasó por los ojos de Clarinda.

–Trato hecho, milord.

–Asegúrese de que nadie advierta que está vigilando el lugar.

–¡Demonios, es muy raro que alguno de los de la nobleza me mire dos veces, milord! –Su boca se curvó en una mueca de amargura–. Usted es el único que me ha prestado atención en muchos meses.

–Vendré a recoger su informe dentro de uno o dos días.

–Aquí estaré.

Leo comenzó a volverse, mas se detuvo y añadió:

–Entretanto, use las monedas para comprarse un chal de más abrigo. No me servirá de nada si termina con un resfriado.

La carcajada sorprendentemente juvenil de Clarinda retumbó en el portal.

Leo recorrió el dédalo de angostas y retorcidas callejuelas y llegó hasta un distrito más respetable. En él, las prósperas y bien pertrechadas tiendas ofrecían un marcado contraste con los sórdidos establecimientos enterrados en las tenebrosas callejuelas que acababa de dejar atrás.

Levantó la mano para detener un carruaje de alquiler. Mientras aguardaba, volvió la cabeza y contempló el escaparate de una librería. Un surtido de novelas se apilaba bajo un cartel que anunciaba que el propietario tenía el gusto de ofrecer *El castillo de las sombras* de Amelia York.

El carruaje se detuvo frente a Leo, que subió a su interior. Le facilitó al cochero la dirección de su casa en Londres y se sentó a reflexionar sobre las informaciones que le habían proporcionado en los últimos dos días.

Había estado muy ocupado, pero no era mucho lo que sacaba en limpio de toda esa actividad. Tan discretamente como le había sido posible, había reanudado viejos contactos y les había notificado a sus informantes habituales que le interesaba cualquier cosa relacionada con los Anillos Prohibidos. Hasta el momento, todo lo que había obtenido eran rumores vagos y murmuraciones intrigantes.

No estaba conforme con su falta de avances en la cuestión. Tenía la casi certeza de que si no conseguía algo en verdad impresionante muy pronto, su nueva socia comercial perdería la paciencia con él.

Sacó del bolsillo su reloj y miró la hora. Las dos de la tarde. Había quedado en pasar a buscar a Beatrice a las cinco para dar un paseo por el parque, y no tenía ninguna intención de perdérselo. Desde su llegada a Londres, dos días atrás, no la había visto. Había estado atareado instalándose en su poco utilizada casa londinense, restableciendo contactos y realizando sus primeras averiguaciones.

Leo miró con aire ausente el ambiente de la calle, consciente de las expectativas que generaba su ánimo ante la perspectiva de volver a ver a Beatrice. Había albergado la esperanza de que los dos días pasados lejos de su compañía sirvieran para racionalizar su sociedad. La breve separación no había conseguido nada por el estilo. Sólo había intensificado el deseo que sentía por ella.

«¡Maldición! –se dijo, haciendo tamborilear los dedos sobre la portezuela del coche–. ¿Hasta dónde llegará todo esto?»

Sabía que, cuando se trataba de Beatrice, pisaba terreno peligroso. Lo más probable era que no fuese demasiado juicioso de su parte involucrarse con una mujer que podía hacer aflorar la faceta más explosiva de su personalidad con tan poco esfuerzo. Sin embargo, dada su madurez, tampoco estaba nada mal comprobar que todavía conservaba tal faceta.

Leo cayó en la cuenta de que estaba sonriendo sin ningún motivo aparente.

6

La figura la reclamó con su mano traslúcida.
–Ven. Por aquí. Entra conmigo en las tinieblas.
DEL CAPÍTULO SEIS
DE *LAS RUINAS*, DE AMELIA YORK

–¡Beatrice, ya están aquí! –anunció Arabella, al tiempo que entraba corriendo por la puerta del estudio–. Por fin llegaron las copias encuadernadas de tu nuevo libro. Me parece que esta vez el encuadernador ha hecho un buen trabajo, ¿no crees?

Beatrice levantó la mirada de la nota cuidadosamente plegada que acababa de recibir. A pesar de la excitación que le había causado el contenido de la misma, la llegada de su prima la arrancó de su emocionado ensimismamiento.

Con sus brillantes ojos azules, la deslumbrante cabellera oscura y sus rasgos finamente cincelados, Arabella era a todas luces encantadora. Para completar el magnífico cuadro, también era una joven de gran corazón, en extremo adorable y con un carácter tranquilo y equilibrado.

Bajo la égida de la tía Winifred, Arabella había logrado causar discreto, aunque notable, impacto en los más recatados círculos de la aristocracia londinense. Pearson Burnby, el primogénito de lord Hazelthorpe, tuvo que hacer cola junto con toda una serie de ansiosos caballeros para solicitarle un baile. No se podía decir que las invitaciones hubieran inundado la casa de Beatrice, pero una cantidad medianamente importante de ellas mantenía agradablemente ocupadas a Winifred y a Arabella, que solían salir hasta el amanecer.

Beatrice contempló el ejemplar que tenía Arabella en las manos.

–Sí, el encuadernador ha realizado un trabajo excelente. Sabes, con todo lo ocurrido en los últimos tiempos, casi había olvidado *El castillo de las sombras.*

–No entiendo cómo has podido hacerlo. –Las faldas de color amarillo claro del nuevo vestido de muselina de Arabella se arremolinaron en torno a sus tobillos cuando se volvió para dirigirse hacia el escritorio–. Te aseguro que de todas tus historias es la más escalofriante. La escena del fantasma en la cripta me pone los pelos de punta.

–Excelente. Esperemos que todos los que compren el libro tengan la misma reacción. Mis lectores parecen tener una necesidad inagotable de tener los pelos de punta.

–Les encantará el protagonista –aseguró Arabella, dejando el libro sobre el escritorio–. ¡Es tan deliciosamente excitante! Una casi se convence de que al final realmente será el villano de la historia. ¿Cómo te las ingeniaste para crear un caballero tan interesante?

Beatrice se quedó mirando el ejemplar encuadernado en cuero de *El castillo de las sombras.*

–No lo sé –admitió al fin–. Es como si mis héroes tuvieran ideas propias. Insisten en mostrarse difíciles.

«Igual que Leo», pensó.

Arabella se echó a reír.

–Te lo ruego, no trates de cambiarlos. Vi la larga hilera de personas que esperaban frente al establecimiento de tu editor el día en que salió a la venta *El castillo de las sombras*. Tus lectores prefieren a tus héroes tal y como son.

Beatrice sonrió.

–Es una pena que los críticos no coincidan con ellos –se lamentó–. Pero, como dijo una vez tío Reggie, un autor debe decidir si escribe para sus lectores o para la crítica, porque generalmente no hay manera de complacer a ambos.

–¡Pobre tío Reggie! ¡Era tan divertido!

–También se correspondía con mi prototipo de lector ideal, pues adoraba lo que yo escribía.

Y también había sido su más leal defensor. Nunca dejó de enviar las más severas cartas a aquellos críticos que atacaban sus novelas. En una ocasión, le había dicho: «Lo que les impide apreciar tus excitantes novelas es el fabuloso poder de tu imaginación, querida mía. No les prestes atención».

Contempló el paquete envuelto en papel de estraza y atado con un cordel, que descansaba sobre uno de los estantes superiores de la biblioteca. La recorrió una ya familiar oleada de nostalgia.

–Le echo realmente de menos.

Dentro del paquete había una copia del manuscrito que finalmente había llegado a convertirse en *El castillo de las sombras*. Se lo había dado a su tío para que lo leyera, tal como tenía por costumbre, aunque todavía no le había puesto el título definitivo. Esperaba que tío Reggie le diera su opinión acerca del que había pensado asignarle, pues tenía un don especial para encontrar buenos títulos.

El destino dispuso que tío Reggie terminara de leer el manuscrito y dispusiera enviárselo la tarde del mismo día de su muerte. No había habido oportunidad de conversar con él acerca del título. A la mañana siguiente, Beatrice recibió al mismo tiempo el manuscrito y la noticia de su muerte.

Dolorida, dejó el paquete en el estante y siguió el consejo de su editor en lo referente al título. El señor Whittle era muy proclive a los títulos que contuvieran la palabra «castillo».

Winifred apareció en la puerta del estudio.

–¡Ah, Arabella, estás aquí! He estado buscándote por todas

partes. Ya son casi las tres de la tarde, y el señor Burnby puede aparecer en cualquier momento. Sabes lo puntual que es.

Diminuta, canosa y con ojos brillantes, Winifred irradiaba más energía a sus setenta años que muchos con la mitad de su edad. Presentar a Arabella en sociedad era una tarea que le cuadraba de maravilla. Había disfrutado con cada minuto, desde la elección de los guantes y vestidos hasta la planificación maquiavélica necesaria para conseguir invitaciones.

–No te preocupes, tía Winifred –dijo Arabella sonriendo–. Estoy lista para recibir al señor Burnby. Beatrice y yo estábamos admirando un ejemplar encuadernado de su nuevo libro.

–¿*El castillo de las sombras*? –preguntó Winifred, dirigiéndole una mirada distraída–. Oh, sí. Dicen que ya lo está leyendo todo el mundo. La verdad, Beatrice, si no logramos recuperar los fondos que Reggie dilapidó comprando estúpidos objetos, tendrás que enseñarle a Arabella a ganarse la vida como escritora.

Beatrice volvió a doblar la nota con esmero.

–Dudo de que sea necesario, tía Winifred –repuso–. Tengo la certeza de que vamos a encontrar los anillos.

–Sólo cabe esperar que tengas razón –suspiró Winifred–. No sé cuánto tiempo más podremos seguir manteniendo las apariencias. Gracias a Dios, contamos con tu amiga Lucy para confeccionar los vestidos de Arabella. No podríamos permitirnos contratar a otra modista.

Beatrice arqueó las cejas.

–Sucede que, casualmente, Lucy Harby es una de las modistas más importantes de Londres.

Arabella se echó a reír.

–Querrás decir madame D'Arbois, no Lucy Harby, ¿verdad?

–En efecto –respondió Beatrice sonriendo.

La alegría de Arabella pareció esfumarse.

–No parece justo, ¿no crees? Es obvio que Lucy tiene un gran talento para el diseño de bellos vestidos. Pero si no se te hubiera ocurrido la idea de ponerle un nombre francés, jamás se habría convertido en una de las más exclusivas y caras modistas de la ciudad.

Beatrice se encogió de hombros.

–Cuando se trata de moda, jamás debe dejar de tenerse en cuenta la importancia de un acento francés.

–Así es el mundo –dijo Winifred alegremente–. Bueno, Arabella, no olvides que esta noche tienes que ponerte tu nuevo vestido azul. Da la impresión de haber costado una fortuna. Ni por un instante podemos permitir que nadie sospeche de la desaparición del dinero de Reggie.

Arabella hizo una mueca.

–Te preocupas demasiado por el dinero, tía.

–¡Niña ingenua! –replicó Winifred, con un mohín de fastidio–. Cuando no se tiene nada de dinero, toda preocupación es poca. Te juro que vivo en el perpetuo terror de que la noticia del ruinoso estado de nuestras finanzas se extienda por todo Londres. Si eso sucede, el heredero de Hazelthorpe desaparecerá en un abrir y cerrar de ojos.

Una poco habitual expresión de irritación refulgió en los ojos de Arabella.

–Eso es muy poco amable. Te lo aseguro, el cariño que por mí siente Pearson no cambiará si descubre que ya no poseo una herencia respetable.

Beatrice y Winifred intercambiaron elocuentes miradas. La primera le hizo una seña casi imperceptible a su tía, sugiriéndole que no discutiera el punto. Arabella era aún muy joven. Sería una pena vulnerar su naturaleza dulce y confiada antes de lo necesario. Como tantas otras cosas, la inocencia era algo que, una vez perdida, era imposible recuperar.

En ese momento apareció en el umbral de la puerta la figura de la hosca y severa señora Cheslyn, mujer de edad indefinida que servía como ama de llaves en casa de Beatrice.

–Con su permiso, señora –dijo en voz alta–. Está aquí el señor Burnby.

–¡Oh, Dios mío! –Winifred miró su reloj–. Un poco temprano. Llévelo al saloncito, señora Cheslyn.

–Con cinco minutos de adelanto, para ser exactos –matizó la señora Cheslyn, frunciendo el entrecejo–. Me dijeron que lo esperaban a las tres.

–Sí, lo sé, señora Cheslyn –confirmó Winifred, tratando de calmarla–. Pero su ansiedad es buena señal.

–Mire, no esperarán que pueda gobernarse una casa como Dios manda sin respetar un horario.

La señora Cheslyn dio media vuelta y marchó hacia el vestíbulo. Arabella se encaminó a la puerta con el rostro iluminado por una brillante sonrisa.

–Pearson pasó el fin de semana haciendo vida de campo en la mansión rural de Marsbeck. Ha prometido contarme todo.

–Ve, ve –dijo Winifred–. Pero recuerda, ni una palabra al señor Burnby sobre este asunto de los objetos perdidos. Si llega a filtrarse la mínima sospecha de nuestro inminente desastre, los acreedores harán cola frente a nuestra puerta.

–Lo prometo –afirmó Arabella, deteniéndose en la puerta–. Ni una sola palabra. Pero sigo creyendo que te preocupas demasiado por el tema.

Winifred aguardó a que saliera de la habitación. Entonces, se desplomó sobre uno de los sillones, clavando en Beatrice una mirada sombría.

–Tengo mucho miedo de que le cuente todo al señor Burnby. ¡Tiene una fe tan ciega en su cariño! No logro convencerla de que los caballeros de su clase no se casan por amor, a menos que también haya dinero de por medio.

–Ella sostiene que el señor Burnby es diferente.

Winifred desestimó tal afirmación con un gesto.

–Aunque eso fuera cierto, podemos estar seguras de que sus padres pertenecen a la vieja escuela. Ante el primer indicio de que la herencia de Arabella puede estar en peligro, presionarán a Pearson para que busque esposa en otra parte.

–En ese aspecto, no me hago más ilusiones que tú, tía Winifred.

–Lady Hazelthorpe no hace más que lanzar indirectas. Me ha dado a entender que no está del todo satisfecha con el interés que su hijo muestra en Arabella, sugiriéndome que podría tener otras candidatas.

–Una triquiñuela, sin duda –consideró Beatrice–. Está tratando de obligarnos a aumentar la dote de Arabella.

–Así es. –Un relámpago de inclaudicable decisión destelló en los ojos de Winifred–. Juega bien sus cartas, pero yo no soy ninguna novata en esta clase de cosas. Conseguí casar a mi sobrina Carolyn hace dos años, y juro que también tendré éxito con Arabella.

–Tengo una fe absoluta en tu competencia para estos menesteres.

–Pero debemos mantener oculta nuestra situación financiera o, mejor aún, recuperar la herencia de Arabella. Conseguido esto, recibiré la petición de mano del joven Burnby en menos de un mes.

–Concentra tus esfuerzos en la vida social de Arabella, y yo haré lo necesario para recuperar su herencia. Entre las dos, lograremos nuestro objetivo.

Winifred frunció el entrecejo, pensativa.

–Ya que hablamos de la parte que te toca a ti, ¿estás segura de que fue buena idea meter al Monje Loco en este asunto? –inquirió.

–Me has formulado la misma pregunta más de cien veces desde que he vuelto de Devon. Y siempre te doy la misma respuesta. Creo que nos será de gran utilidad en esta aventura.

–Pero ¿y su reputación, querida? ¡Es tan terriblemente extravagante!

–Nos enfrentamos a una situación extravagante –repuso–. El hecho es que se trata de un experto en antigüedades y leyendas. Es preciso contar con los servicios de una autoridad en la materia.

–No obstante, no dejo de pensar que habría sido mejor no implicar a un excéntrico tan reconocido en todo este asunto. –Su expresión cambió, iluminándose–. Por otra parte, es un conde. Su asociación con nuestra familia no pasará inadvertida.

–Ya sabía que ibas a encontrar la forma de volver la situación a nuestro favor –dijo Beatrice, sonriendo.

–Fue una auténtica gentileza por su parte ofrecernos su ayuda en esta cuestión. Y sabemos que será sumamente discreto.

–Estoy segura de que podemos contar con su discreción.

Después de todo, no le cabía duda de que Leo estaba tan interesado en recuperar los anillos como ella y sus parientes. No haría nada que pudiera poner en peligro la investigación.

Sus reflexiones fueron interrumpidas por el sonido de la agradable y bien modulada voz de Pearson, que procedía del vestíbulo, a la que siguió la cantarina carcajada de Arabella.

Los ojos de Winifred se dirigieron hacia la puerta, y luego hacia Beatrice.

–Mucho me temo que esté en verdad enamorada de él, ¿sabes?

A Beatrice le sorprendió la nota de nostalgia que detectó en la mirada desacostumbradamente seria de su tía.

–Sí. Esperemos que no se desilusione.

–Por desgracia te ha tomado como modelo.

–Ya lo sé.

–He tratado de explicarle que pocas mujeres tienen la suerte de vivir la clase de matrimonio que tú tuviste. ¡Es tan raro establecer una alianza basada en una perfecta armonía física y espiritual! Pero su optimismo es inquebrantable.

«Una perfecta armonía física y espiritual», repitió para sí. Desde algún lugar, el recuerdo del beso de Leo cayó sobre Beatrice. Habían pasado ya cinco días desde el momento en que la tomó en sus brazos, pero todavía sentía un incitante estremecimiento cada vez que se acordaba de él.

La sensación era peligrosa. Se obligó a recordar que aquella noche Monkcrest no la había besado llevado por el romance o la pasión. En realidad, había sido impulsado por la combinación de un estado de ánimo propicio y el hecho de haber bebido demasiado coñac para aliviar el dolor del hombro. Ella sabía que los hombres solían acudir a las bebidas fuertes para despertar el deseo cuando éste se mostraba esquivo.

También era cierto que no había habido nuevos besos en el viaje de regreso a Londres. Leo se comportó con total corrección durante todo el trayecto. Beatrice sospechaba que estaba arrepentido de lo sucedido entre ambos la noche anterior en la biblioteca.

No, no debía sacar conclusiones precipitadas de aquel beso.

Lo que más la preocupaba de cuanto había experimentado durante los ardientes momentos pasados en sus brazos era el torbellino de tórridas sensaciones, que ensombrecía cualquier experiencia que hubieran vivido las heroínas de sus novelas.

Cuando le dijo a Leo que su beso había sido fundamentalmente inspirador, le decía la más literal de las verdades. En sus próximas novelas ya no habría más descripciones educadas o tibias. En lo sucesivo, cuando alguna de sus heroínas fuera besada por su héroe, saldrían chispas de la propia página. Eso era lo bueno de ser escritora: no se desperdiciaba ninguna experiencia.

Los críticos que la acusaban de escribir una prosa inflamada y exagerada todavía no habían visto lo mejor. Los comentarios acerca de su futuro libro serían sumamente interesantes.

–Bueno, creo que lo mejor es que vaya al salón –dijo Winifred, poniéndose de pie–. Ya he dejado solos a esos dos demasiado tiempo. En estas cuestiones, la adecuada distribución del tiempo lo es todo. Los jóvenes deben verse lo suficiente como para aumentar su interés, pero no tanto como para cansarse.

Beatrice aguardó a que su tía saliera del estudio antes de volver a desdoblar la nota que había recibido. La leyó una vez más, mientras la recorría una oleada de expectativas. Leo se quedaría atónito ante su agudeza. La idea de impresionarlo le levantó el ánimo.

La señora Cheslyn volvió a aparecer en la puerta. Esta vez, su usual expresión amenazadora era aún más severa.

–Con su permiso, señora –bramó–. Su señoría, el conde de Monkcrest, ha venido a visitarla.

–Gracias, señora Cheslyn. Puede hacerlo pasar.

–Llega con dos horas de adelanto, señora Poole.

–Hágalo entrar, por favor –insistió, con paciencia.

–Me dijeron que vendría a las cinco.

–Sí, lo sé. No se preocupe, señora Cheslyn.

–¿Cómo espera usted que pueda llevar esta casa con todas estas idas y venidas imprevistas?

–He dicho que veré a su señoría ahora –repitió, remarcando las palabras.

Leo se asomó por detrás de la señora Cheslyn.

–Me parece que puedo considerarme anunciado.

La señora Cheslyn se volvió para mirarlo fijamente.

–Oh, ya está aquí, milord. Iba a buscarlo. Bueno, en vista de que ha llegado dos horas antes de lo previsto, prepararé otra bandeja de té.

–Gracias.

Leo pasó al estudio mientras la señora Cheslyn se encaminaba hacia la cocina.

Al verlo, el corazón de Beatrice dio un vuelco. Hacía dos días que esperaba ese momento, intrigada por ver si le parecía menos fascinante rodeado por el paisaje de Londres que en los desolados parajes de Devon.

No tardó en comprobar que, en todo caso, Leo parecía más exótico e intrigante aún en la ciudad, con los atavíos de la civilización.

La atmósfera de la abadía le sentaba bien. La cuidadosamente decorada casa de la ciudad, por el contrario, no era su medio natural. Era como si se hubiese trasladado hasta un alegre y soleado estudio a un lobo desde su oscura y rocosa madriguera.

Llevaba el cabello peinado como al descuido, echado por detrás de las orejas, lo que acentuaba el hecho de que lo tenía un poco más largo de lo que dictaba la moda. Su corbata blanca estaba anudada con elegante simplicidad, de un modo que dejaba en ridículo los rimbombantes estilos utilizados por los petimetres. Era evidente que ni sus pantalones ni su bien cortada chaqueta necesitaban aditivo alguno para mostrar un aspecto de fuerte y bien proporcionada musculatura.

Pero aunque hubiera llevado andrajos, su presencia habría dominado la habitación. Se las habría arreglado para que todo lo que lo rodeara pareciera frívolo o insulso.

–Recibí su nota, señora Poole.

La frialdad de su voz la dejó paralizada. Sintió que el fuego le subía a las mejillas. Después de todo, y a pesar del apelativo de Monje Loco, era un conde. No se les da órdenes a los condes como si fueran simples mercaderes. Debía recordarlo de ahí en adelante.

Se puso de pie con celeridad y lo saludó con una circunspecta reverencia.

–Mis sinceras disculpas si le parecí algo apremiante, milord. Se trata de algo más bien urgente. Cuando se lo explique, estoy segura de que comprenderá por qué no deseaba postergarlo hasta las cinco de la tarde.

Leo levantó las cejas, sin mostrarse demasiado apaciguado por su despliegue de buenos modales.

–La escucho.

Beatrice se sentó, reprimiendo un profundo suspiro. Deseó poder acostumbrarse pronto a tenerlo dando vueltas por la casa.

Le resultaba desconcertante sentir aquella aguda percepción de la presencia de Leo cada vez que éste entraba en la habitación. Ciertamente, no podía seguir comportándose como una heroína de sus novelas.

«Piensa en él como fuente de inspiración literaria –se ordenó con severidad–. Por el amor de Dios, no pienses en él como si se tratara de un amante potencial.»

–¿Desea tomar asiento, milord? –ofreció–. Lamento haberle alarmado. No tenía intención de hacerlo venir con tanta prisa y semejante agitación.

–No estoy agitado –replicó él, dedicándole una sonrisa burlona–. Estoy irritado.

–Una vez más, lamento la forma apresurada en que, ¡ejem! le he llamado.

Haciendo caso omiso de su invitación para sentarse, Leo se dirigió a la ventana.

–¿De qué diablos se trata? –Sacó un pedazo de papel de su bolsillo y lo leyó en voz alta–: «Ha sucedido un hecho de suma importancia. No puedo detallarlo por escrito...».

Beatrice carraspeó discretamente.

–Tal vez mis expresiones fueron algo melodramáticas.

–Eso es quedarse corto. Si esto es un ejemplo de sus habilidades literarias, bien podría hacerle la competencia a la infame señora York.

Beatrice se quedó inmóvil.

–Cada vez que creo necesario disculparme ante usted, milord, hace justo lo necesario para que me convenza de que no tengo por qué molestarme.

–Suficiente. –La boca de Leo se curvó en una sonrisa sardónica–. No hace ni siquiera cinco minutos que estamos juntos y ya nos estamos hostigando el uno al otro. ¿Cuál es el suceso de tanta importancia que me ha obligado a postergar los planes que tenía para esta tarde?

Beatrice se controló, no sin esfuerzo.

–Simplemente, se me ocurrió que le gustaría saber que la propietaria del establecimiento donde murió el tío Reggie ha convenido en encontrarse conmigo.

Leo la miró como si acabara de decirle que era capaz de volar.

–¿Cómo ha dicho?

Satisfecha por el impacto que había causado, Beatrice permitió que la efervescente excitación que la embargaba aflorara a la superficie.

–Madame Virtue y yo tenemos una cita. Tengo intenciones de hacerle algunas preguntas acerca de lo sucedido la noche de la muerte de mi tío.

–¡Por los clavos de Cristo! –Leo la miró a los ojos–: ¿Realmente se puso en contacto con ella?

–Así es. Con discreción, desde luego.

–¿Con discreción? Dudo de que conozca el significado de esa palabra.

Beatrice decidió no darse por enterada de su comentario.

–En su nota me sugiere que nos encontremos en un parque, no muy lejos de aquí, a las cuatro –explicó–. Se me ocurrió que tal vez querría estar presente mientras converso con ella. No obstante, si tiene algo mucho más importante que hacer, me las arreglaré sola.

Leo fue hasta el escritorio y apoyó las dos manos sobre la abrillantada superficie.

–Creí que habíamos acordado que sería yo quien dirigiría esta investigación.

–No, milord, acordamos que seríamos socios en nuestras investigaciones.

–¡Por todos los diablos! Las damas respetables no se reúnen con dueñas de burdeles –objetó, con los dientes apretados.

–Tranquilícese, Monkcrest. No se trata de que yo llame a la puerta de La Casa de los Azotes y presente mi tarjeta. Madame Virtue va a encontrarse conmigo de incógnito. También yo pienso ir cubierta con un velo al lugar del encuentro.

–¡Esto es indignante! Un paso en falso y su reputación quedará hecha añicos.

–Le aseguro que soy capaz de cuidar tanto de mi persona como de mi reputación.

Beatrice pensó que el nombre que habría que proteger era,

sin duda, el de la señora York. Una de las grandes ventajas de tener un seudónimo era que le permitía gozar de la libertad que le había otorgado su condición de viuda. La señora Poole podía asumir riesgos que sumirían en la desesperación a la señora York.

Había aprendido muy bien esa lección al ver cómo la sociedad volvía la espalda al gran Byron a raíz de su escandaloso comportamiento. En ese momento se percató de que el público podría llegar a ser más duro aún si fuera una mujer escritora la que se viera envuelta en un escándalo.

–¿Su tía está ya al tanto de este loco plan suyo? –preguntó Leo.

–No, no lo está –reconoció Beatrice–. Sabe que estamos buscando los anillos, por supuesto, pero me parece mejor no abrumarla con los detalles.

–No sabe la suerte que tiene.

Beatrice le dirigió una mirada furibunda.

–Mi tía tiene setenta años. La tarea de organizar los compromisos sociales de Arabella la absorbe por completo. No quiero causarle ninguna preocupación.

–Muy considerado por su parte mantenerla al margen de todo esto. A mi también me habría venido muy bien no enterarme de sus planes. Supongo que no tuvo en cuenta la tranquilidad de mi espíritu cuando los concibió.

Era demasiado. Beatrice se puso en pie de un salto y se enfrentó a él al otro lado del escritorio.

–Ya he aguantado demasiado, milord –le espetó–. Parece que no tiene conciencia de la magnífica oportunidad que se nos ofrece a ambos.

–La ignorancia al respecto habría constituido una verdadera bendición para mí. Por desgracia, no soy ajeno a sus intenciones, y puedo asegurarle que ni por todo el oro del mundo permitiría que se reuniera con madame Virtue a solas.

–Si ha resuelto mostrarse desagradable, Monkcrest, seré yo quien no le permita acompañarme.

Leo se acercó a ella hasta que sus rostros quedaron separados apenas por unos centímetros.

–Sé que lo lamentaré hasta el fin de mis días, pero pienso acompañarla en esta aventura increíblemente absurda.

La peligrosa suavidad con que pronunció estas palabras hizo que Beatrice sintiera un escalofrío.

–Tenía la impresión de que tenía cosas más importantes que hacer –respondió con dulzura.

–Pueden esperar.

–No es preciso que me las cargue en mi cuenta.

Leo apretó la mandíbula.

–He dicho que pueden esperar –repitió.

–¡Lord Monkcrest! –exclamó Winifred, entrando al estudio. Parecía nerviosa–. La señora Cheslyn acaba de informarme de que estaba aquí. Beatrice, querida, ¿ya has pedido el té?

Beatrice y Leo, aún enfrentados el uno al otro, volvieron la cabeza al unísono para mirarla.

–¡Oh, Dios! –Winifred se detuvo en seco y paseó la mirada de un rostro al otro–. ¿Molesto?

–¿Qué le hace pensar eso? –preguntó Leo, enderezándose con lánguida gracia–. Acabo de invitar a la señora Poole a dar un paseo por el parque un poco más temprano de lo que habíamos convenido. Quiero mostrarle la nueva fuente que han instalado.

Winifred miró a Beatrice.

–Entiendo.

–La señora Poole ha tenido la deferencia de aceptar –afirmó Leo, con una deslumbrante sonrisa que no resultaba tranquilizadora–. ¿No es así, señora Poole?

Beatrice le dirigió una torva mirada. Él sabía bien que ella no podía seguir argumentando delante de Winifred sin explicarle todo.

–¿Cómo podría resistirme a una oferta tan galante, milord? –repitió–. A mi edad, se reciben tan pocas...

7

Sentía que la aparición la contemplaba desde el pasadizo envuelto en las tinieblas, pero cada vez que levantaba la linterna, desaparecía.
DEL CAPÍTULO SIETE DE *LAS RUINAS*,
DE AMELIA YORK

Leo seguía irritado mientras conducía los caballos del faetón por uno de los senderos menos transitados del parque. Pero aun a través de su creciente fastidio, no podía negar la satisfacción que le causaba tener a su lado a Beatrice.

Un interrogante se había despejado: estar dos días alejado de ella no había contribuido a disminuir el efecto que su presencia provocaba en su interior.

Beatrice iba elegantemente ataviada, con un vestido a la moda color verde y una pelliza de un verde más claro. El escote del vestido –ajustado, de mangas largas y talle alto– estaba adornado por un discreto volante. Llevaba una sombrilla verde a rayas. El sombrero que hacía juego era pequeño y coqueto, e iba adornado con un espeso velo verde que ocultaba sus facciones y le confería un aire atrevido. Desde luego, no podía haber pensado en más elementos teatrales. Estaba bien claro que todo aquello le resultaba divertido.

–No cabe duda de que se las ingenió para elegir un lugar

más que aislado para este encuentro –comentó Leo, observando el paraje densamente arbolado que se erigía a ambos lados del sendero–. Parece que nadie ha pisado este lugar en varios meses.

–Ya le dije que fue madame Virtue quien sugirió el lugar. –Beatrice dirigió la mirada hacia la curva que estaban a punto de doblar–. Me indicó que debía encontrar un pequeño templete que alguien construyó por aquí hace varios años.

–Ahí está –señaló Leo; los flancos musculosos y elegantes de los tordillos se contrajeron cuando los obligó a andar al paso–. Delante, a la izquierda, en medio de ese bosquecillo.

Beatrice miró a través de su tupido velo.

–Sí, lo veo. ¡Qué interesante! Qué raro, nunca me había dado cuenta de que estaba aquí. Me pregunto qué antigüedad tiene.

El templete consistía en unas falsas ruinas artísticamente envejecidas a imitación de un antiguo templo clásico. Leo lo relacionó de inmediato con la típica monstruosidad arquitectónica propia de los jardines que las generaciones anteriores se complacían en diseñar. Observó los graciosos pilares que enmarcaban la pequeña estructura coronada con una cúpula.

–Mi abuelo construyó algo aún más gótico en el parque de Monkcrest –dijo–. Recuérdeme que algún día se lo muestre.

Por la rápida y sorprendida manera en que Beatrice volvió hacia él la cabeza, Leo cayó en la cuenta de lo que acababa de decir. *Recuérdeme que algún día se lo muestre*. Como si su relación fuera a continuar después de terminar con el asunto de los anillos.

«Bueno, ¿y por qué no?» En su mente comenzaron a bullir las posibilidades, tentadoras y fascinantes. Beatrice estaba demostrando ser una mujer muy difícil, pero también fuera de lo común y sumamente interesante.

Si tenía la buena fortuna de salir de aquella aventura con la salud mental intacta, el posible riesgo que correría al tener una aventura con ella sería mínimo.

La idea era extrañamente estimulante. Se preguntó cómo reaccionaría ella ante semejante ofrecimiento. Había dejado muy claro que estaba convencida de que ambos debían evitar cualquier contacto íntimo hasta que la búsqueda de los anillos hubiera finalizado. Pero había respondido a su beso con indudable pasión. ¿Qué diría si le propusiera vivir un romance?

–Mire, hay un pequeño coche negro detrás del bosquecillo –exclamó Beatrice, casi gritando por la excitación–. Debe ser el de madame Virtue. ¡Gracias a Dios! Temía que no viniera. ¡Tengo tantas preguntas que hacerle!

Su entusiasmo no hizo más que aumentar el malhumor de Leo. En ese momento, era evidente que Beatrice no estaba pensando en ningún romance futuro. Tal vez era hora de que también él se concentrara en la cuestión que los había llevado allí.

Detuvo el carruaje, se apeó y amarró los caballos con rapidez. Una vez hecho esto, se acercó para ayudar a Beatrice a bajarse. La sintió firme, vibrante y llena de vitalidad entre sus manos. Anheló poder aumentar la presión en su cintura y apretarla contra sí.

–¡Monkcrest! –protestó ella, sorprendida y sin aliento. Lo miró a través de su velo–. Me está apretando. ¿Pasa algo malo?

Leo advirtió que sus manos se cerraban con fuerza alrededor de la esbelta cintura de Beatrice.

–Nada más que lo que es obvio –repuso, y la dejó en el suelo con delicadeza–. Le ruego que me perdone.

Beatrice se asomó por encima de su hombro, estudiando las ruinas artificiales.

–Esa mujer que aguarda sentada en el banco, dentro del templete, debe de ser madame Virtue. ¡Cielos! Va vestida de negro de pies a cabeza. Quizás haya sufrido una pérdida reciente.

Leo se volvió y divisó a una mujer con velo vestida por completo de negro. Estaba sentada en un banco de mármol situado en el interior de las ruinas del templo. Inclinaba graciosamente la cabeza sobre un libro encuadernado en cuero que tenía en el regazo.

Aun desde su lugar de observación, Leo pudo advertir que el corte del vestido negro de paseo era obra de una modista muy cara. Modelaba la alta y esbelta figura de madame Virtue de un modo que era a la vez elegante y discretamente provocativo. El festón de satén negro que orlaba el velo de su sombrero creaba un marcado contraste con su cabello claro. Guantes y botines también negros completaban el atuendo.

En todos los sentidos, la propietaria de La Casa de los Azotes podía haber dictado la moda entre la flor y nata de la sociedad de Bond Street o entre quienes esa tarde se encontraran en el parque.

Tomó a Beatrice del brazo.

–Algo me dice que no ha elegido el negro por estar de luto.

–Pero es muy extraño vestirse enteramente de negro.

–Madame Virtue tiene una profesión extraña.

–Sí, por supuesto. –Beatrice se detuvo un instante, y luego añadió–: ¿Sabe usted?, estoy tan impaciente por hablar con ella que por poco olvido las particularidades de su oficio.

–Será mejor que las tenga presentes en todo momento –aconsejó Leo, observándola entre dos pilares cubiertos de musgo.

La mujer de negro cerró el libro y estudió tanto a Beatrice como a Leo a través de su velo. Sin decir nada, se limitó a aguardar.

–¿Madame Virtue? –Beatrice soltó el brazo de Leo. Recogió su velo, doblándolo por encima de su sombrero verde y se adelantó–. Soy Beatrice Poole. Éste es mi socio, lord Monkcrest. Fue muy gentil por su parte acceder a conversar con nosotros.

Leo observó con grata sorpresa la forma como Beatrice saludaba a la propietaria del burdel, utilizando los mismos modales educados de que se habría servido con cualquier dama de alta alcurnia. Ninguna otra mujer de todas las que conocía se habría comportado de esa manera. Aunque lo cierto era que tampoco ninguna habría concertado una cita de semejantes características.

–Señora Poole –saludó a su vez madame Virtue, con voz sonora y aterciopelada. También levantó su velo, dejando al descubierto sus finas y aristocráticas facciones y sus ojos azules, fríos y calculadores, y saludó a Leo inclinando la cabeza–: Monkcrest.

–Señora.

Leo tuvo la sensación de que estaba siendo evaluado como posible cliente. Sonrió casi imperceptiblemente.

–¿Quieren tomar asiento, por favor? –sugirió madame Virtue, señalando el banco que tenía enfrente.

–Gracias –dijo Beatrice, sentándose. Se acomodó las faldas con un movimiento de su mano enguantada–. Tengo una gran cantidad de preguntas que formularle.

–Haré lo posible por responderlas.

Leo prefirió quedarse de pie. Se reclinó contra una columna y se cruzó de brazos. Contempló a las dos elegantes y formidables mujeres, pertenecientes ambas a mundos tan distintos.

La propietaria de La Casa de los Azotes parecía perpleja y divertida a la vez por la actitud franca y directa de Beatrice. Leo se habría animado a apostar a que era la curiosidad, y no el afán de colaborar, lo que había impulsado a aquella mujer a aceptar tan extravagante encuentro.

Dadas las particularidades de su trabajo, madame Virtue debía haberse visto obligada a entretener a muchos respetables caballeros, pero era más que probable que jamás hubiera tenido una conversación con una respetable dama.

Lo acometió una sensación de irrealidad. De pronto se dio cuenta de que su propia vida, que había caído en un estado de deprimente apatía hasta hacía apenas una semana, se había convertido de súbito en una sucesión de imprevisibles y exóticos acontecimientos. Se le ocurrió que había vivido más sensaciones en los últimos días que en todo el año anterior.

Se preguntó si acaso no soñaba despierto. Tal vez de un momento a otro abriera los ojos y se encontrara contemplando la lumbre de la chimenea de su biblioteca.

–Tengo entendido que mi tío, lord Glassonby, murió en su presencia –dijo Beatrice, con prevención–. ¿Es cierto?

–En efecto. –En los ojos de madame Virtue apareció una expresión de cortés pesadumbre–. Lamento tener que decirle que se desplomó sobre mi alfombra. Era fascinante. La alfombra, quiero decir. De un color verde mar, con grandes delfines y conchas marinas. Recientemente he redecorado todo en estilo zamario.

–Entiendo.

–Por desgracia, se manchó bastante –agregó madame Virtue con gran delicadeza–. En el momento de la muerte, suelen producirse manchas, ¿sabe usted?

–Sí. –Beatrice juntó las manos–. Lo sé.

–Mi ama de llaves no pudo limpiarlas, así que tuve que cambiar la alfombra.

Leo no se dejó impresionar por el brillo felino que destellaba en la mirada de madame Virtue.

–Confío en que no espere que la familia de lord Glassonby le restituya el valor de la alfombra, señora –apuntó.

Beatrice se puso rígida, y se volvió rápidamente para mirar a Leo.

–¿Cómo dice?

–Por supuesto que no espero ningún reintegro –replicó madame Virtue, riendo entre dientes–. No hace falta decir que lord Glassonby gastó suficiente dinero en mi establecimiento como para cubrir el coste de la alfombra que estropeó. ¿Qué más desea saber, señora Poole?

Beatrice cuadró los hombros con aire decidido.

–Seré franca, señora. ¿Hubo algo en la muerte de mi tío que pudiera hacerle pensar que no se trató de un ataque cardíaco?

–Ah, ¿acaso usted se pregunta si lo maté yo con una aplicación del látigo extremadamente entusiasta? –Al ver el rubor que tiñó de inmediato las mejillas de Beatrice, madame Virtue volvió a proferir su ronca risita–. Le aseguro que no hice tal cosa. Soy una experta. A pesar de las ocasionales tentaciones, mantengo la política de dejar a mis clientes en condiciones razonables. Creo en la continuidad del negocio, ya sabe.

–No me refería a eso –dijo Beatrice, muy seria–. ¿Podría describirme las circunstancias exactas en que murió mi tío?

Madame Virtue se quedó pensativa. Tamborileó con un dedo enguantado de negro sobre el lomo de su libro.

–No fue una visión agradable, pero... en fin, la muerte nunca lo es, ¿verdad?

–No –coincidió Leo–. Puede darnos una sucinta y clara síntesis de los hechos. No es preciso transformarlo en un drama.

–Muy bien –aceptó–. Por lo que recuerdo, acabábamos de terminar con nuestra sesión. Glassonby estaba poniéndose los pantalones. Parecía tener dificultades para hacerlo, y entonces comenzó a jadear, sofocado. Después se cayó largando encima de mi alfombra.

–¿«Largando»? –repitió Beatrice–. ¿Quiere decir «a lo largo»?

–Quiere decir que su tío se descompuso de manera violenta –explicó Leo.

Le resultaba gracioso comprobar que, a pesar de sus modales de mujer de mundo, Beatrice no tenía la más ligera idea de la jerga vulgar que usaban los calaveras de la aristocracia.

–Oh –dijo Beatrice, asintiendo–. Vomitó.

–Tengo entendido que no es raro en los ataques al corazón –comentó madame Virtue, tratando de ayudar.

Leo miró a Beatrice. Sabía lo que estaba pensando. El vómito también podía atribuirse al veneno.

–Después de haber caído en mi alfombra nueva –continuó madame Virtue–, trató de arrastrarse un trecho. Luego, se llevó las manos al pecho y expiró. Todo terminó en cuestión de minutos. Le aseguro que enseguida pedí ayuda. Resultó que en ese momento había un médico en el establecimiento.

–¿Llegó enseguida? –preguntó Beatrice.

–Sí, por lo general siempre lo hace. Estoy trabajando con él en el asunto. Me alegra decir que hemos hecho grandes progresos.

Leo levantó los ojos hacia el techo del templete en ruinas. Observó los pequeños desnudos tallados en él.

–No comprendo. –Beatrice pareció auténticamente desconcertada–. ¿Suele tener con frecuencia caballeros moribundos en la alfombra?

Leo bajó la mirada desde el techo del templete hasta los confundidos ojos de Beatrice.

–Madame Virtue ha hecho una broma de mal gusto al decirle que el doctor llegó enseguida, señora Poole. Si lo desea, más tarde se lo explicaré.

Madame Virtue le dirigió otra de sus sonrisas divertidas.

Beatrice se puso escarlata.

–No alcanzo a ver la gracia de esta situación.

–Tiene razón –admitió madame Virtue–. Como le decía, el médico examinó a Glassonby, y pareció totalmente convencido de que había muerto de un ataque al corazón. No había nada que hacer. Estaba muerto.

–¿Había comido o bebido algo mi tío minutos antes de encontrarse mal?

La sonrisa cómplice de madame Virtue desapareció como por encanto.

–¿Sospecha que lo envenené, señora Poole? –inquirió, entrecerrando los ojos.

–No, por supuesto que no –se apresuró a aclarar Beatrice–. Como acaba de decir, no tenía motivos. No me parece que envenenar clientes sea bueno para ningún negocio.

–Muy cierto.

Madame Virtue pareció relajarse un tanto, pero su mirada permaneció alerta.

–Sucede que estoy enterada de que mi tío solía tomar un tónico especial para tratar, humm... –Beatrice volvió a aclararse la garganta–, un problema de debilidad de índole física.

–Sí, por supuesto, su «elixir del vigor masculino». –Madame

Virtue volvió a asumir su actitud pensativa–. Muchos clientes consumen el tónico del doctor Cox. Creo que su tío bebió un poco antes de nuestra última sesión, pero eso no tenía nada de extraordinario. Siempre bebía una dosis de ese preparado antes de que le administrara el látigo. Le sentaba muy bien.

Beatrice continuó presionándola con una valerosa determinación que Leo no pudo sino admirar. Esta conversación tenía que resultarle extraordinaria, aun para sus parámetros poco ortodoxos. Estaba claro que tenía la educación propia de la hija de un vicario.

–¿Hizo mi tío algún comentario acerca de algún sabor poco común del tónico esa última vez? –preguntó Beatrice.

–No –respondió madame Virtue–. Tengo la impresión de que lo encontró más estimulante que de costumbre.

–Humm –vaciló Beatrice–. Madame Virtue, seré franca con usted. Estamos tratando de localizar algunos objetos desaparecidos del patrimonio de mi tío.

Por primera vez, los ojos de madame Virtue mostraron alarma.

–Mire, señora, las ropas y los efectos personales de Glassonby fueron retirados junto con su cuerpo, y di por sentado que todo había sido entregado a su familia. Si falta su alfiler de corbata de diamantes, o algún otro objeto, no puede culparme a mí.

–No estoy acusándola de robo –le aseguró Beatrice de inmediato.

–Así lo espero, desde luego –repuso madame Virtue; volvió a relajarse, pero seguía en estado de alerta.

–Dígame, ¿conoce usted al doctor Cox?

–¿El boticario que le vendía a Glassonby su tónico especial? –Madame Virtue negó con la cabeza–. No, no lo conozco. Sin duda, él y yo tenemos mucho en común, ya que ambos tratamos la misma clase de dolencia propia de caballeros. Pero hasta ahora no hemos sido presentados.

–¿Tiene su dirección?

–No.

–Gracias –dijo Beatrice–. Ha sido usted de gran ayuda. Le agradezco que me haya dedicado su tiempo.

Madame Virtue entrecerró los ojos.

–Yo también tengo una pregunta que hacerle, señora Poole.

–¿Sí?

–¿Por qué tiene tanto interés por las circunstancias de la muerte de su tío? ¿Qué es lo que le hace sospechar que fue envenenado?

–Como le he dicho, creemos que algunos objetos de valor le fueron sustraídos a mi tío en los días cercanos a su muerte. Estamos tratando de recuperarlos.

–¿Cree posible que fuera asesinado precisamente por esos valiosos objetos?

–Es una posibilidad que debemos considerar. –Beatrice suspiró–. Pero, por lo que usted me ha dicho, parece bastante improbable.

–Puedo asegurarle que no es improbable, sino imposible. Créame, me habría dado cuenta si alguien hubiera sido asesinado en mi presencia. –Madame Virtue comenzó a bajarse el velo–. Bueno, si eso es todo, debo partir. Si me disculpa, señora Poole...

–Sí, desde luego. –Beatrice le echó un vistazo al libro–. Veo que está leyendo *El castillo de las sombras.*

–Oh, sí, leo todos los libros de la señora York. Resulta muy divertida su ingenuidad en todo lo referente a los hombres, pero las escenas de criptas hechizadas y fantasmas son realmente estremecedoras. Sus personajes femeninos también representan un cambio agradable, después de las habituales heroínas lloronas y lánguidas de tantas novelas.

Beatrice pestañeó.

–Yo también leo las novelas de la señora York –afirmó–. No me parece en absoluto ingenua respecto a los hombres.

Leo la miró, y estuvo a punto de echarse a reír al ver el brillo de desafío que lucía en sus ojos. No era momento ni lugar para discutir los méritos literarios de las novelas de la señora York.

–Me temo que la señora York tiene ideas muy erróneas en lo referente a los hombres –murmuró madame Virtue.

–¿Y cuáles serían esas ideas erróneas? –preguntó Beatrice.

–Parece creer en serio que hay unos cuantos héroes rondando por ahí –repuso madame Virtue; se volvió para avanzar a lo largo de una hilera de columnas–. Yo, por el contrario, hace tiempo que aprendí que no hay ninguno.

Beatrice abrió la boca y la volvió a cerrar enseguida.

–Entiendo –dijo, con inesperada cortesía–. ¿Sería tan amable de contestarme una pregunta de índole personal?

–¿Cuál?

–¿Le gusta su profesión?

Madame Virtue se quedó inmóvil un momento. Luego, su risa cristalina perforó el aire, fría y ligera como el hielo.

–¡Curiosa pregunta, señora Poole! Amo mi trabajo. ¿Qué podría ser más interesante que azotar regularmente a la flor y nata de los nobles ingleses y, por añadidura, cobrar por ello?

Las faldas de su vestido negro susurraban con suavidad a medida que se alejaba del templete.

Leo se apartó de la columna.

–La acompaño hasta su coche, madame Virtue.

Ella volvió la cabeza, mirándolo por encima del hombro con expresión indescifrable tras su tupido velo.

–¡Qué amable por su parte, mi señor!

Fue con ella hasta el pequeño carruaje, la ayudó a subir y le alcanzó las riendas.

–Suelo identificar a mis posibles clientes al primer vistazo, Monkcrest –dijo ella–. No me lo imagino a usted entre ellos.

–Mis excentricidades no se ajustan a la clase de servicios que ofrece La Casa de los Azotes.

–Es una lástima.

–Sin embargo, estoy dispuesto a pagar muy bien por algunas cosas –sugirió Leo.

Las manos cubiertas por los guantes negros se inmovilizaron sobre las riendas.

–¿Qué clase de cosas?

–Por su trabajo, usted se encuentra en condiciones de obtener un gran caudal de información.

–En efecto.

–Si por casualidad llega a enterarse de algo relacionado con la muerte de lord Glassonby o con ciertas reliquias que han desaparecido de sus pertenencias, querría saberlo. Le aseguro que haré que su esfuerzo valga la pena.

–Siempre puede contar conmigo si de conseguir algún beneficio se trata, milord. Si me entero de algo importante, me alegrará poder venderle esa información.

–Descubrirá que puedo llegar a ser en extremo generoso llegado el caso.

–No me cabe duda. –Madame Virtue volvió a tirar de las riendas–. Dígame, milord, ¿es verdad lo que se dice de los hombres de su familia? ¿Que todos son locos y hechiceros?

–Sólo algunos –replicó Leo–. El problema es que para la mayoría de la gente resulta imposible determinar cuáles son los hechiceros y cuáles los simplemente locos hasta que es demasiado tarde.

Madame Virtue se echó a reír. Miró hacia el templete, donde aguardaba Beatrice.

–Creo que su señora Poole será más que capaz de lidiar con cualquiera de los dos que resulte ser, milord. Tenga usted unos buenos días.

Hizo chasquear las riendas contra las grupas de sus caballos con un experto golpe de muñeca. Los caballos iniciaron la marcha, trotando airosamente. Leo se quedó contemplando el coche hasta que desapareció detrás de la curva, y volvió hasta donde lo esperaba Beatrice.

–Una mujer muy interesante –consideró Beatrice, con la mirada puesta en el lugar por donde acababa de desaparecer el coche–. Y posiblemente muy peligrosa.

Leo la miró, sorprendido.

–¿Por su profesión? –inquirió.

–No, por el gran dolor que lleva enterrado en el alma.

–¿Cómo lo sabe? –preguntó Leo, frunciendo el entrecejo.

Beatrice se estremeció.

–Pude detectarlo en su risa.

Leo reflexionó, sopesando las palabras de Beatrice, sin decir palabra. Aquella risa le había sonado a hielo que se quebraba.

–¿Y bien? –Beatrice lo miró, expectante–. ¿Qué piensa al respecto?

–Me parece que le preocupa que podamos acusarla de robo o asesinato.

Beatrice suspiró.

–Traté de convencerla de que no era ésa mi intención. ¿Qué le decía mientras la acompañaba hasta el coche?

–Le ofrecí pagarle por cualquier información que pudiera llegarle. A veces, una mujer de su profesión se entera de muchas cosas acerca de sus clientes. Madame Virtue es una mujer de negocios de pies a cabeza.

–Sí, creo que tiene razón. –Beatrice hizo una mueca–. ¿Qué pasa si llegamos a la conclusión de que mi tío no fue asesinado? ¿Si resulta que el tío Reggie efectivamente murió de un ataque al corazón o por una sobredosis de su elixir? Madame Virtue pudo haber encontrado los anillos entre sus ropas y haberlos cogido antes de pedir auxilio.

Leo negó con la cabeza.

–No es muy probable –opinó–. En primer lugar, dudo que su tío llevara encima objetos tan valiosos para ir a La Casa de los Azotes, donde se vería obligado a desvestirse dejando los anillos junto con sus ropas.

–Entiendo lo que quiere decir.

–Aunque hubiera sido tan necio como para dejarse un par de valiosísimas reliquias en los pantalones al tiempo que disfrutaba de su flagelación, dudo que madame Virtue pudiera reconocer el verdadero valor de los anillos.

–Eso nos lleva a un punto muy interesante –dijo Beatrice–. ¿Puede describir los anillos?

–No. Realicé algunas investigaciones en mi biblioteca antes de salir de Devon, y encontré algunas descripciones de la estatua, pero ninguna de los anillos.

–¿Y si madame Virtue simplemente encontró dos piezas de joyería que le parecieron valiosas entre las ropas de mi tío y decidió quedarse con ellas? –insistió Beatrice.

Leo miró hacia el sendero por donde acababa de desaparecer el carruaje.

–Aun si admitiéramos eso como hipótesis, hay una sola cosa que podría haber hecho con los anillos.

–¿Qué?

–Venderlos –respondió Leo–. Y los rumores sobre una reciente venta habrían corrido como un reguero de pólvora entre todos los anticuarios de Londres. Me habría enterado en cuanto hubiera pisado la ciudad.

–Claro –fue todo lo que dijo Beatrice.

Su expresión se volvió pensativa y a medida que su silencio se prolongaba, Leo comenzó a impacientarse.

–¿Y ahora en qué demonios está pensando?

–Ha dicho que le ha propuesto a madame Virtue comprarle información.

–¿Y qué tiene de malo? Siempre me ha parecido la forma más fácil de obtener un producto.

–No lo dudo, milord, pero se me ha ocurrido que, antes de que todo este asunto termine, podemos encontrarnos en la situación de tener que comprarle los anillos a quien ahora los tenga en su poder.

–¿Y bien?

Beatrice entrecerró los ojos.

–No hemos discutido esa posibilidad en particular. Usted dijo que pagaría bien por ellos, pero jamás consideramos que podría tener que hacerlo dos veces.

–¿Dos veces?

–Primero, a quien los posea; y después, a mi familia, como restitución de la dote de Arabella.

Leo advirtió el temor de ella a que no cumpliera el compromiso que habían acordado si tenía que pagar dos veces por los anillos. La revelación de que no confiaba enteramente en él lo enfureció.

–Señora Poole, hemos sellado un acuerdo. Estoy dispuesto a pagar lo que sea necesario. Creí haberlo dejado bien claro.

–¡Oh!

–¿Eso es todo lo que puede decir después de haberme ofendido?

Ella se sonrojó.

–No tenía intención de hacer nada por el estilo, milord.

–Sin embargo, me considero seriamente ultrajado.

Beatrice levantó las cejas.

–¿Y qué va a hacer? ¿Retarme a duelo?

–Propongo una solución más satisfactoria.

–¿Cuál?

–¿Vendrá conmigo al teatro esta noche?

–¿Al teatro?

Por algún motivo, el asombro que reflejaban los ojos de Beatrice le resultaba más irritante aún que su desconfianza. Parecía como si nunca hubiera considerado la posibilidad de permitirle salir con ella siquiera una noche.

–Tengo un palco para la temporada, aunque raramente lo uso –dijo–. Su tía y su prima podrían acompañarnos, por supuesto.

–Es usted muy amable. –Sus ojos se iluminaron–. Tía Winifred y Arabella estarán encantadas.

Leo abrió la boca para decirle que no le había ofrecido la invitación solamente para maravillar a sus familiares, pero un imperceptible movimiento detectado con el rabillo del ojo llamó su atención.

Se trataba tan sólo de un ligero temblor entre los árboles, un fugaz aleteo de las hojas. Pero ese día no había brisa alguna.

–¡Por todos los diablos! –Rodeó los hombros de Beatrice con sus brazos y la acercó hacia él–. Béseme.

Una extraña expresión iluminó los ojos de Beatrice.

–La verdad, milord, es que no creo que sea el momento ni el lugar. Hemos convenido en mantener nuestra relación dentro del marco de lo estrictamente profesional...

Beatrice se puso rígida cuando le cubrió los labios con los suyos. Y entonces se rindió ante él. Después de un brevísimo instante, le pasó los brazos por el cuello.

Mientras la besaba, Leo escrutaba el claro lleno de hojas. Las ramas fueron sacudidas por un nuevo temblor, y entonces alcanzó a vislumbrar una gorra de color marrón oscuro y una manga de camisa.

Leo apartó la boca.

–¡Bastardo! –exclamó.

–¿Qué rayos...? –exclamó Beatrice, tambaleándose cuando él la soltó.

Leo corrió hacia la espesura como una exhalación. Frente a él se oyó el crujido de ramas rotas; en pos de una huida rápida, su presa había desestimado todo sigilo.

¡Si hubiera tenido a *Elf* consigo! El sabueso le habría traído al observador furtivo en un instante.

–Leo, ¿qué está haciendo? –preguntó Beatrice–. ¿Qué sucede?

Leo advirtió que era la primera vez que lo llamaba por su nombre de pila. El momento elegido no podía haber sido menos afortunado. Oyó los pasos de Beatrice, que se acercaba a través del follaje.

Las botas del hombre resonaban entre la maleza. Se oyó una maldición ahogada.

–¡Quédate quieto, maldito!

Leo oyó el golpeteo de los cascos de un caballo y supo que había perdido su última oportunidad. Se detuvo en seco.

Beatrice atravesó un pequeño matorral y chocó contra él.

–¡Ay! ¡Por todos los cielos, milord! ¿Qué es todo esto? ¿Qué es lo que ha visto?

–Un hombre –respondió, volviéndose para sostenerla–. Ha estado observándonos.

Se distrajo momentáneamente al reparar en las mejillas

arreboladas de Beatrice después de la carrera y su elegante sombrero caído hacia un lado. Su vestido mostraba manchas de tierra y algunas hojas que se habían quedado pegadas al atravesar el bosquecillo

–Desgraciadamente, no estaba lo suficientemente cerca para poder atraparlo antes de que llegara a su caballo –se lamentó Leo.

–¿Ha dicho que nos estaba observando? –preguntó, y comenzó a componerse mientras escudriñaba entre los árboles–. ¿Alguien que pasaba por el lugar, quizá? ¿Un jovencito curioso que se asustó al ver que usted salía en su persecución?

–No.

Leo hizo a un lado una barrera formada por ramas y vio el lugar en que había estado atado el caballo. Estudió el sitio desde donde los había espiado el observador. La tierra revelaba las huellas de botas de hombre.

–No creo que se tratara de algo fortuito –juzgó–. Es obvio que esta parte del parque no es muy transitada. Quienquiera que sea, ha pasado aquí un buen rato.

Beatrice miró el suelo pisoteado.

–¿Cree que alguien nos siguió hasta aquí deliberadamente?

–No lo sé. Pero de algo podemos estar seguros.

–¿De qué?

–De que la vio a usted encontrándose con la dueña de un burdel. Bravo por su plan de permanecer de incógnito, Beatrice. Sólo nos resta esperar que su reputación no esté hecha jirones dentro de una hora.

Ella le dirigió una sonrisa acerada.

–Si mi buen nombre queda destrozado en tan breve tiempo, ¿retirará su invitación para ir al teatro?

La actitud frívola con que afrontaba el problema lo enfureció. Logró controlarse con un poderoso esfuerzo de voluntad.

–Soy el Monje Loco –le recordó–. Dudo que la sociedad me considere más excéntrico que de costumbre si decido acompañar al teatro a una mujer sin honra.

8

Una maléfica poción, agitada por una
esquelética mano...
DEL CAPÍTULO OCHO DE *LAS RUINAS*,
DE AMELIA YORK

A la mañana siguiente, la reputación de Beatrice permanecía intacta. Leo, apoltronado frente al fuego en uno de los sillones del salón de café de su club, meditaba sobre la situación con sentimientos encontrados.

Desde luego, era un alivio comprobar que el buen nombre de Beatrice permanecía a salvo, al menos por el momento. Pero, por otra parte, ese mismo hecho sugería perspectivas no tan felices. Era más que probable que quienquiera que fuese el que había espiado el encuentro entre Beatrice y madame Virtue, tuviese sus propias razones para guardar silencio.

Leo había pasado la mayor parte de la noche cavilando acerca de cuáles podían ser esas razones. Ninguna de las que se le habían ocurrido eran muy tranquilizadoras.

Había ido hasta su club buscando información, pero hasta el momento era poco lo que había conseguido. Echó una mirada al alto reloj de pie que descansaba en uno de los rincones de la sala. Le había prometido a Beatrice reunirse con ella en una librería media hora más tarde.

Buscó dentro de su bolsillo; sacó la carta de su hijo Carlton, que había llegado esa mañana, y la abrió. Mientras la releía, tenía una vaga conciencia del ruido de fondo que constituían las conversaciones a media voz y el tintineo de la porcelana.

> Recorrimos varias ruinas más esta mañana. William insiste en hacer bosquejos de cada una de ellas, pero a mí, y lamento tener que admitirlo, empiezan a parecerme todas iguales.
>
> Esta tarde, Plummer nos arrastró por otra galería. William estimaba que algunas de las pinturas (especialmente aquellas que representan diosas desnudas) son muy interesantes. Estoy de acuerdo con él, respecto a las diosas; pero creo que si me veo obligado a admirar un solo paisaje más u otro cuadro de algún santo de túnica vaporosa rodeado por rubicundos querubines, tal vez llegue a morir de aburrimiento.
>
> Mañana será un día muchísimo más interesante; de hecho, fascinante. Hemos conocido a un caballero inglés, el señor Hendricks, que vive aquí, en Italia, desde hace algún tiempo. Es un hombre de ciencia y nos ha invitado a visitar su laboratorio. Nos ha prometido que podremos realizar algunos magníficos experimentos con un espejo que concentra los rayos solares. Si el tiempo lo permite, podremos también usar su máquina de electricidad para reanimar ranas muertas.
>
> El señor Hendricks ha tenido además la amabilidad de ofrecerse a mostrarme un campo cercano en el que surgen de la tierra vapores inflamables. Queda cerca de un volcán, y el señor Hendricks piensa que puede haber relación entre ambos fenómenos.

Leo sonrió a su pesar. Algunos padres tenían que preocuparse de que sus hijos no cayeran en los brazos de alguna mujer poco recomendable. A Carlton, en cambio, lo habían arrebatado las maravillas de la ciencia. Quizás, en el fondo, no había mucha diferencia. Ambas cosas tenían el poder de seducir y cautivar, y ambas les costaban una condenada fortuna a los hombres que caían en sus redes. Sin duda, Carlton querría comprar su propio espejo ustorio cuando volviera del viaje.

–¡Vaya, pero si es Monkcrest! –Un corpulento anciano con pobladas cejas grises y bigotes como cepillos se detuvo frente al sillón de Leo–. Había llegado a mis oídos que estaba en la ciudad.

–Tazewell. –Leo volvió a doblar la carta de Carlton y la guardó en el bolsillo. Volvió a mirar el reloj de pie; ya casi era la hora–. ¿Cómo va esa gota?

–Tengo mis días buenos y mis días malos –repuso lord Tazewell, sentándose cuidadosamente en uno de los sillones y apoyando el hinchado tobillo en un escabel. Miró su pie con expresión sombría–. Tengo un médico nuevo. Me ha recomendado un régimen de vinagre y té. Una combinación repugnante.

–Suena desagradable –conjeturó Leo, con lo que esperaba fuese un tono de simpatía.

El barón había sido uno de los más jóvenes amigos de su abuelo. A pesar de los veintidós años que los separaban, ambos compartían el interés por la jardinería. Leo conservaba recuerdos de su infancia, en los que veía a Tazewell y a su abuelo inclinados sobre un macizo de plantas.

Leo también recordaba que Tazewell tenía por costumbre emitir largas letanías de dolencias y enfermedades. El barón cambiaba de médico como otros cambian de ropa; siempre era el primero en probar el último remedio de los curanderos o una muestra del tónico más reciente. Si había alguien que podía conocer al doctor Cox, ése era Tazewell.

–No sé si voy a seguir mucho tiempo más con el vinagre y el té –le confió a Leo–. No parece que esté haciéndome demasiado efecto. Me he enterado de que hay un nuevo médico en la ciudad que está logrando curas casi milagrosas con el uso de imanes.

–¿Ya ha consultado a algún boticario o algún herbolario?

–Sí, sí, vaya que sí. –Tazewell se sentía muy a gusto tratando el tema de su salud–. He visto a un montón de boticarios, y en su mayoría no eran más que unos charlatanes y unos curanderos. A veces pienso que el único producto útil que venden es el láudano.

–He oído mencionar a un tal doctor Crock –dijo Leo, confundiendo el nombre deliberadamente–. ¿O era Cox? Comb, quizá. No recuerdo bien. Pero creo haber oído que vende medicinas a base de hierbas en verdad efectivas.

–¿Cox? –Tazewell soltó un bufido–. Lo consulté hace algunos meses. Pero me dijo claramente que no podía ayudarme. Se especializa en el tratamiento de la impotencia, según me contó; y lo cierto es que, a estas alturas, como comprenderá, no me preocupa demasiado.

Leo apoyó los codos en los brazos del sillón, cruzó las manos, estiró las piernas y miró la punta de sus botas.

–Tengo un amigo que padece esa misma dolencia. Me pregunto si el doctor Cox podría ayudarlo.

Tazewell juntó las espesas cejas.

–No hay nada malo en probar, supongo.

–Por casualidad, ¿no tendrá la dirección de ese doctor?

–Tiene una pequeña tienda más allá de Moss Lane. –Tazewell frunció el entrecejo–. Es un lugar condenadamente difícil de encontrar. No sé cómo se las ingenia para seguir en el negocio.

–Tengo entendido que puede hacerse mucho dinero con el tratamiento de la impotencia.

–Muy cierto. –Las cejas de Tazewell volvieron a unirse, mostrando su preocupación. Entonces, pareció caer en la cuenta de algo y, súbitamente, los ojos se le iluminaron–. Digo yo, Monkcrest, este amigo suyo que padece debilidad del miembro...

–¿Qué pasa con él?

–Por casualidad, ¿no se estará refiriendo a usted mismo?

–Por supuesto que no.

–No hay de qué avergonzarse, ¿sabe? –replicó Tazewell en

tono cordial–. Después de todo, debe de estar cerca de los cuarenta. No es precisamente un jovenzuelo, ¿eh?

Alguien la seguía.

Por el rabillo del ojo, Beatrice divisó un fugaz movimiento justo cuando iba a entrar a la librería de Hook. Volvió ligeramente la cabeza, utilizando su ancha sombrilla para disimular la dirección de su mirada.

No cabía la menor duda. El hombre de ondulados cabellos rubios y gafas con montura de oro acababa de cruzar la calle. Estaba segura de que era el mismo que había estado observándola un rato antes, cuando salía de la tienda de Lucy.

Se trataba de un hombre apuesto y delgado, ataviado con una bien cortada chaqueta azul, chaleco amarillo y pantalones de ante. Llevaba la corbata anudada de acuerdo con el sofisticado estilo que estaba en boga. Las gafas le conferían un aire serio y estudioso.

Caminaba en la misma dirección que ella, y aunque miraba hacia todos lados, sus ojos la seguían.

Cuando advirtió que lo había descubierto, se paró en seco y trató de fingir que examinaba un par de guantes que había en un escaparate cercano.

La recorrió un estremecimiento. Leo no había podido distinguir con claridad al hombre que los espiaba a través de los árboles el día anterior. Lo único que logró vislumbrar fue una capa oscura y la manga de una camisa. ¡Pero la ropa podía cambiarse con tanta facilidad!

Vio que algunos de los lacayos y de las criadas que rondaban por los bancos emplazados fuera de la librería la miraban con curiosidad.

De un golpe cerró la sombrilla y abrió la puerta. Avanzó por el atestado local hasta llegar a una de las estanterías, donde se detuvo.

Hizo ver que echaba un vistazo a las novedades que allí se

exponían, entre las cuales, advirtió, estaba su propia novela; al mismo tiempo, no dejaba de vigilar la calle. Con un poco de suerte, podría ver al rubio cuando pasara frente al escaparate.

Pero en lugar de seguir por la acera, como ella esperaba que hiciera, el hombre entró atrevidamente en la tienda. Beatrice estuvo a punto de dejar caer el libro que había cogido al azar de uno de los estantes.

Desesperada, trató de decidir si sería mejor no hacer caso de su presencia o hacerle frente. Algo le decía que Leo preferiría sin duda la primera de las opciones. De todos modos, no tardaría en llegar, y entonces ella podría señalarle al misterioso personaje.

¿Pero qué pasaba si el desconocido se marchaba antes de que Leo llegara? No habría oportunidad de dirigirse a él y exigirle una explicación.

La situación exigía acción. Devolvió el libro a su estante, se volvió y se dirigió hacia el mostrador, donde el hombre estaba conversando con el propietario. Pudo escucharlo terminar de darle los nombres de los libros que encargaba.

–Envíelos al 21 de Deeping Lane, por favor –indicó el hombre para finalizar.

–¿Señor Lake? –interrumpió Beatrice con vivacidad–. Es el señor Lake, ¿verdad? Espero que me recuerde. ¡Su hermana y yo fuimos tan buenas amigas!

–¿Qué? –exclamó el hombre, al tiempo que daba un salto como si lo hubiera picado una avispa. Se dio la vuelta tan bruscamente que con el codo golpeó un libro que había en el mostrador–. ¡Maldición!

Se lanzó a atrapar el volumen y consiguió hacerlo antes de que llegara al suelo. Para su desgracia, cuando volvió a erguirse, se golpeó la cabeza contra el borde del mostrador. Hizo una mueca de dolor.

–¡Oh, por Dios! –murmuró Beatrice–. ¿Se encuentra bien, señor Lake?

–Sí, gracias. –Lake se colocó las gafas sobre el puente de su distinguida nariz y la miró con una expresión de honda decepción–. Pero lamento sinceramente tener que decirle, señora Poole, que no soy el señor Lake. Ojalá lo fuera.

Beatrice pensó que parecía sinceramente desolado. Y a pesar de la situación, no dejaba de tener su gracia. También pudo ver que de cerca era aún más atractivo. Sus rizos rubios, peinados al estilo de lord Byron, enmarcaban una fina frente y unos inteligentes, aunque tímidos, ojos azules. Calculó que tendría más o menos su edad, tal vez uno o dos años menos.

–Disculpe la confusión, señor –se excusó.

–No, no, no es nada –aseguró él con rapidez–. Por desgracia, me llamo Saltmarsh. Graham Saltmarsh. –Inclinó la cabeza–. A su servicio, señora Poole.

–Si yo no le conozco, señor, ¿cómo es que usted me conoce a mí?

Graham suspiró.

–Va a ser algo difícil de explicar. –Miró a su alrededor, por la tienda atestada de gente, y se acercó un paso más. Bajó el tono de voz hasta transformarlo en un susurro conspirador y añadió–: Por favor, discúlpeme, señora Poole. Sé quién es usted.

–Evidentemente. Ya hemos dejado eso claro. Pero, dado que jamás hemos sido presentados, ¿le importaría decirme cómo sabe mi nombre?

Él volvió a echar una mirada alrededor y se acercó más aún.

–El aprendiz de su impresor –susurró por la comisura de los labios.

Era el turno de Beatrice de quedarse mirándolo desconcertada.

–¿El aprendiz? –repitió.

–Debo confesar que lo soborné. Pero le aseguro que no me vendió barata la información.

De repente comprendió.

–¡Por todos los cielos, señor! ¿Quiere decir que sabe quién soy realmente?

–Sí –afirmó Graham; sus ojos brillaban con manifiesta adoración tras los cristales de sus gafas–. Sé que escribe las más maravillosas novelas de misterio bajo el seudónimo de Amelia York. Permítame, por favor, decirle que sería capaz de caminar sobre brasas ardientes para poder leer sus novelas. Tiene usted una fabulosa imaginación. Sus historias son las más emocionantes que he leído. No puede llegar a imaginarse el placer que me proporcionan sus novelas.

Una mezcla de aprensión y de satisfacción incendió las mejillas de Beatrice. Se dijo que hacía cinco años que temía la llegada de este momento. Pero, a decir verdad, resultaba agradable no tener que fingir que no era la señora York.

–Señor Lake, no sé qué decir.

–Saltmarsh. Graham Saltmarsh.

–Sí, desde luego. Perdóneme, señor Saltmarsh. Estoy algo turbada. Nadie, salvo los miembros de mi familia y algunos amigos muy cercanos, sabe que escribo novelas.

–Por el contrario, señora Poole. –Sonrió, renuente–. Me temo que hay varias personas que conocen su secreto. Están su editor, el impresor...

–Y el aprendiz del impresor y, sin duda, la esposa del aprendiz. –Beatrice hizo una mueca–. Tiene mucha razón. No me había detenido a pensar que alguien podría conseguir la información de cualquiera de ellos.

–Dudo que lo intentara otro que no fuese yo –la tranquilizó Saltmarsh–. Creo que resulta bastante improbable que su secreto sea difundido. Por favor, créame, jamás se lo contaré a nadie.

–Gracias, señor Saltmarsh. Dormiré mejor si sé que no le dirá ni una palabra a nadie.

En los ojos del joven apareció una expresión de fervor.

–Puede confiar en mi discreción, señora.

–¿Puedo preguntarle por qué me ha seguido hasta aquí, señor?

Saltmarsh se ruborizó.

–Le confieso que reparé en usted antes, cuando fue a visitar a su modista –explicó–. No pude resistir la tentación de aprovechar la oportunidad de estar frente a frente con usted. Es usted mi musa, señora Poole.

–¿Su musa? –Beatrice estaba encantada–. ¿Quiere decir que usted también escribe?

–Todavía no he publicado, pero tengo un manuscrito. Tan pronto lo haya terminado, probaré a enviárselo a un editor.

–Le deseo la mejor de las suertes, señor.

–Gracias –replicó Graham–. Sólo espero ser algún día la mitad de capaz de producir en mis lectores las extraordinarias sensaciones que usted produce, señora. No sé de nadie que posea su misma habilidad para sacar a la luz las más oscuras pasiones y las atmósferas más horrendas.

Beatrice se sonrojó.

–Vaya, gracias, señor.

–Además de leer sus novelas en busca de inspiración, he pasado muchas horas en el museo del señor Trull. Los objetos que allí se exhiben suelen suministrarme ideas maravillosas para mi historia. ¿Conoce el establecimiento?

Beatrice sintió que un fugaz chispazo de familiaridad se dibujaba en su memoria. Sabía que no hacía mucho tiempo que había oído alguna referencia al museo Trull, pero no conseguía precisar cuándo ni dónde.

–No conozco ese lugar.

–Ciertamente, le aconsejo visitarlo. –Saltmarsh resplandecía de entusiasmo–. La colección cuenta con los más extravagantes objetos, todos ellos relacionados con cuestiones sobrenaturales o metafísicas. Su sola visión excita los poderes de la imaginación.

–Suena fascinante.

De pronto recordó dónde había oído la referencia al museo Trull. Estaba a punto de formular una pregunta cuando, de súbito, se abrió la puerta de la librería. Beatrice sintió que se le erizaban los pelos de la nuca.

Miró hacia el otro extremo del salón y vio entrar a Leo. Él, sin embargo, no se fijaba en ella. La helada estocada de su glacial mirada se concentraba en Graham Saltmarsh.

–Gracias por informarme acerca del museo del señor Trull, señor Saltmarsh. –Por el rabillo del ojo, vio que Leo se acercaba hasta donde ellos se encontraban–. Voy a hacerme el firme propósito de visitarlo.

–Una autora de una sensibilidad exquisita como la suya sin duda lo encontrará muy inspirador. –Graham no tenía idea de la tormenta que se aproximaba–. Quizá pueda permitirme acompañarla. Podría señalarle los objetos más fascinantes. Trull tiene una momia en el museo.

–La señora no necesitará su compañía –intervino Leo, situándose al lado de Beatrice; la serenidad del tono con que había hablado resultaba inquietante–. Es sumamente improbable que una dama con la inteligencia de la señora Poole halle interesante algo de lo que se exhibe en el ridículo museo Trull.

–Por favor, Monkcrest –protestó Beatrice, clavando en él la mirada–. No hace falta mostrarse grosero. Permítame presentarle al señor Saltmarsh. Señor Saltmarsh, el conde de Monkcrest.

Saltmarsh reaccionó como si lo hubieran enfrentado con una enorme ave de rapiña.

–Milord.

–Saltmarsh –repuso Leo, pronunciando el nombre como esperando que le provocara mal sabor en la boca.

–Da la casualidad de que realmente me atrae la idea de visitar el museo del señor Trull –afirmó Beatrice con suavidad.

Saltmarsh le dirigió una mirada agradecida.

–Sería una completa pérdida de tiempo. –Leo observó al joven un momento más, y luego, al parecer satisfecho de ver que Saltmarsh había quedado convenientemente intimidado, centró su atención en Beatrice–. Visité el lugar hace un par de años. Está lleno de fraudes y falsificaciones destinados a aquellos que son proclives a creer en tales tonterías.

–Resulta que estoy interesada en tales tonterías –replicó Beatrice–. Disfruto de verdad sintiéndome impresionada de cuando en cuando.

Leo frunció el entrecejo.

–No logro imaginarme la razón. Le aseguro que los pocos objetos auténticos que hay en el museo Trull carecen de relevancia.

–No obstante –insistió Beatrice–, estoy en deuda con el señor Saltmarsh por mencionarme ese establecimiento.

Saltmarsh se aclaró la garganta.

–Gracias, señora Poole. No puedo explicarle cuánto significa para mí saber que le he sido de alguna utilidad, por pequeña que sea.

–Lo ha sido, señor. –Beatrice vio que la dura boca de Leo se curvaba en una sonrisa que habría congelado la sangre en las venas del más pintado. Apoyó la punta de su sombrilla en la bota de Leo y apretó con fuerza–. Ha sido de una gran ayuda, señor Saltmarsh.

Leo dejó escapar un ronco gemido al tiempo que se apresuraba a retirar el pie de debajo de la sombrilla.

Saltmarsh lo miró con expresión incómoda.

–Debo marcharme. Tengo una cita con mi sastre. Si me disculpa, señora Poole...

–Naturalmente. –Beatrice le dedicó la más cálida de las sonrisas.

Con una inclinación, Saltmarsh salió del establecimiento.

Leo se contuvo hasta que el hombre desapareció de la vista. Luego, volviéndose hacia Beatrice, dijo:

–¡Por los clavos de Cristo! ¿Qué intentaba hacer con la sombrilla? ¿Amputarme el dedo del pie?

–Estaba comportándose desconsideradamente con un caballero muy cortés.

–¿Se ha encontrado con él aquí?

–Nos hemos conocido en este lugar –respondió en tono alegre–. Compartimos el interés por las novelas de terror.

–Comprendo. Así que no hubo ninguna presentación formal, ¿no es así?

Beatrice se mostró divertida.

–No creía que prestara atención a las convenciones sociales, milord.

–¿A qué venía toda esa cháchara acerca del museo Trull? No puede hablar en serio cuando dice que quiere visitarlo.

Beatrice se quedó mirando pensativamente el lugar por donde acababa de desaparecer Saltmarsh.

–Todo lo contrario.

–¿Por qué? Acabo de decirle que está lleno de falsificaciones.

–Quiero ver la colección Trull porque el tío Reggie fue a ese museo dos o tres veces antes de morir.

Leo enmudeció. Su mirada se hizo más profunda.

–¿Está segura?

–Sí. Consignó estas visitas en su agenda. No les había dado importancia hasta que el señor Saltmarsh describió la clase de objetos de la colección del señor Trull.

–No tiene sentido. No hay ningún objeto de valor en todo el establecimiento de Trull, y menos aún algo tan valioso como los Anillos Prohibidos.

–Algo lo atrajo hacia ese lugar en más de una ocasión.

–Tal vez buscaba una opinión sobre los anillos –sopesó Leo lentamente–. Si fue así, perdió el tiempo. Antaño, Trull era considerado una autoridad en materia de antigüedades. Pero hace varios años se supo que realizaba copias fraudulentas, y su reputación quedó arruinada. Ningún coleccionista serio lo respeta desde aquel escándalo.

–No obstante, me parece que debo echar un vistazo a su colección.

–Si quiere perder el tiempo, allá usted. –Los ojos de Leo relampaguearon–. Pero si tiene verdaderas intenciones de seguir pistas que sí valen la pena, tengo una que puede interesarle.

Eso logró atrapar la atención de Beatrice.

–¿Qué pistas, milord?

–Tengo la dirección del establecimiento del evasivo doctor Cox. Pensé que le gustaría acompañarme esta tarde, cuando vaya a visitarlo.

–¡Excelente! –La recorrió una oleada de excitación–. Es usted muy hábil, milord.

–Gracias. –Leo hizo una mueca–. Sólo espero no haber dado pie a lamentables murmuraciones sobre mi persona al tratar de hacer averiguaciones.

–¿A qué se refiere?

La tomó del brazo para salir del local.

–Digamos que, cuando un hombre pide la dirección de un curandero que debe su fama a un tratamiento contra la impotencia, da vía libre a toda clase de especulaciones.

Beatrice procuró sofocar la risa que la acometió mientras salían a la acera.

–Me parece escuchar las habladurías –replicó–. Todo el mundo estará preguntándose si el Monje Loco de Monkcrest no habrá venido a Londres en busca de un remedio para su declinante virilidad.

–Me alegra ver que encuentra tan graciosa la perspectiva de que circulen rumores como ése –dijo Leo, dirigiéndole una sonrisa a todas luces amenazadora–, pues sin duda usted está destinada a desempeñar un papel en ellos.

–¿De qué manera, milord?

–Como en estos días paso mucho tiempo en su compañía, el mundillo de la alta sociedad puede suponer que usted es el motivo de que me encuentre tan ansioso por curar mi dolencia.

Beatrice dejó de reír.

Una fría y cenicienta neblina había descendido sobre las calles cuando Leo hizo subir a Beatrice a un anónimo coche de alquiler para iniciar la travesía hasta Moss Lane. La bruma prometía volverse aún más espesa antes de la caída de la noche.

A pesar de lo que le había dicho esa mañana, en realidad no era su propia reputación lo que le preocupaba. Aparentemente, Beatrice no temía que su buen nombre pudiera quedar mancillado, pero él no era tan optimista.

Era cierto que una viuda gozaba de mucha más libertad que una mujer soltera de menos de treinta años, pero todo tenía un límite.

El viaje a través de las angostas callejuelas y los tenebrosos pasajes de Moss Lane les llevó casi media hora. Al final, el cochero detuvo el vehículo, anunciando que no pasaba de allí.

–Tendrá que seguir a pie, milord. Moss Lane es demasiado estrecho para el coche. No hay espacio suficiente para que el caballo dé la vuelta. Aguardaré aquí hasta su regreso.

–Volveremos dentro de una hora. –Leo le arrojó varias monedas para asegurarse de que el cochero los esperara–. Confío en encontrarlo aquí.

El cochero atrapó el dinero con un ágil movimiento de la mano, fruto de una dilatada experiencia. Dedicó a Leo una sonrisa desdentada.

–No se preocupe, milord. No voy a ir a ninguna parte.

Leo cogió a Beatrice del brazo y se internaron en Moss Lane. Los edificios que se alzaban a ambos lados de la calle se cernían sobre sus cabezas, cerrando el paso a la poca luz que ese día brindaba.

–¿Está seguro de que la tienda del doctor Cox está cerca de aquí? –preguntó Beatrice, frunciendo el ceño ante la vista de los oscuros portales–. No parece ser el mejor de los sitios para un negocio.

–Me dijeron que el doctor Cox no necesita pagar una elevada renta en un barrio más próspero de la ciudad para atraer clientes –explicó Leo–. Los caballeros que requieren sus servicios prefieren venir a un lugar menos expuesto.

–Es comprensible, supongo.

Leo mantenía su atención fija en los portales. A esa hora del día, el vecindario parecía razonablemente seguro, pero no era ésa la clase de sitio al que se llevaba a una dama después del ocaso.

–¿Qué contestó su tía cuando le dijo que las invitaba a ir esta noche al teatro? –preguntó.

–Winifred estaba extasiada –repuso Beatrice–. Arde en deseos de exhibir a Arabella en un palco privado de la ópera. Incluso consiguió hacerle saber al señor Burnby, mediante insinuaciones, que vería con agrado que también él asistiera. Fue muy gentil por su parte, milord. No tengo palabras para agradecerle esta invitación.

Leo habría querido preguntarle si ella también se sentía entusiasmada ante la perspectiva de ir a la ópera en su compañía o si sólo se sentía agradecida por la oportunidad que les brindaba a su tía y su prima.

Al parecer, a Beatrice no se le había ocurrido pensar que la única razón por la que él le había sugerido asistir una noche a la ópera fuera porque quería pasar esa velada a su lado.

Hasta ese momento, la relación entre ambos había sido todo menos normal. La había invitado al teatro porque lo acometió el extraño deseo de entretenerla de una forma más convencional. Quería ver si podía complacerla. Deseaba que ella le sonriera y le agradeciera la placentera ocasión. Quería volver a vislumbrar en sus ojos un nuevo destello de femenino deseo.

«Por los clavos de Cristo –se dijo–. Quiero seducirla.»

En ese instante Beatrice alzó la vista hasta un pequeño letrero de madera que colgaba sobre uno de los portales y mostraba la imagen de un mortero y su maza.

–He aquí la tienda del doctor Cox. Esto promete ser más que interesante.

Leo la miró mientras le abría la puerta para que entrara. Se habría sentido mucho más feliz si algunas de las chispas que bailoteaban en sus ojos se hubieran debido a su presencia. Desgraciadamente, estaba casi seguro de que el entusiasmo de Beatrice tenía mucho más que ver con la perspectiva de entrevistar al doctor Cox que con él.

–En efecto, eso parece –coincidió Leo.

9

> Se internó en el oscuro pasadizo en busca
> de los secretos del extraño señor de las ruinas.
> A su alrededor, las sombras parecían
> enfurecerse y bullir de agitación.
> DEL CAPÍTULO NUEVE DE *LAS RUINAS*,
> DE AMELIA YORK

La densa niebla que había aparecido al otro lado de las ventanas de la tienda del doctor Cox empañaba los cristales y creaba un crepúsculo artificial dentro de la botica.

Beatrice parpadeó hasta que sus ojos se acostumbraron a la lúgubre atmósfera imperante en el interior del local. La única lámpara encendida que había estaba situada en la parte posterior de la estancia, y su débil resplandor se reflejaba contra las mugrientas líneas de frascos de cristal, llenos de hierbas y otras sustancias difícilmente identificables.

Sobre el mostrador descansaba una balanza destinada a pesar las pequeñas cantidades de las sustancias utilizadas por el boticario. El anaquel que había junto a la lámpara contenía varios volúmenes. La mayoría parecían haber sido consultados con frecuencia, pues las cubiertas de cuero estaban agrietadas y gastadas.

Un suave susurro proveniente de la parte trasera del establecimiento hizo que Beatrice diera un respingo. Leo advirtió su sobresalto y le dedicó una sonrisa condescendiente. Disgustada con su propia imaginación exaltada, ella lo miró con expresión furibunda.

El peculiar sonido se hizo más intenso. Beatrice se armó de valor y se volvió para contemplar a la extraña aparición que emergió de entre las sombras. La figura que se arrastraba hacia la escasa luz bien podría haber salido de una de las escenas de criptas embrujadas de *El castillo de las sombras*.

El hombre tenía aspecto de gnomo; era cargado de hombros, y su enorme cabeza echada hacia delante se apoyaba sobre un poderoso cuello y un cuerpo robusto. Sostenía un bastón en su mano enguantada.

Iba ataviado con una chaqueta deformada y unos pantalones raídos que presentaban un color indefinido a causa de las innumerables manchas de los brebajes y pociones de hierbas. Llevaba alrededor del cuello una bufanda de lana, y le cubría la cabeza un maltrecho gorro del que escapaban hirsutos mechones de opaco pelo gris.

Sus orejas y su boca quedaban casi ocultas bajo cerdosos pelos que no habían sido recortados en mucho tiempo. Un par de minúsculas gafas de montura de alambre colgaban de su bulbosa nariz. Bajo la llama vacilante de la lámpara resultaba imposible distinguir el color de sus ojos.

–¿Qué se supone que es esto? –La voz chirriante bullía de indignación–. No tenía ninguna cita para esta tarde.

–Soy Monkcrest –replicó Leo.

Beatrice alzó los ojos al cielo en silencio. Dudaba que Leo tuviera ni la más ligera idea de la gélida arrogancia que podía infundirle a una simple presentación. Aunque tal vez sí. Por loco o hechicero que fuera, estaba más que claro que generaciones de orgullo corrían por sus venas.

–Monkcrest –repitió Cox con ojos legañosos, estudiándolo por encima de sus gafas–. He oído hablar de usted. Es el que llaman Monje Loco. ¿Qué quiere de mí, milord?

–Mi amiga, la señora Poole, y yo, querríamos comentar con usted un asunto privado.

–Asunto privado, ¿eh? –Un cacareo parecido a una risa surgió entre las cerdas de su bigote; salieron a la luz sus dientes amarillos–. Así que de eso se trata. Un problemita de índole privada, ¿verdad? Bien, milord, ha venido al lugar indicado. Lo pondré erguido y enhiesto en menos que canta un gallo, sí señor.

Beatrice vio que Leo apretaba las mandíbulas. Se adelantó, presurosa.

–Usted no lo entiende, doctor Cox –advirtió–. No estamos aquí para discutir la, humm... salud de su señoría. Queremos preguntarle acerca de la poción que le vendió a mi tío, lord Glassonby. ¿Lo recuerda?

–Glassonby, Glassonby. –Las pobladas cejas de Cox se sacudieron con violencia–. Veamos, ha muerto, ¿verdad? Me dijeron que estiró la pata en un prostíbulo.

–Así es. Iré al grano, doctor Cox. Quiero saber si había algo fuera de lo común en el tónico que le preparó.

–¿Fuera de lo común? ¿Qué es todo esto? –Moviéndose hacia atrás como un cangrejo, Cox retrocedió hasta las penumbras–. ¿Qué está diciendo, señora Poole? No tengo nada que ver con la muerte de Glassonby. Murió en un burdel. Un ataque al corazón, dicen. No puede cargármelo a mí, señora.

–Tranquilícese, Cox –instó Leo, acercándose.

Beatrice vio que el conde empezaba a apoyarse descuidadamente sobre el mostrador, pero al reparar en la gruesa capa de mugre que lo cubría pareció pensárselo mejor.

–La señora Poole y su familia desean tener la absoluta certeza de que lord Glassonby murió por causas naturales.

–Le advertí que no se pasara de la raya con la estimulación –gimoteó Cox–. A todos mis clientes les explico los peligros del exceso de excitación. Aquellos hombres que no han podido gozar de todo su vigor masculino durante muchos años, suelen a veces excederse cuando recobran las fuerzas de la noche a la mañana. No es culpa mía si no prestan atención a mis consejos.

Beatrice dio un paso hacia él.

–Doctor Cox, lo único que quiero saber es si la última dosis del tónico que bebió mi tío contenía algún ingrediente diferente de los utilizados en ocasiones anteriores.

–¡No, desde luego que no! –Cox temblaba de indignación–. El «elixir del vigor masculino» es una fórmula especial de mi única y exclusiva creación. Se lo he suministrado a muchos caballeros y jamás se han producido accidentes.

–¿Podría darme la lista de ingredientes? –solicitó Beatrice.

–Mire usted, no puede pedirle a un hombre que revele sus secretos profesionales. –Cox la apartó con un gesto aleteante de la mano–. Suficiente. No hay nada más que decir.

–Pero, doctor Cox...

–Señora Poole, es obvio que su tío se extralimitó y el corazón no resistió. Es una pena, pero ya está hecho. Esas cosas pasan, especialmente con hombres mayores que no están en las mejores condiciones físicas. Ahora, les agradecería que se fueran. Soy una persona ocupada.

Leo miró a Beatrice y levantó una ceja a modo de silenciosa interrogación. Frustrada, ella se exprimió los sesos tratando de encontrar otra pregunta más provechosa.

–Doctor Cox, le agradezco que me haya dicho que el tónico de mi tío no tenía nada de extraordinario. La información le traerá algo de paz a mi familia.

–Eso espero –replicó Cox, soltando un resoplido–. Soy un hombre de ciencia, señora Poole. No cometo errores.

–No, desde luego que no –admitió Beatrice.

Leo volvió su mirada hacia Cox.

–¿Recuerda su último encuentro con Glassonby?

–Ciertamente. Vino a buscar su elixir a principios de semana, como de costumbre.

–¿Le suministraba usted uno por semana? –inquirió Beatrice.

–Correcto. –Cox lo miró por encima de las gafas–. ¿Cuál es el problema?

–¿No mencionaría Glassonby por casualidad que estuviera experimentando otros tratamientos para su problema?

–¿Otros tratamientos? –La cara de gnomo de Cox se contorsionó de furia–. ¿Quiere decir si estaba viendo a otro médico?

–No lo sé. Simplemente, me preguntaba si podía estar consumiendo otra cosa que no fuera el elixir que usted le confeccionaba –sugirió Beatrice–. Algo que pudiera haberle causado el ataque cardíaco.

–¡Ah! –Los rasgos de duende de Cox parecieron suavizarse ante la idea–. Otro tratamiento. Ahí está su respuesta, entonces, señora Poole. Su tío estaba mezclando remedios sin el adecuado control médico. No puedo hacerme responsable de los efectos de las terapias usadas por otros médicos.

–No, por supuesto que no –murmuró Beatrice–. Muchas gracias por su tiempo, doctor Cox. A la familia de mi tío le tranquilizará saber que ese tónico no tuvo nada que ver con su muerte.

–Ocúpese de que eso quede bien claro, señora Poole. –Los descoloridos ojillos de Cox refulgieron en la penumbra–. Tengo una reputación que cuidar, ¿sabe? No puedo permitirme que toda la nobleza vaya dando vueltas por ahí diciendo falsedades acerca de mi tónico especial. Esa clase de habladurías pueden acabar con mi negocio, vaya que sí.

–Me ocuparé de que todos lo entiendan –le aseguró Beatrice. Miró a Leo–: Me doy por satisfecha. Podemos marcharnos, milord.

–Como guste, señora Poole.

La tomó del brazo y la acompañó afuera. Desandaron en silencio el camino hacia el coche de punto que los aguardaba. Beatrice notó que la niebla se había hecho mucho más densa en el angosto callejón. Las voces subían y caían en la espesa bruma. Los cascos de caballos invisibles resonaban de manera espeluznante.

Un rato antes, Moss Lane le había parecido un lugar exiguo y deprimente, pero no particularmente amenazador. En ese momento, la niebla había transformado la atmósfera del barrio con efectos notorios.

Aunque la tenía tomada del brazo con fuerza, Beatrice era totalmente consciente de que Leo no le prestaba demasiada atención. Estaba concentrado en todo lo que los rodeaba. Podía sentir su estado de alerta y la creciente tensión que lo embargaba. Sentía que estaba registrando cada roce de un zapato contra los adoquines, cada silueta que se recortaba en la niebla, cada portal vacío.

No advirtió lo rápida y superficial que se había vuelto su respiración hasta que Leo y ella llegaron a la calleja donde los esperaba el coche de punto. Cuando Leo la ayudó a subir, se oyó a sí misma soltar un profundo suspiro de alivio.

–Dejamos la visita a la tienda de Cox para una hora un poco tardía –consideró secamente Leo–. Me parece que la próxima vez que salgamos en busca de información será mejor que concertemos una cita más cerca del mediodía.

Beatrice dejó escapar una risita ahogada.

–De acuerdo –aceptó; se arrellanó en el asiento, acomodándose las faldas–. ¿Qué piensa de Cox?

–No estoy seguro. Como en el caso de madame Virtue, le preocupaba demasiado la perspectiva de que lo acusáramos de asesinato.

–No parece posible culpar a ninguno de los dos –acotó Beatrice.

–No. –Leo se recostó en un rincón mientras contemplaba las brumosas calles–. Pero no creo que logremos grandes avances si seguimos mostrándonos tan directos. Todo aquel con el que hablamos teme ser acusado de robo, o de algo peor. Ha llegado el momento de tomar la vía indirecta para nuestras averiguaciones.

Beatrice se inclinó hacia delante, fascinada.

–¿Qué quiere decir?

Leo se volvió para mirarla a los ojos. El reflejo ambarino que daba la lámpara del coche ponía de relieve sus altos pómulos.

–Empezaré por Cox –dijo–. Los títulos de algunos de sus libros me llevan a creer que está más familiarizado con las ciencias ocultas de lo que cabría esperar de un simple curandero. Tengo algunos de esos libros en mi propia biblioteca.

–No comprendo. ¿Tiene alguna clase de plan?

–Esta noche, después de acompañarla a usted y a sus parientes de vuelta a casa, le haré una segunda visita al doctor.

A medida que iba asimilando lo que le decía, los ojos de Beatrice se abrían como platos.

–¿Está tratando de decirme que piensa entrar subrepticiamente a la tienda del doctor Cox después de que haya cerrado?

–Quiero echar un vistazo a ese lugar.

–¡Pero, Leo, eso podría ser terriblemente peligroso!

Él le dedicó su sonrisa de hechicero.

–No se preocupe, iré acompañado.

–Cuente con ello –replicó, cuadrando los hombros. Después de todo, eran socios. Ninguna de sus heroínas habría vacilado ante la posibilidad de una investigación nocturna–. Carezco por completo de experiencia en esta clase de cosas, pero estoy segura de que enseguida me pondré al día.

–No me cabe duda de que lo haría –aseguró Leo–; sus múltiples talentos no cesan de impresionarme, señora Poole. Pero no me refería a usted cuando he dicho que iría acompañado. *Elf* estará encantado de venir conmigo.

Varias horas más tarde, sentada junto a Winifred, Arabella y Leo en el palco de la ópera, Beatrice seguía hirviendo de furia. No había disfrutado ni un instante del ineludible *Macbeth* interpretado por Edmund Kean. En lo único que podía pensar era en la inflexible negativa de Leo a permitirle acompañarlo en el registro del local del curandero.

Sabía que, por el contrario, su tía había elevado a Leo prácticamente a las alturas de la santidad. Winifred estaba excitadísima ante la perspectiva de mostrar a Arabella en un escenario tan rutilante. No había nada como sentarse en un palco de la ópera, cerca de un interesante conde, para otorgarle a una joven dama cierto toque de distinción. Beatrice había podido identificar más de un ojo curioso dirigiendo sus impertinentes hacia el palco de Monkcrest.

Tenía que reconocer que Arabella estaba especialmente deslumbrante. Llevaba uno de los nuevos trajes diseñados por Lucy, una nube de gasa flotando sobre un vestido de ensueño color rosa. Flores de un tono más intenso adornaban su cabello.

El propio vestido de Beatrice también había sido diseñado por Lucy. Era de seda, de color dorado oscuro, con unas líneas simples y elegantes.

Leo las había recogido en un coche alquilado para la ocasión. Había explicado que, dado que pasaba tan poco tiempo en Londres, no mantenía un coche para su uso en la ciudad. A nadie le importó lo más mínimo.

–¡Magnífico! –declaró Winifred cuando caía el telón señalando el final del segundo acto–. Kean puede ser un borrachín y un manirroto, pero sabe lo que es interpretar. –Se volvió hacia Leo–: Milord, no sé cómo expresar mi agradecimiento por habernos invitado esta noche.

–Ha sido un placer. –Leo miró a Beatrice, con ojos en los que se veía una mal disimulada diversión–. Confío en que todas estén disfrutando de la velada.

Beatrice le dio la espalda, fingiendo observar los palcos situados al otro lado del teatro.

–Algunos somos menos capaces que otros de apreciar en su justa medida la representación –replicó.

–Oh, querida, ¿no tienes una buena perspectiva desde donde estás sentada? –La fina frente de Arabella se arrugó de preocupación–. Tal vez deberías acercar tu silla a la mía. Desde aquí se ve perfectamente.

–No hay nada que me obstaculice la visión. –Beatrice le dirigió a Leo una mirada de reproche, que él prefirió obviar–. El problema es de índole completamente diferente. –Al ver una figura familiar en otro palco, se detuvo de inmediato–. ¡Por todos los cielos! –exclamó, levantando los impertinentes para poder ver mejor.

Las elegantes facciones de madame Virtue aparecieron a través de las lentes. El destello de sus diamantes estuvo a punto de cegarla. Refulgían en sus cabellos, sus orejas y alrededor de su largo y airoso cuello. Las gemas marcaban un pronunciado contraste con su severo traje escotado de raso negro.

Beatrice observó con detenimiento el exquisito escote ribeteado de su vestido. El estilo le resultaba familiar. Estaba casi segura de que las rosas de satén y los pliegues eran obra de madame D'Arbois.

La deslumbrante cortesana estaba rodeada por su séquito, pues no cabía llamarlo de otra manera. Los hombres iban y venían de su palco como caballeros asistentes al baile de la reina. Besaban la mano enguantada de madame Virtue a la vez que fisgoneaban en su pronunciado escote.

Cuando Beatrice bajó los impertinentes, se encontró con la divertida mirada de Leo. Antes de que pudiera hacer ningún comentario, se abrió la cortina de terciopelo que cubría la parte trasera del palco e hizo su aparición Pearson Burnby. El rostro de Arabella resplandeció de felicidad.

–¡Pearson! –saludó, ruborizándose–. Quiero decir, señor Burnby. ¡Qué amable ha sido al querer acompañarnos esta noche!

Beatrice le dedicó una sonrisa. Apreciaba a Pearson. Tenía más aspecto de granjero que de caballero de la alta sociedad. Era sólido, de rostro cuadrado y honesto, con manos de trabajador; aunque podía permitirse los sastres más caros de Londres, no era precisamente un dandi. Su físico robusto no se prestaba a la moda que estaba en boga; llevaba el cabello castaño claro cuidadosamente cepillado hacia atrás, en lugar de los rizos y ondas que se estilaban, y el nudo de su corbata era sencillo, carente de arriesgadas florituras.

–Señorita Arabella. –Pearson inclinó la cabeza–. Lady Ruston. Señora Poole. Permítanme decirles que están espléndidas esta noche. –Se volvió hacia Leo. Su tono de voz bajó varios grados de temperatura–: Monkcrest.

Al oír ese gélido tono, Leo levantó las cejas.

–Burnby –replicó.

La boca de Pearson se transformó en un delgado rictus, como si estuviera a punto de arrojarle el guante.

–He venido a preguntar si podía traer a las señoras un vaso de limonada.

–¡Me encantaría un vaso de limonada! –replicó con presteza Arabella.

–A mí también –se sumó Beatrice.

Winifred bajó los párpados.

–Adorable idea, señor Burnby.

–Parece unánime, Burnby –dijo Leo–. Puede traer tres vasos de limonada.

Pearson vaciló. Frunció aún más el entrecejo al darse cuenta de que en realidad ya no tenía nada que hacer en el palco. Inclinó bruscamente la cabeza, giró sobre sus talones y salió a grandes zancadas.

Beatrice hizo un gesto de preocupación.

–Me parece que está molesto por algo. Me pregunto qué será.

Winifred rió en un tono de complicidad. Los ojos le destellaban de satisfacción.

–Creo que debemos responsabilizar a lord Monkcrest.

Leo alzó la mano.

–No me miren a mí –instó–. Les aseguro que no he hecho nada para molestar al joven Burnby. Apenas lo conozco.

–Pero para el señor Burnby está muy claro que usted está estrechamente vinculado a Arabella, milord –replicó Winifred–. La verdad es que esta noche ha logrado entretenerla, al igual que al resto de nosotras. Y ahí está la clave de la inquietud del señor Burnby.

Beatrice dejó escapar un gruñido.

–¡Cielo santo, tienes razón, tía Winifred! Burnby está celoso.

Arabella dio un respingo.

–¡Oh, no!

Una expresión maquiavélica brilló en los ojos de Winifred.

–Eso es perfecto, querida. El señor Burnby supondrá que Monkcrest está interesado en ti. ¿Por qué otra razón, si no, iba el conde a molestarse en prestarle tanta atención a nuestra familia?

–¡Pero es terrible! –Arabella se agitó, ansiosa–. No desearía que el señor Burnby pensara que me siento atraída por lord Monkcrest. –Se interrumpió, con las mejillas furiosamente rojas–. No tengo intención de ofenderlo, milord. Sé que es usted un caballero muy agradable, pero yo jamás...

Leo inclinó la cabeza.

–No se preocupe, señorita Arabella –aceptó–. Mis heridas, aunque profundas, terminarán por sanar, estoy seguro.

Arabella se sofocó.

–Milord, le aseguro que no ha sido mi intención insultarlo.

–Está burlándose de ti, Arabella –intervino Beatrice, enojada–. No le hagas caso.

Leo sonrió con su habitual expresión enigmática.

–¡Gracias al cielo! –suspiró Arabella, aliviada–. ¿Pero qué pasará con el señor Burnby?

–Ya, ya, querida. –Winifred palmeó la mano de Arabella, tranquilizándola. Intercambió miradas significativas con Beatrice–. No ha ocurrido nada irreparable. Si ha habido un pequeño malentendido, pronto quedará aclarado.

A Beatrice no la engañaba. Por más que alegara lo contrario, Winifred estaba secretamente encantada con la conclusión errónea a la que había llegado Pearson Burnby. Cualquier casamentera familiar conocía al dedillo la estrategia básica del juego matrimonial. Nada impulsaba más a un joven pretendiente a decidirse que una pequeña dosis de competencia.

Beatrice supuso que debía sentirse apenada por Leo. Integrarlo en el proyecto de Winifred para conseguir una petición de mano por parte de Pearson Burnby no figuraba en el contrato que habían suscrito. Pero, en resumidas cuentas, se lo tenía merecido por negarse a llevarla con él a su expedición de esa noche.

Y, como bien había señalado Winifred, no había ocurrido nada irreparable.

Pearson volvió con los tres vasos de limonada cuando estaba a punto de subir el telón para el tercer acto. Al instante, Beatrice advirtió que le había cambiado el humor, y que lucía una expresión de triunfo.

–Mamá pregunta si se reunirá con nosotros después del teatro, señorita Arabella. Vamos a la fiesta de Baker, y tenemos intención de pasarnos por el baile de Talmadge. –Se apresuró a dirigirse a Beatrice y a Winifred–. Lady Ruston, señora Poole, ustedes también serán bienvenidas.

Beatrice le echó a Leo una mirada. Si estaba ofendido por no haber sido incluido en la invitación, se las arreglaba para ocultar su consternación con admirable aplomo.

Arabella se volvió hacia Winifred.

–¡Por favor, tía! ¡Di que podemos reunirnos con el señor Burnby! ¡Será muy divertido!

–Gracias, señor Burnby –respondió Winifred con calculada vacilación–. Teníamos otros planes para terminar la velada, pero supongo que podría convencernos de que aceptáramos su invitación.

Pearson miró a Leo con expresión victoriosa.

–Excelente. Informaré a mamá.

Beatrice sonrió con disimulo.

–Si no lo toma a mal, señor Burnby, creo que me iré a casa –indicó–. He tenido un día bastante agotador. Lord Monkcrest me acompañará, ¿no es así, milord?

Leo alzó una ceja.

–Será un placer.

–Puede ahorrar saliva –dijo Leo mientras subía de un salto al coche que había alquilado para la ocasión y se sentaba frente a Beatrice–. Ningún argumento podrá lograr convencerme. No pienso llevarla conmigo esta noche.

Beatrice había pasado todo el acto tercero de *Macbeth* elaborando su argumentación.

–No me cabe duda de que *Elf* es una criatura admirable, pero tiene sus limitaciones –opinó–. Necesita a alguien que se quede vigilando mientras registra el establecimiento, y yo puedo hacerlo.

–No será precisa ninguna vigilancia –replicó Leo–. La niebla me brindará toda la protección que necesito.

Beatrice tamborileó con los dedos sobre el asiento del coche.

–Somos socios, milord –subrayó ella–. Pares en esta aventura.

–No lo he olvidado. Pero cada uno de nosotros posee habilidades diferentes. El trabajo de esta noche no es para aficionados.

–¿Está diciéndome que es un experto en irrumpir subrepticiamente en otros domicilios?

–Me parece justo mencionar que mi experiencia en atrapar salteadores de caminos me ha enseñado más sobre táctica y estrategia de lo que alcanza a imaginar.

–¡De todos los argumentos indignantes, tan increíblemente arrogantes...!

–Sea razonable –la interrumpió Leo, en tono tranquilizador–. Un paso en falso esta noche podría llevarnos al desastre. No puedo permitir que corra semejante riesgo.

Cuando captó el cabal sentido de sus palabras, Beatrice se quedó inmóvil. Apartó la mirada de su rostro para fijarla en la ventanilla y sumergirla en la noche. Los faroles de los coches que pasaban titilaban de manera espectral en la niebla. Los vehículos aparecían y desaparecían enseguida en un desfile sobrenatural. En ese momento, la bruma era tan espesa que resultaba imposible distinguir las viviendas de la acera de enfrente.

–Sí, desde luego –admitió por fin–. Mi inexperiencia podría ponerlo en peligro, milord. No había contemplado la situación desde esa perspectiva.

–Beatrice...

Un inexplicable presentimiento la recorrió. De pronto, advirtió que tenía las manos heladas.

Se volvió rápidamente hacia él y dijo:

–Prométame que tendrá mucho cuidado, lord Monkcrest.

Su repentina preocupación pareció divertir a Leo.

–Le doy mi palabra –replicó él.

No quedó satisfecha. El escalofrío de temor no se había desvanecido.

–No debe correr riesgos.

–Ya le he dicho que pienso llevar conmigo a *Elf*. Vale por todo un regimiento.

–No me gusta esto, Leo. Sé que me considera inclinada hacia el melodrama, pero tengo un feo presentimiento con respecto a toda esta aventura.

La boca de Leo se curvó ligeramente.

–¿Me dará un beso de buena suerte?

–¡Oh, Leo!

Beatrice no se detuvo a pensar. Una explosiva mezcla de miedo, desesperación y deseo la impulsaba. Se arrojó en sus brazos sin vacilación.

Él la atrajo hacia sí, sentándola sobre sus muslos. Beatrice le rodeó el cuello con sus brazos y emitió un gemido ahogado cuando la boca de él se cerró sobre la suya.

En verdad, era un hechicero. No había otra explicación para las locas sensaciones que experimentaba cada vez que él la tomaba en sus brazos. Los besos de Leo le provocaban una fiebre que amenazaba con volverla loca.

Cuando se apretó contra él, Leo dejó escapar un gemido.

–¡Por todos los dulces infiernos! –susurró el conde frente a la boca de Beatrice–. Seguramente, no estoy en mi sano juicio.

Deslizó la mano por debajo de su capa y la cerró sobre uno

de sus pechos. Al sentir el calor y la fuerza de la mano del hombre a través de la pesada seda del vestido, Beatrice jadeó, sofocada. Se estremeció de pies a cabeza cuando sintió contra el muslo su poderosa virilidad. Él la deseaba, sin duda. No necesitaba fuertes licores o imágenes eróticas para excitarse.

Tuvo conciencia de una repentina humedad entre sus muslos. Leo pareció notarla incluso antes que ella. La mano que había acariciado su pecho se deslizó por debajo de su falda, hasta llegar a la parte superior del muslo.

Le clavó los dedos en el hombro. Dejó caer la cabeza. Cuando la boca de él fue hasta su cuello, creyó que podía llegar a gritar sólo por el puro placer de sus caricias.

–¡Maldición! –exclamó Leo, y su mano se detuvo bruscamente en el muslo.

–¡No! –Beatrice abrió los ojos con estupor, asaltada por una vieja desesperación. Lo asió de las solapas de la chaqueta y dijo–: Le aseguro que si me dice que no puede permitirse desearme yo...

–¡Silencio! –Sacó la mano de debajo de sus faldas y le tapó la boca con ella–. Algo anda mal.

Volvía a suceder, tal como había pasado tantas veces en su matrimonio. Tenía ganas de llorar de rabia y decepción.

Entonces advirtió que el coche disminuía el paso. Quizá Leo la había soltado porque llegaban a su casa.

Forcejeó para sentarse correctamente y acomodar sus ropas.

–¿Ya hemos llegado?

–A algún sitio hemos llegado. –Leo la apartó sin miramientos–. Pero no a su domicilio.

–¿Qué rayos...?

Confundida, Beatrice miró por la ventanilla. La niebla se arremolinaba en la calle, pero pudo distinguir las vagas siluetas de los edificios cercanos. Advirtió que estaban demasiado cerca. Esa calle era mucho más angosta que la de su casa. Y no había señales de los nuevos faroles de gas que habían sido instalados recientemente en su barrio.

La recorrió un helado escalofrío.

–¿Dónde estamos? –inquirió.

Leo no respondió. Ya estaba de pie en el asiento, abriendo la trampilla situada en el techo del carruaje.

–¿Qué demonios hace deteniéndose aquí? –preguntó al cochero acurrucado en el pescante–. Ésta no es la calle a la que nos dirigíamos.

–Perdón, milord. –La respuesta del hombre quedó amortiguada por la bufanda que le cubría el rostro–. Me he perdido en la niebla; ya sabe, le puede pasar a cualquiera en una noche como ésta. No se preocupe, llegaremos a casa sanos y salvos.

–Dé la vuelta inmediatamente.

–No puedo, milord –gimoteó el hombre–; no tengo suficiente espacio. Pero lo haré en la esquina del callejón, se lo prometo.

–Será mejor que así sea. –Leo parecía molesto, pero no alarmado.

Cuando dejó caer la trampilla en su lugar, Beatrice lo miró arqueando las cejas. Leo volvió a sentarse a su lado, y le indicó que guardara silencio apoyando un dedo sobre su boca. Luego, se inclinó hacia ella, acercando los labios a su oreja.

–Haga exactamente lo que le diga. No haga preguntas. ¿Me ha entendido?

Beatrice abrió la boca, pero volvió a cerrarla y asintió. Él le apretó la mano.

–Voy a abrir la portezuela del coche y saldré de un salto –dijo–. Debe saltar detrás de mí, antes de que el cochero se dé cuenta de lo que está sucediendo.

–Leo...

–No puede titubear. Yo la sostendré.

Un centenar de preguntas martillearon su cabeza, pero se dijo que ya habría tiempo de sobra para formularlas más tarde. Se recogió las faldas, alzándolas hasta las rodillas para que no la estorbaran.

Leo se deslizó y abrió la portezuela.

Después, todo sucedió tan vertiginosamente que Beatrice no tuvo tiempo de pensar. Antes de poder parpadear siquiera, Leo ya había saltado. Respiró hondo y fue tras él.

A pesar de sus preparativos, se le enredó la capa en el picaporte y perdió el equilibrio. En lugar de saltar con agilidad al pavimento, cayó tambaleante del vehículo. Los duros adoquines aguardaban a sus pies. Extendió una mano, intentando amortiguar la caída.

Leo, que iba corriendo a la par del vehículo, la alcanzó y la sostuvo antes de que se estrellara contra el suelo.

La ayudó a ponerse de pie y la cogió de la mano hasta que recobró el equilibrio. De inmediato, la obligó a correr por el tenebroso callejón envuelto en la niebla.

Beatrice lo siguió dando tropezones, corriendo alocadamente.

El cochero soltó una imprecación.

–¡Rayos y centellas! ¡Se han escapado!

Un disparo perforó la noche. Beatrice oyó cómo la bala se incrustaba en una pared cercana.

–¡No los mates, maldito estúpido! –gritó el cochero–. No nos sirven de nada muertos.

Beatrice luchó por recobrar el aliento mientras Leo tiraba de ella para doblar la esquina e introducirse en otro pasaje envuelto en tinieblas.

–¿Qué ha pasado? ¿Asaltantes?

–Si no me equivoco, alguien acaba de intentar secuestrarnos –respondió Leo.

10

... y se hundió directamente en el corazón
mismo de un destino desconocido.
DEL CAPÍTULO DIEZ DE *LAS RUINAS*,
DE AMELIA YORK

Finalmente, después de doblar la tercera esquina, Leo logró orientarse y se encontró en un retorcido callejón flanqueado por pequeñas tiendas. Permitió que Beatrice aminorara el paso. Notó que respiraba con dificultad, pues no había disminuido el ritmo durante la loca huida; algo de lo que no tenía por qué sentirse sorprendido, ya que desde el principio había sabido que no era el tipo de mujer débil y remilgada.

La luna iluminaba lo suficiente como para conferir a la niebla una luminiscencia sobrenatural. La bruma resplandecía de forma extraña, pero era imposible ver a pocos pasos de donde uno se encontraba.

Era cerca de medianoche. La angosta callejuela estaba demasiado tranquila. Daba la impresión de que los vapores habían amortiguado los ruidos habituales de la noche. Más adelante, un reflejo amarillento salía por la ventana de una taberna.

–¿Se siente bien? –preguntó Leo.

–Creo que sí –repuso Beatrice, sacudiéndose la capa–. ¿Es

verdad lo que dijo antes? ¿Realmente alguien ha querido secuestrarnos?

–Estoy casi seguro. Todo el asunto estaba demasiado bien montado para tratarse de la obra de simples asaltantes. No era el mismo cochero que nos había llevado al teatro.

–¿Por qué iban a querer atraparnos a todos, incluso a la tía Winifred y a Arabella?

–Dudo que les interesaran sus familiares –respondió–. Deben de haber estado vigilando nuestra salida del teatro. Al ver que su tía y su prima subían al coche de Hazelthorpe, no dudaron en aprovechar la oportunidad de echarnos la garra.

–¿Pero por qué querrían hacerlo?

Leo la miró, y advirtió que no había rastro de histeria en su voz. Notable mujer. La acercó a él.

–No estoy seguro del todo, pero debemos considerar la posibilidad de que esta treta tenga que ver con nuestra investigación.

–Ya me temía que dijera eso. –Se echó por encima la capucha de la capa–. ¡Qué lástima no acordarme de guardar en el bolso mi pistola antes de salir de casa! De ahora en adelante, no volveré a salir sin ella.

Leo hizo un gesto con la boca.

–No sea demasiado implacable con usted misma, Beatrice. Una pistola no es el accesorio más normal para una dama que va a la ópera. –Buscó en el bolsillo de su abrigo y extrajo la pequeña pistola que había guardado allí más temprano–. Yo, por el contrario, me siento desnudo sin ella.

Ella echó una mirada al arma.

–Admiro su previsión.

–Simple costumbre, no previsión.

–Demasiadas noches persiguiendo salteadores de caminos, supongo.

–Sólo espero no tener que usarla esta noche. Sospecho que el cochero y su compinche iban armados.

–No parecen las mejores perspectivas, desde luego. –La recorrió un breve estremecimiento–. ¿Tiene idea de dónde estamos?

–En Cunning Lane.

Beatrice contempló las tiendas a oscuras.

–Jamás he estado en este barrio.

–Yo sí. Ayer vine aquí para hablar con un hombre llamado Sibson, que posee una tienda de antigüedades en esta calle. Me parece sumamente interesante que nuestros secuestradores vinieran a esta parte de la ciudad.

–¿El señor Sibson vive en la parte de arriba de su tienda? Quizá podríamos llamarlo para pedirle ayuda.

–No parece lo más apropiado, dadas las circunstancias.

Beatrice volvió rápidamente la cabeza.

–¿Sospecha que podría tener algo que ver con el secuestro?

–En este momento no sé qué pensar. Prefiero correr el menor riesgo posible. –Miró por encima del hombro–. Necesitamos un coche, y es muy poco probable que encontremos uno en esta calle y a esta hora. Tendremos que salir de aquí por nuestros propios medios.

–En realidad, no me atrae demasiado la idea de subir a otro coche de alquiler –reconoció Beatrice.

Antes de que pudiera responderle, Leo oyó el eco de la voz de un hombre a lo lejos.

–¡Por todos los diablos!

–¿Alguien viene siguiéndonos?

–Quizá. –Leo se detuvo y la llevó hasta un portal envuelto en las sombras–. No haga ruido.

Leo trató de abrir la puerta. Tenía echado el cerrojo desde dentro. Forzar la cerradura haría mucho ruido, así que lo único que podía hacer era arrinconar a Beatrice cuanto pudiera en el oscuro ángulo. La apretó contra el muro de piedra y se puso delante de ella.

De cara a la calle, tomó la pistola con la mano derecha y esperó. Las pistolas eran notoriamente imprecisas, aun a corta distancia. Si se veía obligado a disparar, tenía que estar seguro de su blanco. No tendría oportunidad de recargar el arma.

La extraña niebla fosforescente se arremolinaba en Cunning Lane, formando un fantasmal río de bruma. Volvieron a oírse las pisadas de botas, ya más cerca. Leo sintió que Beatrice se ponía rígida, pero no profirió sonido alguno.

La niebla se disipó fugazmente en un sector, revelando la silueta de un hombre ataviado con chaqueta y sombrero de cochero. No estaba a más de tres pasos del portal en el que se ocultaban Beatrice y Leo.

–Maldición, ¿dónde se han metido? –barbotó el cochero.

–Tú eres el que los has perdido, estúpido zopenco –gritó el segundo de los hombres–. Si para el amanecer no los hemos entregado, no nos pagarán.

–¿Cómo iba a saber que se iban a largar del coche como un par de zorros huyendo de la jauría? Los nobles no suelen moverse con esa rapidez.

–Éstos lo han hecho. Y ahora han desaparecido.

–No puedo imaginarme qué los hizo escapar de ese modo –reconoció el cochero–. Pensé que su señoría estaba tan ocupado metiéndose bajo las faldas de la dama que no iba a advertir que no se encontraba en la zona correcta de la ciudad.

–Bueno, pero se han ido, y si no los encontramos pronto nos quedaremos sin lo que me prometiste.

–Los encontraremos. Su señoría no llegará demasiado lejos arrastrando a la dama tras de sí. En estos momentos, ella debe estar desmayándose o chillando como una histérica.

–¿Cómo los vamos a encontrar en medio de esta maldita niebla?

–Conozco este barrio. Muchos de estos callejones terminan en muros de ladrillo. Cualquiera que no conozca bien el camino se puede quedar atrapado.

–No podemos vigilar solos la entrada de todos los callejones –protestó el segundo hombre, en un tono de desesperación.

–Tengo algunos amigos por aquí –dijo el cochero–. En una noche como ésta, deben estar todos en El Gato Borracho. Por una parte del botín, nos ayudarán a encontrar a su señoría.

Se produjo un breve silencio a medida que ambos hombres avanzaban en medio de la niebla. Luego, volvió a hablar el segundo de ellos:

–Jack.

–¿Sí?

–Tú no crees lo que nos dijeron sobre ese ricachón, ¿verdad? No puede convertirse en lobo, ¿no te parece?

–Por supuesto que no. Trata de no ser más zopenco de lo que ya eres.

Minutos después, una serie de ruidos al final de la calle le dijo a Leo que los hombres habían abierto la puerta de una taberna. Cuando el sonido se apagó, sacó a Beatrice de su escondite del portal.

Pudo sentir su interrogante mirada, pero se mantuvo en silencio mientras la guiaba a través de la vaporosa atmósfera iluminada por la luna. Al pasar debajo del letrero que señalaba la tienda de antigüedades de Sibson, Leo se detuvo.

–¿Qué pasa? –susurró Beatrice.

–Espero que nosotros también tengamos una persona amiga en este barrio.

–Pensé que había dicho que no podíamos confiar en el señor Sibson.

–Estoy pensando en otra persona.

Con la mano de Beatrice firmemente aferrada entre las suyas, Leo cruzó la angosta callejuela. En uno de los portales se movió una figura difusa. La débil luz de una pequeña linterna iluminó los pliegues de una capa con evidentes y numerosos remiendos.

–¡Allí hay alguien! –dijo Beatrice con tono apremiante.

–Esperaba que lo hubiera. –Leo siguió caminando hasta llegar al portal–. ¿Clarinda? ¿Es usted?

–Bueno, bueno, bueno. –Clarinda, muy arropada para defenderse de la niebla, emergió de entre las sombras, con la linterna en alto–. Buenas noches tenga usted, milord. ¿Quién es la elegante dama?

–Se trata de la señora Poole –respondió Leo–. Hace pocos minutos intentaron asaltarnos un par de rateros. Todavía nos están buscando. Mi amiga y yo necesitamos un lugar para ocultarnos hasta que abandonen la búsqueda en esta calle. Le pagaré muy bien por el uso de su cuarto.

Clarinda miró a Beatrice de arriba abajo.

–Por su aspecto, su amiga parece estar acostumbrada al lujo. ¿No tiene un bonito cuarto adonde llevarla, milord?

–Mi alojamiento está en la otra punta de la ciudad –alegó Beatrice antes de que Leo pudiera ofrecer una respuesta aceptable.

–Mire, ésta es mi calle, y llevo trabajando en ella tres años –dijo Clarinda–. Si está pensando en trasladarse a este barrio, piénselo dos veces. El negocio de la taberna es mío.

–¿Cómo dice usted? –preguntó Beatrice, sorprendida.

Leo decidió que ya era hora de corregir la impresión de Clarinda de que Beatrice era una prostituta.

–Ya le he dicho que la señora Poole y yo somos amigos. Ella no es colega suya, y yo no soy su cliente.

–¡Oh, bueno, en ese caso...! –La voz de Clarinda sonó aliviada–. Pueden ir a mi cuarto, si lo desean. No lo voy a usar mucho esta noche. El negocio está parado. Estaba a punto de ir hasta la taberna para comer un poco de pastel de carne, beber una jarra de cerveza y charlar un poco con Tom antes de irme a la cama.

–Los ladrones que nos están buscando están ahora en la taberna. –Leo sacó una cierta cantidad de billetes del bolsillo y los puso en la mano de Clarinda–. Están buscando gente para que los ayuden a encontrarnos. Además de lo que habíamos acordado, le pagaré extra por cualquier información útil que consiga mientras se come ese pastel.

–Hecho. –Los dedos de Clarinda se cerraron con fuerza alrededor de los billetes–. Volveré y le diré cuándo es seguro salir del cuarto.

Leo cogió la interna que llevaba Clarinda.

–Golpee tres veces, así sabremos que es usted.

–Entiendo, milord. Tres veces –repitió ella, haciendo desaparecer los billetes en el escote de su viejo vestido–. Suban, pues. Segunda puerta a la derecha al final de la escalera. Quédense cuanto quieran.

–Gracias, Clarinda. –Leo tomó a Beatrice del brazo, y comenzó a subir la escalera. Se detuvo en el primer escalón–. Dicho sea de paso, y según nuestro anterior acuerdo, ¿ha entrado algún nuevo cliente a la tienda de Sibson?

–No, milord. –Clarinda se encogió de hombros–. Sólo algunos de los antiguos, y su amigo el doctor Cox, por supuesto.

Leo sintió que Beatrice se sobresaltaba al oír el nombre. Le apretó la mano para indicarle que guardara silencio.

–¿El doctor Cox es amigo de Sibson? –preguntó con cautela.

–Hace años que trata a Sibson con su famoso elixir –explicó Clarinda, soltando un bufido de disgusto–. Entre usted y yo, milord, ese brebaje no le va demasiado bien. Todavía no me ha visitado para contratar mis servicios. Aunque, bueno, jamás lo había hecho. Siempre pensé que se debía a que era muy tacaño.

–Entiendo. –Leo arrastró a Beatrice tras él–. Estaremos esperándola.

Clarinda se echó por encima la capucha de la andrajosa capa y se marchó presurosa hacia las acogedoras luces de la taberna.

Beatrice no dijo nada hasta que llegaron al primer rellano. Una vez allí, miró a Leo a los ojos, con el rostro oculto por la capucha de la capa.

–¿Cox es amigo del señor Sibson? –preguntó.

–Supongo que no es una coincidencia llamativa –contestó Leo, obligándose a no llegar a conclusiones apresuradas–. Después de todo, Moss Lane queda a poca distancia de Cunning Lane. Ambas calles están en el mismo vecindario. Es muy probable que se conozcan desde hace años. Y quizá sea cierto que el doctor Cox trata a Sibson con su elixir.

–Mmm.

Llegaron al segundo rellano, y Leo dirigió a Beatrice a través del vestíbulo.

–Mañana consideraremos la cuestión. Esta noche ya tenemos suficientes problemas.

Leo revisó el vestíbulo antes de abrir la puerta. Otra escalera en la parte trasera ofrecía la posibilidad de una segunda vía de escape en caso de ser necesario. Parecía conducir tanto al callejón como al tejado del edificio. Tendría que contentarse con eso. No había tiempo de hacer otros planes.

Hizo girar el picaporte y abrió la puerta. Con suma cautela, levantó la linterna para estudiar el interior de la habitación.

El cuarto de Clarinda estaba sorprendentemente limpio y ordenado. Una pequeña cama, un lavabo desportillado y un deteriorado baúl que hacía las veces de mesa constituían todo el mobiliario. La chimenea del rincón estaba fría y apagada.

–Por desgracia, tendremos que arreglarnos sin lámpara ni fuego –observó Leo, y se aprestó a apagar la luz–. Una ventana iluminada podría despertar la curiosidad de nuestros perseguidores, especialmente si se dan cuenta de que Clarinda está en la taberna.

–Sí, por supuesto. –Beatrice emitió un leve carraspeo–. Supongo que no es asunto mío, Leo, pero ¿puedo preguntarle cómo conoció a Clarinda?

Leo apoyó la lámpara apagada en el baúl.

–La conocí ayer, al salir de la tienda de Sibson. Convinimos en que mantendría vigilado el establecimiento y me describiría a cualquier cliente no habitual.

–¿Por qué le preocupa tanto ese sitio en particular?

–Sibson tiene excelentes contactos en el mercado de las antigüedades robadas. Si circula algún rumor acerca de los anillos, él será de los primeros en enterarse. Lo mismo que otros que podrían venir a su tienda en busca de información.

–Entiendo. –La silueta de Beatrice se delineaba graciosamente contra la ventana–. ¿Entonces su vinculación con ella no es, humm... de naturaleza personal?

–¿Mi vinculación con quién?

–Con Clarinda.

Leo fue hasta la ventana para pararse a su lado. Miró hacia la calle. Desde su puesto de observación podía ver el resplandor ambarino que iluminaba las ventanas de la taberna. De cuando en cuando se oían sofocados estallidos de carcajadas y los gritos alcoholizados de los jugadores.

–¿Personal? –repitió con aire ausente–. ¿A qué demonios se refiere? –Entonces se dio cuenta–. Oh, entiendo. *Personal.*

Beatrice se obligó a concentrarse en la escena callejera.

–Como le he dicho, no es asunto mío.

Leo volvió la cabeza para observar el orgulloso perfil de Beatrice. Contra el luminoso resplandor de la niebla pudo ver que su cabello se había soltado de las horquillas que lo sujetaban. Los suaves mechones caían en cascada por los hombros. El aroma de su cuerpo, encendido después de la loca carrera por las calles, le obnubiló el pensamiento.

Luchó contra la feroz punzada de deseo que lo acometió. Con toda seguridad, no era ni el momento ni el lugar adecuado.

–Está bien –replicó bruscamente–. La respuesta a su pregunta es no, mi relación con Clarinda no es de índole personal.

Beatrice quedó en silencio un instante. Luego, se limitó a decir:

–Me alegro.

El recuerdo de cómo le había correspondido un rato antes en el coche hizo que Leo se aferrara al alféizar de la ventana con tanta fuerza que no se habría sorprendido si la madera se hubiera astillado. Se obligó a retornar a la visión de la calle envuelta en la niebla.

El silencio se adueñó del cuarto de Clarinda.

Tras unos minutos, se abrió la puerta de la taberna. Se oyeron gritos. Las linternas bailotearon en la niebla. Leo contó rápidamente: dos, tres, cuatro en total. Se separaron y marcharon en direcciones opuestas por Cunning Lane.

Ninguno lo hizo hasta la puerta de Clarinda. Soltó lentamente la respiración contenida.

–La caza ha comenzado. Creo que, por el momento, estamos a salvo.

–¿Cree que podemos confiar en Clarinda?

–Sí. Me aseguré de darle mucho más dinero del que pudieran darle nuestros secuestradores.

Estaba razonablemente seguro de que Clarinda era de confianza, pero nunca se podía estar seguro del todo en esa clase de situaciones.

–Parecen una jauría de sabuesos en la caza del zorro –susurró Beatrice.

–*Elf* se ofendería si supiera que lo ha comparado con esos bastardos.

–Sí, supongo que sí.

En la oscuridad, Leo pudo sentir el estremecimiento que la recorrió. Le pasó el brazo por los hombros y la acercó a él.

–Todo saldrá bien, Beatrice. Jamás se les ocurrirá que estamos escondidos. Supondrán que seguimos huyendo.

–Sí.

Volvió a hacerse el silencio. Abajo, en la calle, la última de las linternas desapareció en la bruma.

–Me temo que tendremos que quedarnos aquí bastante rato –dijo Leo.

–¿Cuándo será seguro salir?

–Cuando hayan abandonado la búsqueda. Ahora no podemos. Lo más probable sería que nos topáramos con alguno de esos bastardos.

–Podemos pasarnos horas aquí –dijo Beatrice.

–Sospecho que los nuevos ayudantes del cochero pronto perderán interés en la presa. Cuando vuelvan a su ginebra y sus naipes, nos marcharemos.

–¿Y los secuestradores?

–Llegarán a la conclusión de que logramos escapar de sus redes.

Beatrice lo miró fijamente.

–Parece muy seguro de lo que dice.

–He tenido alguna que otra experiencia con criminales, si lo recuerda.

–Sí –reconoció ella, haciendo un ademán con la mano enguantada–. Bueno, supongo que tendremos que tratar de estar lo más cómodos que nos sea posible. La noche va a ser larga.

–Descanse, si así lo desea. Yo me quedaré vigilando.

Beatrice echó un vistazo a las tinieblas que ocultaban el lecho de Clarinda.

–Creo que no, gracias.

Leo se encogió de hombros.

–Probablemente no sea peor que las camas de muchas posadas, y sin duda mucho más limpia que la mayoría.

–Lo que me molesta es pensar en el uso que Clarinda le ha dado a lo largo de su carrera. Además, no tengo nada de sueño. Vigilaré con sumo gusto si usted desea descansar.

–Yo tampoco estoy cansado.

–Oh. –Beatrice miró hacia fuera–. Bueno, entonces vigilaremos juntos.

Leo se acodó en el alféizar y contempló la calle vacía, mientras el silencio se instalaba entre ambos.

–Beatrice.

–¿Sí?

–Acerca del incidente en el coche, justo antes de que nos viéramos obligados a saltar a la calle...

–No es preciso discutir sobre el asunto, milord –replicó ella, en tono arrogante–. Creo comprenderlo.

–¿Oh, sí?

–Sí, por supuesto. No hay por qué agregar nada más al respecto.

Leo se volvió ligeramente, tratando de distinguir su rostro entre las sombras.

–Por el contrario, señora. Es indispensable hablar sobre el tema, porque esos incidentes volverán a suceder.

Le respondió un tenso silencio.

–¿Usted cree? –repuso por fin Beatrice con voz forzada.

–¡Por el amor de Dios, mujer, esta noche no se haga la ingenua, frívola o candorosa! No estoy de humor.

Ella se volvió bruscamente hacia él.

–No se atreva a perder los estribos conmigo sobre este tema, milord. Soy yo la que tiene derecho a mostrarse molesta. Me besa como si la pasión lo consumiera, y enseguida me aparta con un pretexto u otro.

A Leo se le aflojó la mandíbula.

–¿Un pretexto u otro? Señora, esta noche la aparté de mí porque estábamos a punto de ser secuestrados.

–Muy bien. Admito que esta noche tenía una buena excusa.

Leo apretó los dientes.

–Gracias –masculló.

–Pero ayer me besó sólo para poder ver al hombre que espiaba nuestro encuentro con madame Virtue. No lo niegue.

–No voy a negarlo.

–Ahí lo tiene. Dos veces seguidas. Creo haber detectado una pauta de comportamiento en usted, milord.

Leo dio un paso hacia ella.

–¿Y qué opina del primer beso en mi biblioteca? Quien lo interrumpió fue usted, no yo.

Beatrice adelantó orgullosamente la barbilla.

–Esa vez no cuenta, milord.

–¿No?

–No estaba en sus cabales. Todavía estaba bajo los efectos de la impresión causada por su herida y había bebido mucho coñac.

–El dolor no era tan fuerte, y no había bebido tanto.

–Milord, no pienso tolerar más esa clase de cosas.

Leo no podía dar crédito a sus oídos.

–¿Esa clase de qué?

–Si no consigue excitar sus pasiones, simplemente dígalo y terminemos con esto. Le aseguro que no afectará a nuestra relación comercial.

Él la aferró de los hombros y la acercó con fuerza contra sí.

–¿Leo?

–Usted me excita, señora Poole. ¡Por los clavos de Cristo, me excitas!

Tiró del nudo de su corbata hasta que logró soltarlo. Luego, volvió a apretar a Beatrice en sus brazos. Vio que ella abría con estupor los ojos antes de sellarle los labios con un beso.

–¡Leo!– La voz de Beatrice surgió como un chillido ahogado.

Lo recorrió una llamarada de deseo, ardiente e intensa como un rayo. Se volvió, la sujetó contra la pared y se colocó entre sus piernas. Los pliegues de la capa de Beatrice cayeron a un lado. En la penumbra, Leo distinguió las suaves curvas que sobresalían bajo el escote de su vestido.

Entonces deslizó el corpiño de seda hasta dejar al descubierto sus pechos. Acarició uno de ellos y frotó el pezón con el pulgar hasta que lo sintió hinchado y tenso. Bajó la cabeza para apresarlo entre los dientes.

Beatrice dejó escapar un jadeo ahogado. La recorrió un temblor. Leo advirtió que, de no sostenerla contra la pared con el peso de su propio cuerpo, Beatrice se habría deslizado hasta el suelo. Recorrió con la yema de los dedos toda la extensión de su columna vertebral y se sintió en la gloria al sentir los estremecimientos que siguieron.

Beatrice trató torpemente de desabotonarle la camisa.

–Todos los días me atormenta el recuerdo de tus manos al acariciarme. Creí que me iba a volver loca si no volvías a pasar los dedos por mi piel desnuda.

Hizo deslizar sus manos por debajo de la fina camisa de lino. Sus palmas eran cálidas e infinitamente suaves.

–¡Es tan duro! –susurró con admiración–. ¡Tan fuerte!

Santo Dios, lo deseaba. Podía oír la pasión presente en su voz. Podía sentirla en los deliciosos estremecimientos que la recorrían. Lo deseaba con la misma pasión, con el mismo ardor que él sentía por ella.

Se las ingenió para desabrochar la parte delantera de sus

pantalones. Beatrice estiró la mano para tomar su miembro entre los dedos, y Leo creyó que se derramaría en ella. Luchó por controlarse.

–¡Oh, Leo! –suspiró ella, casi sin aliento, mientras apretaba la presión sobre su miembro–. ¡Esto es asombroso!

Él gimió.

–Si sigues haciendo eso, harás que me avergüence.

–Jamás podría ocurrir eso. Eres magnífico, Leo. Absolutamente increíble. –Llenó de pequeños besos el cuello y los hombros de Leo–. ¡Y pensar que ni siquiera necesitas animarte con licor o estampas eróticas!

–¿Licor o estampas eróticas? –Levantó la cabeza de su pecho–. ¡Maldición! ¿Eso es lo que hacía tu esposo antes de ir a tu cama?

–Decía que era la única manera de obligarse a cumplir con sus deberes conyugales. No me amaba, pero quería tener un hijo. Era lo único que quería de mí. Y fue lo único que no pude darle.

–Beatrice, escúchame.

–No tiene importancia, Leo. –Lo soltó para pasarle los dedos por el cabello–. Ya no importa. Por favor, vuelve a besarme.

–No necesito más que pensar en ti para excitarme –le dijo al oído, con voz ronca–. He querido hacerte el amor desde el mismo instante en que te vi por primera vez.

La besó de nuevo. Los labios de ella se abrieron bajo los suyos. Hincó suavemente los dientes en su labio inferior.

Al dejar escapar ella un gemido de sorpresa, Leo tomó sus faldas y las alzó por encima de su cintura. Su fragancia era el más potente de los elixires. Deseó perderse en ella.

Tomó uno de sus firmes y redondeados muslos y lo colocó sobre su propia cintura. Luego le levantó la otra pierna y la dobló hasta colocarla en la posición adecuada. La exaltación rugió en su interior.

La acarició hasta que sintió su temblor, hasta que le quedaron empapados los dedos, hasta que ya no pudo soportar la tortura que estaba infligiéndose a sí mismo. La aferró de las nalgas y llevó su virilidad hasta la entrada de su húmedo canal.

–¡Santo cielo! –La voz de Beatrice sólo fue un susurro apagado en la oscuridad.

Él la obligó a ir bajando lentamente. Sintió que los pequeños músculos de su pasaje se tensaban a medida que se cerraban alrededor de su miembro, resistentes al principio y luego en cómoda aceptación.

Y, entonces, se encontró en lo más profundo de ella. El cegador impacto de la unión los deslumbró simultáneamente. Durante algunos segundos, a Leo le costó mantenerse sobre sus propios pies.

Beatrice abrió la boca, pero de ella no salió sonido alguno.

Durante un instante eterno se contemplaron en la oscuridad.

–El paso es tan estrecho –susurró Leo.

–¡Hace tanto tiempo! –replicó ella, pasando los dedos por su cabellos con ardor–. Y nunca fue como ahora... No sabía que podía ser así.

–Ni yo –gruñó él.

Con una mano la sostuvo firmemente contra la pared, y con la otra bajó hasta su entrepierna. Encontró el firme capullo y lo acarició con suavidad.

Beatrice le hundió las uñas en los hombros. Él se movió una vez, dos, tres. El cuerpo de ella se tensó alrededor del suyo. Beatrice abrió la boca en un grito silencioso. Y entonces él sintió los temblores de su orgasmo.

Era demasiado. La aplastó contra la pared y se hundió en ella.

Un rato después, todavía apretada contra la pared, Beatrice se movió.

–Hay algo que querría decirte –dijo en voz queda.

Leo la sostuvo con una mano y apoyó la otra contra la pared. Se apartó de ella poco a poco, con renuencia.

–¿De qué se trata?

Se dijo que aquel cuarto olía a pasión agotada; pero difícilmente podría aplicarse a su caso, tratándose de la primera vez.

La realidad de lo que acababa de suceder lo golpeó con una fuerza que lo desconcertó: «Por todos los diablos, ¿qué he hecho?», pensó. No podía ser. No podía haberle hecho el amor a Beatrice por primera vez en el cuarto de una ramera.

Jamás se lo perdonaría.

–Te mentí acerca de mi matrimonio –confesó Beatrice modulando cuidadosamente las palabras.

–¿Cómo dices?

Una sensación de desesperación le atenazaba las entrañas como una prensa. En efecto, debía de estar loco.

–Al contrario de lo que afirma la tradición familiar –continuó ella, aclarándose la garganta–, mi matrimonio con Justin Poole no era una unión perfecta desde el punto de vista físico, anímico o espiritual.

–Entiendo.

Leo, inmovilizado ante la sequedad del tono de Beatrice, la contempló inexpresivamente durante un momento. Entonces, la verdadera importancia de sus palabras lo golpeó con la fuerza de la revelación. Desde alguna parte de su interior sintió que crecía una oleada de risa.

–¡Leo! –protestó Beatrice, sacudiéndolo con suavidad–. ¿Qué pasa? Esta situación no me parece particularmente graciosa.

–Tu marido debía de ser un condenado idiota, señora Poole.

–No lo comprendes. Justin era un hombre que vivía la pasión y el deseo de una forma en que pocos pueden hacerlo. Tenía alma de poeta. Su único delito era amar con demasiada profundidad.

–¿Pero no a ti?

–No. Le había entregado el corazón a otra mujer antes de conocerme, pero a ella la obligaron a casarse con un anciano que podía ser su abuelo. Justin no lo pudo soportar. En nuestra noche de bodas me llamó por el nombre de ella, y luego se echó a llorar. No tuve más remedio que consolarlo hasta el amanecer. –Hizo una pausa–. En el curso de nuestro matrimonio, las cosas nunca mejoraron.

–Insisto –replicó Leo secamente–, era un idiota.

–Traté de rescatarlo de su obsesión, pero fracasé de todos modos.

–¿Qué quieres decir con eso de que fracasaste?

Ella suspiró.

–Yo te dije que a Justin lo mató de un tiro un salteador de caminos, pero no fue así.

–¿Cómo murió?

–A manos de un marido celoso. El marido de ella.

–¿El viejo que se había casado con la mujer a la que amaba?

Beatrice asintió.

–El marido cayó fulminado inmediatamente después de apretar el gatillo. El médico dijo que la causa fue un exceso de malsana excitación, que afectó a su corazón. El asunto fue silenciado, por supuesto. La viuda, que heredó un importante patrimonio, fue la principal interesada en que la verdad no saliera a la luz.

–¿Quién inventó la historia del salteador de caminos?

–Yo.

Leo no se pudo contener y se echó a reír de nuevo.

–No tiene nada de divertido –le reprochó Beatrice.

–Ya lo sé. –Y rió con más fuerza.

–¡Desde luego, Leo!

–Te contaré algo aún más divertido –dijo, cuando logró controlar su hilaridad.

–¿Qué?

–Yo también tengo que hacerte una confesión. –Hizo una pausa para darle un beso en la punta de la nariz–. Yo también te mentí con respecto a la realidad de mi matrimonio. No fue un modelo de dicha conyugal.

Ella buscó su rostro oculto por las sombras.

–Dijiste que ella era perfecta en todos los sentidos. Un ángel.

–Lo era. –Sonrió fugazmente, con pesar–. Absolutamente perfecta.

–No comprendo.

–¿Tienes idea de lo condenadamente difícil que es vivir con un ejemplo de virtudes? Era frágil y delicada como la porcelana. Me veía forzado a cuidar cada palabra que decía por temor a que estallara en un mar de lágrimas.

–Entiendo.

–Mi pasión física la escandalizaba hasta lo más profundo de su ser. Ese aspecto del matrimonio le parecía sucio, desagradable e insatisfactorio. Cuanto más trataba de complacerla, más repulsión experimentaba. Pero cumplía con su obligación.

–¿Tus hijos?

–Sí –confirmó–. Me dio dos hermosos hijos, y honraré eternamente su memoria por ello. Pero cada vez que visitaba su lecho, la culpa y la rabia me consumían, y eso tampoco lo olvidaré.

–No es preciso que digas nada más, Leo. –Beatrice le apoyó un dedo en los labios–. Puedo entenderlo mucho mejor de lo que imaginas.

Él le tomó los dedos entre los suyos y los besó.

–Se habría desmayado si la hubiera traído hasta el cuarto de una ramera y la hubiera hecho mía contra una pared.

–¡Por todos los cielos! Eso es justamente lo que ha pasado, ¿verdad? –Beatrice se apartó de la pared y se apresuró a acomodarse la parte superior del vestido–. Le diré algo, milord: la vida a su lado no es en ningún momento aburrida.

Él comenzó a esbozar una sonrisa, clavando los ojos en la pálida luna de su seno hasta que desapareció debajo del corpiño del traje.

–Qué extraño, Beatrice. Estaba a punto de hacer la misma observación con respecto a ti.

11

> Allí aguardaba el espectro, con la boca abierta en silenciosa advertencia. Pero era demasiado tarde para arrepentimientos.
> DEL CAPÍTULO ONCE DE *LAS RUINAS*,
> DE AMELIA YORK

Apenas un cuarto de hora más tarde, sonaron tres golpes en la puerta. A Beatrice no la sobresaltaron. Leo y ella habían visto las linternas de los perseguidores que regresaban de su búsqueda.

Pistola en mano, Leo fue hasta la puerta y la abrió. Beatrice sacudió sus arrugadas faldas. Era como si se hubiera visto atrapada en el vórtice de un ciclón ferozmente excitante. Todavía se sentía arrebatada y nerviosa, y sabía que tenía el cabello desordenado.

Leo, por el contrario, lucía el mismo aspecto que de costumbre: despreocupado, compuesto, con un elegante control de sí mismo. Sus ropas ni siquiera estaban arrugadas. Beatrice se dijo que no era justo.

–¡Uf! –Al entrar a la pequeña habitación, Clarinda arrugó la nariz–. Creí que había ventilado bien esto después de mi último cliente. Lo siento, parece que no lo hice bien a fondo. Tendrían que haber abierto la ventana. ¡Oh! –Se interrumpió al ver el aspecto de desaliño que mostraba Beatrice–. Bueno, vaya. Parece que encontraron la forma de pasar el tiempo en mi ausencia.

Leo se colocó discretamente delante de Beatrice, ocultándola a los ojos de Clarinda.

–¿De qué ha podido enterarse en la taberna?

–Sí, Clarinda. –Beatrice se asomó por detrás de Leo y sonrió a la joven–. ¿Alguna noticia útil?

–Una o dos. –Clarinda arrojó su vieja capa a la cama, se quitó los zapatos de un puntapié y comenzó a masajearse uno de los pies–. Pueden estar tranquilos, por esta noche, la búsqueda ha terminado. Los ayudantes de Jack *el Ginebrilla* perdieron el interés una vez que la niebla les caló los huesos. Han regresado a la taberna, en este momento estarán caldeándose con cerveza y ginebra.

–¿Jack *el Ginebrilla*? –repitió Leo en voz baja.

–El cochero que trató de atraparlos. A su amigo lo llaman Ned *Dientes Largos*. Ned no es muy brillante, si quieren mi opinión. –Clarinda se dio golpecitos significativos en la cabeza–. Hace todo lo que le dice el Ginebrilla.

–¿Ellos volvieron a la taberna con los demás?

–El Ginebrilla sí. Pero mandó a Ned a que recogiera el coche y los caballos que tuvieron que abandonar en la calle cuando fueron a buscarlos. –Clarinda soltó una risita–. Dudo que Ned lo encuentre donde lo dejaron. No en este barrio. Jack *el Ginebrilla* va a tener que robar otro, y apostaría a que no va a hacerle ninguna gracia tener que tomarse esa molestia.

–A ese Jack *el Ginebrilla* –preguntó Leo lentamente–, ¿sabes dónde puedo encontrarlo?

Beatrice le dirigió una mirada cargada de inquietud, pero no dijo nada.

Clarinda se encogió de hombros.

–No sé dónde vive –contestó Clarinda, encogiéndose de hombros–, pero sé dónde estará el resto de la noche.

–¿En la taberna?

–Ya lo creo. Por algo lo llaman el Ginebrilla. Después de una faena, se toma su ginebra.

–Entiendo. –Leo sacó algunos billetes más y se los ofreció a Clarinda–. Ha sido de gran ayuda. Nos vamos.

Clarinda agitó los billetes.

–Por lo que me paga, bien podrían quedarse a pasar la noche. –Le guiñó el ojo a Beatrice–. Los dos.

–Gracias, pero no será necesario –dijo Leo–. Ahora que nuestros perseguidores han abandonado la búsqueda, creo que podemos ir hasta alguna calle donde alquilar un coche con razonable seguridad.

Clarinda se mostró escéptica.

–Sin duda, usted podrá pasar por otro calavera borracho que anda de juerga, milord. Pero será mejor que haga algo con su amiga. La señora Poole tiene un aspecto demasiado elegante para pasar por alguien que trabaja en el barrio.

Beatrice echó un vistazo a su atuendo.

–Tiene toda la razón, Clarinda –admitió–. ¿Le importaría que intercambiáramos las capas? Puede quedarse con la mía si me deja la suya.

–Hecho.

Clarinda tomó la capa y se la dio a Beatrice. El intercambio duró apenas unos segundos. Beatrice olfateó subrepticiamente la capa y distinguió el olor a humo de la taberna entre los pliegues de su nueva prenda. Se la puso, anudándola firmemente bajo su barbilla, y cuando estuvo lista se volvió hacia Clarinda.

–¿Funcionará?

Clarinda acarició su nueva capa ricamente bordada como si fuera un encantador gatito.

–Sólo con esa capa no podrá fingir que pertenece a la clase de mujeres que atienden a los clientes de la aristocracia –advirtió–, así que mejor será que mantenga la boca cerrada. Si alguien la oye hablar, sabrá que no pertenece a esta zona de la ciudad.

–Lo tendré en cuenta –prometió Beatrice.

–Sólo lance risitas tontas a diestra y siniestra. –Una expresión indescifrable atravesó el rostro de Clarinda. Bajó los ojos hasta su flamante adquisición–. A los hombres les agrada pensar que una lo pasa bien cuando está con ellos.

–¿Aunque odie cada minuto del encuentro? –preguntó Beatrice, haciendo caso omiso del gesto de impaciencia de Leo.

–Sí –respondió Clarinda, enderezando los hombros–. Pero, los negocios son los negocios.

Beatrice se acercó a ella.

–Si alguna vez se le ocurre cambiar de profesión, preséntese en la puerta trasera de la tienda de madame D'Arbois. ¿La conoce?

–¿Ese sitio que llaman La Academia? ¿Donde enseñan francés y costura y la preparan a una para convertirse en doncella de una dama de alta sociedad? Sí, lo conozco. Una amiga mía fue allí, y ahora trabaja en una gran mansión. Pero eso no es para mí. Tengo otros planes.

–¿Qué otros planes?

Leo se acercó.

–Beatrice, debemos marcharnos –subrayó.

–Pues bien –comenzó a explicar Clarinda con creciente entusiasmo–, resulta que no seguiré mucho tiempo más en este negocio. Un día de éstos tendré la pasta suficiente para comprar El Gato Borracho, y no tendré que volver a levantarme las faldas para ningún hombre nunca más.

El corazón de Beatrice dio un vuelco. No sabía muy bien cuánto costaba una taberna, pero sí entendía que semejante sueño estaba muy lejos de las posibilidades de una prostituta que vendía sus favores en un portal.

–Una taberna parece algo muy costoso –sugirió con suavidad.

–Beatrice –dijo Leo desde la puerta–. Debemos irnos ya.

–El viejo Tom quiere retirarse –le explicó Clarinda a Beatrice–. Me dijo que me arreglaría el precio para que le comprara El Gato Borracho.

–Es casi seguro que esta noche nos ha salvado la vida, Clarinda –dijo Beatrice–. Su señoría y yo le estamos muy agradecidos. ¿No es así, milord?

–Sí, desde luego. –Leo se asomó para examinar el rellano–. Ya le he dicho cuánto.

Beatrice vaciló. Lucy y ella podían enseñar modales y algo de francés a las jóvenes que acudían a ellas para que pudieran conseguir un trabajo decente como doncellas o costureras de la clase alta. Pero no podían afrontar el gasto de la compra de una taberna.

Sin embargo, conocía a alguien que sí podía hacerlo. Miró a Leo, que atravesaba el umbral de la puerta.

–Su señoría está tan agradecido –le dijo a Clarinda– que tomará las medidas oportunas para que pueda comprar El Gato Borracho.

Esas palabras atrajeron la atención de Leo, que se volvió con presteza.

–¿Que haré qué?

Clarinda frunció el entrecejo.

–¿Por qué iba a hacer algo así? –preguntó.

–Porque le debemos la vida –respondió Beatrice. Se enfrentó a la mirada lacónica de Leo–. ¿Estoy en lo cierto, milord?

La boca de Leo se curvó en una mueca sardónica.

–Muy cierto –coincidió; miró a Clarinda y añadió–: Preséntese en el número 5 de Upper Wells Street. Mi abogado hará los trámites necesarios.

Clarinda lo miró con la boca abierta y luego dirigió la mirada a Beatrice.

–¿Se trata de alguna maldita broma?

–No –respondió Beatrice, encaminándose a la puerta–. Ya se lo he dicho, su señoría y yo le estamos profundamente agradecidos.

Clarinda aferró con fuerza la capa de Beatrice.

–No sé si creerlo o no –confesó.

Beatrice le sonrió desde la puerta.

–El conde de Monkcrest en persona le ha dado su palabra. Puede confiar plenamente en él.

Clarinda se pasó la lengua por los labios. Parecía aturdida.

–Me enteré de algo más en la taberna.

Leo volvió sobre sus pasos, mirándola ceñudo.

–¿De qué se trata?

–Los hombres que se unieron a la búsqueda refunfuñaban luego quejándose por la forma en que ustedes habían desaparecido, pero Ned *Dientes Largos* dijo que sabía cómo lo habían logrado.

–¿Cómo? –preguntó Leo.

Clarinda bajó la voz.

–Dijo que había oído que usted sabía algo de magia y esas cosas. Dijo que usted era un hechicero.

Leo soltó un gruñido de disgusto.

–¡Malditas tonterías! Vamos, Beatrice –instó, dirigiéndose a la escalera.

Beatrice titubeó, rememorando el asombroso ejemplo de hechizo que acababa de experimentar en manos de Leo.

–Ned *Dientes Largos* tenía razón –le susurró a Clarinda, con una sonrisa.

Cuando por fin cayó desplomada en su cama, Beatrice estaba extenuada. Apenas podía creer que eran sólo las tres y media de la madrugada. Winifred y Arabella ni siquiera habían regresado.

Cruzó los brazos por debajo de la cabeza, contempló las sombras en el techo y sonrió para sus adentros. La pura verdad era que ya no era la misma mujer que había salido de allí esa noche para ir al teatro. ¿Cómo era posible que toda su vida hubiera sufrido un cambio tan monumental en tan poco tiempo?

El viaje hasta su casa había resultado notablemente veloz y despojado de incidentes. En las proximidades de Cunning

Lane, Leo y ella encontraron un coche de punto que acababa de dejar a un grupo de escandalosos jóvenes libertinos en un garito. El guiño cómplice del cochero y sus comentarios maliciosos indicaron a Beatrice que estaba representando con éxito su papel de mujerzuela.

La reacción de Leo ante el éxito de su impostura le hizo mucha gracia. Pudo ver la confusión de emociones, la lucha entre el alivio y el creciente fastidio cuando subió al coche y se sentó frente a ella. Tuvo que sofocar la risa tapándose la boca con la mano.

Leo frunció el ceño.

–Estás disfrutando con todo esto, ¿verdad?

–Jamás me había disfrazado de nada –repuso ella–. Es bastante entretenido.

Él la observó un instante con mirada enigmática, hasta que finalmente le dedicó una extraña sonrisa.

–Eres una mujer muy diferente a las demás.

–Me encuentro en excelente compañía, milord. Si se trata de ser diferente, formamos buena pareja.

–Así es.

Leo no volvió a pronunciar palabra hasta el final del viaje. Al llegar a su casa, la acompañó hasta la puerta, donde la dejó con un breve beso y un brusco gesto de despedida.

–Vendré a visitarte mañana por la tarde –anunció, mientras se volvía para bajar los escalones camino del coche.

–Un momento, milord –dijo Beatrice, en tono igualmente áspero.

Leo se detuvo y la miró por encima del hombro.

–¿Qué pasa?

–Espero que no intentes ponerte en contacto con Jack *el Ginebrilla* por tu cuenta. Sería extremadamente peligroso.

–No se me ocurriría correr ese riesgo –aseguró.

Terminó de bajar la escalinata y montó en el coche.

«Miente», se dijo Beatrice mientras subía la escalera hasta su habitación. Pero no podía hacer nada al respecto. Leo era tan ferozmente independiente como ella misma. No podía ni soñar con encadenarlo con los lazos de su preocupación. Todo lo que le restaba por hacer era rezar pidiendo que tuviera cuidado.

Mientras se disponía a dormir, prestó atención al sonido de los coches que pasaban por la calle y recordó la gloriosa excitación que había experimentado en brazos de Leo. El deseo de él había sido indudable y abrumador. Para bien o para mal, la había vuelto deslumbrantemente consciente de su propia capacidad para la pasión.

Pero no debía valorar en exceso lo sucedido esa noche. Era más que dudoso que Leo hubiera quedado tan transido como ella por la emoción de hacerle el amor. Era un hombre en la plenitud de la vida, que sin duda tenía mucha más experiencia que ella en lo referente a la pasión física. Era muy probable que las sensaciones que ella había descubierto esa noche por primera vez no fueran para él más que vivencias ordinarias.

Un hechicero.

Tras unos instantes, Beatrice se acomodó de costado y se subió las mantas hasta la barbilla. Pasara lo que pasara no debía cometer el enorme error en que solía hacerles incurrir a sus heroínas. No debía confundir pasión sensual con amor verdadero.

Una hora más tarde, Leo aguardaba en las espesas y densas sombras de un callejón, escuchando el sonido de pasos desiguales sobre los adoquines. Sintió bajo su mano que *Elf* alzaba las orejas, aguzando sus sentidos. Sus largos músculos se tensaron bajo la oscura piel.

–Todavía no –murmuró Leo.

La parpadeante luz de una linterna bailoteó de manera espectral en la densa niebla, arrojando sombras fantasmales a su alrededor.

–Maldito bastardo. –La voz de Jack *el Ginebrilla* se alzó en alcohólica protesta contra la mala suerte–. ¡Condenado maldito bastardo! ¿Dónde diablos te metiste? Me costaste un buen coche y un buen par de caballos, maldita sea tu estampa. ¿Adónde te fuiste?

No hubo murmullos ni respuesta. Jack estaba solo.

–Despacio, *Elf*.

Con la lengua colgando, el sabueso avanzó con nerviosismo hasta la entrada del callejón y se interpuso en el camino de Jack. Desde el interior del tenebroso pasaje, Leo vio cómo la luz de la linterna se derramaba sobre la enorme cabeza del sabueso y su cuerpo musculoso. Los colmillos refulgieron bajo el amarillo resplandor, que arrancaba destellos de los clavos que adornaban el collar del animal.

–¿Qué es eso? –La luz de la linterna parpadeó al detenerse Jack, tambaleando; para luego perder el equilibrio y terminar dando bandazos contra la pared–. ¡Aléjate de mí! –chilló con voz cada vez más aguda–. ¡Vete, maldita bestia del infierno! *¡Aléjate de mí!*

Elf no se movió. Sus ojos reflejaban el resplandor de la linterna. No cesaba de emitir roncos gruñidos.

–¡Por piedad! –Jack comenzó a deslizarse pegado a la pared–. ¿Eres un demonio del mismo infierno, entonces?

Elf comenzó a gruñir por lo bajo y dio un paso hacia Jack.

–¡No! –aulló Jack.

Leo avanzó hasta la entrada del callejón.

–Te aconsejo que no corras, Jack –advirtió–. Hace mucho tiempo que no sale de cacería. Añora la actividad, así que nada le gustaría más que atraparte como si fueras un conejo.

–¡Usted! –Jack levantó la linterna para poder mirar a Leo–. ¿Cómo ha llegado hasta aquí? No estaba aquí cuando le eché un vistazo a ese callejón hace un rato.

–¿Oh, sí? –Leo sonrió débilmente–. Tal vez no miraste con el debido cuidado.

–¡No estaba! –insistió Jack, alzando la voz hasta llegar a un tono cercano al pánico–. ¡No puede haber estado!

–Ahora estoy aquí, y eso es todo lo que debe preocuparte.

–¡Llame a su maldito sabueso!

–Todavía no. Necesito respuestas a algunas preguntas que estoy a punto de formularte, Jack *el Ginebrilla*. Si me respondes rápida y honestamente puedo, en efecto, llamar al perro.

Jack intentó dar otro paso atrás, pero se quedó inmóvil al lanzar *Elf* un sordo gruñido de advertencia.

–¡Por todos los diablos, va a saltar a mi garganta y me la va a destrozar!

–Podría hacerlo, pero no lo hará. –Leo se detuvo un instante y añadió–: Al menos, hasta que yo no se lo ordene.

–Mire –rogó Jack con voz plañidera–, lo que pasó antes fue una simple cuestión de negocios, milord. Un hombre de su posición sabe lo que son los negocios. No era nada personal. Me pagaron para hacer un trabajo, eso es todo.

–¿Quién te pagó?

–No sé cómo se llama. Sólo recibí un mensaje diciendo que debía pillarlo en cuanto tuviera la oportunidad, y llevarlo luego hasta una calle no muy lejos de aquí.

–¿Qué iba a pasar después?

–Me dijeron que un hombre vendría a buscarlo. Se suponía que él me pagaría después de llevárselo a usted.

–¿Y la dama que estaba conmigo? ¿Qué iba a pasar con ella?

Jack soltó un gruñido.

–Ella no era tan importante. Él no la quería, así que pensé en dejarla en algún lugar del trayecto. Pero me imaginé que mientras usted siguiera ocupado metiendo la polla entre sus muslos, no me causaría problemas.

–¿No sabes qué aspecto tiene ese hombre que iba a pagarte?

–No, nunca llegué a verlo, ya se lo he dicho. Y ésa es la pura verdad, señoría. –Jack volvió su nerviosa mirada hacia *Elf*–. Me prometieron un buen dinero. Pero jamás lo recibí, después de haberse escapado usted como lo hizo. Y alguien me robó mi coche nuevo y mis caballos. Los ricachones se las pintan solos para arruinar una buena noche de trabajo.

–¿Alguna vez realizaste otro trabajo para la persona que te contrató esta noche?

–No, se lo juro –contestó Jack con rapidez; con demasiada rapidez.

–¿Estás seguro?

Elf replegó los labios para dejar al descubierto sus impresionantes colmillos.

Jack pestañeó varias veces y pareció volver a sopesar la situación.

–Bueno, hubo otro trabajito sin importancia. Recibí un mensaje diciéndome que debía vigilarlos, seguirlos, a usted y a la dama hasta el parque. Vi que se encontró con la dueña del burdel.

–¿Cómo entregaste el informe?

–Se lo di a un muchacho que vino a buscarme. Me dijo que lo habían enviado para que me preguntara qué había visto, así que se lo dije y se fue corriendo. Supongo que se lo contaría al fulano que me contrató.

–¿Y cómo te pagaron en aquella oportunidad?

–Esa tarde encontré algo de dinero en mi coche. –Jack se encogió de hombros–. Me imaginé que era mi paga por el trabajo.

–¿Algo más, Jack?

–No tengo nada más que decirle, milord –aseguró Jack, mirando a Leo con ojos suplicantes–. Llame a esa bestia. Le prometo que no me meteré más en este condenado asunto. No me importa cuánta pasta haya por medio.

«Está diciendo la verdad», pensó Leo. Para Jack *el Ginebrilla* toda la cuestión no había sido más que un negocio.

–Puedes irte, Jack –dijo–. Esta noche, el sabueso dejará que te vayas con la garganta intacta. Pero si alguna vez volvemos a encontrarnos, me lo pensaré dos veces.

–¿Puedo irme?

–Sólo si prometes que nunca mencionarás el nombre de mi dama o lo que viste en el parque.

–Puede contar con ello, le doy mi palabra de honor. He olvidado todo. *Todo.*

–Vete.

La mirada de Jack pasó alternativamente de Leo a *Elf*. Su incredulidad y su temor saltaban a la vista.

–No estará jugando conmigo, ¿verdad? Me ha prometido que el sabueso no me hará pedazos si le doy la espalda.

–Tienes mi palabra. –Leo sonrió sin humor–. Recuerda, Jack, si hay algo con lo que puedes contar es con mi palabra. Si yo no puedo contar con la tuya, te juro que no descansaré hasta encontrarte.

Jack lo miró de hito en hito. Su boca se torció una vez, dos. Luego se volvió y echó a correr con torpeza a gran velocidad. Huyó por la calle, balanceando la linterna.

Leo esperó hasta que la luz desapareció en la niebla. Luego, silbó por lo bajo.

Elf se acercó. Leo se agachó para acariciarlo distraídamente por detrás de la oreja.

–Parece que por fin he conseguido incordiar bastante a alguien, *Elf*. Pero bueno, los Monjes Locos jamás se han destacado por su habilidad en el trato social.

Otro revés.

El nuevo propietario del museo apretó su mano enguantada, y contempló la llama del candil. De algún modo, ese error era más perturbador que el que había culminado con la prematura muerte de Glassonby. Era una desgracia tener que confiar en otros para poder llevar a cabo los planes de uno.

Y ahora circulaban rumores acerca de que el Monje Loco y la mujer se habían escapado como por arte de magia.

Magia. Imposible. Pero nunca faltaba alguno lo bastante tonto como para creer en esas cosas. Era una condenada desgracia que Monkcrest hubiera elegido involucrarse en el asunto.

El reloj de agua goteaba con suavidad en la penumbra. El tiempo estaba acabándose.

Por un instante, la llama del candil pareció arder con demasiado brillo, como una linterna que viniera directamente del infierno.

El nuevo propietario respiró hondo varias veces para calmar la ansiedad, que amenazaba con transformarse en pánico. La razón volvió a su mente.

Tal vez, después de todo, la aparición de Monkcrest no fuera tan mal augurio. El hecho de que estuviera en Londres era una poderosa señal de que andaba tras la pista de los anillos. Si había alguien que podía encontrarlos, sin lugar a dudas ése era el Monje Loco.

Había llegado el momento de probar con un método diferente.

Después de varios parpadeos, la llama volvió lentamente a la normalidad.

Al final, todo saldría bien. Ese proyecto había exigido mucha planificación y esfuerzo. No podía fallar.

Beatrice contempló el letrero de madera que se balanceaba sobre la entrada del museo Trull. Las desvaídas letras le informaron que el establecimiento estaba abierto al público desde el mediodía hasta las cinco.

Le abrió la puerta un anciano portero, al que no pareció agradarle demasiado la perspectiva de atender a un cliente.

–Cerraremos dentro de pocos minutos –anunció.

–El cartel dice que tienen abierto hasta las cinco, y apenas son las cuatro.

–Tengo abierto el lugar el tiempo que me conviene, y ni un minuto más.

Beatrice arqueó las cejas.

–¿Sabe el señor Trull que no respeta el horario de visitas?

–El señor Trull fue atropellado por un coche hace algunos meses. Tenemos un nuevo gerente.

–Entiendo. ¿Y este nuevo propietario está al tanto de su política con respecto al horario?

El portero se alegró visiblemente.

–El nuevo propietario no viene nunca por aquí, al menos mientras estoy trabajando. Manda todas sus instrucciones a través de sus banqueros. Tiene cosas mejores que hacer que preocuparse por este viejo museo, supongo.

–Comprendo. –Beatrice sacó algunas monedas de su bolso–. Me gustaría comprar una entrada, por favor.

–Procure recordar que haré sonar la campanilla de cierre dentro de muy poco.

–Lo tendré en cuenta.

Beatrice cogió la entrada que tenía en la mano antes de que inventara otra excusa para impedirle pasar y se escabulló dentro de la primera de las salas, sumida en la penumbra. El olor a moho le hizo arrugar la nariz. Echó un vistazo por las filas de vitrinas que atestaban el mal iluminado cuarto.

Habría sido más que interesante mirar con más detenimiento los objetos exhibidos en las vitrinas, pero ese día no tenía tiempo. Al ver que no había ninguna otra persona cerca, pasó a la siguiente sala.

La nueva estancia, aún más tenebrosa que la anterior, tampoco mostraba señales de ningún dueño de museo ni de ninguna dama elegantemente vestida de negro.

Beatrice se preguntó si algo habría salido mal.

La esquela de madame Virtue había llegado a su casa menos de cuarenta y cinco minutos antes. Beatrice la había leído con una incómoda sensación de excitación.

> Señora Poole:
>
> Es urgente que nos reunamos. Deseo hablar con usted sobre el mismo tema que tratamos en el parque. Por el bien de su reputación, le sugiero que nos encontremos en algún lugar público en el que nuestra presencia no despierte comentarios suspicaces. ¿Qué le parece el museo del señor Trull a las cuatro?
>
> Suya
> V.

Cuando llegó la esquela, Winifred y Arabella se encontraban fuera de casa, haciendo visitas. Beatrice no había recibido noticias de Leo en todo el día. No había, por lo tanto, nadie a quien pudiera consultar, y se había visto obligada a tomar una decisión por su cuenta. En realidad, había un único curso de acción posible.

Le había dicho a la señora Cheslyn que tenía una cita a las cuatro que había estado a punto de olvidar; y, tocada con un discreto velo, había caminado hasta el museo Trull.

En ese momento, de pie en la cavernosa sala, experimentó sus primeras dudas. Se preguntó cuánto tiempo más se vería obligada a esperar. No tenía forma de saber si madame Virtue había cambiado de idea, o si sencillamente la habían engañado.

Decidió darle otros quince minutos. Entretanto, pensó que podía aprovechar la oportunidad para examinar algunos objetos de los allí exhibidos. Al fin y al cabo, se había prometido visitar aquel lugar.

Avanzó a paso lento a lo largo de las filas de vitrinas, deteniéndose de cuando en cuando aquí y allá para observar las extrañas piezas que contenían. Un conjunto de cuchillos con la empuñadura extrañamente tallada atrajo su atención, y se acercó para observarlos con más detalle.

Por el rabillo del ojo vio un enorme armario situado en un extraño ángulo en uno de los rincones de la habitación. Había algo raro en la forma en que estaba colocado. Parecía como si hubiera sido apartado de la pared. Entonces vio la oscura abertura que tenía detrás.

Tuvo un fuerte presentimiento. Era tan poderoso que tuvo que luchar contra el deseo de dar media vuelta y escapar por la entrada del museo.

«Contrólate, Beatrice –se dijo–. Es sólo una abertura en la pared. Tal vez conduce a otra sala.»

–¿Hay alguien ahí? –preguntó.

Un suave gemido surgió de la opacidad que se abría tras el armario.

–¡Santo Dios! –Beatrice se acercó, presurosa–: ¿Madame Virtue? ¿Es usted?

No hubo respuesta. Beatrice llegó hasta el armario y se detuvo allí. Se encontró con que ante ella se abría una escalera, a cuyos pies reinaba una espesa oscuridad que le impedía incluso ver los últimos escalones.

Un nuevo gruñido surgió del final de la escalera.

Beatrice miró a su alrededor, y vio que en la pared había una lámpara. Levantó la vela que allí ardía y la mantuvo en alto para poder escrutar el interior de la habitación subterránea.

Al pie de la escalera de piedra, divisó en el suelo la silueta de una figura vagamente familiar.

–¡Señor Saltmarsh! –exclamó–. ¡Portero, venga rápido! ¡Aquí hay alguien herido!

Sin esperar respuesta, comenzó a bajar.

Cuando se encontraba en la mitad de la escalera, el ruido de la madera raspando contra la piedra le indicó que el armario había vuelto a ponerse en su lugar, sellando a cal y canto la abertura de la pared.

–¡No, aguarde! –gritó Beatrice–. ¡No cierre!

Cuando el último vestigio de la débil luz desapareció, se dio la vuelta y volvió a subir los escalones hasta arriba.

–¡Aquí abajo hay alguien! –volvió a gritar.

No hubo respuesta.

Bajó la vela y empujó con todas sus fuerzas contra la parte trasera del armario, pero no consiguió moverlo. Golpeó con ambos puños en la gruesa madera.

Nadie acudió a ver qué era todo aquel barullo. Beatrice dejó de desperdiciar su energía contra el inamovible armario.

Graham Saltmarsh y ella estaban atrapados en la cámara subterránea.

12

> –Ten cuidado –advirtió el señor–. Los espectros encadenados que acechan dentro de estos muros no se han alimentado durante siglos.
>
> DEL CAPÍTULO DOCE DE *LAS RUINAS*, DE AMELIA YORK

–¡Maldición, Monkcrest! ¿Qué está haciendo de nuevo en mi establecimiento? Ya le he dicho que no sé nada de todo ese asunto de los anillos. –Los hirsutos pelos del bigote de Sibson se retorcieron de disgusto–. Además, no puedo creer que un hombre de su reputación esté perdiendo el tiempo con esas tonterías. Los anillos no son más que una estúpida leyenda.

–Algunas leyendas perduran porque contienen algo de verdad –replicó Leo, al tiempo que examinaba un antiguo medallón que había en una de las polvorientas vitrinas de Sibson–. Me niego a creer que no ha escuchado ningún rumor. Esos chismorreos son como el aire para usted, Sibson.

Un destello de intensa curiosidad brilló en los ojos de Sibson.

–¿Está diciéndome que realmente cree que los Anillos Prohibidos están aquí, en Londres?

–Ni siquiera estoy seguro de que esos anillos existan. –Leo levantó los ojos del medallón–. Pero pienso que alguien que posiblemente sea muy peligroso sí lo cree. Y también entiendo que esa persona piensa que están en Londres. Eso lo pone en peligro a usted, Sibson.

–¿A mí? –Sibson alzó las cejas y comenzó a tamborilear con los dedos sobre el mostrador–. ¿Y por qué iba a estar yo en peligro? No tengo nada que ver en todo esto.

–¿Pero acaso lo sabe la persona que anda detrás de los anillos? –preguntó suavemente Leo–. Después de todo, tiene usted una cierta reputación.

–¿Qué diablos quiere decir con eso?

–Sibson, yo no sé qué es lo que está pasando, pero tengo razones para creer que un hombre puede haber sido asesinado porque alguien creyó que tenía los anillos en su poder.

En los ojos de Sibson apareció una mirada ladina.

–¿Se refiere a lord Glassonby?

–Sí. Usted y yo tenemos mucha experiencia en esta clase de cosas. Ambos sabemos que los anillos, si existen, son valiosos sólo porque son antigüedades interesantes, no porque contengan la clave de acceso a ningún fabuloso tesoro. Pero desde hace siglos los hombres han cometido todo tipo de crímenes para conseguir valiosas reliquias.

–Le aseguro que no sé nada sobre los anillos.

–Por su bien, espero que me esté diciendo la verdad. Como viejo cliente que soy, le doy un consejo; manténgase alejado de todo este asunto, Sibson.

–Quédese tranquilo, que no tengo ninguna intención de involucrarme en ese tinglado. Ya se lo he dicho, ni siquiera creo que existan. Si Glassonby tenía en su poder algún anillo, seguramente se trataba de un fraude.

–Es muy posible, pero también se ha asesinado por fraudes. –Leo fue hacia la puerta–. No olvide que goza de cierta reputación en el mundo de las antigüedades. Coleccionistas serios conocen la existencia de su infame trastienda. Si alguien llega a sospechar siquiera que usted sabe algo, puede encontrarse en un aprieto.

Sibson abrió con sorpresa los ojos, delatando su nerviosismo.

–¿Qué trata de decirme?

Leo abrió la puerta.

–Sólo que tal vez le apetezca planear un viaje al norte, o quizás uno muy prolongado a la costa.

–¡Santo Dios, milord! –El rostro de Sibson perdió el color–. ¿Está sugiriéndome que abandone Londres?

–Sólo hasta que acabe esta historia de los anillos. –Leo sonrió–. Sería una pena que terminase muerto sólo porque alguien ha llegado a la errónea conclusión de que usted sabe demasiado. Podría llegar a echar de menos las visitas ocasionales que suelo hacerle a su trastienda.

Leo salió a la luminosa bruma y cerró la puerta tras de sí antes de que Sibson se recuperara de lo que parecía ser un ataque de apoplejía.

Leo estaba satisfecho con el resultado de las actividades de esa tarde. Se había acercado a la tienda para presionar un poco más a Sibson, y pensaba que había logrado su objetivo. El nervioso temperamento de Sibson terminaría por derrumbarse. Si sabía algo, o bien acabaría por hablar o abandonaría la ciudad. Cualquiera de ambas reacciones sería significativa.

Avanzó a lo largo de Cunning Lane hasta llegar al lugar situado justo enfrente del portal de Clarinda. Ella no estaba en su puesto. Se preguntó si la perspectiva de tener su propia taberna la habría convencido de que sus finanzas no corrían ningún peligro si abandonaba su antiguo oficio. Quizás en ese mismo instante se encontrara en El Gato Borracho, negociando los términos de la compra.

Gracias a Beatrice, pronto ayudaría a Clarinda a instalarse en su nueva ocupación. La relación con su nueva socia conllevaba una interminable serie de sorpresas.

Sacó el reloj del bolsillo y miró la hora. Apenas pasaba de las cuatro. No se había dado cuenta de lo rápidamente que habían volado las horas. Había transcurrido la mayor parte del día absorbido por las investigaciones en el marginal mundo de las antigüedades robadas.

También había encontrado tiempo para enviarle un discreto mensaje a madame Virtue, haciéndole la misma advertencia que le había hecho a Sibson: «Si está enterada de algo referente a este asunto, le aconsejo que tenga mucho cuidado. Alguien puede suponer que sabe demasiado».

Apuró el paso. Tenía mucho de que hablar con Beatrice. Si se daba prisa, podía llegar a las cinco y llevarla a dar un paseo por el parque. Con un poco de suerte, podrían encontrar un lugar recoleto para conversar. Y tal vez para algo más.

Se le ocurrió pensar que las aventuras amorosas podían llegar a ser sumamente embarazosas. Siempre había que estar buscando un lugar donde hacer el amor. De una cosa estaba seguro; no tenía intención de pedirle prestado el cuarto a Clarinda de nuevo. Beatrice se merecía lo mejor.

La perspectiva de volver a verla lo obligó a sonreír. No, no era una sonrisa. Si pudiera mirarse en un espejo, probablemente vería una mueca idiota.

Al breve estallido de euforia le siguió un cierto recelo. Lo turbaba darse cuenta de que no terminaba de comprender el estado de ánimo que lo embargaba. Verdad era que la sesión de amor de la noche anterior lo había dejado en extremo satisfecho. Pero la pasión suele ser una flor de corta vida. Ya había tenido suficiente experiencia en el pasado como para conocer sus límites.

Sabía que una relación sexual podía satisfacer sus demandas físicas durante un breve espacio de tiempo, pero también era consciente de que semejantes relaciones no proporcionaban la perdurable sensación de bienestar que experimentaba esa tarde.

Volvía a tener dieciocho años, el mundo a sus pies y el futuro radiante de posibilidades.

Apartó el interrogante sin respuesta hasta un recóndito rincón de su mente. Sería necesario esperar. Tenía cosas más importantes que hacer que coquetear con la posibilidad de haber entrado en la segunda adolescencia.

Dobló la esquina y se internó en el pasaje que comunicaba Cunning Lane con la siguiente callejuela sinuosa. Si aquello continuaba mucho más tiempo, acabaría por conocer el barrio a fondo. El establecimiento del doctor Cox no estaba muy lejos del lugar.

–¡Señor Saltmarsh, está vivo! –Beatrice apoyó la vela en el suelo de piedra y se arrodilló al lado de Graham–. Temí lo peor.

–Yo también, a decir verdad. Cuando abrí los ojos y la vi, tuve la sensación de que había abandonado el mundo de los vivos. –Parpadeó varias veces hasta acostumbrar la vista a la escasa luz–. ¿Dónde demonios estamos?

–En uno de los depósitos del museo, creo –contestó, mientras le examinaba la cabeza con suavidad–. Ha tenido una suerte extraordinaria de no romperse el cuello con la caída.

–¿Caída? –La miró de reojo–. ¿Qué caída? Estoy bien seguro de no haber rodado por la escalera. Sin duda tendría algún hueso roto o el cráneo fracturado como recuerdo.

Beatrice notó un olor desagradable cerca de la boca de Graham. Se puso en cuclillas a su lado.

–¿No está lastimado?

–En absoluto, gracias.

Al tratar de sentarse, hizo una mueca de dolor. Con gran cautela se dio la vuelta para tocarse la cintura.

Beatrice frunció el ceño.

–Parece que sí está herido, señor.

–Un poco rígido por haber estado en este suelo tan frío, eso es todo. –Se apoyó la mano en el vientre–. Pero mi estómago está decididamente mal. ¿Ve mis gafas por ahí?

Beatrice levantó la vela y examinó el suelo. Cerca vio brillar la montura dorada.

–Aquí están. –Las levantó del suelo de piedra y se las puso en la mano–. Intactas. Asombroso.

–Eso prueba que no me caí por la escalera –afirmó Saltmarsh, colocándose las gafas sobre la nariz–. Mis anteojos no habrían sobrevivido a la experiencia.

–Entonces, ¿cómo ha terminado aquí abajo en el suelo, señor?

–No lo sé –admitió, parpadeando varias veces más–. Recuerdo haberle comprado una entrada al portero, un tipo bastante desagradable. Me advirtió que pensaba cerrar más temprano. También me proporcionó una taza de un té más bien malo. Lo último que recuerdo es haberme inclinado sobre una vitrina llena de objetos zamarios que creo que son falsos.

Beatrice olfateó con discreción.

–Señor Saltmarsh, con respecto a ese té...

Él volvió a posar la mano en el estómago, haciendo una mueca.

–Preferiría no hablar del tema. Me temo que no me sentó muy bien.

–Sospecho que lo drogaron, señor.

Él se quedó mirándola.

–¿Drogado? ¿Y por qué haría nadie semejante cosa?

Beatrice se puso de pie.

–De eso nos ocuparemos más tarde. Nuestra prioridad es salir de aquí.

–Sí, desde luego. Debe ser realmente tarde. –Saltmarsh se puso de pie con dificultad, apoyándose en un armario cercano para mantener el equilibrio–. Déme tiempo, y podré subir esa escalera.

–No tiene sentido subirla. La entrada de arriba está cerrada con un armario muy pesado. Si hay alguna palanca que pueda abrirlo en este lado, está muy bien disimulada; no he podido encontrarla.

–¿Qué vamos a hacer?

–Tenemos que encontrar otra manera de salir de esta cámara si no queremos quedarnos aquí hasta mañana.

Saltmarsh dio un notorio respingo.

–¡Santo Dios! Acabo de reparar en que las consecuencias de que nos descubrieran juntos aquí abajo serían terribles.

–Una de las ventajas de ser una viuda, señor Saltmarsh, es que no tengo por qué preocuparme mucho por mi reputación.

–Eso puede ser verdad en su caso, señora Poole –dijo con franqueza–, pero la señora York no está tan a salvo.

Beatrice se quedó inmóvil. Saltmarsh tenía razón.

–Por fortuna, sé que puedo contar con su discreción.

–Señora Poole, le aseguro que moriría antes que revelar su secreto, pero no podemos dar por descontado que nadie más esté enterado del tema. No me gusta mencionar lo que es obvio, pero no tengo más remedio.

–¿A qué se refiere, señor?

Graham apretó los dientes.

–Si yo pude descubrir que usted era Amelia York, bien pudo hacerlo también otra persona.

Beatrice dejó escapar un gemido.

–Mi reputación no es lo único que me impulsa a buscar la forma de salir de aquí, señor.

–¿Qué otra razón puede ser igualmente poderosa?

–La posibilidad de que quien nos haya encerrado aquí no tenga intención de permitirnos salir, ni pronto ni nunca.

Saltmarsh se puso pálido.

Leo miró a la señora Cheslyn con creciente irritación.

–¿Qué quiere decir con eso de que la señora Poole no está en casa? ¿Dónde diablos está?

–Lo siento, milord, no lo sé. No con exactitud, quiero decir. La señora Poole no acostumbra a darme un informe detallado de sus planes. Y ése, milord, es precisamente el quid de la cuestión en esta casa, pues si dispusiera de un horario fiable, de uno al que me pudiera ajustar...

–¿Cuánto hace que se fue? ¿Adónde iba? ¿A qué hora espera que regrese? ¿Fue caminando o alquiló un coche de punto?

La señora Cheslyn retrocedió ante el interrogatorio.

–La señora Poole suele ser algo vaga en sus informaciones.

Leo la siguió hasta atravesar el umbral.

–¿Iba alguien más con ella? ¿Alguien la visitó? ¿Se marchó en coche?

–No, milord. –La señora Cheslyn siguió retrocediendo hasta el vestíbulo–. Salió sola. Dijo que tenía una cita.

Una idea le vino a la mente.

–¿Salió con velo? –inquirió.

La señora Cheslyn abrió con estupor los ojos.

–Sí, milord, eso hizo. ¿Cómo lo sabe?

Sus peores temores se vieron confirmados. Beatrice se había metido en algún embrollo.

–¿Dónde se encuentra lady Ruston?

–Fue con la señorita Arabella, el señor Burnby y lady Hazelthorpe a dar un paseo por el parque. –La señora Cheslyn echó una mirada desesperada al reloj–. Salieron poco antes de las cinco, y no regresarán por lo menos hasta dentro de una hora.

Leo pasó frente a ella.

–Esperaré a la señora Poole en el estudio.

–Seguramente estará mucho más cómodo en el saloncito, milord. Le traeré una bandeja con el té.

–Olvide el té. No me apetece.

Leo atravesó el vestíbulo y abrió la puerta del estudio de Beatrice de un tirón.

A sus espaldas, la señora Cheslyn dejó escapar un suspiro apesadumbrado.

–Un horario como Dios manda evitaría esta clase de cosas.

–Tenga cuidado, señora Poole –advirtió Saltmarsh, observándola a través de la penumbra; la luz de la vela le bailoteaba en las gafas–. Si se cae, estaremos aún en peores condiciones que ahora.

–Un poco más y lograré sacar esta maldita cosa.

Beatrice, agachada encima de un enorme armario profusamente tallado, se concentraba en tirar de una reja metálica para arrancarla de la pared. El sólido bastón de Saltmarsh le servía de palanca. Por suerte, los tornillos de hierro que sostenían el metal se habían oxidado hacía mucho tiempo.

Veinte minutos antes, tras un cuidadoso examen de la cámara, había descubierto la gran reja de metal cerca del techo. Había llegado a la conclusión de que se trataba del extremo de un conducto destinado a suministrar aire fresco a la cámara subterránea.

Saltmarsh, sumamente contrariado, descubrió que todavía no se encontraba bien por los efectos del té envenenado cuando Beatrice le anunció su propósito de subirse al armario.

–¿Qué le hace pensar que el conducto que se abre al otro lado de esa rejilla nos conducirá afuera? –preguntó Saltmarsh con ansiedad.

–¿Ve cómo la corriente de aire hace oscilar la llama de la vela? –preguntó, señalando con la cabeza la vela que había colocado junto a su rodilla; la llama bailoteaba bajo la débil brisa que brotaba de la rejilla–. Puedo oler la humedad, y prácticamente alcanzo a sentir el sabor de la niebla.

Se sentía agradecida por poder contar con el bastón, pero de haber sido necesario habría utilizado sus propias manos para arrancar la rejilla. Quería salir de aquella recámara a cualquier precio. La sola idea de pasar la noche allí la llenaba de una ansiedad que no guardaba relación con aquella situación.

Era un momento poco indicado para que su sensibilidad a los ambientes antiguos saliera a la luz. Esta vez, su reacción era más perturbadora que de costumbre. Sus sentidos estaban vigilantes como si alguna bestia invisible acechara en la habitación.

Jamás se había visto acosada por tan extrema sensación de

apremio. No podía encontrar explicación a la apenas contenida desesperación que la embargaba.

Se preguntó si acaso Leo se alarmaría al descubrir que no estaba en casa. Siempre y cuando se hubiera molestado en ir a visitarla.

El recuerdo de Leo hizo que se apoyara con más fuerza aún en su improvisada palanca. Ciertamente, Leo no había hecho ningún esfuerzo por presentarle sus respetos durante ese día. No había recibido ni siquiera un ramillete de flores de su parte.

La antigua pieza de metal chirrió. Se levantó una nube de polvo que provenía de la estructura oxidada.

Beatrice se dijo que cualquiera consideraría propio de un verdadero caballero darse prisa en visitar a una dama con quien había hecho el amor de manera salvaje y apasionada justo el día anterior.

–Señora Poole, parece que está haciendo algunos progresos.

–Sí, me parece que sí.

Se obligó a concentrarse en la tarea. Ya habría tiempo después para reflexionar sobre sus sentimientos hacia Leo. Semejantes emociones, tumultuosas como eran, no tenían nada que ver con la causa de que estuviera tan nerviosa por abandonar aquella recámara.

La malsana atmósfera del sótano pareció espesarse. Cuanto más tiempo permanecía en él, más fuerte era la sensación. Pudo sentir una intensa y penetrante corriente de aire helado detrás de las sombras que se apiñaban tras la vacilante llama del candil. Habría jurado que procedía de uno de los objetos que contenía el armario.

«Contrólate, Beatrice –se dijo–. Tu imaginación se vuelve desenfrenada.»

Se le ocurrió que tal vez había escrito demasiadas novelas de terror y misterio.

Leo revisó el escritorio de Beatrice con veloz y metódica precisión. El primer cajón se abrió sin ofrecer resistencia. Examinó rápidamente su contenido: papel en blanco, un par de tijeras y dos viejas plumas.

Cerró el cajón de un golpe y abrió el siguiente. En su interior había otra pila de papeles, pero éstos no estaban en blanco. Cada hoja estaba cubierta por una caligrafía nerviosa y elegante. Sin pensarlo dos veces, leyó las primeras líneas de la primera página:

> El terrible vapor surgió desde la superficie de la agitada charca hasta colmar la cámara sepulcral. En el centro de la niebla extrañamente luminosa se formó una figura aterradora. Poco a poco, fue cobrando forma, revelando al principio el cavernoso hueco de una boca y después dos enormes ojos que ardían con un fuego infernal...

–Veo que le has ocultado algunos secretos a tu amante, querida mía –dijo para sí.

Leo cerró el cajón, y observó pensativamente los tres volúmenes encuadernados en cuero que descansaban en un estante cercano. El nombre del autor figuraba en letras doradas en cada uno de los lomos. York.

–Bravo por mis poderes de observación.

Dio un fuerte tirón al siguiente cajón. No se movió. «La próxima vez debo recordar traer conmigo mis ganzúas cuando te visite, querida mía», pensó.

No se detuvo a buscar la llave. Se limitó a apoyar el tacón de la bota contra el borde del escritorio y a tirar con todas sus fuerzas de la manilla.

La frágil cerradura cedió con un leve gemido de protesta, y el cajón se abrió. Leo miró en el interior, y vio lápices, tinteros, una regla y una esquela cuidadosamente doblada.

Sacó la nota del cajón y la leyó con rapidez. Entonces vio la V que constituía toda la firma.

–¡Por los clavos de Cristo! ¡Señora Cheslyn!

El ama de llaves apareció en el umbral de la puerta. Se retorcía el delantal con ambas manos.

–¿Sí, milord? ¿Pasa algo malo?

–Sí, algo muy malo. Su caprichosa ama ha ido sola al museo Trull. –Arrugó la nota y la tiró a un lado–. Voy a buscarla.

–Comprendo, milord. –La señora Cheslyn lo miró con aire de resignación–. ¿Habrá nuevos cambios de programa?

–Sí. Tenga lista una botella de coñac para cuando regrese con la señora Poole. Algo me dice que voy a necesitarla.

–Le juro que usted es para mí una fuente de inspiración, señora Poole. –Saltmarsh entró gateando al amplio conducto de piedra que había quedado expuesto detrás de la rejilla–. Jamás he conocido a ninguna mujer con tanto coraje y decisión. Es la viva imagen de una de sus heroínas.

–Gracias, señor Saltmarsh, pero le aseguro que no me ha hecho falta sentirme especialmente valiente para preferir esta vía de escape a la perspectiva de pasar la noche en esa espantosa recámara.

Beatrice se puso de pie y sostuvo la vela en alto. El antiguo pasadizo tenía una longitud excepcional. Era más un corredor que un conducto de aire.

–Desde luego, entiendo sus preocupaciones. Es mejor no pensar en las consecuencias de que se nos encontrase juntos por la mañana. –Saltmarsh se enderezó y estornudó violentamente–. Disculpe, por favor. –Sacó del bolsillo un gran pañuelo blanco–. El polvo.

–Sí, es muy denso, ¿verdad? –Beatrice bajó la mirada hasta la intacta capa de tierra y desechos que se había formado en el suelo–. No creo que nadie haya pisado este pasillo desde hace mucho tiempo.

Saltmarsh observó las paredes del corredor con expresión maravillada.

–Un pasadizo secreto, a buen seguro construido hace siglos y luego sellado y olvidado. Parece algo salido de una de sus novelas. ¿Recuerda aquella escena de *El fantasma de Mallory Hall* en la que la protagonista abre una puerta secreta y se encuentra con un pasadizo oculto?

–Por supuesto que la recuerdo. Yo la escribí. –Beatrice comenzó a avanzar por el corredor–. Venga, señor Saltmarsh. No perdamos más tiempo.

–Supongo que nos toparemos con algunas ratas –dijo él con aire desdichado.

–Espero que no –replicó ella–. Jamás aparecen ratas en mis novelas. En mi opinión, no agregan nada de interés al clima del relato.

Leo llegó al museo Trull y lo encontró ya cerrado. Con la esperanza de despertar al portero, subió los escalones y golpeó con fuerza en la puerta de entrada. No hubo respuesta.

Reflexionó el siguiente movimiento. Un desagradable presentimiento de pavor le erizó los pelos de la nuca. La niebla se iba cerrando rápidamente sobre las calles, apoderándose de la poca luz diurna que quedaba.

Era posible que Beatrice ya se encontrara sana y salva en su casa, a la que podía haber llegado por un camino distinto del que había utilizado él para llegar hasta allí. Se imaginó a sí mismo corriendo por las calles hasta su residencia para encontrársela cómodamente sentada frente al fuego con una taza de té en la mano.

Pero, ¿y si no estaba en su casa?

Bajó poco a poco los escalones del museo. No le gustaba la sensación que le provocaba aquella situación. Su siguiente parada sería en La Casa de los Azotes. Había llegado la hora de hacerle una visita a la persona que le había enviado la esquela a Beatrice.

Se dispuso a cruzar la calle. Llegaría antes al establecimiento de madame Virtue caminando que tomando un coche de alquiler, que se vería por fuerza entorpecido por la niebla.

Apretó el paso. La noche anterior, Jack *el Ginebrilla* había dejado muy claro que no tenía ningún interés en Beatrice. Quienquiera que le hubiera pagado para realizar el secuestro, no la quería a ella. Leo había dado por sentado que Beatrice estaba en cierta manera a salvo. Pero ese asunto de los anillos se volvía más y más embrollado cada día que pasaba, y no podía darse nada por descontado, y mucho menos la seguridad de Beatrice.

¡Por los fuegos del infierno! Ya estaba bien harto de su insistencia en la igualdad y la independencia. En toda sociedad, alguien tiene que llevar la voz cantante.

La primera figura emergió de entre la densa niebla a menos de tres pasos de distancia. Instintivamente, Leo se llevó la mano hasta el bolsillo de su abrigo, cerrando los dedos en torno a la culata de la pistola. Luego divisó la segunda figura. Se trataba de una mujer oculta tras un velo.

–¿Beatrice?

–¡Leo! Quiero decir, milord. ¿Qué está haciendo aquí?

–¡Por todos los diablos! –Echó una mirada a su acompañante–. ¿Saltmarsh?

–Monkcrest. –Saltmarsh sacudió la manga de su bien cortada chaqueta y estornudó–. Perdón. El polvo...

Leo hizo caso omiso de las palabras del otro y cogió a Beatrice del brazo con mano de hierro.

–En el nombre de Dios, ¿qué está pasando aquí?

–Es una larga historia, Leo. Vamos a mi casa para ponerle al corriente. El señor Saltmarsh y yo necesitamos desesperadamente una buena taza de té. –Hizo una breve pausa–. Tal vez con algunas gotas de coñac.

Saltmarsh se sacudió el polvo de la otra manga.

–Si no le importa, preferiría ir a mi casa. Necesito darme un buen baño.

–Usted no va a ir a ninguna parte, Saltmarsh –instó Leo

con toda suavidad–, hasta que no me responda a algunas preguntas.

–No proteste tanto, lord Monkcrest –dijo Beatrice–. El señor Saltmarsh y yo ya hemos tenido bastante por hoy. Vamos, caballeros, vayámonos de aquí. No tengo ganas de seguir en medio de esta niebla.

–Estoy seguro de que no me necesitará para explicar su pequeña aventura, señora Poole –consideró Saltmarsh, al tiempo que miraba a Leo con recelo.

–Es posible que no. –Beatrice lo observó pensativa–. Pero espero de usted otras explicaciones, señor, y me propongo obtenerlas.

Saltmarsh dio un respingo, pestañeó varias veces y luego la miró a través de las lentes de sus gafas.

–¿Cómo dice usted?

–Mucho me temo que insistiré en ello –repuso Beatrice, gentil pero firmemente–. Ambos hemos estado tan ocupados procurando salir de esa espantosa recámara subterránea que no hemos tenido oportunidad de hablar sobre el tema. Pero pienso que ahora ya es buen momento.

Leo contempló al otro hombre.

–¿De qué desea hablar con él, Beatrice?

–Quiero averiguar cuánto sabe acerca de los Anillos Prohibidos, por supuesto. –Clavó en Saltmarsh una mirada franca–. Seguramente no esperará que crea que su presencia esta tarde en el museo Trull era una mera coincidencia, ¿verdad, señor Saltmarsh?

El joven dejó escapar un profundo suspiro.

–Eso sería esperar demasiado de una mujer de su talento y perspicacia, señora Poole. Tiene toda la razón del mundo. Le debo a usted una explicación.

13

¿Qué siniestra fatalidad la ha traído hasta
este lugar hechizado?
DEL CAPÍTULO TRECE DE *LAS RUINAS*,
DE AMELIA YORK

–Los rumores comenzaron a propagarse por el pequeño círculo de coleccionistas serios de Londres hace algunos meses –explicó Saltmarsh, sosteniendo con ambas manos la copa de coñac que le había dado Beatrice–. Muchos los desestimaron de inmediato, pero debo admitir que yo quedé intrigado. Así que me dispuse a ver qué podía descubrir del tema de los Anillos Prohibidos.

–¿Y sus investigaciones lo condujeron hasta lord Glassonby? –preguntó Leo.

Acodado sobre la repisa de la chimenea, bebió un sorbo de su propia copa. Tanto su enfado como el temor que subyacía tras él estaban ya bajo control. Pero los incómodos presentimientos que lo habían asaltado la hora anterior no habían desaparecido. Cada vez estaba más convencido de que todas esas siniestras visiones estaban inspiradas en el peligro potencial que entrañaba toda la búsqueda de los Anillos Prohibidos. Algunos aspectos del asunto habían tomado un giro del todo desagradable e inquietantemente personal.

Mientras se dirigían a la casa de Beatrice, se había puesto de manifiesto que Graham Saltmarsh estaba por completo subyugado por Beatrice.

–Así es. –La boca de Saltmarsh se curvó en una sardónica sonrisa de disculpa–. Perdóneme, señora Poole. No pude resistirme a seguir haciendo averiguaciones. Todo lo que le dije acerca de mí es verdad. Soy un gran admirador de su trabajo, y yo mismo estoy tratando de escribir mi propia novela de misterio.

Leo pudo sentir la rápida e inquisitiva mirada que le dirigió Beatrice. Mantuvo una expresión deliberadamente inescrutable. Ya se ocuparían más tarde del tema de su ocupación como escritora.

Beatrice se volvió hacia el joven.

–Entiendo, señor Saltmarsh –replicó–. Sin duda, usted sintió que la experiencia de buscar los Anillos Prohibidos le suministraría una maravillosa inspiración para su propia novela.

–¡Así es! –Bebió su coñac–. Al principio fue un juego extraordinario. Durante semanas casi no conseguí nada, pero una tarde mi suerte cambió. Fui al museo Trull. Como ya le dije, suelo visitar el establecimiento cuando quiero inspirarme para escribir.

Leo observó a Saltmarsh, y advirtió que contemplaba a Beatrice con una mirada turbada que ella parecía encontrar atrayente.

–Continúe, señor Saltmarsh –instó Beatrice, alentadora; sus ojos parecían enormes y límpidas fuentes desbordantes de cálida aprobación.

Los dedos de Leo se cerraron con fuerza en torno a su copa. Ella jamás utilizaba ese tono angelical cuando hablaba con él. Era mucho más directa. De hecho, «exigente» no era un término exagerado para calificar la forma como lo trataba. Además, estaba seguro de que nunca lo había mirado con tal grado de fascinado interés. No era de extrañar que Saltmarsh prácticamente se arrastrara a sus pies como si fuera una devota mascota suplicando que la subiera a su regazo.

Leo procuró sacudirse de encima el rapto de inflamados celos que le atenazaba las entrañas. Debía mantener la cuestión en la correcta perspectiva. O más bien debería decir ambas cuestiones: la búsqueda de los anillos y su relación con Beatrice.

–El día de esa visita en particular vi a lord Glassonby en una de las salas del museo Trull –dijo Saltmarsh–. Nunca lo había visto allí, pero su presencia no me indicó nada hasta que le escuché interrogar al portero.

Leo se obligó a volver su atención al tema que estaban tratando.

–¿Qué clase de preguntas le hizo?

Saltmarsh lo miró un instante y volvió a dirigirse a Beatrice.

–Su tío no me vio. Creo que supuso que se encontraba solo en la sala con el portero. Le preguntó si en la colección Trull había alguna estatua de Afrodita.

–¡Cielo santo! –Beatrice volvió a mirar a Leo, pero se volvió inmediatamente hacia Saltmarsh–. Y entonces se dio cuenta de que mi tío también andaba buscando los anillos, ¿no?

Saltmarsh hizo una mueca.

–Reconozco que sus preguntas atrajeron toda mi atención.

–¿Cuál fue la respuesta del portero? –inquirió Beatrice.

–Sostuvo que no tenía conocimiento de que hubiera ninguna estatua de la diosa en la colección. –Se encogió de hombros–. Un hecho que yo, por supuesto, ya conocía. No obstante, los interrogantes de su tío despertaron mi curiosidad acerca de sus intenciones, y no pude sino preguntarme si acaso no estaba más cerca de encontrar los anillos que yo.

–¿Habló con él sobre los anillos? –preguntó Leo con tono incisivo.

Saltmarsh suspiró.

–Me acerqué a él tan discretamente como pude y le sugerí que podríamos tener un interés común en ciertas antigüedades –admitió–. Se me había ocurrido que podíamos aunar esfuerzos.

–¿Y qué le respondió? –intervino Beatrice de nuevo.

–Su tío se puso furioso –contestó Saltmarsh, con la mirada fija en su coñac–. La verdad es que su enfado me contrarió bastante. Se puso todo rojo; los ojos se le salían de las órbitas, y comenzó a respirar con dificultad. Temí que estuviera a punto de sufrir un ataque de alguna clase.

Beatrice lo miró ceñuda.

–¿Un ataque?

–Debo confesar que no me sorprendió demasiado enterarme más tarde de que había sufrido un ataque al corazón –repuso Saltmarsh.

Leo cruzó su mirada con la de Beatrice. Al sentir su silenciosa aceptación, se relajó un tanto. Ninguno de los dos iba a mencionar la posibilidad de que Glassonby pudiera haber sido envenenado.

–Me retiré de inmediato, desde luego –continuó Saltmarsh–. Estaba claro que Glassonby no quería mi participación en el asunto. Seguí con las investigaciones por mi cuenta, pero no realicé ningún avance significativo. Hasta que, quince días más tarde, lo vi en la calle cerca del establecimiento de Trull y me di cuenta de que acababa de salir de él.

–¿Cree que se enteró de algo allí? –preguntó Beatrice.

Saltmarsh la miró directamente a los ojos.

–Jamás lo sabremos, señora Poole. Murió esa misma noche.

Un breve silencio se impuso en el estudio.

–¿Y fue entonces –preguntó Leo por fin, agitando con delicadeza su copa– cuando decidió que la única pista que le quedaba para llegar hasta los anillos era el hecho de que Glassonby había visitado una vez más el establecimiento de Trull antes de morir?

Saltmarsh se encogió de hombros.

–Era lo único que tenía, pero no me condujo a ninguna parte. Entonces apareció usted en Londres, Monkcrest. Y resultó evidente que mostraba un particular interés por la señora Poole y su familia. No pude dejar de tener en cuenta la coincidencia de su presencia.

–No, en efecto. –Beatrice frunció los labios con expresión pensativa–. No puede dejarse de tener en cuenta la reputación de su señoría como experto en el campo de las leyendas y las antigüedades.

A Leo no le agradó la forma en que había dicho aquello. La miró con el ceño fruncido, pero ella no le hizo caso y sonrió a Saltmarsh.

–¿Fue mi relación con Monkcrest lo que avivó su interés por mí, señor Saltmarsh?

«Y bien avivado que estaba», pensó Leo. Dadas las circunstancias, consideró que Beatrice había realizado una desafortunada elección de palabras. Se recordó a sí mismo que se suponía que debía estar interrogando a Saltmarsh, no manteniendo un cordial encuentro social. Se obligó a relajarse y prestar más atención a las respuestas del joven.

–Hasta que me enteré de la vinculación entre usted y Monkcrest, había creído que su tío había muerto sin saber de los anillos más que yo mismo. –Saltmarsh la miró a los ojos–. Hasta ese punto, yo no sabía que era usted mi musa inspiradora, señora York. No tenía ningún motivo para contactar con usted hasta que apareció el Monje Loco y se interesó por esta familia.

–Su señoría es el sexto conde de Monkcrest –apuntó Beatrice, con la primera señal de dureza que había mostrado hasta el momento–. Es un amigo de mi familia. En esta casa no nos referimos a él usando ese ridículo apelativo.

–Sí, sí, claro está. Mis disculpas. –El rostro de Saltmarsh se puso al rojo vivo. Le tembló la copa entre las manos al intentar buscar la manera de arreglar la metedura de pata–. No tenía intención de ofenderle, lord Monkcrest. Hace años que oigo ese apodo referido a usted en los círculos de anticuarios, ¿sabe? Todo el mundo lo usa. Me temo que se me escapó. No volverá a suceder, se lo prometo.

Leo optó por no hacerle caso. Su atención se fijaba en Beatrice. Un curioso calor se expandió por su interior. Ella había saltado de inmediato en su defensa. Era realmente conmovedor, pero probablemente no debía exagerar el valor de sus palabras.

Si Beatrice se dio cuenta de su intenso escrutinio, no lo demostró. Siguió mirando a Saltmarsh.

–¿Decía usted, señor?

–Oh, sí. Sí, claro. –Se aclaró la garganta–. Como he señalado, ya casi había renunciado a continuar la búsqueda. Pero el hecho de que el Monje... quiero decir, el hecho de que una notoria autoridad como lord Monkcrest hubiera resuelto vincularse con usted, me preocupó.

–¿De qué manera?

–Me pregunté si Glassonby se habría enterado de algo más de lo que yo suponía, y si tal vez habría dejado algunas pistas que pudieran resultar útiles.

Leo volvió la mirada hacia Saltmarsh.

–En otras palabras, se preguntó si la señora Poole no contaba con alguna información útil.

Saltmarsh asintió, avergonzado.

–Debo confesar que eso me hizo retomar las investigaciones con renovado ahínco –admitió–. Pero resulta que al mismo tiempo yo venía tratando de averiguar otra cosa. Algunos meses atrás, me había propuesto descubrir la verdadera identidad de la autora que había inspirado en mí esta pasión por la escritura.

–Entiendo –dijo Beatrice, sin mirar a Leo.

–Por fin, se me ocurrió la idea de sobornar al aprendiz del impresor. –Saltmarsh sonrió con desgana–. Imagine mi sorpresa cuando descubrí que mi estimada señora York no era otra que la pariente de lord Glassonby, la señora Poole.

–Claro –comentó Leo, apoyando la copa con gran lentitud en la repisa de la chimenea.

–Lo interpreté como una señal del destino. –Saltmarsh contempló a Beatrice con aire circunspecto–. Pero no estaba seguro de que usted tomaría a bien mi intervención. Especialmente después de relacionarse con el Monje... hum, ejem, con lord Monkcrest. Decidí acercarme de manera indirecta para no avivar su irritación.

«Otra vez esa maldita palabra», se dijo Leo. Se preguntó por qué ni Beatrice ni Saltmarsh parecían capaces de llevar adelante una conversación inteligente sin utilizarla.

–Comienzo a comprender –afirmó Beatrice, sonriendo beatíficamente–. El otro día se presentó ante mí en la librería de Hook e hizo mención del museo Trull para ver cómo reaccionaba.

–Deduje que su tío había dejado alguna constancia de sus investigaciones. En caso contrario, ¿por qué se tenía que involucrar lord Monkcrest?

–¿Por qué, realmente? –murmuró Beatrice.

–Y como lord Glassonby había vuelto a visitar el establecimiento de Trull el mismo día de su muerte...

–Quiso ver si yo también mostraba interés por Trull –completó Beatrice–. Perfectamente lógico, señor.

–Gracias –replicó Saltmarsh, inclinando la cabeza–. Pero usted demostró ser totalmente ajena a todo lo referente al museo. Y lord Monkcrest dejó bien claro que opinaba que el establecimiento estaba repleto de fraudes y falsificaciones. No sabía qué pensar. Llegué a preguntarme si no habría estado equivocado al suponer que ambos estaban buscando los anillos.

–De modo que retornó a su propia búsqueda, como usted lo llama –murmuró Beatrice.

–En realidad –comentó Saltmarsh con ironía–, ideé lo que en su momento parecía ser un plan en extremo brillante.

Leo se volvió hacia él.

–¿Y cuál era ese plan? –preguntó.

–Prometí que completaría la búsqueda y que ofrendaría los Anillos Prohibidos de Afrodita, y tal vez incluso la misma estatua, a los pies de mi musa inspiradora. Serían símbolos de mi profunda admiración.

Leo levantó los ojos al cielo, implorando paciencia. Su súplica quedó sin respuesta.

–¿Pretendía encontrar los anillos y ofrecérmelos? –preguntó Beatrice con una sonrisa cargada de deslumbramiento–. Vaya, señor Saltmarsh, no sé qué decir. Me siento muy honrada.

Saltmarsh levantó la cabeza, exhibiendo un intenso rubor.

–Parecía ser algo que bien podría hacer uno de los héroes de sus novelas por alguna de sus extraordinarias heroínas.

Leo se vio obligado a poner en juego cada partícula de su bien entrenada voluntad para abstenerse de coger a Saltmarsh por el cuello y arrojarlo a la calle. Tenía la sensación de que Beatrice no vería con agrado semejante acción.

–Pasemos a los hechos de esta tarde, Saltmarsh –dijo, en cambio–. ¿Qué ocurrió en el museo Trull?

–Ojalá pudiera contarle algo más de lo que ya le he explicado –dijo Saltmarsh–. Durante las últimas semanas visité el museo con frecuencia porque estaba convencido de que lord Glassonby había descubierto allí algo importante. Hoy, la única diferencia consistió en que el maleducado del portero me ofreció una taza de té y cometí el error de beberlo.

–¿Eso es todo lo que recuerda? –preguntó Beatrice.

–Sí –respondió Saltmarsh, mirándola con adoración–. Sólo puedo agregar que cuando abrí los ojos y la vi arrodillada a mi lado, pensé que estaba viviendo una experiencia sobrenatural. No puedo describir las sensaciones que me invadieron ante la visión de mi musa en ese preciso instante.

Leo se preguntó cómo era posible que la repisa de la chimenea no se fracturara bajo la presión de sus dedos.

–Y entonces, claro está, se dio cuenta de que estaba atrapado en un depósito subterráneo junto a la señora Poole –concluyó–. Una situación que la podría haber puesto a ella en un serio compromiso, además de arruinar la carrera como escritora de Amelia York.

Saltmarsh cuadró los hombros.

–Le aseguro que asumo toda la responsabilidad en este asunto. Cuando pienso en lo que podría haber llegado a ocurrir si hubiéramos pasado la noche allí... –Se interrumpió y cerró los ojos–. Bueno, estoy seguro de que puede imaginarse el espanto que provoca la sola idea...

–Por suerte –interrumpió Leo–, no es preciso que perdamos el tiempo en suposiciones tan desagradables.

–Gracias a la señora Poole –dijo Saltmarsh, contemplándola con deslumbrante admiración–. Actuó usted como un paradigma de femenino valor y coraje. Una verdadera diosa. Insisto, ensombreció a todas sus heroínas.

Beatrice hizo un ademán, desestimando con cierta modestia aquella afirmación.

–Por favor, señor Saltmarsh, ya es suficiente.

A Leo le disgustó ver el delicado rubor que tiñó las mejillas de Beatrice. Justo la noche anterior había hecho el amor con él en el cuarto de una prostituta y ahora se ruborizaba como una colegiala cuando un servil adulón la lisonjeaba desvergonzadamente.

–Ya es más que suficiente –anunció–. Tenemos otros temas que tratar. Saltmarsh, este asunto se ha convertido en algo más que un simple juego.

–Jamás ha sido un juego, milord. –Saltmarsh pareció profundamente ofendido–. Ya le he dicho que siempre consideré esta investigación como una seria búsqueda.

–¡Qué diablos! –musitó Leo–. Quería encontrarlos por la misma razón que cualquiera. Buscaba el tesoro.

–Eso pudo ser cierto en un principio, pero después de enterarme de la vinculación de la señora York con el asunto, me vi alentado a perseguir un objetivo más noble.

–Por supuesto –concedió Leo, dedicándole una sonrisa.

Saltmarsh pareció sobresaltarse.

–Pero coincido con usted en que esto ha tomado un cariz más siniestro –se apresuró a añadir–. No puedo negarlo después de lo que me ha sucedido hoy.

Beatrice lo contempló pensativa.

–¿Y cuál es su conclusión acerca de los hechos de esta tarde, señor Saltmarsh? –preguntó.

–Hay una única conclusión obvia, ¿no le parece? –Saltmarsh apretó los dientes–. Está claro que alguien más está buscando los anillos.

–Así es –dijo Leo–. Y me parece que hoy esa persona les lanzó una advertencia a los dos.

Beatrice lo miró directamente a los ojos.

–¿Le parece que no fue más que eso? –preguntó.

–En realidad, pudo ser más –matizó Leo, cauteloso.

Leo se obligó a concentrarse en las distintas posibilidades.

–Creo que la persona que les encerró en esa recámara sabe que la señora Poole es también la señora York –opinó–. El malhechor se proponía probablemente que su identidad como famosa escritora se revelase cuando ambos fueran descubiertos por la mañana.

Saltmarsh se puso rígido.

–Tras el escándalo, le habría sido muy difícil, si no imposible, continuar con las investigaciones sobre los anillos –afirmó–. Vaya, sin duda se habría visto obligada a retirarse al campo un buen espacio de tiempo, así como Byron tuvo que abandonar Inglaterra cuando las habladurías sobre él se volvieron intolerables. Y yo, desde luego, me habría sentido demasiado desolado para advertir el enorme daño que acababa de causar.

–Habría quedado algo más que desolado cuando yo hubiera terminado con usted –dijo Leo.

–¡Monkcrest! –Beatrice le dirigió una mirada de reprobación–. Ya es suficiente. No es necesario que amenace al pobre señor Saltmarsh.

–Pero como no se ha provocado ningún escándalo, no es preciso que entremos en detalles –añadió Leo diplomáticamente.

–No puedo discutir sus argumentos –replicó Saltmarsh,

a todas luces avergonzado–. La verdad es que estuvimos al borde del desastre.

–Señor Saltmarsh –dijo Beatrice con gran cuidado–, ¿puedo preguntarle por qué eligió precisamente el día de hoy para visitar el museo?

–¿Qué? –Saltmarsh parecía divertido–. Oh, recibí un mensaje que me informaba acerca de una nueva exposición de antigüedades griegas. Fui a ver si, por una de esas casualidades, incluía una estatua de Afrodita. ¿Y usted, señora Poole?

–También recibí un mensaje –respondió Beatrice, sin dar detalles.

–Ambos fuimos embaucados. –Saltmarsh entrecerró los ojos–. La pregunta es, ¿qué vamos a hacer ahora?

Leo lo miró a los ojos.

–En este preciso instante, usted da por terminadas sus investigaciones. –Alzó una mano, impidiendo que Saltmarsh pudiera protestar–. Seguir cualquier otro curso de acción es poner en peligro la reputación de la señora Poole, y estoy seguro de que no desea nada semejante.

–Desde luego que no –aceptó Saltmarsh–. Pero creo que puedo resultar de alguna utilidad.

–La señora Poole ha requerido mi colaboración en este asunto –replicó Leo–. He accedido a dársela porque poseo conocimientos sobre leyendas y antigüedades.

–Comprendo –dijo Saltmarsh–. Pero seguramente...

–No puedo proseguir con mis averiguaciones si usted insiste en enturbiar las aguas con su investigación de aficionado.

Saltmarsh pareció totalmente abatido. Beatrice dirigió una mirada furiosa a Leo.

–Realmente, lord Monkcrest, está mostrándose demasiado grosero. El señor Saltmarsh sólo nos estaba ofreciendo su ayuda. Tiene todo el derecho del mundo a proseguir con sus propias investigaciones.

Saltmarsh negó con la cabeza.

–Sería incapaz de hacer nada que pudiera ponerla en compromiso, señora Poole. Tal vez lord Monkcrest tenga razón. Podría ser mejor que yo no interviniera más en todo esto.

–Con toda seguridad, sería mejor –coincidió Leo.

Una mirada especulativa apareció en los ojos de Beatrice. Sonrió a Saltmarsh.

–Se me ocurre, señor, que podría ayudarnos en algunos asuntos de forma tal que no despertara sospechas.

Una patética expresión de gratitud asomó en los ojos de Saltmarsh.

–Lo que sea, señora Poole. Sólo tiene que decirlo.

Leo miró a Beatrice con el entrecejo fruncido.

–¿Qué clase de ayuda tiene en mente?

–El portero del museo Trull mencionó algo que me pareció interesante –respondió ella con lentitud–. Me dijo que el señor Trull había muerto hacía algunos meses, y que el nuevo propietario jamás ha visitado el lugar. Al portero le llegaban todas las instrucciones a través de los banqueros.

–¿Trull está muerto? –preguntó Leo, ceñudo.

–Murió en un accidente, según tengo entendido.

Saltmarsh miró a Beatrice con viva curiosidad.

–¿Por qué le parece interesante, señora Poole?

–¿A ustedes, caballeros, no les parece un poco extraño que la muerte del propietario anterior del museo Trull tuviera lugar precisamente al mismo tiempo que el tío Reggie comenzaba a mostrar un vivo interés por el establecimiento?

–¡Por todos los diablos! –Leo se preguntó si los celos incipientes siempre saboteaban la mente de los hombres; debería haber advertido enseguida la importancia de la observación de Beatrice–. Una nueva coincidencia, ¿no es así? Tiene razón. No nos haría ningún daño conocer la identidad del nuevo propietario del museo Trull.

Saltmarsh se puso de pie de un salto, tembloroso por el renovado entusiasmo.

–No sé qué beneficios puede reportar, pero no tema, señora Poole, descubriré para usted la respuesta a esa pregunta.

–Debe obrar con mucha discreción, señor Saltmarsh –remarcó Beatrice con prontitud.

–Con total discreción –coincidió Saltmarsh, inclinándose galantemente sobre su mano–. Tiene usted mi palabra. Mi pasión por la búsqueda ha vuelto a encenderse. Como siempre, mi musa ha vuelto a inspirarme.

Leo advirtió la forma en que la luz se reflejaba sobre la cabeza polvorienta, pero todavía rubia, de Saltmarsh. Se le ocurrió que le provocaría un inmenso placer rodear el cuello del joven con los dedos y apretar.

Esperó hasta que oyó que se cerraba la puerta detrás de Saltmarsh. Entonces, apartándose de la chimenea, atravesó la distancia que lo separaba del lugar donde estaba sentada Beatrice y la obligó a ponerse de pie.

–¡Leo! –exclamó Beatrice, abriendo los ojos con estupor–. ¡Por el amor de Dios, milord!

Él la tomó por la cintura, la alzó en vilo y acercó su cara a la de él.

–¿Qué demonios creyó que estaba haciendo hoy?

–Realmente, Leo, no hay necesidad...

–¿Tiene la más remota idea de cómo me sentí cuando llegué esta tarde y descubrí que había ido al condenado museo de Trull? ¿También piensa que estamos jugando un juego de niños, como parece creer ese idiota de Saltmarsh? ¿Tiene alguna idea de lo que podría haber sucedido?

Una curiosa expresión iluminó los ojos de Beatrice.

–Tranquilícese, milord.

–¿Se atreve a decirme que me tranquilice después de lo que me hizo pasar?

–Yo no le he hecho nada, milord. –Apoyó las manos en los hombros de Leo. Sus pies colgaban a varios centímetros del suelo–. Es culpa suya que no estuviera enterado de mis planes.

–¿Culpa mía?

–Si esta tarde hubiera venido a visitarme a una hora más adecuada, podríamos haber ido juntos al museo Trull.

–Estuve ocupado en otros asuntos. Debería haberme esperado.

Una expresión de burlona sorpresa se reflejó en el rostro de Beatrice.

–Pero no tenía forma de saber cuándo vendría, o si condescendería a visitarme siquiera.

–Ayer le dije que hoy vendría a visitarla.

–¿Lo hizo? Yo no recibí ningún mensaje que me indicara a qué hora debía esperarlo. –Retiró una mano del hombro de Leo para sujetarse un mechón de cabello que se le había caído sobre la frente–. Seguramente, no habrá supuesto que iba a quedarme todo el día sentada en casa, milord.

–Ya le dije que tuve que atender otros asuntos.

Ella le sonrió con extrema dulzura.

–También yo estuve ocupada con mis propios asuntos, en ese caso. De otra manera, podría haber pasado el día entero esperando noticias suyas.

–Sabía condenadamente bien que terminaría viniendo.

–¿Oh, sí?

–Sí, sí lo sabía.

Leo la dejó en el suelo, la envolvió en sus brazos y la besó en la boca.

Beatrice protestó de manera ahogada, más sorprendida que enojada. Luego le rodeó el cuello con sus brazos, devolviéndole el beso con tal pasión que Leo revivió lo ocurrido en el cuarto de Clarinda.

Gimió. Su erección fue súbita, desafiante, casi dolorosa en su intensidad. Llevado por la imperiosa necesidad de experimentar la misma satisfacción que había sentido la noche anterior, profundizó su beso.

Su trance fue interrumpido por el sonido de pasos en el vestíbulo. ¿El ama de llaves? ¿O tal vez Winifred, o Arabella?

Apartó la boca. Con gran esfuerzo, levantó la cabeza y posó la mirada en el arrebolado rostro de Beatrice.

–¡Dios mío, cualquiera puede sorprendernos aquí! –murmuró.

–Sí, claro. –Beatrice retrocedió con tanta precipitación que se tambaleó un tanto–. No sería bueno que alguien nos viera en semejante situación, ¿verdad?

–No, desde luego. Su reputación...

Ella se volvió bruscamente, con los ojos brillando de furia.

–Deje ya de insistir en mi reputación, milord. Mientras no se descubra que es la señora York quien tiene una aventura con usted, todo irá bien.

–Hablando de la señora York...

Ella le dio la espalda.

–¿Cuándo descubrió mi secreto?

–Esta tarde, cuando registré su escritorio para ver si podía encontrar algo que me indicara adónde había ido.

–¿Registró mi escritorio? –Lo miró por encima del hombro–. ¿Es que no tiene usted vergüenza, milord?

–Muy poca cuando se trata de su seguridad. Además de su manuscrito, encontré la nota de madame Virtue. ¿Por qué no le dijo la verdad a Saltmarsh?

–¿Que era madame Virtue la que me envió la nota? –Beatrice suspiró–. Porque resulta que coincido con usted, milord. Pienso que lo mejor será que el señor Saltmarsh no se meta más a fondo en este embrollo. No quiero causarle más problemas. Sólo espero que no le ocurra nada malo cuando investigue sobre el nuevo propietario del museo Trull.

Leo se dirigió a la ventana.

–Me encontraré con madame Virtue esta misma noche.

–Iremos juntos.

–Beatrice, usted puede atreverse a muchas cosas, pero no creo que tuviera éxito en fingir que es un cliente de La Casa de los Azotes.

–¿Y si acudiera disfrazada con ropas de hombre? –sugirió

ella, esperanzada–. Sin duda, Lucy podría arreglarme ropa masculina en un par de horas.

–No.

–Pero, Leo...

Él se volvió para mirarla de frente.

–No –repitió.

Ella se quedó observándolo un momento, y luego decidió, por el momento, no insistir en el tema.

–Eso me recuerda... –Se interrumpió y giró sobre sus talones para ir hasta su escritorio–. Esta tarde, mientras trataba de encontrar la manera de salir por el pasadizo, se me ocurrió que tendría que haber controlado algo antes de salir.

A Leo no le gustó el cambio de tema. No presagiaba nada bueno.

–¿A qué se refiere?

Ella abrió uno de los cajones y revisó el contenido.

–No está –anunció.

–Si lo que está buscando es la nota de madame Virtue, la arrugué y la tiré. –Leo echó una mirada al trozo de papel en el suelo, cerca de las cortinas–. Allí está.

–¿Por qué la tiró, milord?

–Me parece que en ese momento no estaba de muy buen humor.

–No es demasiado raro eso en usted, ¿verdad? –sugirió ella, saliendo de detrás del escritorio–. Lo cierto es, lord Monkcrest, que debería controlarse un poco más.

–Tendré en cuenta su consejo.

Beatrice cogió el papel y lo puso en el escritorio. Lo alisó cuidadosamente hasta que volvió a ser legible.

–Ahora, veamos, ¿dónde puse la primera nota que ella me envió?

Finalmente, Leo se dio cuenta de lo que estaba haciendo.

–¿Trata de comparar las caligrafías?

–Sí. –Beatrice abrió el cajón central y revolvió varios papeles hasta encontrar el que buscaba–. Aquí está. Mire esto, Leo.

Él se colocó a su lado al tiempo que ella ponía la primera de las notas al lado de la segunda.

–No son iguales. –Leo estudió con más detalle las esquelas–. La que recibió esta tarde fue escrita por otra persona, no por madame Virtue.

–Así es. –Beatrice se enderezó con lentitud, con una expresión de alivio en la mirada–. ¿Sabe usted?, aunque esto hubiera aclarado el misterio, más bien me alegro de descubrir que no fue madame Virtue la que trató de encerrarme esta tarde en ese depósito.

–Este giro en los acontecimientos, sin embargo, presenta otros problemas.

–Sí, lo sé. Quien sea el que me haya enviado esta esquela, sabe que tengo tratos con madame Virtue.

–Sin duda, fue enviada por la misma persona que contrató a Jack *el Ginebrilla* para que nos espiara cuando nos encontramos con ella en el parque.

–¿Se trataba de él? –preguntó Beatrice de inmediato.

–Sí. Anoche le sonsaqué la verdad.

–¿Cómo...? No importa. –Beatrice frunció el ceño–. Leo, ¿le parece que madame Virtue puede estar en peligro?

–No puedo afirmarlo –respondió–. Es una mujer inteligente, acostumbrada a cuidarse sola. Pero esta tarde le envié un mensaje para aconsejarle que estuviera en guardia, por si acaso.

–Me tranquiliza saberlo. –Beatrice se hundió en su sillón, con expresión pensativa–. Sabe, Leo, al principio sólo me preocupaba recuperar la herencia de Arabella y descubrir si el tío Reggie había sido asesinado. Pero cuanto más profundamente nos sumergimos en este problema, más se aviva mi curiosidad.

Leo suspiró con fastidio.

–Tomaría como un acto de piadosa bondad por su parte que no utilizara más la palabra «avivar». Creo que la he escuchado demasiadas veces esta tarde.

Beatrice lo contempló estupefacta. Luego, posó brevemente los ojos en la parte delantera de sus pantalones. El rubor cubrió su rostro.

–Oh, comprendo. Mis disculpas, milord. No me había dado cuenta del efecto que tenía sobre usted... –Se interrumpió; frunció la boca, y el gesto se convirtió en sonrisa.

Instantes después, se arrojó sobre el escritorio, riendo a mandíbula batiente.

14

La trémula luz de la luna iluminó el espectro.
Se deslizó a través del vacío salón de baile,
como un danzarín eternamente condenado
a una eterna mascarada...
DEL CAPÍTULO CATORCE DE *LAS RUINAS*,
DE AMELIA YORK

–*Mais oui* –dijo Beatrice.

–*Mais oui* –repitieron obedientemente las tres mujeres sentadas frente a ella.

–Es una de esas frases útiles que se dejan caer como al descuido sin tener en cuenta su verdadero significado –explicó Beatrice–. Usadla siempre que dudéis. Lo mismo vale para *n'est-ce pas*.

Una de las mujeres, una rubia fornida con cara de bonita lechera, levantó la mano.

–Con su permiso, señora Poole...

–*Pardon, madame* –la corrigió Beatrice–. Recuerda que siempre has de dirigirte a las damas como *madame*, Jenny. Nunca falla si deseas impresionarlas.

–*Oui, madame*.

Las otras dos alumnas prorrumpieron en risas. Al principio, Beatrice pensó que se reían del acento de Jenny, pero entonces advirtió que las tres tenían los ojos fijos justo detrás de ella, en la puerta de entrada al pequeño salón.

Se volvió sin levantarse de la silla y pudo ver a Leo, apoyado en el umbral. Su oscura cabellera rozaba el borde superior de la puerta. Una expresión de intensa curiosidad le brillaba en los ojos.

–¡Lord Monkcrest! –Beatrice se quedó mirándolo, estupefacta. No le había visto desde el día anterior, después de que la llevara a casa tras el incidente del museo–. Por Dios, ¿qué está haciendo aquí, milord?

–La señora Cheslyn me dijo que podía encontrarla aquí.

Beatrice se dio cuenta de que sus tres alumnas observaban a Leo con considerable interés.

–Es todo por hoy –anunció–. Recordad, practicad *mais oui* y *n'est-ce pas* para usarlo siempre que os resulte posible.

Las jóvenes se pusieron en pie. Riéndose con disimulo como si realmente fueran las candorosas adolescentes que el destino había impedido que fueran, hicieron sus reverencias, saludaron y marcharon hacia la escalera.

Cuando la última de ellas hubo desaparecido entre los probadores del piso inferior, Leo se dirigió a Beatrice.

–Supongo que es aquí donde su compañera de viaje, Sally, obtuvo su atroz acento francés...

–Ahora su nombre es Jacqueline, no Sally –replicó Beatrice con suavidad–. Nació en una aldea perdida en el corazón de Francia, por lo que su acento no es parisino.

–Entiendo. –Leo sonrió–. He conocido a su amiga Lucy hace algunos minutos. Dígame, ¿cuánto tiempo hace que se dedican a convertir jóvenes prostitutas en costureras y doncellas?

–Cerca de cinco años –explicó–. Hace un tiempo contratamos a una profesora para que les diera clase de idioma, pero nos ha hecho llegar una nota avisando que estaba enferma, de modo que la he sustituido.

–¿Cómo comenzó a realizar una tarea tan poco común?

Beatrice dejó pasear la mirada por el cuarto de techos bajos que en el pasado compartió con Lucy.

–Todo fue fruto de la casualidad. Pero una vez que se puso en marcha, se nos hizo imposible detenernos.

–Algunas cosas pasan de esa manera –susurró Leo.

Beatrice no supo qué pensar de la expresión que vio reflejada en los ojos de Leo. Para sustraerse a la intensidad que detectó en ellos, hizo un amplio ademán con la mano, señalando el minúsculo cuarto.

–Aquí es donde Lucy y yo vivimos los primeros dos años de nuestra viudez.

Leo observó la habitación.

–Acogedor –comentó.

Beatrice se echó a reír.

–Eso es decirlo con demasiada cortesía –replicó–. Lucy y yo empeñamos prácticamente todas nuestras pertenencias para poder quedarnos con estas habitaciones y la tienda que hay abajo. Aquí escribí mis dos primeras novelas, mientras Lucy atraía clientas con su acento francés y sus altos precios. Al principio la ayudé con la costura, aunque bien sabe Dios que no poseo mucho talento para ello.

–Lucy ha vuelto a casarse.

Beatrice se preguntó qué era lo que había suscitado tal observación.

–Así es. Su esposo valora mucho su habilidad para los negocios. –Titubeó un instante–. Tienen dos niños.

–¿Oh, sí? –La miró a los ojos–. Ése es un tema que todavía no hemos tratado.

Beatrice carraspeó, aclarándose la garganta.

–¿Los niños?

–Sí. Hay precauciones que pueden tomarse.

Llegó a su mente el recuerdo de su pasión incontrolable.

–Eso he oído. –Su voz sonó aguda y algo chillona incluso a sus propios oídos–. Pero no creo que debamos preocuparnos demasiado por el tema.

–¿Por qué dice eso? –preguntó él, mirándola fijamente.

Ella se volvió, encaminándose hasta una mesita cercana, en la que había una tetera medio vacía.

–Ya le dije que lo único que mi esposo deseaba de mí era un hijo. –La tetera tembló en sus manos cuando la levantó–. Él no lo sabía, pero yo anhelaba un niño tanto o más que él. No pudo ser.

Habría deseado tener a alguien a quien darle todo el amor que Justin había despreciado.

–¿Quedó embarazada su amante alguna vez?

Beatrice se dio la vuelta con tanta rapidez que se le derramó té de la taza.

–Vaya, no. No que yo sepa. ¿Por qué me lo pregunta?

Leo alzó una ceja.

–Entre otros intereses, durante años los hombres de mi familia han prestado particular atención a la cría de ganado. He tenido fuertes toros jóvenes que nunca pudieron dejar preñadas a ninguna de mis vacas. Pero cuando apareé a esas mismas vacas con otro toro, concibieron sin ningún problema.

–Comprendo. –A Beatrice le ardían tanto las mejillas que supo que debía tenerlas encarnadas–. Justin no era exactamente, ejem, un toro, milord, pero era, hum, muy saludable. Estoy segura de que el problema lo tenía yo. En verdad, no me parece que debamos seguir hablando de esto. Por favor.

Porque si se permitía abrigar la imposible fantasía de tener en sus brazos al bebé de Leo, sin duda haría lo que jamás había permitido hacer a ninguna de sus heroínas: se echaría a llorar.

Leo estuvo a punto de continuar su argumentación, pero desistió y cambió de tema.

–Como guste.

Beatrice bebió un largo sorbo de té para darse fuerzas. Luego, volvió a dejar la taza en el platillo.

–Todavía no me ha contado por qué vino a buscarme esta tarde, milord.

–Para informarle sobre el resultado de mis averiguaciones

de esta mañana. Volví al museo Trull. Le interesará saber que el portero había desaparecido y el establecimiento se encontraba cerrado al público.

–Hum. Imposible descubrir quién fue el que preparó aquel té.

–En efecto. Ya insistiré en esa cuestión, pero mientras tanto he hecho planes para esta noche. Me ha parecido mejor explicárselo.

Sus palabras lograron captar el inmediato interés de Beatrice.

–¿En qué consisten esos planes?

–En hacer una visita a la botica de Cox. Ya la he retrasado demasiado.

–Le acompañaré.

–Ya le he dicho que no.

–Este asunto de los anillos se vuelve cada vez más extraño, milord. He decidido que debemos trabajar más estrechamente unidos. Esta noche le acompañaré.

Leo alzó las cejas.

–¿Se propone discutir conmigo?

Ella le dedicó la más brillante de las sonrisas.

–Por supuesto que no, milord. Jamás se me ocurriría enzarzarme en una vulgar discusión. –Hizo una pausa–. Me propongo chantajearlo.

–Quédese quieta mientras corrijo la costura, señora. –La modista, arrodillada en el suelo y con la boca llena de alfileres, miró a Beatrice con el entrecejo fruncido–. Si sigue moviéndose tanto, terminaré pinchándola, *n'est-ce pas?*

–Lo siento, Polly. –Beatrice bajó la vista hacia la joven, que no debía de tener más de quince años; las jóvenes que llegaban hasta la puerta trasera de madame D'Arbois eran cada vez más jóvenes–. ¿Tienes para mucho?

–Sí.

–*Oui* –corrigió Beatrice inconscientemente–. ¿Ya has elegido tu nuevo nombre?

–Me encanta Antoinette, pero madame D'Arby...

–D'Arbois.

–Eso es, D'Arbois; dice que Ameline le parece mejor.

–Es un nombre encantador. ¿Piensas prepararte para ser doncella de una gran señora?

–Madame D'Arbois dice que coso tan bien que puedo seguir trabajando en su negocio.

–Polly tiene un maravilloso talento para la costura –aseguró Lucy, sonriendo mientras entraba al probador–. Será una modista excelente.

Beatrice miró a su amiga. De oscura cabellera, vivaces ojos azules y, tras dos embarazos, formas agradablemente moldeadas, Lucy estaba sumamente atractiva con su nuevo vestido marrón.

–Hola, Lucy.

–¿Qué tal va todo por aquí? –preguntó Lucy.

–Muy bien, madame. –Polly contempló su trabajo–. De todas formas, resulta extraño ver a una dama con pantalones.

–Efectivamente, lo es.

–A mí más bien me gustan. –Beatrice bajó la vista a lo largo de sus piernas y observó cómo se adaptaban a su figura–. Lo cierto es que son muy cómodos. Tal vez algún día se pongan de moda.

–Lo dudo. –Lucy miró a Polly–. Lady Danbury está esperando para probarse. Ve y atiéndela. Yo terminaré con la señora Poole.

–*Oui, madame*.

Polly escupió algunos alfileres y se puso de pie. Desapareció detrás de las cortinas.

Beatrice miró a Lucy.

–¿Qué piensas?

Lucy se arrodilló para terminar con la prueba.

–Creo que Polly lo conseguirá –respondió–. Ha estado menos de un año en la calle, así que su espíritu no llegó a quebrarse.

–Sí, creo que tienes razón.

Ambas sabían que las únicas mujeres que podían rescatar

en La Academia eran aquellas que se las habían arreglado para sobrevivir con un espíritu fuerte e inquebrantable. Muchas llamas frágiles y vacilantes se extinguían antes de que nadie pudiera salvarlas.

Lucy clavó un alfiler en un pliegue del pantalón.

–¿Puedo suponer que esta súbita necesidad de ropa masculina tiene algo que ver con tu búsqueda de esas antigüedades que pertenecieron a tu tío?

–Sí. Esta noche quiero estar en condiciones de acompañar a Monkcrest, y hay algunos sitios en los que una dama no puede presentarse ataviada con un vestido.

–No te preguntaré a qué clase de sitios te refieres –dijo Lucy secamente–. Pero te aconsejo que tengas prudencia. Aunque sé que no servirá de nada. ¿Has hecho algún progreso en tu búsqueda?

–Algo. No te aburriré con los detalles. Y tú debes seguir guardándolo en secreto.

–Comprendo. –Lucy se puso de pie y miró a Beatrice a los ojos–. ¿Y qué pasa entre Monkcrest y tú?

–¿A qué te refieres?

–Beatrice, hoy le he visto por primera vez, y también os he visto a los dos juntos durante algunos minutos. Te conozco mejor que nadie, así que... ¿crees que no pude ver el efecto que provoca en ti?

Beatrice soltó un gruñido

–¿Es tan evidente?

–Para mí, sí. –Lucy frunció el ceño–. Te estás enamorando de él, ¿verdad?

–Tengo una aventura con él. No es lo mismo.

–Mucho me temo que para ti sí lo es.

Beatrice pensó en discutirle aquella afirmación pero desistió de la idea. Lucy la conocía mejor que nadie, incluidos los propios miembros de su familia. A veces sucedía eso entre las amigas, y ellas lo eran desde la infancia.

Hacía tiempo que hicieron un pacto. Ninguna de las dos se

casaría por ninguna otra razón que por amor. Ambas lo habían hecho; y ambas habían vivido para lamentarlo.

Un año antes de que Beatrice se casara con Justin, Lucy lo había hecho con Robert. Éste demostró ser un jugador empedernido. Beatrice tuvo una fugaz evocación de la helada noche de invierno en que vio a Lucy llegar hasta su puerta con una pequeña y estropeada maleta, que contenía todo lo que poseía en este mundo.

–¿Qué rayos estás haciendo aquí? –le había preguntado Beatrice.

–No tengo otro lugar adonde ir. –La voz de Lucy sonaba ronca de tanto llorar. Sus ojos estaban opacos por la desesperación–. Robert perdió cuanto tenía jugando a las cartas. Se pegó un tiro en la cabeza hace quince días. Sus acreedores se llevaron todo lo que quedaba. No me queda nada.

–¡Oh, Lucy, lo siento tanto! Pero si lo que deseas es dinero no puedo ayudarte demasiado. Justin me dejó muy poco.

–Estoy desesperada.

–Entra. –Beatrice la instó a que pasara–. Ya pensaremos en algo.

A la mañana siguiente conversaron.

–¡Todo fue tan trágico! –Beatrice se sonó la nariz con un pañuelito–. Justin la amaba. Sufrió pensando en ella todo el tiempo que estuvimos casados. Murió cuando escalaba un árbol para entrar a su dormitorio. Fue una gran pasión, la clase de amor que una puede leer en las novelas.

–¡Bah! –Lucy entrecerró los ojos y la contempló por encima del borde de su taza de té–. A mí me parece que Justin sólo se amaba a sí mismo. Era estúpido, melodramático y lleno de autocompasión. Me atrevería a decir que era un buen sinvergüenza, como mi Robert.

Beatrice volvió a sonarse la nariz y meditó sobre lo que su amiga acababa de decir.

–Creo que ahora sé por qué siempre te he considerado mi mejor amiga, Lucy.

–No puedo seguir abusando de tu amistad –repuso Lucy, exhalando un largo suspiro–. Debo pensar en lo que voy a hacer. Podría enseñar, supongo, pero me aterra la idea de convertirme en institutriz.

–A mí también. Mis padres no pueden mantenerme, como tampoco nadie de mi familia. Mis parientes nunca han tenido demasiado éxito en lo relativo al dinero, como bien sabes.

–Al menos tienes parientes. A mí no me queda ninguno.

Beatrice no pudo refutar ese argumento.

–He decidido tratar de escribir una novela antes de darme por vencida y solicitar un puesto de institutriz.

–Por desgracia, no tengo más talento que para escribir cartas.

Beatrice observó detenidamente el vestido de Lucy. De alguna manera lograba parecer a la moda, a pesar de haber sido teñido y remendado por lo menos tres veces. Lucy siempre había tenido un don especial para el diseño.

–¿Qué tal tu francés?

–Un poco oxidado. ¿Por qué me lo preguntas?

Beatrice esbozó una sonrisa.

–Me han dicho que es el idioma de moda.

La esperanza brilló en los ojos de Lucy.

–¿Qué estás sugiriendo?

–Podríamos dedicarnos a los negocios –apuntó Beatrice.

Lucy pareció considerarlo brevemente.

–Mi abuelo, y antes de él mi bisabuelo, se dedicaron también a los negocios. En aquel entonces, la familia tenía mucho dinero. Creo que puedo acostumbrarme a la idea.

Excepto por el hecho de haberse casado con un jugador, Lucy siempre había hecho gala de una mentalidad práctica.

–El de ellos fue un trágico y gran amor –explicaba Arabella esa noche–. De los que se pueden leer en las novelas. Una unión perfecta desde el punto de vista tanto físico como espiritual.

¡Pobre Beatrice! Después de que Justin Poole fuera abatido por un asaltante en un camino, juró no volver a casarse.

–Ajá –asintió Leo, al tiempo que la hacía girar describiendo otro amplio arco sobre la pista de baile.

Estaban en el punto culminante de la velada. El centelleante salón de baile estaba abarrotado de hombres y mujeres costosa y elegantemente ataviados. Era una noche fría, pero en el interior del salón, el calor que despedían cientos de cuerpos, sumado al de las innumerables velas de las arañas, hacía que el sudor brillara sobre más de una frente.

Leo se había dado cuenta de que cada vez que daba a Arabella otra vuelta alrededor de la pista, ella aprovechaba la oportunidad para otear entre la multitud. Sabía que estaba buscando a Pearson Burnby, quien, por suerte, había decidido no hacer acto de presencia.

Al pasar con Arabella frente a los ventanales que se abrían a la terraza, Leo miró a Beatrice. Estaba allí junto a su tía, bebiendo limonada y observando la pista. Aunque todavía se sentía molesto por su amenaza de chantaje, solo mirarla le produjo el efecto acostumbrado. Experimentó una profunda sensación de satisfacción, y notó un sereno latido de expectativa sensual.

El elegante vestido azul turquesa que Beatrice llevaba estaba adornado con elegantes volantes de satén blanco. El profundo escote dejaba a la vista más superficie que la que Leo consideraba conveniente, pero no podía negar que la exhibición de hombros y cuello le sentaba de maravilla. Llevaba también largos guantes a juego que le llegaban hasta el codo.

–¿Le parece que su prima cambiará de idea alguna vez en lo referente al matrimonio? –preguntó Leo con fingido desinterés.

–¡Oh, no! –Arabella sonrió con tristeza–. Es uno de esos pocos seres que han conocido la perfección. ¿Cómo podría aceptar algo que fuera menos?

–Excelente razonamiento.

Beatrice no había conocido un amor perfecto, pero sí la juzgaba capaz de haber jurado no volver a casarse. Una mujer de su temperamento apasionado y su cálido corazón se lo pensaría dos veces antes de asumir semejante riesgo por segunda vez. Las consecuencias, sin duda, podrían ser demasiado catastróficas para siquiera tomarlo en consideración.

La comprendía como sólo podía hacerlo alguien que había pasado por lo mismo. Mejor vivir solo que cometer un nuevo error.

–Lo cierto, milord –dijo Arabella pensativamente–, es que su propia historia se parece mucho a la de mi prima, ¿verdad?

–Tienen algunas similitudes.

Leo la obligó a efectuar un giro, llevándola hasta el bufé, al tiempo que se preguntaba exactamente en qué momento de los últimos días había empezado a evaluar los riesgos de un segundo matrimonio.

Beatrice contemplaba las evoluciones de Leo y Arabella sobre la pista de baile. Las faldas del vestido de seda celeste de Arabella flotaban con la gracia de una mariposa. Sus dedos enguantados descansaban con elegancia sobre el hombro de Leo. Las luces de la larga hilera de arañas resplandecían en sus cabellos.

–Puedes tranquilizarte, tía Winifred –afirmó Beatrice–. Creo que no es arriesgado suponer que cualquier rumor desagradable referido a las finanzas de Glassonby que pudiera haber circulado por ahí será olvidado mañana por la mañana.

–Debo reconocer que estoy en deuda con Monkcrest. –Los ojos de Winifred brillaron de satisfacción–. Nos ha hecho un gran favor al distinguir a Arabella con una invitación para el baile de esta noche.

–En efecto.

Beatrice no tenía la menor intención de contarle a Winifred que la única razón que había impulsado a Leo a asistir al baile de Charter esa noche era la oportunidad que le brindaba para crear una cortina de humo que ocultara las actividades que pensaba realizar más tarde.

Su presencia en el salón de baile iba a atraer la atención de todos, y él lo sabía. Beatrice ya había podido escuchar las murmuraciones de aquellos que tenía más cerca.

Sonrió para sus adentros. Los que lo vieran bailar con Arabella estarían demasiado ocupados especulando acerca de sus intenciones matrimoniales como para advertir su posterior ausencia. Supondrían que se habría ido a otro baile o a su club.

Beatrice estaba segura de que su propia desaparición, aproximadamente a la misma hora, pasaría igualmente inadvertida. Nadie prestaba demasiada atención a las viudas de mediana edad, a menos que fueran muy acaudaladas, o muy escandalosas. Hasta el momento, se las había ingeniado para evitar ambas circunstancias.

Esa tarde, en La Academia, Leo había argumentado con insistencia para convencerla de que no lo acompañara a realizar las actividades clandestinas que pensaba llevar a cabo. Ella lo había escuchado muy cortésmente hasta que se aburrió y se vio obligada a aclarar su posición con toda firmeza. Aunque se trataba de un hombre inteligente, Leo podía llegar a mostrarse sumamente terco en ocasiones.

–Sin duda –murmuró Winifred–, hacen una pareja maravillosa, ¿no es así? Espero que Helen se haya dado cuenta.

–Lady Hazelthorpe no ha podido dejar de darse cuenta. –Beatrice bebió un nuevo sorbo de limonada–. Todos los presentes han reparado en ello.

Una extraña nostalgia la invadió mientras observaba a Arabella y a Leo. No bailaba desde los tiempos de su noviazgo con Justin, y aquellos bailes no habían sido más que danzas campesinas en las reuniones del pueblo. Su única experiencia con el vals tuvo lugar cuando en una ocasión participó, como si de un juego se tratara, en las clases de baile que le daba a Arabella su profesor francés.

Un susurro de faldas y un discreto carraspeo interrumpieron la evocación de Beatrice. Se volvió para encontrarse con lady Hazelthorpe.

Helen estaba resplandeciente con su traje de satén color lila. Un magnífico turbante a juego agregaba la imprescindible altura a su pequeña y voluminosa figura. De su rolliza muñeca pendía un elegante abanico. Sus acerados ojos grises mostraban una expresión implacable. Beatrice notó que la diminuta boca de Helen estaba más fruncida que de costumbre.

Winifred le dedicó la helada sonrisa que un caballero con su armadura dedicaría a su contrincante antes de iniciar la justa.

–Buenas noches, Helen.

–Winifred. –La brillante mirada de Helen se posó brevemente en Beatrice–. Señora Poole.

–Señora. –Beatrice inclinó la cabeza–. Encantador vestido.

Helen se distrajo por un instante.

–Acabo de descubrir a la más maravillosa de las modistas, madame D'Arbois. Francesa, desde luego. Cobra una verdadera fortuna, pero vale la pena. Sólo emplea costureras francesas.

Beatrice bebió otro sorbo de limonada.

–Cuando se trata de moda, no hay nada como el estilo francés, ¿verdad?

–Muy cierto. –Helen dedicó a Winifred una sonrisa que destilaba condescendencia–. Quizá se la presente a tu encantadora Arabella.

–No es necesario. –Winifred mantuvo la mirada en la pista de baile, donde Arabella y Leo seguían girando–. Arabella conoce muy bien el establecimiento de madame D'Arbois. En realidad, hemos comprado allí todo su vestuario para esta temporada.

Helen parecía contrariada.

–Ya veo. –Entrecerró los ojos, siguiendo la dirección de la mirada de Winifred–. Hasta esta última semana, no estaba enterada de que su familia estuviera relacionada con el Monje Loco.

–¿Acaso olvidé mencionar el vínculo? –Winifred alzó una ceja con fingida sorpresa–. ¡Pobre de mí! Debo de estar perdiendo la memoria.

–Su señoría, el conde de Monkcrest –intervino Beatrice, remarcando las palabras con toda intención–, es un viejo amigo de la familia. Ha tenido la gentileza de visitarnos durante su estancia en Londres.

–Se dice que Monkcrest está pasando revista a posibles candidatas en busca de una nueva esposa –agregó Winifred en tono confidencial.

La boca de Helen se convirtió en una fina línea.

–Estuvo casado y enviudó hace años –replicó–. Todos saben que los hombres Monkcrest aman una única vez en la vida.

–¿Y desde cuándo el amor tiene que ver con el matrimonio? –preguntó Winifred.

Helen abrió de golpe su abanico.

–Ya tiene un heredero y otro hijo más –advirtió–. No tiene necesidad de volver a casarse.

–Hay otras razones por las que un hombre puede decidir casarse por segunda vez –apuntó Winifred.

Helen le clavó una mirada gélida.

–¿Por qué iba a buscar Monkcrest una nueva esposa después de haber pasado todos estos años contentado con su viudez?

Winifred le dedicó su indulgente sonrisa de mujer de mundo.

–Vamos, Helen. Ambas somos lo suficientemente viejas como para saber que los hombres sienten ciertas necesidades físicas.

–¡Bah! Para satisfacer esas necesidades pueden buscarse una amante.

–Quizás un hombre que tiene su hogar en un lugar tan remoto como Devon pueda considerar más conveniente tener una esposa que una amante.

Derrotada, Helen cambió de táctica.

–Monkcrest es un poco mayor para Arabella, ¿no crees?

–A mí me parece que está en la flor de la vida –aseguró Winifred en tono alegre–. Y en muy buen estado.

Beatrice sofocó un gemido. Era una suerte que Leo estuviera en la pista de baile. No le habría gustado enterarse de que era objeto de una conversación como aquélla.

–Sin embargo –dijo Helen, volviendo a la carga–, un hombre *mayor* puede llegar a abrumar a una joven inocente como Arabella.

–Personalmente –contraatacó Winifred–, siempre he pensado que una alianza entre una jovencita y un caballero maduro posee sus ventajas. Los hombres mayores tienden a ser más pacientes con ciertas cuestiones íntimas.

–Sólo porque necesitan más tiempo para llevar a cabo esos menesteres –replicó Helen.

Beatrice se atragantó con la limonada.

Winifred frunció el ceño, preocupada.

–¿Te encuentras bien, querida?

–Sí, sí, gracias –balbulceó Beatrice, sin dejar de toser; abrió su exquisito bolso para buscar en él un pañuelo.

–¿Estás segura de que te sientes bien? –volvió a preguntar Winifred.

–Ya estoy bien, gracias, tía. –Beatrice recuperó el dominio de sí. Se enjugó los ojos y luego dejó caer el pañuelo en el bolso, tapando la pistola que había en su interior–. La limonada se me fue por el conducto equivocado.

–Me alegro. –Winifred se volvió hacia la pista de baile–. Ah, aquí vienen. Forman realmente una pareja encantadora, ¿no te parece, Helen?

–Hum. –Helen miró con ojos que echaban chispas cómo Arabella y Leo se abrían camino entre el gentío–. Sigo pensando que es demasiado viejo para ella.

–Pero al menos nuestra querida Arabella podría tener la satisfacción de saber que no se casaría con ella por su dinero –dijo Winifred, pensativa–. Todos saben que la fortuna de los Monkcrest es espléndida.

Un súbito enfado tiñó las mejillas de Helen de un rojo vivo.

–¿Qué estás insinuando, Winifred?

–Vaya, nada, mi querida Helen. Nada de nada.

–Espero que no.

–Y luego está la cuestión del título, por supuesto –continuó diciendo Winifred–. No se puede ignorar ese aspecto de la situación, ¿verdad? Piensa un poco; nuestra Arabella, condesa.

Helen se puso lívida. No era preciso destacar que, en lo referente a su propio título, Pearson sería un simple barón.

–El título de Monkcrest tiene un alto precio –arguyó Helen abriendo y cerrando su abanico con movimientos violentos–. Todo el mundo sabe que hay una veta de extrema excentricidad en esa familia. Algunos incluso afirman que va más allá de la mera excentricidad. –Hizo una pausa para añadir dramatismo a sus insinuaciones–. Esa clase de cosas está en la sangre, ya sabes. No los llaman los Monjes Locos por nada.

De pronto, a Beatrice la conversación dejó de resultarle graciosa.

–Fábulas, mentiras y crueles rumores, lady Hazelthorpe –afirmó–. Puedo asegurarle que lord Monkcrest es más inteligente que la mayoría de los hombres de la nobleza, pero eso no lo convierte en excéntrico.

–Donde hay humo, generalmente hay fuego –pontificó Helen–. Y ha habido mucho humo alrededor de la casa de Monkcrest durante varias generaciones.

Giró sobre sus talones enfundados en escarpines color lila y se perdió entre la muchedumbre.

Beatrice se encontró con la encendida mirada de Winifred.

–Entiendo lo que estás haciendo, tía, pero no me parece conveniente seguir presionando –consideró–. Monkcrest ha tenido una extraordinaria paciencia con todos tus planes. Incluso ha llegado más lejos, otorgándote más apoyo aún al bailar con Arabella. Pero sospecho que él también tiene sus límites. No ha venido a Londres para convertirse en la comidilla de todos los chismorreos.

El rostro de Winifred mostró una expresión ligeramente avergonzada.

–Tienes razón, desde luego –concedió–. En el futuro procuraré evitar utilizarlo para mofarme de Helen. ¡El problema es que es tan tentador!

Leo detuvo a Arabella frente a Winifred. Miró a Beatrice y alzó las cejas en una silenciosa pregunta. Ella fingió no advertirlo.

–Estabas encantadora en la pista de baile –le dijo cálidamente a Arabella–. Ese vestido es ideal para ti.

–Gracias. –Arabella se volvió con ansia hacia Winifred–. ¿Me equivoco o te acabo de ver hablando con lady Hazelthorpe?

Winifred hizo una mueca.

–No, no te equivocas.

–¿Pearson está aquí con ella?

–No ha dicho nada. –Winifred le dedicó una radiante sonrisa–. ¿Te has divertido con su señoría?

–Ha sido muy agradable –repuso Arabella cortésmente–. Gracias, milord.

Los ojos de Leo brillaron, divertido a su pesar.

–El placer ha sido mío.

Arabella se volvió con rapidez de nuevo hacia Winifred.

–¿Estás segura de que lady Hazelthorpe no ha mencionado si Pearson iba a venir o no?

–Estoy segura de que en cualquier momento aparecerá cerca de ti –comentó Beatrice con suavidad–. Siempre lo hace.

Arabella se mordió los labios y le dirigió a Leo una mirada acusadora.

–Espero que Pearson y su madre se den cuenta de que usted es sólo un buen amigo de la familia, milord. No querría que tuvieran una impresión equivocada.

–Quizá deba aclarar la cuestión. –Leo tomó a Beatrice del brazo sin molestarse en pedir permiso–. Venga, señora Poole. Mostrémosles a todos que soy amigo de *toda* la familia.

Beatrice vaciló.

–Debo hacerle una advertencia, milord. Jamás he bailado un vals en público. Sin duda lo haré fatal en la pista de baile.

–Su torpeza no hará sino combinar de maravilla con mi triste carencia de agilidad juvenil.

La tomó en sus brazos justo cuando la orquesta tocaba los primeros acordes. Beatrice lo miró a los ojos y pudo distinguir la diversión bailoteando en ellos.

–¿Siente su avanzada edad, milord? –preguntó mientras él la hacía girar.

–No hay nada tan humillante como bailar con una joven que se pasa el tiempo buscando desesperadamente a otro hombre más joven entre la multitud.

–Ya me imagino. –Beatrice sonrió–. A la pobre Arabella no le está resultando sencillo ocultar sus sentimientos por el señor Burnby. Las jóvenes no siempre entienden cómo es la estrategia matrimonial.

–Tampoco los jóvenes –comentó Leo, molesto–. Menos mal que Burnby no está aquí esta noche. No me seduce demasiado la idea de que me reten a duelo.

Beatrice dejó de sonreír.

–¡Por todos los cielos, milord! Estoy segura de que el señor Burnby no haría algo tan estúpido.

–Ojalá sea así. Por desgracia, los jóvenes suelen ser inestables por naturaleza.

–¿Habla por propia experiencia, milord?

–Hablo en cuanto padre que ha criado dos hijos varones –murmuró Leo.

–Entiendo. Comprendo su inquietud. No obstante, ha sido muy gentil por su parte haber bailado con Arabella. Le ha sumado valía ante los ojos de lady Hazelthorpe.

Leo no pudo contener la risa.

–No tengo la impresión de que Arabella esté particularmente agradecida.

–La tía Winifred sí lo está. –Beatrice echó una mirada alrededor para asegurarse de que nadie podía oírlos–. Ya es más de medianoche. ¿Cuándo nos vamos?

La expresión divertida de Leo se desvaneció en el acto.

–Beatrice, esto no me gusta nada.

–Ya ha dejado ese punto bien claro, milord. Pero mi amenaza sigue en pie. Si no me lleva con usted esta noche a registrar el establecimiento del doctor Cox, iré hasta allí por mi cuenta.

–Es usted una mujer muy inteligente, Beatrice, pero también la más terca que he conocido.

Ella le dedicó la más deslumbrante de sus sonrisas.

–Parece que estamos hechos el uno para el otro, entonces –replicó–. En lo que se refiere a obstinación, no hay quien le gane, milord.

El callejón al que daba la puerta trasera de la botica del doctor Cox apestaba a orina y a basura podrida. Beatrice, vestida con los pantalones y la camisa que Lucy le había arreglado esa tarde, fue pisando con cuidado sobre los grasientos adoquines. Un pálido rayo de luna iluminaba su camino.

Dos pasos más adelante, Leo avanzaba cubierto con una voluminosa capa de cochero y un sombrero calado hasta los ojos. En una de sus manos llevaba una linterna, pero todavía no la había encendido.

–¿Por qué no ha traído a su sabueso? –susurró Beatrice.

–*Elf* es muy útil, pero no pasa inadvertido –explicó–. Por lo tanto, medito muy bien en qué situaciones lo llevo conmigo.

–Entiendo.

–Lo traje conmigo hasta este barrio cuando me encontré con Jack *el Ginebrilla*. Si se le volviera a ver por aquí por segunda vez, atraería la clase de atención que esta noche en particular no necesitamos.

–Sí, desde luego.

«Aunque, de todas formas, me habría tranquilizado bastante si *Elf* hubiera venido con nosotros», se dijo Beatrice.

La idea de registrar la tienda del doctor Cox, que a la luz del día había parecido razonable, excitante incluso, a esas horas de la noche había adquirido un halo mucho más siniestro. Sin embargo, después de todas las amenazas y argumentos que profirió para forzar a Leo a aceptar su compañía, sentía que no se encontraba en una posición adecuada para expresar sus prevenciones.

Leo se detuvo frente a una angosta puerta.

–Aquí está. Recuerde, si le doy una orden directa, me obedecerá sin protestar, ¿está claro?

–Sí, sí, muy claro.

Beatrice se frotó los brazos con impaciencia. Después de las arduas negociaciones que habían tenido lugar en el coche que los había llevado hasta allí, había aceptado que, si Leo circunscribía sus órdenes a cuestiones de seguridad personal, ella las acataría.

–Le he dado mi palabra –le recordó–. Ahora, tratemos de entrar.

Leo forcejeó con el picaporte.

–Cerrado.

–Era de esperar. –Beatrice levantó la mirada hasta las oscuras ventanas de la planta alta de la botica–. ¿Está seguro de que el doctor Cox no está dormido en las habitaciones de arriba?

–He hecho mis averiguaciones. –Leo eligió una fina varilla de metal del surtido que había llevado con él–. Nadie parece saber dónde se encuentra el doctor Cox en este momento. Pero estoy seguro de que no lo han visto por el barrio en todo el día.

–¿Le parece que puede haber dejado Londres?

–Es posible.

Beatrice observó con interés cómo Leo manipulaba la ganzúa.

–¿Dónde aprendió a hacer eso?

–Mi abuelo sostenía que yo había heredado algo de la capacidad de mi padre para las cuestiones mecánicas. –Hizo una pausa–. ¡Ajá! Ya está.

Guardó la ganzúa en el bolsillo, levantó la lámpara apagada y abrió cautelosamente la puerta.

La sensación que tuvo Beatrice de que algo andaba mal fue casi tan fuerte como el desagradable olor que le hizo fruncir la nariz.

–¿Qué rayos es ese olor?

–Quédese aquí.

Leo atravesó el umbral con rapidez. Apoyó la linterna sobre un estante y la encendió.

Una fuerte luz amarillenta iluminó el interior de la botica. Los polvorientos frascos situados en los estantes despidieron un reflejo opaco. Beatrice frunció el ceño ante lo que parecía ser un bulto de andrajos caídos en el suelo.

Y entonces vio la sangre seca. Formaba un charco oscuro y terrible sobre la vieja alfombra. El cuerpo yacía boca abajo, pero la vieja gorra deformada y los hirsutos mechones eran inconfundibles. Uno de los brazos estaba extendido; el otro permanecía doblado bajo el cuerpo.

–¡Santo Dios! ¿Está... está...?

–Sí. No es preciso que se acerque más. –Con la linterna en la mano, Leo se dirigió hacia el cadáver y movió una de las flácidas y enguantadas manos con la punta de su bota–. Aventuraría que el doctor Cox fue asesinado hace varias horas. Es difícil asegurarlo.

Beatrice sintió una repentina sensación de náuseas en la boca del estómago.

–¿Pero quién podría haber hecho semejante cosa?

–Excelente pregunta. –Leo levantó la linterna y observó detenidamente la habitación–. No han revuelto nada. No hay signos de forcejeos, ni de que registraran la habitación. El que entró aquí, lo hizo con una única intención.

–Asesinar al doctor Cox.

–Eso parece.

Leo rodeó el cadáver y fue hasta un enorme y desvencijado escritorio que ocupaba una de las paredes. Apoyó la linterna en un estante y comenzó a abrir los cajones.

Beatrice aspiró profundamente, procurando tranquilizarse. De inmediato la asaltó el olor de la sangre en descomposición.

–¿Está mareada? –preguntó Leo sin levantar los ojos de lo que estaba haciendo.

–No. –Beatrice cerró los ojos–. Ya he presenciado la muerte con anterioridad.

–Sí, pero dudo que haya visto un asesinato. –Revisó rápidamente una desordenada pila de papeles–. No es lo mismo.

Beatrice se sintió agradecida por su brusca comprensión. Logró tranquilizarla.

–Tiene razón –coincidió.

Cuando sintió que recuperaba el autocontrol, Beatrice atravesó la habitación para reunirse con Leo.

–¿Qué está buscando? –preguntó.

–No lo sé –respondió, mientras hojeaba un libro de contabilidad del establecimiento–. Algo que pueda señalar al asesino.

–Justo esta tarde comencé a sospechar que el doctor Cox estaba detrás de todo este asunto.

–No sabemos si estaba involucrado. –Al ver una de las entradas en el libro, Leo frunció el entrecejo–. Interesante.

Beatrice se puso de puntillas para mirar por encima de su hombro.

–¿Qué?

–Un registro de los pagos efectuados por su tío. –Leo cerró el libro–. Puede haber otras interesantes entradas. Me lo llevaré para estudiarlo más tarde.

Se volvió y comenzó a recorrer metódicamente la habitación, deteniéndose aquí y allá para coger algún frasco de un estante o examinar el interior de un recipiente tapado.

La mirada de Beatrice recayó en una bandeja llena de pequeños frascos de cristal colocada dentro de un armario cercano. Recordó que madame Virtue le había contado que el tío Reggie había bebido algo de un pequeño frasco antes de morir.

–El doctor Cox debía de tener alguna relación con la muerte del tío Reggie –comentó–. Es lo único que tiene sentido. Y también tuvo que ser quien suministró el narcótico que el señor Saltmarsh bebió con su té.

–Coincido con usted. Es poco probable que haya dos personas expertas en hierbas peligrosas involucradas en este asunto.

–¿Pero quién asesinó al doctor Cox? ¿Y por qué?

Leo se arrodilló junto al escritorio y estudió los objetos guardados en los pequeños estantes.

–Tal vez el doctor Cox dejara de resultar útil.

–O pidió demasiado dinero por sus brebajes.

–¿Quién sabe? Sea como sea, evidentemente fue demasiado lejos. Alguien decidió que era prescindible.

Beatrice se estremeció.

–Leo, empieza a haber demasiados muertos en esta historia. Estoy preocupada por Clarinda.

–Seguramente estará a salvo. Nadie conoce su relación con nosotros.

–No creo que debamos seguir dando eso por descontado. –Beatrice se arrebujó dentro de su chaqueta–. Dijo que ya había advertido al señor Sibson y a madame Virtue. Tenemos que hacerlo también con Clarinda. Estamos cerca de su casa, ¿no es así?

–Muy cerca.

–Podríamos ir hasta allí y decirle que quizás esté en peligro. Y no estaría de más que le diéramos algo de dinero para que se alejara de Londres por un tiempo.

Leo se puso lentamente de pie.

–Es posible que tenga razón. Este asunto se vuelve más retorcido a cada paso. No me gustaría mancharme las manos con la sangre de Clarinda.

La breve caminata hasta la casa de Clarinda transcurrió sin incidentes. De cuando en cuando, Beatrice alcanzaba a oír el eco de las risotadas de los borrachos resonando en la noche. Una vez, al obligarla Leo a pasar rápidamente por la entrada de un callejón, le llegaron voces de hombre enzarzadas en una violenta discusión. Pero nadie les salió al paso.

Llegaron hasta Cunning Lane sin que nadie reparara en ellos.

Leo aminoró la marcha.

–A esta hora Clarinda sin duda debe estar en su portal, esperando a algunos rezagados de El Gato Borracho.

Beatrice se ajustó la chaqueta.

–Espero que cuando todo esto termine esa muchacha acepte su oferta de comprar la taberna.

–No se puede salvar a alguien que no quiere ser salvado, Beatrice.

–Me parece estar oyendo a Lucy –murmuró ella.

–¿Qué diablos quiere decir con eso?

–No tiene importancia. Leo, es mucho lo que le debemos a Clarinda. No es necesario insistir en lo que podría habernos pasado la otra noche si Jack *el Ginebrilla* y sus amigos nos hubieran descubierto.

–No es preciso que me lo recuerde. –Leo se detuvo frente a una entrada conocida, envuelta en sombras–. Éste es su lugar habitual de trabajo.

Beatrice se adelantó para escudriñar en las tinieblas.

–¡Clarinda! ¡Soy Beatrice Poole!

No hubo respuesta. Un escalofrío de horror le recorrió la columna vertebral.

–¿Clarinda?

–No está aquí. –Leo dio un paso atrás para levantar la mirada hacia la ventana de Clarinda–. No hay luz en su cuarto.

–¡Oh, Dios mío! Algo anda mal, Leo. Estoy segura.

–Tranquilícese –instó–. Es tarde. Habrá ido a El Gato Borracho.

–No, ha sucedido algo terrible. Lo sé. ¡Si se nos hubiera ocurrido venir más temprano! –Beatrice intentó abrir la puerta–. Está cerrada.

–Déjeme probar.

Beatrice se apartó y contempló con ansiedad cómo Leo sacaba una de sus ganzúas. Pareció tardar una eternidad, aunque en realidad consiguió abrir la puerta en cuestión de segundos.

Beatrice entró presurosa en el pequeño vestíbulo.

–¡Rápido, una luz!

Obedientemente, Leo encendió la linterna y subió tras ella la destartalada escalera.

–¿Y si hemos llegado demasiado tarde? –susurró Beatrice mientras corría por el pasillo rumbo al cuarto de Clarinda.

Leo no respondió. La alcanzó en el preciso instante en que llegaba a la puerta de la habitación.

–Yo me ocupo de esto –dijo, golpeando suavemente con los nudillos.

No obtuvo respuesta.

La desesperación amenazó con desbordar a Beatrice.

–¡Abra la puerta, Leo! ¡Dése prisa, por el amor de Dios!

Leo volvió a echar mano de sus ganzúas.

Segundos después, se abrió la puerta con un chirrido de protesta. La luz de la linterna de Leo iluminó la cama y el cajón que hacía las veces de mesa de noche.

Beatrice se quedó mirando la silueta de la pequeña figura que yacía inmóvil bajo las sábanas.

Entonces, la luz de la linterna cayó sobre el pequeño frasco que descansaba sobre la mesa de noche. Era idéntico a los que había visto en la botica del doctor Cox.

–¡Clarinda! ¡No!

15

En el fondo del laberinto acechaba algo monstruoso...

DEL CAPÍTULO QUINCE DE *LAS RUINAS*, DE AMELIA YORK

–¿Qué demonios...? –chilló Clarinda con fuerza, incorporándose bruscamente y tapándose con las mantas hasta la barbilla.

–¡Está viva! –Beatrice fue corriendo hasta la cama–. ¡Gracias a Dios, está viva!

–Pues claro que estoy viva –gruñó Clarinda–. ¿Qué diablos están haciendo en mi dormitorio?

Leo apoyó la linterna en el cajón y dio un respingo.

–Si consiguieran conversar las dos sin desgañitarse, reduciríamos significativamente el riesgo de atraer la atención.

Clarinda se encogió de hombros.

–A nadie en todo este barrio le llamará la atención que de este cuarto salgan unos cuantos gritos. ¿Qué están haciendo aquí?

–¡Está viva! –repitió Beatrice, apoyándose en la pared, relajada por el alivio que sentía–. Tiene que disculparnos por haberle dado tamaño susto, Clarinda. Mi imaginación me jugó una mala pasada.

–Un efecto del todo previsible, causado por el exceso de novelas de terror –murmuró Leo. Hizo caso omiso de la aguda mirada que le dirigió Beatrice–. Supongo que está usted perfectamente, ¿verdad, Clarinda?

–Eso es, milord. –Sus delgadas facciones se contrajeron al mirarlo a él y luego a Beatrice–. ¿De qué va todo esto? Espero que no hayan venido esta noche hasta aquí con la idea de montar una pequeña fiestecita entre los tres, ¿no? Ya no hago «menajes a trois».

–*Ménage à trois* –la corrigió distraídamente Beatrice–. Clarinda, no puede imaginarse cómo nos asustamos cuando no la vimos abajo.

–¿De verdad? –Clarinda relajó la presión con la que sostenía las mantas y se acomodó contra la vieja cabecera de la cama. De inmediato quedó en evidencia que no llevaba camisón–. ¿Por qué se asustaron?

Beatrice parpadeó un par de veces ante la visión de los senos desnudos de Clarinda.

–¿Le importaría, ejem, cubrirse un poco?

–¿Qué? –Clarinda bajó la mirada hasta su pecho descubierto–. Oh. Lo siento. Con un trabajo como el mío, una se acostumbra a estar desnuda. –Para complacerla, se subió las mantas hasta los hombros–. Mi *antiguo* trabajo, eso es. Ahora, ¿de qué va todo esto?

–Es una larga historia. –Leo se apoyó contra la pared y se cruzó de brazos–. Para resumir, tenemos motivos para pensar que podría estar en peligro por haber accedido a ayudarnos.

Clarinda pareció desconcertada.

–¿Y por qué iba a estar en peligro? Nadie sabe de nuestro pequeño acuerdo, milord. Ni tampoco que dejé que se escondieran la otra noche en mi cuarto.

–Desgraciadamente –apuntó Leo–, alguien puede saber algo más de lo que creíamos.

–No comprendo.

Beatrice cogió el frasco del cajón. Con gran cautela, le quitó el tapón y olfateó el contenido. Un olor desagradable la obligó a apartar rápidamente la nariz.

–¿De dónde ha sacado este brebaje? –preguntó.

–¿Eso? –Clarinda miró el frasco con expresión indiferente–. Me lo dieron. Me dijeron que era excelente para que una mujer con mi ocupación no quedara preñada.

Beatrice intercambió una mirada silenciosa con Leo; no habían llegado demasiado tarde por muy poco.

Volvió su atención hacia Clarinda.

–¿Quién le dio este frasco?

Clarinda frunció el ceño.

–Un mocoso llamado Simon –repuso–. Vive por el vecindario. No tiene ocupación fija. Roba algunos bolsillos, hace recados, esa clase de cosas. Es un buen chico. Muy servicial.

–¿Le dijo de dónde había sacado este frasco? –se apresuró a preguntar Beatrice.

Clarinda inclinó la cabeza, pensativa.

–Me dijo que se lo había dado el doctor Cox y que pensaba que con eso dejaba sus cuentas saldadas.

Leo la miró fijamente.

–¿El doctor Cox utilizaba sus servicios?

–Solía venir de vez en cuando –respondió Clarinda, haciendo una mueca–. Con propósitos científicos, según decía.

–¿Qué propósitos científicos? –preguntó Leo.

–Quería experimentar algunas pociones que preparaba para curar la impotencia.

–¿Cox mismo tenía ese problema?

–Sí. –Clarinda hizo un gesto con la mano–. Siento tener que decir que ninguna de sus pociones pareció funcionar con él. No vino muy seguido en los últimos meses. Supongo que se dio por vencido y dejó de experimentar consigo mismo.

El corazón de Beatrice comenzó a latir aceleradamente.

–Pero acaba de decir que Cox le envió este brebaje para saldar sus cuentas.

–Eso es lo que me dijo Simon –repuso Clarinda, encogiéndose de hombros–. Yo no recordaba que me debiera nada. Le dije a Simon que se lo llevara de vuelta, pero me respondió que no podía hacerlo, ya que si no se vería obligado a devolverle al doctor Cox las monedas que le había dado.

–De modo que se quedó con el frasco –dijo Beatrice; sintió que se le aflojaban las rodillas.

–Me pareció lo más sencillo.

Leo se apartó de la pared y se dirigió a la ventana.

–¿Sabe dónde puedo encontrar al joven Simon?

–Va y viene. A veces se deja caer por El Gato Borracho. –Clarinda frunció el entrecejo–. Como ya le he dicho, es un buen muchacho. ¿Qué quiere de él?

Leo miró hacia la calle.

–Sólo deseo hacerle algunas preguntas.

–Bueno, supongo que eso no tiene nada de malo –dijo Clarinda–. Pero no podrá decirle más de lo que ya le he dicho yo.

–Sin duda, tiene razón. –Leo cerró el puño–. ¡Maldición, esto crece como la mala hierba! Debemos encontrar la raíz.

Beatrice se agitó.

–Clarinda, ¿en qué momento le trajo el frasco Simon?

–A última hora de la tarde.

Beatrice miró a Leo.

–Seguramente, fue asesinado hace unas pocas horas –concluyó Leo en voz baja–. A primera hora de la noche, tal vez.

–Después de haberle enviado el frasco a Clarinda.

–Quizá fue después de hacerlo cuando alguien decidió que ya no era de utilidad.

–¿Asesinado? –Clarinda se puso rígida–. ¿El doctor Cox está muerto?

–Sí –respondió Beatrice–. Por eso estamos aquí. ¿Dijo usted que nadie sabe que nos escondió en su cuarto a su señoría y a mí la otra noche?

–No, y estoy segura. –Clarinda parecía aturdida–. No se lo conté a nadie, y si alguien les hubiera visto, pueden apostar el pellejo a que Jack *el Ginebrilla* habría venido a mi puerta.

–¿Cree posible que alguien se haya enterado del acuerdo financiero que hizo conmigo? –preguntó Leo.

–No se lo dije a nadie, milord.

Leo se quedó en silencio un instante.

–Alguien pudo haberme visto cuando me detuve a hablar con usted la primera vez que visité la tienda de Sibson.

–Cualquiera que nos hubiera visto habría supuesto que estaba cerrando un trato profesional –argumentó Clarinda–. Y que usted desistía de venir a mi cuarto. No le habría dado más importancia.

–A menos que se diera cuenta de que le pagaba algún dinero por servicios que no iba a recibir.

Beatrice cerró los ojos.

–Y a menos que también sepa que está negociando la compra de El Gato Borracho, y se pregunte cómo ha podido hacerse con semejante suma de dinero tan poco tiempo después de haber estado con Monkcrest.

Un breve y ominoso silencio se adueñó de la habitación.

–Sí –dijo finalmente Leo–. Esas novedades suscitarían muchas preguntas, ¿no es así?

Clarinda se derrumbó.

–No son muchas las mujeres que trabajan en la calle que pueden conseguir el dinero necesario para comprar una taberna, ¿verdad?

–No –dijo Leo.

Beatrice le echó una mirada al frasco.

–Es evidente que el que está detrás de todo esto supone que usted sabe demasiado. El asesinato, sin embargo, expone al que lo realiza a un gran riesgo. La cuestión es por qué, entre todos los días posibles, el doctor Cox eligió el de hoy para darle su pócima venenosa.

Clarinda abrió los ojos con estupor.

–¿Está diciendo que en esa botellita hay veneno?

Beatrice asintió.

–Es muy probable.

Leo miró a Clarinda a través de sus ojos entrecerrados.

–La otra noche me dijo que no había advertido nada fuera de lo normal en la tienda de Sibson.

–Es verdad.

–Desde entonces, ¿ha advertido algo extraño?

–No. –Clarinda arrugó la frente, en gesto de concentración–. Esta parte de la calle hoy ha estado muy tranquila. Vino a verlo uno de sus clientes habituales, pero eso fue todo.

–¿Cuándo fue eso? –preguntó Beatrice.

–Alrededor del mediodía. Yo acababa de salir de El Gato Borracho, con un trozo de pastel de carne. He estado pensando que cuando me haga cargo de la taberna mejoraré la calidad de los pasteles; les hace falta más condimento. Y creo que agregaré orejas de cerdo en gelatina y cazuela de anguilas al menú.

–¿Hubo algo en ese cliente que le llamara la atención? –preguntó Leo.

–Se enzarzó en una fuerte discusión con Sibson, pero eso no tiene nada de raro. Muchos clientes de Sibson regresan para protestar. Una vez le dije que, a la larga, no resulta buen negocio engañar a la clientela con artículos falsos, pero no quiso hacerme caso.

–¿Pudo oír algo del tema sobre el que discutían? –preguntó Beatrice.

–Palabras sueltas. –Clarinda la miró a los ojos–. Algo acerca de una estatua de un museo; uno de los fraudes de Sibson, seguro. El cliente estaba furioso, vaya si lo estaba. Podía oírlo a través de las ventanas. Casi me tiró al suelo cuando salió por la puerta como una tromba. Me insultó. No era un caballero como usted, milord.

–¿Puede describirlo? –le pidió Leo.

–¿Cree que es importante?

–Quizá lo sea.

–Es muy apuesto, con una preciosa cabellera dorada. Guapo, eso es. Siempre lleva chaquetas muy finas. Veintipico, treinta años, diría yo.

Leo se quedó inmóvil.

–¿Por casualidad llevaba gafas?

–No.

–¡Santo Dios! –Los ojos de Beatrice volaron hacia Leo–. Seguramente no sospecha... ¿Cree posible que sea...?

–¿Su ferviente admirador? –preguntó secamente Leo–. Por supuesto, todo parece indicar que puede tratarse del señor Saltmarsh.

–Pero Clarinda acaba de decirnos que no llevaba gafas.

Leo se encogió de hombros.

–Quizás a veces no se las ponga.

–Puede que solamente esté realizando nuevas averiguaciones –sugirió Beatrice.

–Nos dio su palabra de que se limitaría a tratar de descubrir el nombre del nuevo propietario del museo Trull.

–Sí, lo sé, pero... –Beatrice se interrumpió.

Clarinda pasó la mirada de Leo a Beatrice.

–¿Qué pasa? ¿De qué cuernos va todo esto?

Beatrice dejó escapar un suspiro.

–Clarinda, su señoría y yo pensamos que lo mejor sería que se alejara de Londres durante una temporada. Le daremos suficiente dinero para pasar una o dos semanas en el campo.

–¿Marcharme de Londres? –Los ojos de Clarinda se llenaron de indignación–. ¡Pero no puedo hacer eso! En apenas dos semanas me convertiré en la dueña de El Gato Borracho. ¡Ya está todo arreglado! Tom me dijo que cancela su alquiler a principios de mes.

Leo sacó unos billetes del bolsillo.

–Entonces, aléjese de Londres hasta el día en que se haga cargo de la taberna. No se preocupe, yo me ocuparé del asunto mientras esté fuera.

–¡Pero yo no me quiero ir! –se quejó Clarinda–. Mi vida entera está a punto de cambiar.

Beatrice se acercó a ella y apoyó la mano en su brazo.

–Escúcheme. Hoy alguien ha tratado de envenenarla. El

doctor Cox, que fue quien le envió el frasco, ha sido asesinado. El hombre que vio en el establecimiento de Sibson esta mañana puede estar involucrado.

–¡Por todos los diablos! –Clarinda se mostraba terca.

–Por favor, Clarinda –rogó Beatrice–, dígame que va a desaparecer algunos días. Hágame ese favor.

–Oh, vaya, está bien –murmuró Clarinda–. No quiero ser asesinada justo antes de comenzar mi nueva vida profesional. –Volvió su nerviosa mirada hacia Leo–. Me promete que no permitirá que Tom le venda El Gato Borracho a nadie más mientras estoy fuera, ¿verdad?

–Le daré instrucciones a mi procurador para que lleve a cabo todos los detalles de la compra en su nombre –le aseguró Leo–. Cuando regrese, estará todo listo. Será la propietaria de esa taberna.

–Bueno, pues... –Clarinda paseó una mirada triste por su pequeña habitación–. Supongo que lo mejor será que recoja mis cosas. Tengo que llegar temprano a la estación. Las diligencias suelen partir al amanecer. –Sus ojos se iluminaron con un nuevo entusiasmo–. Por supuesto, no volveré a este cuarto cuando regrese. Iré directamente a mi nueva vivienda encima de la taberna.

Beatrice experimentó un profundo alivio.

–Gracias, Clarinda. Dormiré más tranquila sabiendo que está a salvo.

Clarinda puso los ojos en blanco.

–¡Como si no supiera cuidarme sola!

Beatrice posó su mirada sobre el frasco que tenía en la mano.

–Una sola pregunta más –dijo.

–¿Sí?

–Estoy más que agradecida por el hecho de que no haya tocado siquiera el brebaje mortal que contiene esta botella. Pero quiero saber qué divina providencia evitó que lo bebiera.

Clarinda soltó un bufido despectivo.

–La providencia no tuvo nada que ver con eso –replicó–. No me bebí el veneno porque estoy a punto de cambiar de trabajo.

Beatrice parpadeó un par de veces, sin comprender.

–¿Cómo dice?

–¿Por qué iba a bebérmelo? No necesito ninguna poción para no quedar embarazada. Dejé de traer clientes a este cuarto desde el mismo momento en que me prometieron ayuda para comprar El Gato Borracho.

–Estuvo tan cerca –suspiró Beatrice al tiempo que atravesaba la puerta de su estudio. Arrojó sobre el sofá el hato con su vestido de baile, sus zapatos de vestir y sus guantes–. ¡*Tan cerca*, Leo!

–Así es. –Leo fue hasta la chimenea y se arrodilló para avivar las brasas hasta que encendió un buen fuego–. No necesitas recordármelo.

Beatrice se desplomó sobre la silla que había tras su escritorio. Con los codos apoyados sobre la brillante superficie de caoba, se llevó las manos a la cabeza.

–¡Dios mío, no soporto pensar en ello! La única razón de que no se bebiera el veneno del doctor Cox fue que planeaba cambiar su ocupación de prostituta por la de dueña de taberna.

–Me disculpo por haber afirmado antes que era imposible salvar a todo el mundo –dijo Leo, poniéndose de pie junto a la chimenea–. Ciertamente, le salvaste la vida a Clarinda.

–No –replicó Beatrice sin levantar la cabeza. Reparó en que Leo se dirigía a ella sin formalismos una vez más–. Yo no le salvé la vida.

Leo fue hasta la mesita que contenía las bebidas y cogió la garrafa de coñac.

–Si no la hubieras convencido de que recibiría el dinero suficiente para comprar El Gato Borracho, ella habría continuado ejerciendo su oficio y seguramente habría bebido el veneno.

–Ella se salvó a sí misma. –Beatrice levantó poco a poco la

cabeza–. Aprovechó la oportunidad para alterar el curso de su futuro, y de esa forma salvó su vida. No todos saben aprovechar las oportunidades cuando se les ofrecen, ¿sabes? –Pensó en todas las jóvenes que Lucy y ella habían vuelto a perder en las calles a lo largo de los años–. Ni siquiera aquellos que reciben la oportunidad caída del cielo.

–Bien lo sé. –Leo sirvió dos copas de coñac. Le alargó una a Beatrice y levantó la suya en un brindis–. Por ti, Beatrice. Y por la formidable Clarinda.

–Con sumo gusto brindaré por Clarinda. Ojalá logre fortuna y prosperidad con el negocio de la taberna.

Beatrice bebió un generoso sorbo de coñac y sintió un fuego que se abría camino hacia su estómago.

Cuando recuperó el aliento, apoyó cuidadosamente la copa y miró el reloj de pie. Eran casi las cinco de la mañana. La casa permanecía tranquila y silenciosa. La señora Cheslyn dormía en su cuarto de la planta baja. Winifred y Arabella aún no habían regresado.

–En el norte estará a salvo, ¿verdad?

–¿Clarinda? Sí, eso creo. Durante los próximos dos días irá acompañada por el resto de los viajeros. Después, podrá desaparecer en el campo. Es una joven inteligente. Y ahora sabe muy bien que no debe beber nada que no pueda identificar con certeza.

–En este asunto, hay veneno por todos lados –susurró Beatrice.

–Cox no fue envenenado –le recordó Leo–. Le dispararon a quemarropa.

–Es verdad. –Beatrice recordó la espantosa imagen del cuerpo del boticario, caído en medio de un charco de sangre seca–. ¿Quién habrá matado al envenenador?

–Tal vez el que lo contrató para que preparara el veneno –sugirió Leo–. O uno de sus socios.

–¡Dios mío, Leo, qué enmarañado se ha vuelto todo esto!

–En efecto. –Leo se apoyó, casi sentado, sobre el escritorio y clavó la mirada en el fondo de su copa–. Pero creo que, por fin, tenemos algunos hilos de los que tirar.

–¿Te refieres a la conexión entre el señor Saltmarsh y el señor Sibson?

–Sí.

–Suponiendo que fuera Saltmarsh a quien vio hoy Clarinda, no sería demasiado sorprendente, ¿verdad? Él nos dijo que estaba muy metido en el mundo de las antigüedades, y eso justificaría que conociera a Sibson.

–La relación con Sibson en sí sería irrelevante. Pero la discusión que pudo oír Clarinda, seguida por el intento de asesinarla, no puede ser desestimada así como así.

Beatrice frunció el ceño.

–El momento elegido para entregarle el frasco de veneno parece vincular entre sí a los tres hombres: Cox, Saltmarsh y Sibson.

–Es posible que al salir Saltmarsh de la tienda de Sibson y encontrarse con Clarinda sucumbiera al pánico. Puede que pensara que había oído demasiado.

–Y si también sabía que te habías detenido a hablar con Clarinda después de visitar a Sibson la primera vez y estaba enterado de que recientemente ella había entrado en posesión de una suma de dinero suficiente para comprar una taberna, debió de llegar a la conclusión de que era una espía.

–De modo que Saltmarsh fue directamente a ver a Cox y le pidió que le preparara un frasco con veneno para Clarinda.

Beatrice tamborileó con un dedo sobre la tapa del escritorio.

–Suena un poco rebuscado, ¿no te parece?

–Toda la situación se va volviendo cada vez más extravagante.

–¿Crees que la estatua sobre la que discutían Saltmarsh y Sibson podría ser la Afrodita del alquimista?

–Creo que debemos concluir que sí.

–Clarinda dijo que había oído algo acerca de un museo. –Beatrice miró a Leo a los ojos–. Hay un sinfín de estatuas en muchos museos de Londres.

–Pero, al parecer, tu tío estaba interesado en uno en particular –le recordó Leo–. El de Trull.

–Así es. Ese establecimiento parece ser el núcleo de todo este asunto. –Beatrice recordó la atmósfera opresiva de la cámara subterránea–. Te digo, Leo, que ese lugar no me gusta nada.

–Ya te comenté que está lleno de fraudes y falsificaciones de Trull.

–No, era otra cosa... –musitó con un hilo de voz; se veía incapaz de explicar lo que había sentido allí.

Leo frunció la boca en una mueca.

–Respeto tu intuición al respecto.

–Leo, si Sibson, Saltmarsh y el doctor Cox estaban involucrados en un plan para encontrar los anillos y la estatua, ¿por qué matar al doctor Cox?

–Una pelea entre ladrones, quizá.

Beatrice se mordisqueó el labio inferior mientras reflexionaba sobre la cuestión.

–Al señor Saltmarsh lo drogaron en el museo de Trull. Con toda seguridad, si hubiera sido uno de la banda, no habría bebido la pócima del doctor Cox.

–No estamos seguros de que realmente bebiera el té envenenado como sostuvo. Tú dijiste haber olido un tufo nocivo, pero bien pudo él haber desparramando un poco a su alrededor para reforzar su historia.

–Sí, supongo que es posible. –Se sentó y juntó las manos–. Pero también lo es que Saltmarsh sea completamente inocente. No debemos extraer conclusiones aventuradas.

–Esa conjetura no es particularmente aventurada –comentó Leo secamente–. Más bien la considero un nuevo paso hacia una deducción absolutamente razonable.

–Has tenido prejuicios contra el señor Saltmarsh desde el principio de todo este asunto.

–Me limito a observar los hechos y a sacar las conclusiones obvias.

–Bueno, pues yo creo que tales conclusiones no existen.

Toda esta cuestión se está volviendo cada vez más tenebrosa –Beatrice se contempló las manos–. Tenemos que encontrar los anillos del tío Reggie, Leo. En todo esto ya hay mucho más que la sola herencia de Arabella. Mi tío, seguramente, fue asesinado. El doctor Cox está muerto. Alguien ha tratado de matar a Clarinda. ¿Quién sabe qué puede pasar ahora?

–Tranquilízate –aconsejó él–. Esta noche no podemos hacer nada más. Ambos necesitamos dormir. Mañana, cuando podamos pensar con más claridad, analizaremos toda la información que hemos recabado hasta ahora e intentaremos encontrarle sentido.

–Tal vez no tengamos mucho tiempo.

–Al contrario –dijo Leo–. Creo que la muerte del doctor Cox puede habernos dado un respiro.

Beatrice levantó rápidamente la mirada.

–¿Por qué dices eso?

–Como tú misma señalaste, el asesinato atrae interés no deseado. El que le haya disparado al doctor Cox tenderá a permanecer fuera de circulación por un tiempo. El delincuente ha de saber que voy a hacer averiguaciones al respecto.

–Es muy probable.

–No creo que tú te encuentres en gran peligro –comentó Leo pensativo–. La muerte de un curandero no representa una noticia muy interesante. Pero si te ocurriera algo a ti...

–Claro, si se descubriera que yo soy la señora York, se levantaría un gran revuelo, especulaciones y habladurías –completó Beatrice–. Sí, me doy cuenta de lo que quieres decir. Dudo que el asesino desee suscitar esa clase de interés.

–Las especulaciones y habladurías representarían el menor de los problemas para el criminal –replicó Leo en voz baja.

La helada expresión de sus ojos la dejó sin aliento. Súbitamente, comprendió lo que quería decir. Si algo le ocurría a ella, el delincuente no tendría respiro.

–La misma lógica se podría aplicar a ti –señaló–. No se puede andar fastidiando a los condes sin llamar la atención.

Pero después del intento de secuestro de la otra noche, no podemos despreciar esa posibilidad.

Él le dedicó una fugaz sonrisa.

–¿Preocupada por mí, amor mío?

–Prométeme que tendrás mucho cuidado, Leo.

–Sí, desde luego.

Beatrice lo miró enardecida.

–Leo, lo digo en serio. Debes proceder con suma cautela.

Él sonrió brevemente y levantó la copa en un gesto de burla.

–Tendré todo el cuidado del mundo. Ahora, en lo que se refiere a tu propia seguridad...

–Acabas de decir que no había razón para preocuparse.

Él inclinó la cabeza.

–No obstante –matizó–, tomaremos algunas precauciones, por mi propia tranquilidad.

–¿Cómo dices? ¿Qué clase de precauciones? No estarás pensando en contratar a un detective de Bow Street para que me siga.

–No, no pensaba en un detective. Me refería a un guardaespaldas más efectivo.

–¿A qué te refieres?

Una expresión inescrutable se dibujó en el rostro de Leo.

–Ya hemos cometido demasiados errores –afirmó–. Quiero algo de tiempo para poder reflexionar sobre este asunto antes de involucrar a otra persona más, tal como hice con Clarinda.

–Leo, no. –Estupefacta, Beatrice se puso de pie de un salto–. No debes culparte por lo que estuvo a punto de ocurrirle.

–Por mi causa, casi la envenenan. Si no le hubiera pagado para que vigilara el establecimiento de Sibson...

–Basta ya. –Beatrice salió del escritorio y se acercó a él, cogiéndole el rostro entre las manos–. Basta, ahora mismo. Soy yo quien debe culparse por lo ocurrido esta noche. Soy yo quien insistió en buscar los anillos. Yo soy quien te involucró en esta aventura desde el principio.

–Hablando de aventuras...

Ella frunció el ceño, confundida.

–¿Aventuras?

Él la miró con mirada insondable.

–Por si no te habías dado cuenta, estamos involucrados en dos.

–¿Dos?

–Una tiene que ver con los anillos. La otra, con nosotros.

–Así es –aceptó ella, sorprendiéndose por la serenidad que desprendía su voz; sentía como si tuviera mariposas en el estómago.

Leo dejó la copa sobre la mesa y se acercó a ella, tomándola de ambas muñecas.

–¿Qué opinas de nuestra aventura?

A Beatrice le resultaba cada vez más difícil respirar.

–La encuentro realmente... fascinante, milord.

–Fascinante. –Leo pareció paladear la palabra–. Yo también la encuentro *fascinante*.

Sin previo aviso, se apartó del escritorio y la tomó en sus brazos, llevándola hacia el sofá.

–La señora Cheslyn... –comenzó a decir Beatrice.

–No oirá nada si tenemos cuidado.

–Tía Winifred y Arabella regresarán en cualquier momento.

–¿Suelen llegar antes del amanecer?

–No.

–Entonces tenemos un poco de tiempo. –La tendió sobre los cojines de terciopelo–. ¿Se te ocurre algún otro obstáculo que poner en mi camino?

Ella sonrió.

–No, milord. No se me ocurre ninguna otra objeción.

–Excelente.

Leo se puso de pie y cruzó la habitación para echar el cerrojo a la puerta.

Al tiempo que volvía hasta donde ella lo aguardaba, se iba desanudando la corbata. Se liberó del cuello, lo arrojó descuidadamente a un lado y se sentó en una silla para quitarse las botas, sin apartar en ningún momento sus ojos de los de ella.

Beatrice lo miró mientras se desabrochaba la camisa. Sintió un fuego en su interior. Cuando llegó hasta donde le esperaba, cubierto apenas por sus pantalones, y se extendió sobre ella todo lo largo que era, los dos se consumían en la misma hoguera.

–¡Malditos pantalones! –exclamó él, forcejeando con los cierres del masculino atavío con que ella se había disfrazado–. Te prefiero con faldas.

–¿Porque son más femeninas?

–No, porque resultan mucho más cómodas.

Ella rió ahogadamente.

Con cierto esfuerzo, consiguió por fin liberarla de la prenda. Cuando la tuvo debajo de él cubierta sólo por su fina camisa, comenzó a desabrocharse sus propios pantalones.

Una gloriosa y exultante sensación la embargó cuando pudo ver el tamaño de su erección. «Yo soy la causa de eso», pensó. El deseo que por ella sentía era evidente, salvajemente erótico y absolutamente inconfundible.

Lo acarició con suavidad, tomándolo en su mano.

Él gimió y apoyó la boca contra su cuello.

–Te prometo que esta vez lo haremos como corresponde.

–A mí me parece que la última salió bastante bien.

–Sabes a qué me refiero. –Se irguió, apoyándose sobre los codos y le pasó las manos por el cabello. Sus ojos reflejaban el resplandor del fuego–. Quería tomarme el tiempo necesario. Quería saborearte durante horas.

–No tenemos horas.

–No, apenas unos instantes. De modo que debemos aprovecharlos al máximo.

Bajó la cabeza para adueñarse de su boca. Su beso fue voraz. La consumió. Sintió el tentador filo de sus dientes sobre el labio inferior. La lengua de Leo se entremezcló con la suya, bailando una amorosa danza.

Ella se apretó contra su cuerpo. Le clavó las uñas en la tersa y musculosa espalda. Le mordisqueó el lóbulo de la oreja. Aspiró su aroma hasta que la cabeza le dio vueltas.

Inesperadamente, él se zafó de su abrazo y descendió a lo largo de su cuerpo. Beatrice no supo qué estaba haciendo hasta que sintió su boca sobre ella en el más impúdicamente íntimo de los besos.

–¡Leo!

Pocos instantes después, cuando finalmente la penetró, dejó escapar un agudo, delicado gemido de placer.

Él se apresuró a cubrirle la boca con la mano.

Por encima de la oleada de creciente satisfacción que fue recorriéndola, le pareció oír el sonido de la risa sofocada de Leo. No pudo estar segura, porque él se apresuró a ocultar su rostro en el almohadón que tenía al lado para ahogar su propio y ronco gemido de placer.

16

> La serpenteante oscuridad se enroscó sobre sí misma...
>
> Del capítulo dieciséis de *Las ruinas*, de Amelia York

Al día siguiente, poco después del mediodía, Leo se sentó cómodamente en un sillón del salón de café de su club y abrió el primero de los diarios matutinos.

Estaba bastante convencido de que sus conclusiones de la noche anterior eran acertadas. Beatrice y él contaban con algo de tiempo. Con Cox muerto, Sibson y Saltmarsh, sin duda, no harían ningún movimiento durante unos días.

Pero estar casi convencido no era lo mismo que estar seguro por completo.

Había descansado muy poco tras dejar a Beatrice casi al amanecer, y lo poco que había dormido se había visto interrumpido por sueños muy desagradables.

Se aprestó a leer los principales titulares del periódico. No se hacía mención de la muerte de Cox. Era muy posible que el cuerpo aún no hubiera sido descubierto.

Estaba a punto de dar la vuelta a la página cuando su atención fue atraída por un corto párrafo, a medias oculto entre las chismosas crónicas de los más importantes bailes y recepciones de aquella pasada noche. Se detuvo para leer el breve artículo.

> Algunos caballeros que a principios de esta semana regresaban de una velada en la ciudad, informaron acerca de un lobo –o tal vez un hombre lobo– que fue visto merodeando por las calles de nuestra bella ciudad. Los editores de este periódico se sienten inclinados a atribuir dicha visión a los efectos de varias botellas de vino. Por otra parte, hemos confirmado que el misterioso lord M está en Londres para asistir a la temporada...

Una figura se asomó por encima de la silla de Leo.

–¡Monkcrest! He oído que estaba en Londres.

Leo dobló el periódico y saludó con un movimiento de cabeza al robusto y calvo caballero sentado al otro lado de la chimenea.

–Ramsey. ¿Cómo está usted?

–Muy bien. –Ramsey se puso cómodo y tomó su taza de café–. Me volví a casar el otoño pasado. Encantadora criatura. Acaba de cumplir diecinueve años. No hay nada como otra esposa para vigorizar de nuevo a un hombre.

–Mis felicitaciones, milord.

Ramsey debía tener al menos sesenta y cinco años.

–Gracias –replicó, alzando sus pobladas cejas grises–. Dicen que ha venido usted a Londres para lo mismo.

–¿Cómo dice usted?

Ramsey le guiñó un ojo.

–He oído por ahí que busca una nueva esposa para llevarla con usted a Devon. Parece que ha posado sus ojos en la jovencita que cuida lady Ruston. Una pequeña muy bonita. Algo de dinero hay allí también, creo, aunque no el suficiente para tentar a un hombre de su posición.

Leo exhaló un largo suspiro.

–No, en efecto.

–Pero hay otros factores que deben considerarse, ¿eh? Tiene razón al elegir a una joven, como hice yo mismo. Son mucho más fáciles de manejar, ya sabe. Las mayores son demasiado independientes y sumamente exigentes, a mi parecer.

Leo recordó las murmuraciones que había escuchado esa misma mañana. Se preguntó si Ramsey se habría mostrado tan entusiasta al promover las ventajas de los matrimonios entre hombres mayores y jovencitas recién salidas del colegio si hubiera podido escuchar esas mismas conversaciones. Se referían al rumor de que la joven esposa de Ramsey tenía una aventura con un caballero de su misma edad.

–Me temo que no le han informado correctamente sobre mis intenciones, milord –corrigió Leo educadamente.

Ramsey le dirigió una mirada de complicidad.

–Ah, sí. Comprendo muy bien, milord. Todavía no está listo para hacer un anuncio formal. Muy bien. Estas cosas tienen que hacerse como es debido. Confíe en mí, no diré una palabra.

–Así lo espero.

–Pero debo decirle que el heredero de Hazelthorpe quedará decepcionado. No es ningún secreto que le ha entregado el corazón a la chica. Pero, bueno, todo muchacho debe atravesar la experiencia de un amor contrariado, ¿eh? Por suerte, la mayoría se recupera muy bien.

–Burnby y yo no estamos compitiendo por la mano de la señorita Arabella.

–Desde luego que no. Burnby no puede competir ni con su título ni su fortuna. Lady Ruston le dará su consentimiento en cuanto formule su petición.

Esto ya había llegado demasiado lejos. Una cosa era hacer el favor a Beatrice y a su tía de bailar con Arabella, y otra muy diferente era enterarse de que todo el mundo pensaba que estaba a punto de realizar una proposición matrimonial.

–Permítame aclararle algo –dijo Leo, procurando hacerse entender–. Me considero un amigo de la familia. Yo no tengo...

–¡Monkcrest! –Pearson Burnby atravesó el salón a grandes pasos. Su rostro era una rígida máscara de mal controlada furia–. Me han dicho que podría encontrarlo aquí. Exijo poder tener una conversación con usted, milord.

–¡Por todos los diablos! –murmuró Leo–. Ésta es la clase de cosas que me obligan a evitar la vida de Londres todo lo posible.

Pearson se detuvo frente al sillón de Leo.

–Créame, milord, que yo también habría preferido que se hubiera quedado en Devon. Pero es evidente que usted, en cambio, ha optado por arruinar la vida de una encantadora joven.

–Yo no me he propuesto arruinar la vida de nadie, Burnby.

Pearson cerró los puños.

–Supongo que piensa que la familia de Arabella estará encantada de aceptar su propuesta matrimonial.

–No he realizado ninguna propuesta. Justamente, se lo estaba diciendo a Ramsey. Soy un amigo de la familia, eso es todo.

–¿Se atreve a llamarse amigo de la familia? Tonterías. Es evidente que usted está ganándose el afecto de la familia con el único propósito de convencer a lady Ruston de que sería un marido adecuado para Arabella.

–Eso no es verdad, Burnby.

Pearson estaba rojo de ira.

–No lo niegue. Todo el mundo sabe que usted prefiere no venir a Londres. Se dice que hay sólo una cosa que lo podría traer hasta aquí; al igual que el lobo, ha venido a cazar a una inocente ovejita.

–Burnby...

–¡Está al acecho de una joven inocente a quien arrastrar hasta Devon para sacrificarla en el altar de su lujuria!

–¿Ha estado leyendo las novelas de la señora York, por casualidad?

–No permitiré que nadie se burle de mí.

–Tranquilícese, Burnby.

Pearson entrecerró los ojos.

–Seré claro, usted es demasiado viejo para ella. Ella es la primavera; usted, el invierno.

Leo hizo una mueca.

–Cuando menos, eso es lo que usted cree.

–Una dama con la extraordinaria sensibilidad de la señorita Arabella jamás podría ser feliz con usted, Monkcrest. Destruiría toda su vida. No puedo permitirlo.

–Por suerte, no ocurrirá.

–No, en efecto. –Pearson se irguió, mientras se quitaba lentamente los guantes de equitación–. Yo me encargaré de que no ocurra.

–Esto no es necesario, Burnby –advirtió Leo, sin quitar los ojos del guante.

–Por el contrario, milord, es absolutamente necesario. –Pearson arrojó el guante a los pies de Leo–. Con este gesto lo desafío, Monkcrest. Que sus padrinos se pongan en contacto con los míos cuando estime conveniente.

Un silencio sobrecogedor se cernió sobre el salón de café. Todas las cabezas se habían dado la vuelta.

Leo contempló a Burnby un instante. Luego, se agachó para recoger el guante.

–Está cometiendo un gran error, Burnby.

–En efecto –murmuró Ramsey–. Joven necio y atolondrado, acaba de firmar su sentencia de muerte.

Pearson tragó con visible dificultad, pero no retrocedió.

–No le tengo miedo, Monkcrest.

Leo se puso de pie con lentitud. Se preguntaba si con la edad de Pearson había tenido la misma propensión al melodrama.

–No es la mano de la señorita Arabella a la que aspiro –afirmó Leo, quebrando el ominoso silencio que se había adueñado del salón–. Tengo intenciones de pedir la mano de su prima, la señora Poole.

Pearson se quedó con la boca abierta.

–¿La... la señora Poole?

–Sí.

–¡Pero si tiene... casi treinta años!

–Dada mi edad, y el hecho de que ya tengo mis manías, me pareció mejor elegir una esposa que hubiera dejado las aulas tiempo atrás. Su Arabella es encantadora, pero resulta demasiado joven para mí.

Pearson volvió a tragar.

–Sí. Demasiado joven.

Leo le extendió el guante.

–Estoy seguro de que querrá desearme la mejor de las suertes.

Pearson miró el guante que se le ofrecía, sin comprender. Leo suspiró y lo puso en su mano dándole una ligera palmada, sin que el joven ofreciera resistencia. Luego, se volvió y salió del salón, en el que imperaba un gélido silencio.

El agitado zumbido de especulaciones no comenzó hasta que Leo estuvo en el vestíbulo. Cuando el impasible portero le alargó su sombrero, comenzó a sentirse un sordo rumor, que fue subiendo paulatinamente de volumen cuando salió del lugar y descendió la escalinata principal.

A las cinco de la tarde el rumor estaría en boca de todo aquel que tuviera alguna relación con la alta sociedad. El Monje Loco había hecho pública su relación con la señora Poole.

Supuso que Beatrice se pondría furiosa con él. La había puesto en una situación sumamente delicada. Si el compromiso no se concretaba, se vería sometida a la humillación social. Su nombre estaría en todas las murmuraciones, y los comentarios no serían precisamente benévolos.

Y eso no era lo peor. Si su identidad como Amelia York se desvelaba, su profesión se vería expuesta a un grave riesgo. La señora Poole podría sobrevivir al escándalo de un compromiso roto con el Monje Loco, pero no así la señora York. ¡Era una situación endemoniadamente complicada!

Leo se detuvo de repente en medio de la calle y miró sin ver los carruajes y personas que por allí pasaban. Un verdadero caballero iría directamente a la casa de Beatrice y le confesaría de inmediato sus pecados. Ella merecía que se lo advirtiera. Pero si hacía lo que debía, sin duda se vería obligado a escuchar su reprimenda por haberla puesto en semejante apuro, y no se sentía con ánimos para sufrir las consecuencias de su afilada lengua.

Para distraerse de sus lúgubres pensamientos, Leo volvió su atención al tema de los Anillos Prohibidos. Si lograba encontrarlos y entregárselos a Beatrice, sería mucho más probable que ella pudiera ver los desdichados sucesos del salón de café con mirada más comprensiva.

Sí. Definitivamente, era la mejor línea de acción. Tenía que encontrar los condenados anillos. Si lo lograba, ella le perdonaría cualquier cosa.

Se envolvió con la tranquilizadora capa de la lógica y el raciocinio.

Había llegado el momento de volver a visitar a Sibson. El anticuario parecía ser el eslabón más débil de la cadena. Cada vez que Leo ejercía alguna presión en esa dirección, algo ocurría.

Beatrice se enojaría con él por no llevarla consigo al establecimiento de Sibson, pero ocurriría de todas maneras cuando le llegaran los rumores de su «compromiso».

Tanto por una cosa como por otra, Leo se encontraba en una posición muy delicada.

Arabella miró a *Elf* con curiosidad.

–¿Muerde? –preguntó.

Beatrice echó una mirada al sabueso tumbado frente a la chimenea de su estudio.

–No lo sé –respondió–. Hasta ahora, lo único que ha hecho es dormir.

Leo había llevado al perro hasta su puerta trasera sobre las once de la mañana. Para gran consternación de la señora

Cheslyn, se dirigió con el sabueso hasta el saloncito de té, donde estaban reunidas Beatrice, Arabella y Winifred.

–Le agradecería que se quedara con él durante un tiempo –dijo Leo a Beatrice.

–¿Quiere que se lo cuide? –Beatrice apoyó su taza con cierto estrépito– ¡Pero, milord, ésta no es una casa muy grande, y el jardín es realmente minúsculo!

–Sólo un día o dos –insistió Leo–. Como un favor personal.

Beatrice estuvo a punto de protestar, pero entonces recordó que había mencionado algo respecto a un guardaespaldas.

–Muy bien, milord –musitó–. Nos alegrará poder cuidar a su sabueso durante unos días.

–No salga sin él –recomendó Leo. Saludó a Winifred y a Arabella inclinando la cabeza–. Buenos días, señoras. Espero volver a verlas esta noche.

–Sí, por supuesto, milord –repuso Winifred contemplando a *Elf* con horrorizada fascinación.

–Pórtate bien, *Elf*

Leo salió del saloncito y desapareció en el vestíbulo.

El sabueso miró con interés hacia el aparador, donde había una bandeja llena de huevos y tostadas.

–¡Oh, por Dios! –murmuró Winifred–. Justo cuando una comienza a creer que los rumores referentes a su señoría son algo exagerados, él va y hace algo extremadamente excéntrico como esto. Me pregunto por qué Monkcrest tiene que dejar a este animal con nosotras.

–No tengo ni idea. –Beatrice se levantó y se dirigió hacia el aparador; no podía decirles que Leo estaba preocupado por su seguridad, porque se aterrorizarían–. Pero cuando una piensa en todo lo que Monkcrest ha hecho por nosotras, no puede negarse a sus peticiones.

–Tienes razón, desde luego –admitió Winifred, con un suspiro–. ¿Y qué son unas pocas excentricidades aquí o allá? Después de todo, es un conde.

Beatrice y Arabella intercambiaron breves sonrisas de complicidad antes de que la primera eligiera un trozo de beicon y se lo diera a *Elf*.

Después del desayuno, el sabueso la siguió hasta su estudio, donde permaneció desde entonces. Beatrice comenzaba a preguntarse acerca de las caminatas diarias que necesitaría, además de las visitas al parque.

–Es terriblemente grande, ¿verdad? –Arabella se inclinó para acariciarle en la enorme cabeza; como respuesta, *Elf* se limitó a mover una oreja, sin abrir los ojos–. Parece un enorme lobo de cuento de hadas.

Beatrice recordó de pronto un pequeño artículo que había leído en uno de los periódicos matutinos. Decía algo acerca de un lobo que había sido visto a altas horas de la noche por las calles de Londres...

–¡Cielo santo! –murmuró–. Me pregunto si... Oh, seguramente no.

Arabella le dio una última palmadita en la cabeza y se enderezó.

–¿De qué hablas, Beatrice? –inquirió.

–No tiene importancia, no es nada. –Beatrice cogió una pluma y la examinó–. ¿Qué planes tienes para esta tarde?

–Tía Winifred y yo saldremos de compras. ¿Te gustaría acompañarnos?

Beatrice miró dubitativamente a *Elf*. No conseguía imaginárselo metido dentro de uno de los probadores de Lucy, y sabía que Leo se enfadaría mucho si salía sin su guardián.

–Creo que no, gracias. Tengo trabajo que hacer. Cuando haya terminado con mis apuntes, me parece que llevaré a *Elf* a dar un paseo. Es un animal muy grande, así que supongo que necesita hacer mucho ejercicio.

Arabella asintió.

–Bueno, debo ir a vestirme. Tía Winifred ya debe estar poniéndose nerviosa. –Al llegar a la puerta, se detuvo y se volvió hacia ella con una expresión ligeramente preocupada en el rostro–. Beatrice, ¿crees que tiene razón cuando sostiene que los hombres no se casan sólo por amor?

A Beatrice por poco se le cayó la pluma de las manos. Era la primera vez que Arabella mostraba alguna duda con respecto al triunfo absoluto del amor verdadero. Trató de encontrar una respuesta tranquilizadora que a la vez no fuera una vil mentira.

–Supongo que todo depende del hombre en cuestión, Arabella.

–Tú te casaste por amor.

–Así es. –Beatrice aspiró con fuerza–. Pero eso no siempre garantiza la felicidad.

–En la familia, todos sabemos que tu matrimonio fue una mezcla perfecta y armoniosa de los mejores vínculos físicos y espirituales que pueden unir a un hombre y una mujer.

De pronto, Beatrice sintió que ya estaba harta de su propia leyenda. Después de tantos años, sentía una apremiante necesidad de hacerla trizas.

–La verdad es que no fue tan armonioso, Arabella.

–¿Cómo?

Beatrice pareció titubear, mas luego decidió emplearse a fondo.

–Voy a decirte algo que muy poca gente sabe. Mi esposo se casó conmigo porque no podía hacerlo con la mujer de la que realmente estaba enamorado. No lo descubrí hasta después de la boda.

Arabella se quedó mirándola.

–¿Qué pretendes decir? Toda la familia sabe que amabas a Justin con todo tu corazón.

–Al principio era así, pero al final consiguió transformar ese amor en un sentimiento de piedad y... algo más.

–¿Qué más?

–Odio. –La grave palabra quedó suspendida en el aire, sorprendiendo a Beatrice más que a Arabella–. *Rabia* no sería una palabra lo suficientemente intensa, a decir verdad. Estaba furiosa con él por lo que me había hecho. Pero no lo reconocí ante nadie, ni siquiera ante mí misma. Me sentía culpable, ¿entiendes?

–¿Culpable? ¿Pero por qué?

–Me culpaba por no poder hacer que olvidara a la mujer que era dueña de su corazón, por no ser capaz de rescatarlo de su capricho sin esperanzas y enseñarle a amar otra vez. Pero, en lo más profundo de mí misma, creo que lo odiaba por haberme decepcionado.

Arabella parecía conmocionada.

–¿Lo odiabas?

–Mis sentimientos eran tan confusos que ya no sabía qué sentía. Sólo sé que el día que recibí la noticia de su muerte sentí una fuerte impresión, pero no una gran pena.

–¡Qué terrible debió ser para ti!

–Lo extraño es que ya no me parece ni de lejos tan terrible como antes. –Beatrice sonrió–. Quizá por eso hoy puedo contártelo como estoy haciéndolo.

«Es cierto», pensó. Desde algún lugar en su interior había aparecido una rara sensación de calma que se había instalado en su corazón a medida que expresaba sus sentimientos en voz alta. «Todos estos años diciéndome que lo que sentía por Justin era piedad. Repitiéndome que no debía culparlo por la tragedia de haber amado tan intensamente. Qué enorme tontería.»

–La verdad es que el muy bastardo me mintió –dijo Beatrice; su estado de ánimo mejoraba a cada palabra que pronunciaba–. Me engañó, y también se engañó a sí mismo.

–Sí, desde luego que te engañó –declaró Arabella con conmovedora lealtad–. No te merecía.

–Gracias. –Beatrice sonrió–. Vamos, ahora no debes preocuparte por mí. Todo esto pasó hace mucho tiempo. Mi corazón está curado.

–¡Es asombroso! –Arabella parecía divertida–. Te has convertido en una especie de gran leyenda romántica en la familia. Todos creíamos que habías jurado no volver a casarte porque no podías borrar a Justin de tu corazón.

–Juré no volver a casarme por el temor de repetir el mismo error que cometí con mi primer matrimonio –replicó secamente Beatrice.

–¡Siempre has parecido tan segura de ti misma!

–Sí, pero en lo que se refiere al amor, me temo que no disfruto de la misma seguridad de que hago gala en otras cuestiones.

–Excepto en tus novelas –corrigió Arabella.

Beatrice arqueó las cejas.

–Muy perspicaz por tu parte.

–¡Oh, Beatrice, lamento tanto que nunca hayas conocido el verdadero amor!

Sobresaltada, Beatrice se dio cuenta de que Arabella parecía realmente afectada. Se puso de pie y salió de detrás de su escritorio para abrazarla.

–Está bien, querida. Me las he arreglado muy bien sin conocerlo.

–Pero...

–Sshh. –Palmeó a Arabella en el hombro–. No te conté mi historia para que dudaras de Pearson. No se parece a Justin en nada. La verdad es que creo que está muy interesado en ti.

–¿De verdad lo crees?

Beatrice recordó la forma en que Pearson miraba a Arabella cuando ésta estaba distraída.

–Sí, lo creo.

Arabella pareció relajarse.

–¡Gracias al cielo!

Beatrice dejó escapar un profundo suspiro.

–Querida, debes escucharme. No cabe duda de que Pearson se ha encariñado contigo. Pero que sus padres le permitan pedir tu mano es harina de otro costal. Debes estar preparada para cualquier eventualidad.

–Pearson es un hijo muy obediente –replicó Arabella–.

Naturalmente, quiere que sus padres aprueben su elección. Pero es un hombre, y acabará por tomar sus propias decisiones, más allá de que sus padres las aprueben o no.

No había nada como el amor para transformar a alguien en un verdadero optimista. Beatrice volvió a abrazarla.

–Espero que tengas razón. Tal vez, en estas cuestiones, tu intuición sea mejor que la mía.

Beatrice se detuvo con *Elf* en la esquina de un pequeño parque. Cuando salió a pasear, no se había propuesto llegar una hora más tarde hasta Deeping Lane. Pero una vez que la idea de espiar la casa de Graham Saltmarsh se instaló en su mente, había sido incapaz de resistirse. Recordaba haberle oído dar su dirección al empleado de la librería Hook. Parecía que el destino la había llevado de la mano, proporcionándole una perfecta oportunidad para obtener alguna información útil relativa a las idas y venidas de Saltmarsh.

Y recordó, muy convenientemente, que *Elf* necesitaba hacer ejercicio. Los grandes sabuesos debían realizar largas caminatas.

De pronto, se dio cuenta de que ya estaba formulando excusas que presentar a Leo. Como si se tratase de un marido que tuviera derecho a criticar sus decisiones. Gruñó, disgustada consigo misma.

Por la mañana, la niebla pareció haberse disipado un rato, pero en ese momento volvía a espesarse y envolvía a Deeping Lane en una bruma grisácea. Desde su lugar de observación, bajo las ramas de un gran árbol, Beatrice todavía podía divisar la puerta de entrada del número 21, pero sólo eso.

–Quizá deberíamos acercarnos un poco más, *Elf*. No tiene sentido espiar una puerta si uno no puede ver quién entra y quién sale.

Elf torció una oreja, pero su atención estaba concentrada

en la hierba que había debajo del árbol; el olor que desprendía parecía atraer su interés.

No obstante, cuando Beatrice tiró levemente de la correa, *Elf* abandonó el árbol para explorar nuevos territorios. Juntos cruzaron la calle y avanzaron poco a poco por el sendero que conducía directamente hasta la residencia de Saltmarsh.

A Beatrice no le preocupaba demasiado que Saltmarsh pudiera reconocerla si acertaba a estar en casa y mirara casualmente por la ventana. Su sombrero con velo y su amplia capa de lana le proporcionaban un total anonimato. No era más que una dama que salía a pasear con su mascota.

Sintió una punzada de excitación al pasar frente a la puerta del número 21 de Deeping Lane. No pudo dejar de advertir que, a pesar del sombrío día, no se veía por las ventanas ni el resplandor de las lámparas ni los reflejos del fuego del hogar.

Un muchachito con una cabellera enmarañada como una estopa dobló corriendo la esquina y se detuvo bruscamente al divisar a *Elf*. Abrió los ojos con estupor, con una mezcla de terror y excitación.

–¿Es un lobo, señora?

–¿Qué? –Beatrice bajó la mirada hacia el chico–. Oh, no, no es un lobo. Es sólo un enorme sabueso.

–¿Muerde?

–No creo –respondió ella–. Puedes acariciarlo, si quieres.

–¡Por todos los diablos! –Con gran cautela, el muchacho dio dos palmaditas sobre la cabeza de *Elf* y retrocedió de un salto hasta quedar fuera de su alcance–. ¡Espere a que les cuente a los demás que he tocado un verdadero lobo!

A Beatrice se le ocurrió una idea. Abrió el bolso y hurgó en él hasta encontrar una moneda.

–¿Me harías el favor de llamar a la puerta del número 21?

El chico se encogió de hombros, cogió la moneda y subió corriendo los escalones. Beatrice se alejó un poco y aguardó.

El chico se puso de puntillas y golpeó varias veces con la aldaba. La puerta permaneció cerrada.

–Ya es suficiente –dijo Beatrice cuando el muchacho regresó–. Gracias por tu ayuda.

Con una última mirada hacia *Elf*, el chico giró sobre sus talones y corrió hacia el parque.

Beatrice examinó la puerta.

–Parece que el señor Saltmarsh no está en casa, *Elf*.

El sabueso olfateó pensativamente una mata de hierbas.

–¿Qué dices, *Elf*? ¿Damos la vuelta para ver si hay un patio trasero?

Elf no respondió. Beatrice resolvió tomar su silencio como un asentimiento tácito. Fueron hasta el final de la calle, giraron y se internaron en un angosto callejón.

Elf encontró muchos puntos de interés en el pestilente pasaje, pero Beatrice lo arrastró hasta que llegaron al jardín vallado de la parte trasera.

Trató de abrir la verja de hierro. No habían echado el cerrojo.

–No hagas nada de ruido, *Elf*.

El sabueso, que hasta el momento no había emitido ni un sonido, le dirigió una curiosa mirada antes de entrar trotando por la entrada.

Un escalofrío de aprensión recorrió la columna vertebral de Beatrice. La casa debía estar cerrada con llave; sin la ayuda de Leo, no podría entrar. Pero podía espiar por las ventanas. Quizá pudiera distinguir algo que resultara ser una pista útil.

Elf encontró muchas cosas interesantes que husmear en el descuidado jardincillo de la cocina. Beatrice le permitió olfatear los bordes de la pequeña parcela mientras se daba ánimos para espiar por las ventanas.

Las cortinas estaban echadas, pero una había quedado enganchada en una pequeña mesita. A través de una delgada rendija, pudo ver lo que parecía ser un pequeño y desordenado estudio, no muy diferente del suyo. La biblioteca estaba abarrotada de ejemplares encuadernados en cuero y sobre el escritorio había varios libros abiertos.

Aparte de comprobar las inclinaciones académicas de Saltmarsh, no pudo distinguir nada realmente útil para sus propósitos.

Desilusionada, comenzó a darse la vuelta. Vio que *Elf* aguardaba pacientemente sentado frente a la puerta trasera. Parecía estar esperando que ella la abriera.

–Estoy segura de que está cerrada, *Elf*.

Pero ¿y si no lo estaba?

Subió el escalón. Probó con el picaporte. Éste cedió con toda facilidad.

–Lo tomaré como un buen augurio, *Elf*.

Abrió la puerta y se encontró en un oscuro y angosto vestíbulo. El sabueso atravesó el umbral corriendo con gran ansiedad. Demasiada ansiedad.

No se detuvo. Siguió corriendo, golpeteando con las patas en el suelo de madera. Su ímpetu logró arrancarle la correa de las manos.

–¡*Elf!* –gritó, horrorizada–. ¡Vuelve aquí!

El sabueso no le hizo caso. Desapareció por una puerta, rumbo al vestíbulo principal.

–¡Por todos los diablos! –Beatrice se recogió las faldas y se dirigió tras él–. Leo me estrangulará si te pierdo. ¡Ven aquí, maldito perro del demonio!

En el vano de la puerta, apareció Leo. Tenía un puñado de cartas en una mano y una pistola en la otra.

–Hola, Beatrice.

17

El horror de todo aquello.
Ser sacrificada en el altar de su inhumana lujuria...
DEL CAPÍTULO DIECISIETE DE *LAS RUINAS*, DE AMELIA YORK

–¡Leo! –A Beatrice la disgustó el sonido sofocado de su propia voz–. ¿Qué estás haciendo aquí?

–Dadas las circunstancias, creo tener derecho a formularte la misma pregunta yo a ti.

–Puedo explicarlo –aseguró ella rápidamente.

–Lo mismo que yo. –Un brillo lacónico apareció en sus ojos–. Será interesante ver si alguno de los dos acepta las explicaciones del otro, ¿no crees?

–Debo decirte que me has dado un susto enorme.

El pulso de Beatrice fue normalizándose poco a poco, aun sin llegar a su ritmo normal. Después de todo, se encontraba en el vestíbulo de la casa de un hombre que no la había invitado.

–Te aseguro –añadió– que si fuera propensa a los desmayos, me desvanecería aquí mismo y en este preciso instante.

–Pero como no lo eres, podemos dejar de lado los efectos teatrales.

Leo se volvió y entró al pequeño salón. No había que esforzarse para darse cuenta de que había estado registrándolo hasta ese momento. Al abrir el cajón de un pequeño escritorio, arqueó una de sus oscuras cejas.

–Presumo que estás aquí por la misma razón que yo.

–Para echar un rápido vistazo, buscando posibles pistas –dijo ella con voz crispada–. ¿Qué otra posible razón podría tener para estar aquí?

Él le dirigió una de sus miradas enigmáticas, cavilosas, que tenían la virtud de sacarla de quicio.

Le devolvió la mirada.

–Realmente, ¿qué rayos se te ha pasado por la cabeza?

–Sólo se me ocurrió que preferirías pensar que Saltmarsh es inocente... –Se interrumpió, encogiéndose de hombros.

Beatrice se sintió indignada.

–¿Pensabas que había venido hasta aquí para advertirle que estabas fisgoneando en sus asuntos? Te recuerdo que somos socios. Jamás haría tal cosa sin haberlo discutido primero contigo.

–Me alegra saberlo.

Volvió su mirada hacia *Elf*, que se había echado en medio del vestíbulo.

–Pasaba casualmente por aquí mientras daba un paseo con *Elf*.

Leo murmuró algo ininteligible y siguió revisando los papeles que acababa de encontrar.

Beatrice carraspeó con discreción.

–Cuando me di cuenta de que no había nadie en casa...

Él alzó de repente la vista; un oscuro fulgor le brillaba en los ojos.

–¡Por los clavos de Cristo! ¡Así que fuiste tú la que llamó a la puerta hace un rato!

Beatrice alzó la barbilla, desafiante.

–Yo no hice nada semejante.

–Beatrice...

–Le pagué a un chico para que lo hiciera por mí –se apresuró a aclarar–. Quería estar segura de que no había nadie en la casa.

–Y eres tú la que habla de un susto... –Leo cerró el cajón y cogió una pequeña estatua de Afrodita que había sobre la mesa–. Casi me desmayé. Creí que el que llamaba a la puerta era Sibson.

–¿Por qué?

–Supongo que lo tenía metido en la cabeza. Acabo de venir de su tienda. –Leo contempló la base de la estatua–. Falsa.

–¿La tienda de Sibson es falsa?

–No, esta pieza. –Volvió a dejar la estatua en su lugar–. No tiene más de dos o tres años, sospecho. Probablemente sea obra de Sibson.

Beatrice se puso de puntillas para mirar la parte de atrás de un cuadro colgado en la pared que representaba un paisaje italiano. En sus novelas, las heroínas solían encontrar cajas fuertes ocultas detrás de los cuadros.

–Háblame de tu visita a la tienda de Sibson.

–No hay mucho que contar –replicó Leo–. Cuando llegué, Sibson no estaba. En realidad, todo indicaba que se había marchado de Londres con cierta prisa.

–¿Por qué dices eso?

–Subí hasta las habitaciones que ocupa en el piso superior de la tienda. La mayoría de sus ropas y de sus artículos para el afeitado no se encontraban allí. Interesante. También faltan las pertenencias de Saltmarsh. Ya he mirado en su dormitorio.

–Si los dos están complicados en este asunto, tal y como sospechas –dijo Beatrice, frunciendo el ceño–, deben de haberse puesto muy nerviosos después del asesinato del doctor Cox. Tal vez ambos pensaran que sería conveniente abandonar Londres.

–Así es. –Leo fue hasta la puerta–. Ya he terminado con este cuarto. Sólo queda por revisar el estudio.

Cruzó el vestíbulo, con Beatrice pisándole los talones.

–Anoche insinuaste que podíamos habernos topado con una discusión entre ladrones –recordó ella–. Esto comienza a parecerse justamente a eso, ¿verdad?

–Concuerda con los hechos que tenemos hasta el momento. –Leo entró en el estudio y se dirigió directamente al escritorio–. Puede que Cox, Sibson y Saltmarsh hayan trabajado juntos para encontrar los Anillos Prohibidos. Cada uno de ellos tenía algo que aportar a esa sociedad.

Beatrice leyó con atención los títulos de la biblioteca. La mayoría eran trabajos clásicos sobre la cultura griega y latina, mezclados con historia antigua y viejas leyendas.

–Parece que el señor Saltmarsh es, en efecto, un auténtico erudito especializado en antigüedades –señaló–. Bien pudo haber seguido el rastro de los anillos, e incluso también el de la estatua.

–Y es un hecho cierto que Sibson tiene conexiones en el gran mercado del tráfico de antigüedades. Ha estado implicado en más de un asunto fraudulento con anterioridad. No dudaría en aunar fuerzas con Saltmarsh para echar el guante a algo tan valioso como los Anillos Prohibidos de Afrodita.

–Y supongo que debieron de pagar a Cox para que preparara los brebajes envenenados –sugirió Beatrice.

–En efecto.

–¿Cuál de ellos crees que le disparó a Cox?

Leo pareció titubear.

–Dudo que fuera Sibson –repuso al fin–. Es un hombre que prefiere las intrigas y las conspiraciones, no la violencia física. Tiene un carácter sumamente nervioso.

–He observado que las personas nerviosas a veces reaccionan con desmesura frente a situaciones de gran tensión. Si sucumbe al pánico, un hombre de esa naturaleza bien puede apretar el gatillo de una pistola que sólo intentaba utilizar como amenaza.

–Muy cierto. –Leo cerró uno de los cajones del escritorio y abrió otro–. La posibilidad de encontrar los anillos puede provocarle mucha ansiedad a más de un coleccionista serio.

Beatrice sacó un libro de un estante, lo abrió y lo sostuvo boca abajo, para que las páginas oscilaran libremente.

–¿Qué estás haciendo?

–En mis novelas suelo hacer que las heroínas descubran algo muy significativo oculto entre las páginas de los libros.

La sonrisa de Leo no llegó a ser francamente despectiva, pero anduvo bastante cerca. Beatrice decidió hacer caso omiso de su evidente desdén. Nada interesante cayó del volumen, así que volvió a colocarlo en el anaquel y cogió otro.

–Eres un serio estudioso de las antigüedades, Leo, pero no parece preocuparte demasiado la cuestión de los anillos. En realidad, te muestras tan imperturbable como un trozo de granito.

–Sólo porque mis nervios han sido recientemente templados por una permanente exposición a una influencia mucho más perturbadora.

Ella le dirigió una mirada suspicaz.

–¿Y qué influencia es ésa, milord?

–Sabe muy bien que me refiero a usted, señora Poole –repuso él, con el mismo tono irónico.

–Tonterías. –Retiró un nuevo libro del estante y lo sostuvo boca abajo–. No le creo ni por un momento, milord. Después de todo, es usted un caballero que se entretiene saliendo a cazar salteadores de caminos.

–Sólo porque hay muy pocas distracciones allá en Devon.

Ella no se dignó responder.

–Bueno, ¿has encontrado algo importante en ese escritorio?

–Depende de lo que entiendas por importante –replicó Leo, casi en un murmullo.

Ella se volvió rápidamente y vio que Leo estaba estudiando una pila de papeles.

–¿Qué es eso?

–Parece ser parte de un manuscrito. –Leo levantó la primera página–. Una novela de misterios tenebrosos y terroríficos.

Comenzó a leer con su profunda y portentosa voz:

La antigua cripta sepulcral estaba tallada en la roca viva de la falda de la colina. Enmarañadas enredaderas encubrían la entrada como un sudario de verde follaje, creado por la naturaleza para ocultar las indómitas tinieblas del otro lado.

Beatrice sintió que la invadía un sentimiento de alivio.

–El señor Saltmarsh nos decía la verdad –afirmó–. Aspira a convertirse en escritor.

Leo siguió leyendo:

> Impulsada por el enorme coraje que tan hondamente se hallaba enraizado en su noble naturaleza, la encantadora Beatrice se acercó a las decrépitas ruinas...

–¡Beatrice! Déjame ver eso. –Beatrice corrió hacia el escritorio. Le arrancó a Leo la página de las manos y la releyó–. ¡Por todos los cielos, le ha puesto mi nombre a la heroína!

–Ingenioso bastardo. –Leo le quitó la hoja y la arrojó al montón que había en el cajón–. Sin duda, pensaba impresionarte con su grandioso gesto.

–Bueno, es bastante conmovedor, debes admitirlo.

–Por el contrario, es astuto, taimado y malicioso. Justo la clase de truco que cabría esperar de Saltmarsh.

Leo cerró el cajón de un golpe y pasó al siguiente.

–Vamos, Leo –protestó ella–, no puedes tener la certeza de que se proponía algo más que rendirme un respetuoso homenaje.

Leo la miró a los ojos.

–¡Buen Dios, suponía que una mujer madura como tú tendría el suficiente conocimiento sobre cuestiones mundanas para no caer en esta clase de triquiñuelas!

–Nosotras, las mujeres maduras, no podemos permitirnos el lujo de ser demasiado remilgadas ante el homenaje que un hombre quiera rendirnos –replicó Beatrice en tono áspero–. Gestos semejantes son poco frecuentes cuando una dama alcanza cierta edad.

Él se enderezó bruscamente.

–Vamos, Beatrice, jamás quise inferir... –comenzó.

–Bobadas –lo interrumpió ella–. Pero, no importa, te perdono. Una de las ventajas de ser una señora mayor es que puedo ver las cosas en su correcta perspectiva. No lograrás abrumarme con tus comentarios acerca de mi edad o mi ingenuidad.

Leo se quedó callado. Su mirada era completamente indescifrable. Beatrice volvió a ocuparse del estante.

–Debes admitir –siguió diciendo con lo que esperaba que fuese un adecuado tono de mujer de negocios– que esos manuscritos indican que el señor Saltmarsh bien puede haber sido sincero con nosotros en lo que respecta a su participación en este asunto.

–Beatrice.

–¿Sí, Leo? –Cogió otro libro del anaquel, miró el título, y sonrió–: Oh, mira. El señor Saltmarsh tiene *La novia del Castillo Scarcliffe* en el mismo estante en que guarda sus textos clásicos.

–Hice ese especialmente insensible, despiadado y por completo injustificado comentario –dijo Leo, en tono muy serio– porque siento unos celos terribles de Saltmarsh.

–Me pregunto si... –Beatrice se dio la vuelta con tanta rapidez que estuvo a punto de dejar caer el libro que tenía en las manos–. ¿Qué dices?

–Me parece que me has oído muy bien –dijo Leo, retornando al registro de los cajones–. Sabes, hace tantos años que no sufro el aguijón de los celos que por lo visto había olvidado lo desagradables que son.

–Leo –replicó Beatrice, con el libro apretado contra su pecho, y dio un paso hacia el escritorio–, no es necesario, te lo aseguro. Mis sentimientos por el señor Saltmarsh no son más que los vínculos habituales entre dos personas que comparten un mismo interés.

–Entiendo. ¿Y qué me dices de nuestros propios vínculos, Beatrice?

–Es obvio que son de naturaleza totalmente diferente de los que me ligan a Graham. Quiero decir, los que comparto con el señor Saltmarsh.

Leo le dirigió una furiosa mirada.

–No puedo decirle cuánto me tranquiliza oír eso, señora.

Ella lo observó con creciente curiosidad.

–¡Estás enfadado!

–También tengo prisa. ¿Qué tal si terminamos con esto y nos vamos de aquí antes de que Saltmarsh entre y nos descubra hurgando entre sus cosas?

–Creí que habías dicho que se había marchado de Londres.

–Eso parece, pero no puedo estar seguro por completo.

El sonido de un suave gruñido le congeló la sangre en las venas a Beatrice. Se dio la vuelta y vio que *Elf* se había puesto de pie, con las orejas enhiestas y el hocico dirigido hacia la puerta de la entrada.

–Leo, tu perro...

–Sí. –Leo se alejó del escritorio–. Hay alguien en la entrada. La casera, sin duda. Es hora de que nos vayamos. Deja ese condenado libro. ¡Deprisa!

Beatrice volvió a colocar el libro en el estante. Leo la tomó de la muñeca y corrió con ella hasta la puerta del estudio.

Al otro lado de la puerta se oyó el tintineo de una llave. *Elf* miró expectante a Leo, aguardando instrucciones.

–No –susurró Leo–. Ven aquí.

Arrastró a Beatrice fuera del estudio y atravesaron el vestíbulo. *Elf* iba tras ellos. Leo abrió la puerta trasera, y todos bajaron rápidamente el escalón.

Beatrice oyó cómo se abría la puerta principal en el preciso momento en que Leo cerraba la trasera. Bendijo en silencio la niebla, que se había espesado mientras permanecían dentro de la casa de Saltmarsh y ahora cubría el pequeño jardín con su espeso manto.

Elf los condujo sin vacilar hacia la angosta verja de hierro. Instantes más tarde, se encontraban a salvo en el callejón.

–Esta vez –señaló Beatrice casi sin aliento–, estuvimos peligrosamente cerca.

–Sí, en efecto. –Leo le apretó el brazo–. Demasiado cerca. Te juro que si vuelves a...

–Concentrémonos en el problema que nos ocupa –interrumpió Beatrice sin miramientos–. El señor Sibson puede estar involucrado en este asunto, pero no podemos estar seguros de que el señor Saltmarsh también lo esté. Debes reconocer que, según todos los datos de que disponemos hasta ahora, nos dijo la verdad sobre sí mismo.

–Admito que la evidencia de su sinceridad es irrebatible. –Sin soltarle la muñeca, Leo la llevó hasta el final del pasaje–. Demasiado irrebatible.

–¿Qué quieres decir con eso?

–¡Vamos! ¿Algunas páginas de un manuscrito con una heroína que se llama igual que tú y un ejemplar de una de tus novelas en su estante? Para mí está bien claro que Saltmarsh dispuso cuidadosamente todos esos detalles con el solo propósito de que yo los encontrara en caso de revisarlos.

–Tienes una mente tortuosa, Leo.

–Lo tomaré como un cumplido. –Leo aminoró el paso, hasta que abandonó el callejón caminando tranquilamente–. ¡Cómo me gustaría saber dónde se encuentran Sibson y Saltmarsh en este mismo momento!

Cuando un rato más tarde los dos entraron en la casa de Beatrice, Leo seguía rumiando especulaciones acerca del paradero de aquellos dos hombres, que estaban claramente situados en el centro del enigmático asunto.

–¡Beatrice! –Arabella salió corriendo del saloncito, con los ojos fuera de las órbitas por la excitación. Al ver a Leo, frenó en seco, patinó y realizó una apresurada reverencia–. Milord. –Sin aliento, se volvió hacia Beatrice–. ¡Por fin llegas a casa! Tía Winifred y yo estamos frenéticas por la excitación.

–¿Qué pasa? –Beatrice se quitó el sombrero y lo arrojó a la mesa–. Cálmate. ¿Qué ha pasado?

En la puerta del saloncito apareció Winifred. Se la veía levemente aturdida.

–¡Mi querida Beatrice! ¡Qué noticias! Estamos abrumadas.

Beatrice frunció el ceño.

–¿Quién ha muerto?

Winifred pestañeó varias veces.

–Bueno, nadie que yo conozca, querida –repuso–. Me refería a tu inminente compromiso.

–¿Mi qué?

Leo no pudo evitar una mueca al escuchar la voz de Beatrice elevándose hasta un tono agudo que, según todas las leyes de la física, tendría que haber roto los cristales de las ventanas. Se preguntó si sería demasiado tarde para salir corriendo.

–Entendemos que aún no se ha hecho el anuncio formal. –Winifred le dedicó a Leo una brillante sonrisa–. Pero la noticia ya circula por todo Londres, de modo que, claro está, supusimos...

–Nos enteramos por lady Hazelthorpe –la interrumpió Arabella–. Llegó a la tienda de Lucy cuando nosotras íbamos a salir, y nos topamos con ella. Apenas si pudo esperar para felicitarnos.

Winifred dirigió a Beatrice una mirada de reproche.

–Estamos muy emocionadas por ti, querida, pero tengo que decirte que fue algo embarazoso enterarnos por lady Hazelthorpe.

–Sin embargo, tía Winifred se recobró con increíble rapidez de la conmoción inicial. –Arabella sonrió–. Ambas lo hicimos. Fingimos estar enteradas de todo.

–Algunos años de experiencia en el trato con la alta sociedad la preparan a una para emergencias como ésta –dijo Winifred modestamente.

–¿Es que os habéis vuelto locas? –Beatrice se desató la capa y la colgó del perchero–. No logro imaginar por qué lady

Hazelthorpe se inventaría una historia tan ridícula. Os deberíais haber dado cuenta de que estaba burlándose de vosotras. Y no puedo saber por qué habrá hecho algo semejante.

Arabella se mordió los labios.

–Nos dijo que se había enterado por Pearson, y que a éste se lo había dicho su señoría en persona.

Furiosa, Beatrice se llevó las manos a las caderas y preguntó:

–¿Qué señoría?

Leo decidió que ya era hora de comportarse como se suponía que debía hacerlo un caballero.

–Se refería a mí –afirmó.

Ella se dio la vuelta, con la boca abierta. Le llevó varios segundos comprenderlo.

–¿De qué está hablando, milord?

–Es una historia un poco larga y complicada. –Leo la cogió del brazo–. ¿Por qué no vamos al estudio y lo comentamos?

Ella se quedó firme donde estaba.

–Un momento, si es tan amable, milord.

«Ésta es mi única oportunidad», pensó Leo. Beatrice estaba demasiado perpleja para oponer demasiada resistencia. Ejerció algo de presión y logró sacarla del vestíbulo para llevarla al estudio. Pudo cerrar la puerta antes de que ella se recobrara por completo.

–Esto ha llegado demasiado lejos, milord. –Beatrice se soltó y se acercó a su escritorio. Apoyándose en él, cruzó los brazos y lo miró a la cara–. Explícate, por favor.

–En pocas palabras, Burnby me retó a duelo.

–¡No me digas! –De inmediato, su expresión de furia fue sustituida por otra de consternación–. ¡No lo puedo creer!

–Te dije que los jóvenes raramente comprenden los complejos matices y estratagemas de las alianzas matrimoniales. –Leo se quedó quieto junto a la ventana–. Burnby se tomó demasiado en serio mis atenciones hacia tu prima.

–¡Dios mío! ¡Es terrible!

Él la miró, sorprendido de advertir que estaba en verdad

conmocionada. Vio cómo salía del escritorio y se desplomaba en un sillón.

Su evidente aflicción provocó un curioso efecto en él. Un extraño calor se abrió paso en su interior. A ella le importaba. Al menos, lo suficiente para no desear verlo involucrado en un duelo.

–No es preciso que recurras a las sales –le advirtió–. No habrá ningún duelo.

–No tengo ningún frasco de sales –replicó ella con aire ausente. Una súbita comprensión iluminó su mirada–. ¿Quieres decir que se hizo innecesario llegar al duelo porque le explicaste a Burnby que había malinterpretado tu interés por Arabella?

–Le dije que el objeto de mi interés eras tú.

–Entiendo. –Meditó un instante sobre lo que Leo le había dicho, y añadió–: Obviamente, tenías que decirle algo que lo convenciera de que no competías con él por la mano de Arabella.

–De hecho, es la misma conclusión a la que llegué yo. –Se relajó un tanto; Beatrice iba a mostrarse razonable–. Primero traté de contarle la historia que tú ideaste, y le dije que era sólo un amigo de la familia. Pero no lo aceptó.

–Parece que tenías razón acerca de las tendencias melodramáticas de los jóvenes. –Beatrice sacudió la cabeza con desaliento–. No obstante, y dadas las circunstancias, me parece que retarte a duelo fue algo exagerado. Pensaba que el señor Burnby era más inteligente.

Leo volvió a mirar por la ventana.

–Supongo que Burnby consideró que una situación desesperada exigía medidas desesperadas.

–¿Estaba celoso de ti, entonces?

–Sin duda los celos tuvieron mucho que ver. Pero, si he de ser justo, debo decir que el desafío de Burnby apuntaba a un propósito más noble.

–Tonterías. ¿Qué puede tener de noble el retarte a duelo

sólo para impedir que realizaras una proposición matrimonial?

Leo se quedó mirando el delgado tronco de un árbol que apenas podía distinguirse en la densa niebla.

–Burnby sintió que tenía la obligación de impedir que la inocente ovejita de tu prima fuera sacrificada en el altar de mi lujuria.

Tras ese comentario, se hizo un breve silencio.

–¿Burnby dijo eso? –dijo Beatrice, con voz monótona y apenas audible–. ¿Usó esas exactas palabras? ¿«Altar» y «lujuria», y todo eso?

–Sí.

–Oh.

–Pareció quedar satisfecho cuando le dije que eras tú a quien pensaba sacrificar.

–¿En el altar de tu lujuria?

–Sí. –Se volvió para mirarla de frente. Sin embargo, los ojos de ella estaban fijos en otra parte. Parecía concentrarse por completo en el globo terráqueo que había en el otro extremo de la habitación–. Lo siento, Beatrice, pero me pareció la mejor manera de evitar lo que podría haber sido un gran escándalo.

–Comprendo –replicó ella; seguía mirando el mapamundi como si fuera una bola de cristal.

–Me doy cuenta de que esto se ha vuelto un poco embarazoso –dijo Leo con cautela.

Beatrice apretó las mandíbulas y tragó con visible dificultad.

–Sólo si llega a saberse que yo soy la escritora Amelia York. La señora Poole podrá sobrevivir a las habladurías de un compromiso roto con el conde de Monkcrest, pero la señora York no.

–Tanto la señora Poole como la señora York podrían sobrevivir a un matrimonio conmigo –replicó Leo en voz baja.

Beatrice dio un respingo. Giró violentamente la cabeza y le lanzó una mirada inescrutable.

–¿Cómo has dicho?

–Me has oído muy bien.

Un oscuro rubor le tiñó las mejillas.

–Sí, por supuesto. Discúlpeme, milord. Es usted un verdadero caballero. Sé que si pensara que podría arruinar mi carrera haría lo apropiado, pero estoy segura de que no será necesario.

Estaba empezando a irritarlo.

–No me parece el fin del mundo tener que casarme con usted, señora.

Ella se aclaró la garganta.

–Muy gentil por su parte, milord.

Leo deseó levantarla del sillón y obligarla a cambiar aquella expresión enloquecedoramente enigmática.

–La caballerosidad es para los jóvenes –afirmó–. Hace años que no me preocupo por esa clase de cosas.

–Pero usted es un hombre honorable, milord. Sin duda siente que, como el que ha provocado este problema es usted, tiene la obligación de protegerme del escándalo si esto termina mal.

–¿Y qué pasa contigo?

–¿Yo? Sí, claro. –Levantó la cabeza y se enderezó–. Reconozco que soy en gran medida responsable por haberlo implicado en una cuestión tan difícil.

–¡Maldición, no es eso lo que quiero decir! Estoy preguntándote si ser sacrificada en el altar de mi lujuria atacaría tu delicada sensibilidad.

–Oh, entiendo. –Se aclaró por segunda vez la garganta–. Mi sensibilidad no parece ser especialmente delicada, milord. La idea de ser sacrificada en el altar de su lujuria no parece ni siquiera conmoverla, menos aún atacarla.

Leo no se había dado cuenta de lo rígido que estaba hasta que, de pronto, algo desde lo más profundo de su interior comenzó a relajarse. De repente se dio cuenta de que estaba sonriendo.

–Usted se subestima, señora. Considero que su sensibilidad está entre las más exquisitas que he tenido el placer de conocer. Realmente, me ha acercado más al plano espiritual que toda la poesía que he tenido oportunidad de leer.

Beatrice cogió el pequeño almohadón bordado que tenía al lado y se lo arrojó directamente a la cabeza.

18

> La puerta situada al final del pasadizo se cerró bruscamente, impidiendo la entrada del pálido rayo de luna. La oscuridad se cernió sobre ella.
>
> DEL CAPÍTULO DIECIOCHO DE *LAS RUINAS*, DE AMELIA YORK

A la noche siguiente, Finch hizo su aparición en la puerta del estudio de Leo y tosió discretamente.

–Con su permiso, milord; el coche ya está aquí. Son casi las ocho y media, y le esperan en casa de la señora Poole y su familia a las nueve menos cuarto, por si no lo recuerda.

–Gracias, Finch. No lo he olvidado –replicó Leo, mientras escribía una nota y cerraba el libro de contabilidad de Cox.

Ya estaba vestido con el atuendo formal que las salidas nocturnas exigían. Esa noche habría preferido hacer, en cambio, otras cosas. Por ejemplo, cenar tranquilamente a solas con Beatrice.

Sin embargo, y en virtud del anuncio de su inminente compromiso, sabía que no tenía otra alternativa que asegurarse de que Beatrice y él fueran vistos juntos en público durante algunas noches. Cualquier otra cosa no haría sino provocar chismorreos y especulaciones, algo que a todas luces no necesitaba en ese preciso momento.

Ya estaba en la mitad del estudio cuando se detuvo.

–¿Ha olvidado algo, milord? –preguntó Finch.

–Sí, creo que sí. Volveré enseguida.

Finch inclinó la cabeza y regresó al vestíbulo.

Leo esperó a encontrarse solo antes de ir hasta la pared de enfrente y correr hacia un lado el gran espejo con marco dorado allí colgado.

Contempló un instante la cerradura de la caja fuerte que estaba disimulada detrás del espejo. Luego, la abrió poco a poco y con todo cuidado sacó de su interior la pequeña caja con incrustaciones que allí guardaba.

La cogió en sus manos y la hizo girar lentamente entre los dedos. Todavía no sabía qué impulso irrefrenable lo había instado a traerla consigo a aquella extraña aventura. No había sido retirada de la caja fuerte de la abadía de Monkcrest desde la muerte de sus padres. Él mismo no había mirado la caja durante varios años. Tiempo atrás había pensado ofrecérsela como regalo a su esposa en ocasión de su primer aniversario, pero para entonces ya se había dado cuenta de que ella jamás correspondería a su amor y sus atenciones.

El objeto que había en la caja representaba una parte de la leyenda de la familia Monkcrest que él ya estaba convencido de no poder satisfacer jamás.

Se dirigió hacia el vestíbulo con la caja en las manos. Finch lo esperaba con el abrigo y los guantes preparados.

–Espero que disfrute de la velada, milord.

–Cuando menos, será interesante –repuso Leo, mientras introducía la caja en uno de los bolsillos de su abrigo; en el otro guardaba una pequeña pistola–. Las cosas raramente resultan ser aburridas cuando la señora Poole anda cerca.

–En efecto. –Finch se irguió en toda su altura–. Milord, en nombre de toda la servidumbre y en el mío propio, permítame ofrecerle nuestras felicitaciones por su reciente compromiso con la señora Poole.

–Gracias, Finch.

Leo no consideró necesario aclararle que se trataba de un compromiso ficticio y no de uno real.

Salió de la casa y bajó los escalones hasta el coche alquilado que lo aguardaba, con las luces vacilantes, bajo la arremolinada niebla.

Las inmensas arañas del salón de baile proyectaban un cálido resplandor sobre la terraza donde se encontraban Beatrice y Leo. El calor que provenía del atestado salón se filtraba a través de las puertas abiertas, junto con la música y el rumor ahogado de cientos de conversaciones.

–Tía Winifred estaba en lo cierto –afirmó Beatrice, apoyando la mano en la baranda de piedra que rodeaba la terraza–. Parece que somos el principal tema de conversación de todos los acontecimientos sociales que tienen lugar en Londres.

–Era de esperar. –Leo levantó el pie hasta la valla de piedra que señalaba el extremo de la terraza. Con el codo apoyado sobre una pierna, siguió la mirada de Beatrice, que se perdía en el jardín cubierto por la bruma–. Todos esos comentarios acerca de nuestro compromiso no tardarán en ir desvaneciéndose.

–Nuestro supuesto compromiso, querrás decir –matizó ella–. Sé cuánto debe disgustarte estar en boca de todo el mundo.

Él desestimó su preocupación con un gesto.

–No es la primera vez que un Monje Loco es tema de conversaciones ociosas.

Leo parecía estar ensimismado. Había estado así desde que llegara a su casa, dos horas antes. Beatrice quería creer que la causa de su estado de ánimo era el misterio cada vez más complicado de los Anillos Prohibidos. Pero, por desgracia, temía que la verdadera razón fueran las habladurías sobre su supuesto compromiso.

Cerró los puños, movida por la ira que su suerte motivaba.

¡Si Pearson Burnby no hubiera lanzado su estúpido desafío! Las cosas ya eran suficientemente complicadas tal como estaban. Ni Leo ni ella necesitaban aquel problema adicional.

Lo peor de todo era que no podía adivinar lo molesto o enfadado que se sentía Leo por el giro inesperado que habían dado los acontecimientos. Se había refugiado detrás de su máscara más enigmática.

–¿Ha habido alguna noticia de Sibson o Saltmarsh? –preguntó, tratando de mostrarse práctica.

–Ninguna. El detective que contraté esta mañana me hizo llegar un informe esta misma tarde. Hasta ahora no ha podido localizarlos; ni sus caseras, ni sus vecinos, ni su servidumbre saben adónde se fueron.

–Si damos por supuesto que Sibson es el cerebro que está detrás de todo este asunto, es fácil comprender por qué decidió desaparecer un tiempo tras asesinar a Cox. –Beatrice frunció el ceño–. Pero, ¿y el señor Saltmarsh? ¿Por qué abandonaría Londres?

–Al contrario que tú, yo no doy por cierto que en esta conspiración Saltmarsh sea apenas una inocente víctima. Creo que los tres se unieron para encontrar los anillos. Pero algo ha pasado en esa sociedad, y ahora uno de ellos está muerto.

Beatrice aflojó las manos y comenzó a tamborilear con los dedos distraídamente sobre la baranda.

–¿Has tenido suerte con el libro del doctor Cox?

–No mucha. Pasé buena parte del día revisándolo –contestó. Hizo una pausa, y añadió–: Ya sabes que tu tío era uno de los clientes de Cox.

–Sí.

–Clarinda tenía razón cuando mencionó que Sibson también compraba grandes cantidades del «elixir del vigor masculino». Lo hizo durante años.

Beatrice reflexionó sobre las implicaciones de lo que acababa de oír.

–Eso explica por qué los dos se hicieron tan amigos. ¿Había algo más de interés en el libro?

–No. –La boca de Leo se curvó levemente–. Aunque ha sido fascinante ver cuántos distinguidos miembros de la nobleza recurrían al elixir de Cox.

Beatrice oyó que la música se elevaba en un nuevo vals. Sentía intensamente la presencia de Leo a su lado, como sucedía siempre que estaba cerca de él. La recorrió una profunda sensación de reconocimiento, la sensación de haber estado esperando a este hombre toda su vida.

En un intento por apartarse de la cornisa emocional por la que había estado caminando desde la noche en que lo conoció, trató de analizar el impacto que causaba sobre ella. Le habría resultado mucho más fácil entender sus caóticos sentimientos si hubiera podido atribuirlos al resultado de pasiones pasajeras.

La energía masculina y la fuerza física le atraían tanto como a cualquier mujer. Pero ya había conocido a otros hombres que, con ropa de etiqueta, parecían tan interesantes como Leo. Justin era muy apuesto, si bien un poco delgado comparado con Monkcrest. Graham Saltmarsh poseía un físico atractivo, aunque al lado del conde parecía algo afectado.

Y allí radicaba el problema. En los últimos tiempos, todos los hombres que conocía mostraban imperfecciones si los comparaba con Leo.

Ninguno conseguía erizarle los pelos de la nuca, ni hacía que se sintiera cálida y ligera por dentro. Ninguno la impulsaba a acercarse a él para aspirar su aroma.

De pronto, sintió la aspereza de la piedra bajo los dedos. Bajó la vista y se sorprendió al comprobar que se encontraba aferrando fuertemente la baranda con ambas manos.

–¿Sucede algo malo? –preguntó Leo, contemplando sus nudillos apretados.

–No, no, por supuesto que no – repuso ella, y se obligó a aflojar la presión.

Beatrice se volvió para dirigirle una sonrisa fría y cortés, y de inmediato tuvo que aspirar con fuerza para serenarse.

Leo era su amante. Y, ante toda la nobleza, estaba prácticamente comprometida con él.

–¿Estás segura de que estás bien? –volvió a preguntar él.

–Sí. –Frunció el entrecejo–. Estaba pensando en los anillos.

Él pareció titubear, y luego se encogió de hombros con extrema contención.

–Yo también –afirmó.

«Era de esperar», se dijo Beatrice, tratando de recuperar la calma. El hecho de que a ella le temblaran las rodillas, estuviera sin aliento y a punto de derretirse como un flan no significaba por fuerza que él experimentara sensaciones ni remotamente parecidas.

–¿En qué más está pensando, milord? –preguntó en tono cortés.

–En que debemos encontrar la manera de sacarle ventaja al hecho de que Sibson y Saltmarsh no se encuentren en Londres. No podemos saber cuánto tiempo estarán ausentes.

Su comentario tuvo el mismo efecto que si le hubieran vertido un jarro de agua fría por la cabeza. Debía olvidar las pasiones, pasajeras o no.

–¿Qué podemos hacer que no hayamos hecho ya?

–Hay una de las piezas de este rompecabezas que aún no hemos examinado –comentó Leo en voz baja.

–¿A qué te refieres? Hemos registrado las casas de los tres hombres. Has contratado a un detective para que realice una investigación y has revisado el libro de registros del doctor Cox. No veo qué más podemos hacer.

–Podemos volver a examinar con más detenimiento el museo Trull.

Beatrice reprimió el pinchazo de temor que sintió en la espalda.

–Pero dijiste que ha estado cerrado desde la tarde en que Saltmarsh y yo nos quedamos atrapados en su interior.

–He estado vigilándolo. No ha habido ningún signo de actividad en su interior. Pero ese condenado lugar parece jugar un papel central en todo este asunto. Creo que merece una investigación más minuciosa.

–¿Planeas realizar otra visita a...? –Se interrumpió al ver a Arabella y a Pearson Burnby venir desde el salón de baile; advirtió que Pearson llevaba del brazo a su prima con gesto posesivo.

La pareja cruzó la terraza y se reunió con Beatrice y Leo.

–Hola, Arabella –saludó Beatrice, sonriendo–. ¿El señor Burnby y tú habéis salido a tomar el aire?

–Venimos a deciros algo –replicó Arabella, resplandeciente.

Pearson se detuvo a una distancia prudencial. Saludó con una rígida inclinación de cabeza.

–Señora Poole. Monkcrest.

–Burnby. –Leo parecía aburrido y molesto a la vez.

–Antes de que les comuniquemos nuestras grandes noticias, milord –siguió diciendo Burnby con valentía–, quiero disculparme por lo ocurrido ayer entre nosotros. Espero que acepte mis excusas y comprenda que fue debido a un gran malentendido por mi parte.

Leo arqueó las cejas.

–Por supuesto. Ya he olvidado el incidente.

Arabella arrugó la frente en un gesto de perplejidad.

–No comprendo. ¿Por qué te disculpas con su señoría, Pearson?

–Cometí un error –respondió Pearson. Sostuvo la mirada de Leo–. Actué con precipitación. Mi única excusa es que intensas emociones cegaron mi entendimiento.

–No es conveniente dejarse llevar por las emociones fuertes –comentó Leo en tono grave–. Por desgracia, raramente se aprende esa lección hasta que ya se tienen demasiados años, y para entonces ya no suele ser necesario preocuparse por las consecuencias.

Beatrice no confiaba en la constancia del estado de ánimo

de Leo. Decidió actuar con prontitud para cambiar el tema de conversación.

–Bueno, Arabella, ¿cuál es tu grandioso anuncio?

El rostro de Arabella se iluminó.

–Pearson me ha pedido que me case con él, y yo he aceptado su proposición.

–Comprendo. –Beatrice miró a Pearson, incómoda–. Me alegro mucho por los dos. Confío en que sus padres estén igualmente complacidos.

–Les informaré más tarde, esta misma noche –replicó Pearson con serenidad–. Estoy seguro de que se sentirán encantados.

Arabella tenía razón en su evaluación de Pearson. Para bien o para mal, había tomado su decisión sin esperar la aprobación de sus padres. Sólo cabía esperar que éstos no explotaran cuando se enteraran de la noticia.

–Permítame ser el primero en felicitarle, Burnby –dijo Leo.

–Gracias, milord. –Pearson miró a Arabella–. Vamos a buscar a mamá.

–Sí, desde luego. –Arabella sonrió a Beatrice–. Pearson y yo hemos convenido mantener nuestro compromiso en silencio por un tiempo. No queremos estropear tus propias y maravillosas novedades.

–Que nuestro futuro compromiso no te impida hacer público el tuyo. A nuestra edad, lord Monkcrest y yo somos demasiado maduros para permitir mostrarnos tan excitados por esta clase de cosas, ¿no es así, milord?

Los ojos de Leo centellearon.

–Desde luego, querida. Ambos superamos ampliamente la edad en la que uno se permite grandes gestos románticos. Las locas pasiones son para los jóvenes.

–Cuando uno no necesita preocuparse en exceso por la posibilidad de sufrir un ataque de apoplejía después de experimentarlas –terminó de decir Beatrice con claridad.

Leo le dedicó una sonrisa lacónica.

–En efecto.

Beatrice logró resistir la tentación de darle una bofetada, pero no le resultó fácil.

–¿Está seguro de que no le importa que nuestro compromiso se haga público esta misma noche? –preguntó Pearson, mirando a Leo.

–De veras, Burnby, no me molestará en lo más mínimo.

–Muy bien, entonces. –Pearson volvió a inclinar una vez más la cabeza y regresó junto con Arabella al salón de baile.

Leo los observó alejarse con gesto pensativo.

–Con un poco de suerte, su anuncio atraerá la atención de la gente.

–¿Lo crees así? –Beatrice se mostró escéptica–. Con toda seguridad, tú resultas más interesante para la mayoría que el señor Burnby.

–Te aseguro que el mundillo de la alta sociedad encuentra hoy mucho más interesante al joven Burnby de lo que le parecía ayer, antes de que me retara a duelo.

Beatrice pareció quedar sorprendida por un instante. Luego, comprendió.

–Sí, claro está –admitió–. Sin duda, esta noche el señor Burnby goza de mucha más popularidad. Lanzó un desafío al conde de Monkcrest y vive para contarlo.

–Exactamente.

–La alta sociedad no sabe, desde luego, que el famoso conde de Monkcrest ha empezado ya a chochear mientras gozaba de su retiro rural en Devon. Dudo que alguien advierta que el Monje Loco ya no representa ninguna amenaza para un joven vigoroso como el señor Burnby.

Los dientes de Leo brillaron en la oscuridad con una sonrisa pícara.

–Lo único que me importa, señora, es que todavía me considere una amenaza para su virtud.

–Es usted incorregible, milord.

–A mi edad, es uno de los pocos placeres que me quedan.

–La expresión de licenciosa diversión desapareció de su rostro para dar lugar a la ya conocida de sombrío ensimismamiento–. ¿Volvemos a lo que estábamos planeando cuando Arabella y Burnby nos interrumpieron?

–¿La visita al museo Trull?

–Sí. Me parece que deberíamos ir a echar un vistazo lo antes posible.

–Como estaba diciendo, por la mañana estoy libre y... –Se detuvo de pronto al ver que él sacudía la cabeza–. Ah, ¿te referías a esta misma noche?

–Podemos arreglar que tu tía y Arabella vayan a la fiesta de Ballinger en el coche que he alquilado esta noche. Tú y yo buscaremos un coche de punto que nos lleve hasta tu casa para que puedas ponerte los pantalones. Luego, iremos al establecimiento de Trull.

Ella apartó los recuerdos de la inquietante atmósfera de la cámara subterránea y su reacción ante aquel clima opresivo y se las compuso para esbozar una sonrisa entusiasta.

–¿Cómo te propones entrar? –inquirió.

Él la cogió del brazo y la condujo de vuelta al salón de baile.

–Utilizaremos el pasadizo secreto que descubriste la última vez que estuviste allí.

«Que desembocaba directamente en la terrorífica cámara subterránea», pensó ella.

–¡Excelente idea! –afirmó–. ¿Y *Elf*?

–Esta noche no podremos llevarlo con nosotros. Durante el día, la mayoría de la gente puede ver que sólo se trata de un enorme sabueso. Pero por la noche se confunde fácilmente con un lobo.

Beatrice lo miró a los ojos.

–Sobre todo, después de los recientes artículos aparecidos en los periódicos acerca de una enorme bestia babeante que merodea por Londres a altas horas de la noche.

–Así es. –Leo saludó con una cortés inclinación de cabeza a una pareja que salía del salón de baile–. Cualquiera que acertara a vernos con *Elf* probablemente daría la voz de alarma. Y eso incluye a los cocheros, que en una noche húmeda como ésta a las diez ya suelen haberse echado al coleto una buena cantidad de ginebra.

Se escabulleron del baile poco después de medianoche. Beatrice consideró la posibilidad de beber antes una o dos copas de champán para darse ánimos y poder enfrentarse así a una nueva experiencia en la cámara subterránea de Trull, pero desistió de la idea.

Mientras un lacayo la ayudaba a colocarse la capa, se recordó que, en esta ocasión, Leo estaría a su lado. Si había alguien que podía conjurar el opresivo clima de aquella habitación, ése era él.

–¿Lista? –Leo le ofreció su brazo para acompañarla a bajar la escalinata de la mansión; le rodeaba un inconfundible resplandor de sombría expectativa.

Estaba claro que Leo aguardaba con ansiedad la aventura de esa noche. El conde de Monkcrest se disponía a salir de cacería.

Él la ayudó a subir al coche, y luego hizo lo propio. Al sentarse frente a ella, sus miradas se encontraron. Beatrice supuso que seguiría perfilando los detalles para la aventura de la noche.

En lugar de eso, Leo metió la mano en el bolsillo de su abrigo.

–Hay algo que querría darte –dijo en voz baja.

–¿Es un regalo para mí? –La sorpresa atenuó momentáneamente las heladas punzadas de temor que le aguijoneaban la espalda–. ¡Leo, es muy gentil por tu parte, pero yo no tengo nada para ti!

–Todo lo contrario –replicó él; sostenía una pequeña caja tallada de brillante madera oscura–. Me has dado muchas cosas en el breve tiempo que nos conocemos, todas sumamente valiosas.

–Pero, milord... –Se interrumpió al tomarle él la mano y ponerle la cajita en la palma. Se quedó contemplando el intrincado tallado–. Es realmente encantadora. Y bastante antigua.

–Lo que contiene es más antiguo aún. Ábrela, Beatrice.

Beatrice levantó los ojos y vio que él la contemplaba con una curiosa intensidad. Sentía en su mano la tibieza de la caja. Poco a poco, levantó la tapa y la abrió.

En su interior había un anillo, una gruesa banda de oro finamente trabajada con un enorme rubí rojo sangre engarzado en ella. La deslumbrante gema estaba rodeada por un intrincado círculo de diamantes. El rubí refulgía con un brillo interior que hacía que los ojos fueran irresistiblemente hacia él.

Había sentido la tibieza de la caja. Ahora, el anillo estuvo a punto de quemarle la piel.

–Tienes razón –susurró–. Es realmente muy antiguo. No puedo aceptarlo.

Él se quedó inmóvil. Beatrice tuvo la impresión de que se hundía más y más en las sombras.

–Soy consciente de que no se corresponde con la moda actual –afirmó; en su voz había una nota helada y remota que no había aparecido con anterioridad.

Beatrice se sobresaltó.

–No se trata de eso, Leo. El anillo es absolutamente magnífico, y estoy segura de que lo sabes muy bien. Pero no es un regalo que se pueda dar alegremente a una amiga; ni siquiera a una... una amante. Cualquiera puede advertir que es un objeto que irradia poder. A través de un anillo como éste puede sentirse el pasado.

Los ojos de Leo destilaban frialdad. Beatrice se quedó mirándolos, sin comprender, hasta que volvió a ellos la expresión de controlado fuego.

–Sabía que lo captarías –afirmó él entonces con suave satisfacción–. El anillo es tuyo ahora, Beatrice. Te lo he regalado. Debes conservarlo.

Ella cerró los dedos en torno a la pesada joya.

–¿Qué quieres decir?

Él apartó los ojos de ella, escrutando las sombras de la noche con la mirada perdida.

–No quiero que me lo devuelvas. Pase lo que pase entre nosotros, es tuyo. Si no logramos encontrar los Anillos Prohibidos de Afrodita, puedes venderlo. Su precio podría reemplazar con creces la herencia de Arabella.

Beatrice apretó con fuerza el anillo que tenía en las manos.

–Jamás lo venderé.

Quedó azorada ante la fuerza de su propia determinación. Pero lo decía muy en serio. Jamás se desprendería del anillo de Leo. Lo llevaría junto a su corazón hasta el mismo día de su muerte, sucediera cuando sucediese.

La inflexible línea de la mandíbula de Leo se relajó levemente. Se volvió para mirarla a los ojos y ella pudo ver que su vehemencia le había sido grata.

–Me complace escucharlo –aseguró–. Ahora, volvamos a lo nuestro.

El coche sólo realizó una breve parada en la casa de Beatrice, justo el tiempo necesario para que ella volara hacia arriba para cambiarse de atuendo.

Sola en la habitación, buscó entre los pliegues de su capa de gala para encontrar la cajita que allí había guardado. Sólo entonces descubrió que en el bolsillo tenía algo más que la cajita. En algún momento de la velada alguien había deslizado una esquela cuidadosamente doblada en el forro de seda. Beatrice la sacó y la abrió. El mensaje era breve y conciso.

> Ésta es la última advertencia, señora York. Manténgase apartada de este asunto o todo Londres conocerá su verdadera identidad. Este juego no merece la pena. Al final, no le quedará nada como prueba de sus esfuerzos. Ni los anillos, ni su profesión de escritora, ni, casi con seguridad, el Monje Loco.

Arrugó la nota. Por un momento, pareció no poder poner en orden sus pensamientos. Cuando recuperó el dominio de sí misma, ya había visto algo con cegadora claridad; no debía decirle ni una palabra a Leo sobre la amenaza hasta después de la visita al museo Trull.

Si llegaba a saber que el asesino todavía rondaba cerca y no estaba lejos de Londres como había supuesto en un principio, Leo seguramente alteraría sus planes. Podía negarse a llevarla esa noche con él.

Beatrice sentía pánico por lo que podía estar acechándolos, pero de algo estaba segura: no dejaría que Leo fuera solo al museo Trull.

Fue hasta su joyero y cogió la sencilla cadena de oro que había pertenecido a su abuela. Pasó por ella el anillo de Leo y se la colgó al cuello.

El rubí rojo sangre desapareció bajo su camisa. Podía sentir el calor de la joya contra su pecho. Lo acarició como si se tratara de un talismán. Luego, dio media vuelta y bajó la escalera para reunirse en el coche con Leo.

19

La vieja escalera de piedra se perdía en la impenetrable oscuridad. Algo dañino se movió en las sombras, al pie de los escalones.
DEL CAPÍTULO DIECINUEVE DE *LAS RUINAS*, DE AMELIA YORK

–Creo que éste es el callejón –dijo Beatrice.

Observó el angosto pasaje que se abría entre los dos edificios en sombras. La niebla circulaba por él, ora revelando, ora ocultando los sucios adoquines del pavimento. Le vino a la mente una frase de *El castillo de las sombras*: «La niebla se deslizaba por las profundidades como una enorme y fantasmagórica serpiente que se enroscaba interminablemente sobre sí misma a la espera de su presa».

«¡Basta ya! –se ordenó–. Esto no es una novela.» Ciertamente, no había ninguna necesidad de enriquecer la situación con su imaginación. Ya era bastante mala de por sí. Habría dado cualquier cosa por no tener que internarse en el tenebroso callejón.

Al débil resplandor de la pequeña linterna que llevaba Leo, el pasaje se veía mucho más siniestro de lo que le había parecido la tarde en que Saltmarsh y ella llegaron a él. Debía recordar, de todas formas, que aquella vez lo vio como una luminosa salida del exiguo y opresivo pasadizo oculto que se comunicaba con la cámara subterránea. Todo era relativo.

–Por aquí es por donde saliste con Saltmarsh. –Leo volvió la mirada hacia la oscura mole del museo Trull–. Lo recuerdo muy bien.

Beatrice aspiró profundamente y trató de sofocar la angustiosa y desagradable sensación de ingravidez que tenía en la boca del estómago. Estaba esforzándose por borrar de sus pensamientos la nota que había encontrado en el forro de su capa.

No había más remedio que hacerlo. Leo tenía razón; el establecimiento de Trull era una pieza importante del rompecabezas, y también la única que no había sido examinada en detalle.

–La entrada al pasadizo secreto está al final del callejón, detrás de una puerta de madera –explicó–. En ésta hay una rejilla que permite el paso del aire por el corredor. La puerta tenía una tranca que la trababa desde el interior, pero el candado se había oxidado y el señor Saltmarsh y yo lo rompimos para escapar.

–Con un poco de suerte, la puerta todavía estará sin candado. Si alguien lo ha cambiado, ya encontraremos otra forma de entrar. Una ventana, quizás, aunque preferiría no tener que romper ninguna. Llamaría la atención.

–La única persona que conoce la existencia del pasadizo es el señor Saltmarsh. ¿Por qué razón iba a reemplazar el candado?

–¿Quién sabe? Todavía desconocemos qué papel desempeña en todo este asunto. –Leo avanzó por el callejón–. Quédate cerca de mí.

Beatrice refrenó el impulso de confesarle que no había pensado hacer otra cosa.

La luz de la linterna oscilaba y parpadeaba, transformada en un débil resplandor que intentaba perforar la espesa niebla. Las suelas de los botines de Beatrice resbalaron sobre un grasiento adoquín. Bajó la mirada al tiempo que trataba de recuperar el equilibrio y vio un charco de líquido oleoso. Se estremeció, pero decidió no investigar más a fondo.

Unos pasos más adelante, escuchó un sonido susurrante.

–¿Leo?

–Un gato, seguramente –dijo él, sin darle importancia–. Una rata, tal vez.

–Sí, claro.

Beatrice se mordió con fuerza el labio inferior. ¿Qué pasaba esa noche con su temple? Siempre había ratas en los callejones. Sin ir más lejos, Saltmarsh y ella se habían topado con un par de enormes ejemplares en el interior del pasadizo secreto. Aquellas alimañas tenían un aspecto repugnante, pero no habían constituido una amenaza, pues habían huido al ver la tenebrosa luz del candil.

Leo se detuvo cuando la linterna reveló una pesada puerta de madera.

–La entrada, supongo.

Beatrice observó la podrida madera de la puerta.

–Sí –confirmó–. Detrás hay una escalerilla de piedra.

–Sostén la linterna mientras trato de abrirla.

Beatrice cogió la linterna y se quedó mirando cómo Leo forcejeaba con la vieja puerta. Hizo palanca con todas sus fuerzas hasta que se abrió con el chirrido metálico de sus gastadas bisagras de hierro. El amarillo fulgor de la linterna dejó a la vista la escalera de piedra, que se perdía en las densas tinieblas.

Durante un instante, Leo se quedó contemplando los desgastados escalones.

–Nunca dejas de sorprenderme –comentó, mirándola.

Ella bajó los ojos hasta el lóbrego foso, deseando que su estómago dejara de dar saltos.

–¿Por qué lo dices?

–Muchas mujeres habrían salido de ese pasadizo con un ataque de histeria.

Se dio cuenta de que estaba haciéndole un cumplido. No valía la pena aclararle que, para ella, el recorrido por el pasadizo secreto había representado un paseo por el parque comparado con la terrorífica atmósfera de la cámara subterránea. Se le ocurrió que tal vez esa noche no fuera tan terrible. Leo estaría a su lado.

–No fue tan malo –dijo–. Debes tener presente que cuando pasé por él lo vi como una vía de escape. Y no estaba sola.

A la luz ambarina, vio que Leo entrecerraba los ojos.

–No es preciso que me recuerdes que Saltmarsh estaba contigo. –Le quitó la linterna de la mano–. Vamos. Pongámonos manos a la obra.

Beatrice lo siguió por los empinados escalones hasta llegar al pasadizo donde, al menos, hacía menos frío, pues la niebla no podía penetrar por él.

–Debemos estar directamente debajo de la calle. –Leo levantó la linterna y observó a su alrededor con interés–. Por las características de la construcción, diría que este pasadizo debe tener varios cientos de años.

–Creo que hacía mucho tiempo que nadie lo utilizaba, hasta que Saltmarsh y yo lo hicimos el otro día. El polvo y la mugre del suelo parecen llevar ahí siglos.

–¿Dijiste que habías quitado una especie de rejilla que había sobre una de las paredes?

Beatrice examinó todo el trecho del pasadizo.

–Arriba, a la izquierda.

Avanzaron a través de todos los desechos acumulados a lo largo de los años, siguiendo las vueltas y recodos del pasadizo. Leo se vio obligado a caminar ligeramente agachado para evitar golpearse la cabeza contra el bajo techo.

En dos ocasiones Beatrice pudo escuchar el susurro de ratas asustadas, pero esta vez el sonido no la atemorizó tanto como en el callejón. Había conseguido dominar sus nervios... más o menos.

Giró otro recodo siguiendo los pasos de Leo, y estuvo a punto de chocar con él.

–¿Qué pasa? –Le irritó comprobar el sonido ahogado de su propia voz. Entonces divisó la enorme abertura, oculta por las sombras, sobre el muro de piedra–. Allí está. Ésa es la entrada. Da directamente a la cámara subterránea.

–Ya la he visto. –Leo avanzó con rapidez. Se detuvo frente a la abertura y levantó la linterna para poder ver la oscura cámara que se abría al otro lado–. Interesante.

Beatrice se reunió con él. Al ver el interior del depósito, la recorrió una nueva oleada de inquietud. Se mordió los labios para no proferir la advertencia que pugnaba por salir de sus labios; no era momento para jugar a ser Casandra. Ni siquiera podía precisar qué era lo que la perturbaba tanto de esa habitación.

–Yo entraré primero –anunció Leo, al tiempo que pasaba la mano que llevaba la linterna por la abertura y la apoyaba en el alto armario.

Beatrice lo observó pasar primero una pierna y luego la otra por el borde de la abertura. Instantes después, se encontraba agachado sobre el techo del armario, que se tambaleó ligeramente bajo su peso. Beatrice pudo oír un preocupante crujido.

–Espera a que baje hasta el suelo antes de entrar –instó Leo–. No creo que este armario pueda con los dos.

Apoyó la mano en la superficie de madera, tomó impulso y saltó desde su precaria posición. Ya en el suelo, se enderezó y se volvió hacia ella.

Reprimiendo la intensa repulsión que amenazaba con desbordarla, Beatrice se descolgó hasta el armario. Leo se acercó para ayudarla a bajar.

La atmósfera sobrenatural no se había alterado. La atacó en invisibles oleadas insalubres. Pero el saber que no estaba atrapada allí como lo estuvo la última vez le hizo más sencillo defenderse de ella.

Giró poco a poco sobre sí misma, consciente de que la sensación fluía desde varias fuentes diferentes de la habitación. Algunos rincones de la cámara parecían más oscuros que otros. Un arcón, una monstruosidad dorada cerrada con un pesado trozo de metal, parecía latir con vibraciones particularmente fuertes.

Leo no se mostraba afectado por el clima que se respiraba en aquella estancia. Se acercó a una urna con tapa de cristal y contempló la colección de pequeñas figuras que había en su interior.

–Fascinante –murmuró.

–¿De qué se trata?

–Algunas reliquias de tumbas egipcias. Auténticas, según creo. –Se trasladó hasta otro armario y examinó los volúmenes que contenía–. Así que es aquí donde guardaba la verdadera colección.

–¿Quién? ¿Trull?

Leo observó una hilera de máscaras de macabra expresión.

–Ya te comenté que alguna vez había realizado un par de visitas a este museo, y en la planta principal no había encontrado sino fraudes y falsificaciones.

–¿Pero dices que las reliquias conservadas en esta cámara son auténticas?

–Eso parece. Si los anillos o la estatua se encuentran en algún lugar de este establecimiento, deberíamos de encontrarlos en esta cámara.

–Ojalá estés en lo cierto.

Leo pasó la mano por la curvada superficie de una antigua vasija.

–Es una lástima que hoy no dispongamos de más tiempo para quedarnos aquí.

–Francamente, no veo nada que me interese –replicó Beatrice–. Sigamos con lo nuestro. No tenemos toda la noche, ¿sabes?

Leo alzó la mirada hacia ella.

–¿Estás bien?

–Sí, desde luego. ¿Por qué lo preguntas?

Él frunció el ceño.

–Estás tensa.

–Me gustaría terminar con este asunto.

Se acercó hasta la vitrina que había estado examinando Leo, observó con desasosiego los libros que allí había, y apartó rápidamente la mirada de ellos. Había algo extraño en esos volúmenes, aunque no podía precisar qué era lo que la molestaba.

–¿Por dónde comenzamos? –preguntó.

Leo se volvió lentamente para examinar la estancia.

–Si la estatua está aquí, ocupará alguno de los armarios más grandes. Podemos comenzar por este lado de la habitación y seguir a partir de la entrada.

Se dirigió hasta el más cercano de los pesados armarios, sacó una fina aguja de su juego de ganzúas y se puso a trabajar. Beatrice no pudo por menos de admirar su destreza.

–Eres realmente bueno en esta clase de cosas –comentó–. Ha sido una suerte para los miembros de la nobleza que no te dedicaras al robo de joyas.

–Mi abuelo solía decir que el mundo es un lugar imprevisible y que todo hombre debe conocer más de una forma de ganarse la vida. ¡Ajá! ¡Ya está!

Abrió la puerta del armario. La luz de la linterna cayó sobre varios estantes llenos de grandes jarrones con laboriosas decoraciones.

–Asombroso.

–¿Qué son?

Leo estudió las inscripciones talladas en los jarrones.

–Si no me equivoco, son objetos que utilizó alguna vez una minoritaria secta romana que veneraba ciertos dioses del otro mundo. De acuerdo con mis estudios, quienes celebraban este culto creían que podían comunicarse con los espíritus de sus familiares muertos a través de los rituales prescritos por su líder.

Beatrice sabía que Leo sería capaz de pasarse horas explorando el contenido de cada uno de los armarios. Tenía que obligarlo a ponerse en movimiento.

–No veo señales de Afrodita por aquí. Ni de los anillos. Abre el siguiente armario.

Leo cerró las puertas de mala gana y se dispuso a abrir el siguiente.

Bajo la presión ejercida por Beatrice, Leo avanzó con rapidez por toda la habitación, abriendo y revisando los armarios que habían instalado en ella. Con la precisión de sus ganzúas, fueron cayendo uno a uno los candados que los cerraban. Pero no aparecieron estatuas de la diosa ni ningún anillo en su interior.

–Parece que hemos desperdiciado nuestro tiempo. –Leo se enfrentó al candado del inmenso armario que había debajo de la entrada del pasadizo–. Si esta aventura nuestra no rinde sus frutos, lo que nos queda por hacer es tratar de encontrar al nuevo propietario y ver si tiene algo interesante que decirnos.

La cerradura cedió, emitiendo un claro clic. Leo volvió a guardarse las ganzúas en el bolsillo y abrió las puertas del armario.

La luz de la linterna centelleó sobre una figura labrada en un extraño material verde que despedía un brillo metálico.

Beatrice se quedó mirándola, transfigurada.

–¡Leo, la Afrodita del alquimista! ¡Tiene que ser ella!

La diosa contemplaba la cámara con enigmática serenidad. Sus pies desnudos eran acariciados por olas inmóviles. Su cabellera le caía por la espalda imitando el diseño de las olas sobre las que se posaba.

–Es *una* Afrodita. –Leo examinó la figura con extasiada atención–. No necesariamente la que buscamos.

–Ha de serlo –insistió Beatrice, yendo hacia él–. Esto fue lo que atrajo al tío Reggie hasta este lugar una y otra vez. De alguna manera, debió de seguirle el rastro a la estatua hasta aquí.

Un crujiente sonido de piedra contra madera interrumpió a Leo antes de que pudiera responder.

–¡Por todos los diablos! –susurró en voz muy baja; su mirada se dirigió a la escalera que conducía hasta el piso superior del museo.

Beatrice giró sobre sí misma y pudo ver un resquicio de luz en lo alto de la escalera. Fue haciéndose cada vez más grande hasta revelar dos figuras. La fuerte luz que despedía la linterna que una de ellas llevaba impedía que se les vieran los rostros.

Pero era imposible no ver la pistola que llevaba en la mano uno de los hombres. E igualmente clarificadora fue la voz de la persona que la esgrimía.

–De modo que finalmente encontró la forma de entrar a la cámara especial de Trull, ¿eh, Monkcrest? Le dije que era el lugar más inspirador posible para un escritor. ¿Tengo razón, señora Poole?

–¡Señor Saltmarsh! –susurró Beatrice–. ¿Qué está haciendo aquí?

–Lo mismo que usted, querida mía –respondió en tono jovial–. Veo que también han encontrado a nuestra condenada diosa. ¿Lo ve, Sibson? Le dije que terminarían por aparecer. Todo lo que hacía falta era un poco de paciencia.

–¡Maldición! –El cadavérico individuo que llevaba la lámpara bajó presuroso los escalones. Se detuvo al llegar al pie, contemplando a Leo con sus ojos saltones y sus hirsutos bigotes–. Encontró los anillos, maldito bastardo. Realmente los *encontró*. Después de todo el tiempo que pasé buscándolos. No es justo. ¡Por todos los diablos, no es justo!

«Así que éste es el famoso Sibson», se dijo Beatrice. Leo tenía razón, era evidente que tenía un pésimo mal carácter. Bullía de nerviosa energía. Todo en él, desde sus aleteantes cejas hasta sus dedos torcidos, parecía estar en movimiento.

Leo le echó una fugaz mirada y volvió su atención a Saltmarsh.

–Aquí parece haber un malentendido –dijo.

–Nada que no podamos aclarar de inmediato, Monkcrest.

Saltmarsh comenzó a bajar lentamente los escalones. La

pistola que llevaba en la mano no tembló un ápice. A medida que se acercaba, Beatrice pudo ver que llevaba una segunda pistola sujeta al cinturón de sus pantalones.

–Veo que no lleva sus gafas, señor Saltmarsh –señaló ella–. ¿Acaso constituían su idea de lo que es un disfraz apropiado?

–Me pareció que me conferían un aire erudito –replicó él, con una sonrisa–. Quería que me tomara en serio, señora Poole. Al principio abrigué la esperanza de que me diera los anillos. Estaba seguro de que una mujer de su inteligencia estaría más dispuesta a prestarle atención a un hombre que se acercara a usted en calidad de autor novel que a otro que le endulzara los oídos con estúpidos cumplidos respecto a sus ojos y sus labios.

–Ya veo.

–Por desgracia, prefirió sucumbir ante los excéntricos atractivos del Monje Loco. ¿Alguna vez se le ha ocurrido pensar que podía estar utilizándola para hacerse con los anillos?

Sibson, que no dejaba de balancearse descargando su peso de un pie a otro, farfulló:

–¿Dónde están los anillos? Haz que nos dé los anillos, Saltmarsh.

–A su debido tiempo. –El joven contempló a Leo con expresión pensativa–. Primero, quítese el abrigo, Monkcrest. Se le ve muy elegante con él, pero es más que probable que lleve una pistola en uno de esos grandes bolsillos.

–Como guste. –Leo se quitó la pesada prenda y la dejó sobre una vitrina cercana.

–Debo pedirle que se quite su capa usted también, señora Poole. –Cuando ella hizo lo que le pedía, arqueó las cejas, sorprendido–. Pantalones. Qué curioso. Extrañamente atractivo en una dama.

A Beatrice no le gustó la expresión de sus ojos. Sin decir palabra, puso su capa a un lado. La diminuta pistola produjo un suave pero inconfundible sonido al chocar contra el arcón de madera.

–Registre los bolsillos, Sibson.

–Sí, por supuesto. Los anillos pueden estar en alguno de ellos.

Sibson apoyó la linterna, levantó el abrigo de Leo y metió la mano en los bolsillos.

–¡Por todos los diablos! Aquí lo único que hay es una pistola.

–Sáquela y póngala bien lejos del alcance de Monkcrest –le ordenó Saltmarsh, en el tono que emplearía con un niño no muy despierto–. Y luego registre los bolsillos de la capa de la señora Poole.

Leo miró cómo Sibson sacaba la pistola del bolsillo de su abrigo.

–¿Cuánto hace que se asoció con Saltmarsh, Sibson? –preguntó.

–Vino a verme cuando comenzaron a circular los rumores. –Sibson sujetaba la pistola con las dos manos–. Yo también los había oído, naturalmente. Durante un tiempo fue el único tema de conversación entre los coleccionistas, pero nadie sabía dónde buscar. Saltmarsh y yo convinimos en trabajar juntos para localizar los anillos y la estatua.

–Les siguieron el rastro hasta la tienda de Ashwater –dijo Leo.

–Siempre tuvo las mejores conexiones –se quejó Sibson–. Era de familia acomodada. Realizó el Gran Viaje cuando era joven, y allí, en el continente, fue donde consiguió lo que luego serían sus fuentes de recursos. No es justo. No es nada justo.

–Por desgracia, cuando por fin llegamos hasta él, Ashwater ya había vendido los anillos y había tomado la precaución de marcharse de Londres –explicó Saltmarsh; se detuvo al llegar al pie de la escalera–. Nos llevó semanas descubrir que era lord Glassonby quien había comprado las condenadas reliquias.

A duras penas pudo Beatrice reprimir su furia.

–¡Usted asesinó al tío Reggie por los anillos!

–Su tío murió por un ligero error de cálculo –señaló Saltmarsh, sin darle importancia.

–¿Un error de cálculo? –Beatrice no podía dar crédito a sus oídos; estaba tan furiosa que le temblaban las manos.

–No habíamos planeado que muriera. –Los bigotes de Sibson se torcieron por la indignación–. Para nosotros, fue un desastre. Un auténtico desastre.

–¿Cómo osan referirse a un asesinato como si se tratara de un inconveniente o un error de cálculo? –susurró con rabia Beatrice.

Leo le dirigió una mirada de advertencia.

–Beatrice...

Ella no le hizo caso.

–El doctor Cox también estaba metido en esto desde el principio, supongo.

–El doctor Cox era, en efecto, miembro de nuestro pequeño grupo –reconoció Saltmarsh–. Una vez que le expliqué las posibilidades, se mostró tan ansioso como nosotros por desvelar el misterio de los Anillos Prohibidos.

–Nos resultó muy útil dado su vasto conocimiento de las hierbas, y por el hecho de que Glassonby acudía a él en busca del elixir –agregó Sibson–. Cox estaba en una posición privilegiada para darle la poción a Glassonby.

–¿Cuál de los dos mató a Cox? –preguntó Leo fríamente.

–Fue él. –Sibson miró a Saltmarsh con expresión nerviosa–. Le dije que era estúpido. En este asunto ya había demasiadas muertes. Una más tenía que llamar la atención por fuerza. Especialmente la suya, Monkcrest. No tenía ningún interés en que siguiera metiendo las narices en esto.

Saltmarsh apretó los labios.

–Me vi forzado a librarme de Cox porque se volvió demasiado ambicioso.

–¿Ambicioso? Viniendo de usted, es una acusación ultrajante –exclamó Beatrice.

–Saltmarsh dijo que Cox había perdido la fe en nuestros

planes. –Los ojos de hurón de Sibson se volvieron hacia Graham a la velocidad del rayo–. Me dijo que Cox temía que jamás encontráramos los anillos y que quería sacar algún provecho de la aventura, de modo que trató de chantajearnos.

–¿Eso le dijo Saltmarsh? –preguntó Leo, en tono irónico–. Dudo que sucediera de ese modo, Sibson.

–¿Qué quiere decir? –preguntó Sibson.

–Tengo la impresión de que Saltmarsh llegó a la conclusión de que ya no necesitaba a Cox después de usarlo para envenenar a Clarinda.

–¿Clarinda? –Sibson parecía perplejo–. ¿La pequeña ramera de la acera de enfrente? ¿Qué tiene que ver con todo esto?

–Estaba espiándonos. –Saltmarsh frunció el ceño, molesto–. Me di cuenta después de que me contara que había visto a Monkcrest dándole dinero. ¿No le pareció extraño que de repente se encontrara en condiciones de comprar una taberna?

–¿Y qué me dice de Cox? –preguntó Sibson.

Leo se encogió de hombros.

–Saltmarsh decidió que ya no lo necesitaba, de modo que se lo quitó de encima. ¿Por qué repartir el botín en tres partes?

A Sibson parecieron salírsele los ojos de las órbitas. Sin soltar la pistola de Leo, se volvió hacia Saltmarsh.

–¿Fue eso lo que ocurrió? ¿Mató a Cox porque no quería compartir el botín con él?

–¿Qué importancia tiene? –preguntó Saltmarsh–. Cox ya no está aquí, así que lo repartiremos entre usted y yo.

–Supongo no creerá que tiene intención de compartir con usted lo que encuentre dentro de la estatua, Sibson –dijo Leo suavemente–. ¿Por qué iba a hacer nada semejante?

–Tranquilo, Monkcrest. –Saltmarsh levantó la pistola hasta apuntarla directamente hacia Beatrice–. O no tendré más remedio que matar a la encantadora señora Poole.

–Eso sería una estupidez por su parte –replicó Leo–. Es la única que sabe dónde se encuentran los anillos.

Beatrice se las ingenió para ocultar su sorpresa ante el desconcertante anuncio. Le llevó algunos instantes advertir que lo que Leo se proponía era protegerla haciendo que sus adversarios la considerasen alguien indispensable. De todas formas, la treta no funcionaría demasiado tiempo.

–¿Dónde están? –Sibson casi saltaba. Clavó la mirada en Graham–. Hágala confesar dónde están los anillos.

–Todo a su debido tiempo.

–No le conviene darse prisa, Sibson –comentó Leo–. Después de todo, en cuanto tenga los anillos en su poder, no tardará en matarlo.

–Se lo advierto, Monkcrest. –Saltmarsh amartilló la pistola.

Beatrice notó que Leo estaba avivando las ascuas de la desconfianza entre Sibson y Saltmarsh.

–Es evidente que tiene intenciones de matarnos a todos, incluido el señor Sibson, antes de que todo esto termine –aseguró, mirando a Saltmarsh.

Sibson dio un brusco respingo.

–Vamos, ¿qué quiere decir con eso de que es evidente?

–Ya se lo he dicho, quiere el tesoro para él solo –respondió Leo.

–No es posible que planee matarme. –La pistola temblaba en la mano de Sibson–. Tenemos un trato.

–Baje la pistola. –Saltmarsh pareció comprender la amenaza que representaban los inestables nervios de Sibson–. Por supuesto que somos socios. Compartiremos el tesoro entre los dos, según lo acordado.

–También Cox era uno de los socios –le recordó Leo en voz baja a Sibson.

–Usted dijo que había tratado de chantajearnos, Saltmarsh. –Los bigotes de Sibson parecían vibrar–. ¿Era verdad?

–Sí. Ahora, baje esa maldita pistola –gruñó Saltmarsh.

–Si baja la pistola, dése por muerto –murmuró Leo.

–¡Maldición, Monkcrest, ya está bien! –Saltmarsh volvió la pistola hacia Leo–. Si la que sabe dónde están los anillos es la señora Poole, usted ya no me sirve de nada.

Beatrice vio cómo Saltmarsh tensaba el dedo en el gatillo, y advirtió que Leo se preparaba para echarse a un lado. Temió que no lo lograra. Buscando desesperadamente la manera de distraer a Saltmarsh, hizo algo que jamás le habría consentido a ninguna de sus heroínas: lanzó un alarido.

–¡Nooo!

El femenino grito de rabia y terror resonó en toda la habitación. Su eco rebotó contra los muros de piedra. Beatrice tuvo la sensación de que realmente tomaba su energía de la tenebrosa atmósfera que impregnaba la estancia. Saltmarsh se sobresaltó. Por el rabillo del ojo, Beatrice vio que Leo se sacudía por la sorpresa.

El efecto que tuvo sobre el ya frenético Sibson fue electrizante. Su boca se abrió y se cerró. Saltó espasmódicamente una vez, dos. Su mano se cerró en un ademán convulsivo sobre la pistola de Leo, que se disparó con un bramido.

La bala se estrelló en un armario cercano, haciendo añicos las puertas de cristal.

El rostro de Saltmarsh se contorsionó por la furia.

–¡Tú, maldito, estúpido, inútil hombrecillo! –exclamó, al tiempo que se volvía hacia Sibson y abría fuego.

El grito de Sibson pareció ser una prolongación del de Beatrice. No duró demasiado. Se llevó las manos al pecho, por el que la sangre comenzaba a fluir en un horroroso chorro de intenso rojo. Se desplomó sobre las piedras del suelo, con una expresión de aterrorizada incredulidad grabada en el rostro.

Leo se arrojó sobre Saltmarsh antes de que Sibson llegara al suelo. Beatrice vio que Saltmarsh tiraba a un lado la pistola descargada y trataba de sacar la otra de sus pantalones. Había perdido el equilibrio y se encontraba a todas luces desconcertado por el hecho de que la situación se le había escapado de las manos. Logró sacar la segunda pistola del cinturón, pero no le dio tiempo a amartillarla.

Leo se abalanzó sobre él. El impulso hizo que los dos cayeran al suelo.

Beatrice pudo oír el terrible sonido de puños que golpeaban contra la carne. Roncos gruñidos y pesados golpes sordos resonaron en la cámara.

Los dos hombres rodaban violentamente en el suelo de piedra, chocando contra los armarios y golpeándose contra las patas de las mesas. Resultaba imposible determinar quién resultaría ganador de tan salvaje pelea.

Beatrice miró azorada a su alrededor buscando algún objeto que pudiera usar contra Saltmarsh. Su mirada cayó sobre un pesado jarrón decorado con motivos funerarios. Corrió hacia el armario donde se encontraba, lo levantó con las dos manos y se dio la vuelta.

Antes de que pudiera distinguir quién era cada uno de los luchadores, oyó un espantoso ruido. Durante lo que pareció ser una eternidad, los dos hombres permanecieron completamente inmóviles en el suelo.

–¡Leo!

Éste levantó la cabeza para mirarla. Al ver las gélidas llamas de violencia que ardían en sus ojos, Beatrice se estremeció.

–¿Estás bien? –susurró.

–Sí –contestó Leo; se separó de Saltmarsh y se puso de pie, sin dejar de mirar a su contrincante.

Beatrice miró a Graham. Estaba tendido boca abajo, y tenía el rostro vuelto hacia el lado opuesto de donde ella estaba. La sangre manchaba sus rubios cabellos. Los restos de su desgarrada camisa caían por su espalda, en mudo testimonio de la violencia vivida.

–Después del último golpe, cayó de espaldas. Creo que se golpeó la cabeza contra el armario. –Leo se agachó y le puso la mano sobre la garganta–. Está muerto.

–Todos estaban involucrados en el asesinato del tío Reggie –susurró Beatrice–. Los tres.

–Eso parece. Pero todavía hay algo en todo este asunto que no termina de encajar.

–Los anillos siguen sin aparecer, si es eso a lo que te refieres.

–No me refería a los anillos.

Un ronco gruñido proferido por Sibson los interrumpió.

–¡Leo, el señor Sibson está vivo!

Beatrice se arrodilló junto al caído.

–No está totalmente consciente –observó, mientras trataba de hacer una venda con jirones de su camisa–. No sangra demasiado.

Leo se quedó contemplando el cuerpo caído boca abajo de Graham como si esperara hallar en él las respuestas que buscaba. Contuvo el aliento.

–¡Por los clavos de Cristo!

–¿Qué pasa?

–Mira su espalda. –Leo se inclinó sobre el cadáver.

Beatrice se estremeció, pero se obligó a mirar la piel que quedaba visible a través de la camisa maltrecha. Entonces vio una larga cicatriz que laceraba la carne justo por encima de las caderas.

–No comprendo.

Leo arrancó un pedazo de la tela destrozada para dejar a la vista otra nueva cicatriz.

–Me parece que estamos viendo las consecuencias de una vigorosa aplicación del látigo.

Durante un instante, Beatrice no entendió nada. Y luego todo encajó en su debido lugar.

–¡Santo Dios! ¡La Casa de los Azotes!

–Ven. –Leo se puso de pie y pasó por encima del cuerpo de Saltmarsh–. Debemos salir de aquí de inmediato.

–¿Y el señor Sibson? No podemos dejarlo aquí.

Leo observó al hombre, que seguía inconsciente.

–Es bajo y menudo. ¿Crees que podrás llevarlo de los pies mientras yo lo tomo por los hombros? Podemos subirlo por la escalera.

–Sí. –Beatrice se inclinó para tomar a Sibson por sus escuálidos tobillos–. Es un hombrecillo desagradable, pero no parece estar directamente involucrado en los asesinatos.

–Demasiado nervioso para esas cosas –consideró Leo, inclinándose a su vez para sujetarlo por los estrechos hombros.

Arriba, en la parte superior de la escalera, pareció moverse una sombra oscura.

–Buenas noches. –Madame Virtue, muy elegante con su traje negro, una pelliza haciendo juego y un coqueto sombrero con velo, bajó los escalones empuñando una pistola–. Espero que hayan unido los cabos sueltos en mi lugar. Ahora, podemos dedicarnos al asunto que tenemos pendiente.

20

Es un plan temerario, urdido en las sombras
y concretado en la oscuridad...
DEL CAPÍTULO VEINTE DE *LAS RUINAS*,
DE AMELIA YORK

Leo vio que madame Virtue se detenía al llegar al pie de la escalera. La pistola que llevaba en la mano parecía petrificada.

–Usted ha estado detrás de todo esto desde el principio –dedujo.

–Por supuesto. –Madame Virtue se alzó el velo con su mano enguantada; mantenía la pistola apuntada hacia él, pero su atención se concentraba claramente en Beatrice–. A lo largo de mi carrera me he enterado de muchos secretos útiles por boca de mis clientes, pero el de los Anillos Prohibidos fue, con mucho, el que más intriga suscitaba.

–¿Quién le habló de los anillos? –preguntó Beatrice.

–El primero fue su tío, que mencionó los rumores que circulaban acerca de esa historia una noche, después de haberse excedido un poco con el vino. –Madame Virtue se encogió de hombros–. Es extraño ver con qué frecuencia mis clientes ansían vanagloriarse de sus asuntos de negocios. Es como si desearan impresionarme.

–¿Qué le dijo mi tío Reggie?

Madame Virtue alzó un hombro con gesto elegante.

–Creía saber dónde encontrar los anillos –repuso–. Y también pensaba que conocía el paradero de la estatua del alquimista.

–Le siguió el rastro hasta el museo Trull.

–Así es. –Madame Virtue echó una mirada a la figura de Afrodita–. Se enteró de que se trataba de objetos que se habían salvado del incendio en casa de un hombre llamado Morgan Judd. El propio Judd murió en el siniestro. Muchos objetos de su colección fueron comprados por el anterior propietario de este lugar, pero Glassonby sostenía que Trull no conocía el verdadero valor de la estatua.

Leo observó la figura.

–Suponiendo que sea la verdadera Afrodita, carece de todo valor sin los anillos. Y éstos parecen haber desaparecido.

–Eso parece –confirmó madame Virtue, dirigiéndole una mirada de impaciencia–. Después de que Glassonby me contara su historia, le pedí al señor Saltmarsh, otro de mis clientes, y de los más fieles, dicho sea de paso, que realizara algunas averiguaciones con discreción.

–Saltmarsh fue a ver a Sibson para confirmar los rumores y la historia de Glassonby –dijo Leo.

–Sí. Pero el muy estúpido siempre iba un paso por detrás de Glassonby, que consiguió los anillos antes que nosotros.

–De modo que introdujo en el plan al doctor Cox y sus venenos –dijo Beatrice.

–Exactamente –respondió madame Virtue sonriendo.

Leo se recostó contra el armario sobre el cual había dejado la linterna. Apoyó ambas manos en los muslos.

–Ni Sibson ni Cox sabían que usted manejaba los hilos, ¿verdad?

–Desde luego que no. Por lo que a ellos concernía, recibían sus órdenes directamente de Saltmarsh. Tanto Cox como Sibson eran unos imbéciles. Ninguno de los dos hubiera creído que una simple mujer y, por si fuera poco, dueña de un burdel, pudiera encontrar un importante tesoro que había escapado a varias generaciones de coleccionistas.

–¿Qué salió mal la noche en que murió Glassonby? –preguntó Leo.

–En el transcurso de uno de nuestros acostumbrados encuentros, me confió que ese mismo día había cerrado el trato para comprar los anillos. Me dijo que le había costado prácticamente toda su fortuna, pero que ya los tenía en su poder. También mencionó que pensaba hacerle una oferta a Trull por su Afrodita.

Los labios de Beatrice se fruncieron en una apretada línea que contenía toda su furia.

–Y usted supuso que, ya que conocía el paradero de la estatua, lo único que necesitaba del tío Reggie era que le indicara dónde se encontraban los anillos.

–Agregué un poco de un polvo que había preparado Cox a su habitual dosis de elixir. Pero bebió demasiado, y con demasiada prisa. Se suponía que debía sumirlo en una especie de trance el tiempo suficiente para que pudiera interrogarlo, pero cayó fulminado en cuanto comencé a preguntarle acerca de los anillos.

–Murió antes de poder decirle dónde estaban –comentó Leo en voz baja.

Madame Virtue clavó su mirada teñida de disgusto en él.

–No cesaba de gritar algo acerca de que estaba en la ruina –recordó, con fastidio–. No hay duda de que la droga le afectó el cerebro antes de atacarle el corazón. Murió con la palabra «ruina» en los labios. Fue muy humillante.

Leo vio que Beatrice se puso rígida pero guardó silencio.

–Al menos, usted ya sabía dónde estaba la estatua de Afrodita –dijo él–. Se libró de Trull y adquirió todo el museo con el solo objeto de apoderarse de ella.

Beatrice frunció el ceño.

–¿Es usted la nueva propietaria del museo Trull?

–Constituye todo un cambio después de haber regentado un burdel –replicó madame Virtue–. Graham arregló todo para preparar el accidente de Trull. –Madame Virtue dirigió una mirada de pesar al cuerpo inerte de Saltmarsh–. ¡Graham era tan útil! Incluso lo envié a registrar la casa de Glassonby. Logró encontrar el diario de su señoría, pero no nos dijo nada que no conociéramos ya. Me sentía sumamente frustrada, como pueden comprender.

–A estas alturas, la única opción que le quedaba era hacer que Saltmarsh vigilara a la señora Poole, la pariente más cercana de Glassonby en Londres, por si acaso los anillos resultaban estar en su poder –concluyó Leo.

–Ella era mi única esperanza –reconoció madame Virtue–. Los rumores sobre los anillos se habían desvanecido, y todos los coleccionistas serios llegaron a la conclusión de que el asunto no había sido más que un fraude.

–Mientras la vigilaba, Saltmarsh se topó con la información de que la señora Poole no era otra que la famosa escritora Amelia York –señaló Leo.

–En efecto.

–Y cuando yo involucré a lord Monkcrest en la cuestión –agregó Beatrice en voz muy baja– se dio cuenta de que había empezado a buscar los anillos por mi cuenta.

–Solicitar la ayuda de lord Monkcrest fue una verdadera muestra de ingenio. –Madame Virtue le dirigió una sonrisa de aprobación–. También fue sumamente arriesgado. Después de todo, sólo podía haber una razón para que el Monje Loco se implicara en semejante asunto. Con toda seguridad, deseaba conseguir los anillos y la estatua para él.

–¿Y por qué intentaron secuestrarme tan precipitadamente? –preguntó Leo.

–Cox lo dispuso así por su cuenta. El muy imbécil era el más imprevisible de los tres. Creía que usted poseía información valiosa, y pensó en drogarlo para persuadirlo de que hablara. Cuando me enteré de lo ocurrido, me puse furiosa.

–Trató de advertirme –señaló Beatrice.

–Así es. La verdad es que pensé que era usted suficientemente inteligente para mantenerse apartada de todo este asunto. Lo crea usted o no, no quería verme obligada a matarla, señora Poole. Conozco muy bien el trabajo que realiza en La Academia. Es ingenuo, pero conmovedor.

Leo miró a Beatrice.

–¿Qué diablos quiere decir con eso de que trató de advertirle?

–No importa –dijo Beatrice–. Ya no tiene importancia.

Leo se volvió hacia madame Virtue.

–Esta noche trataba de deshacerse del resto de sus cómplices.

–Sí, pero ustedes me han facilitado las cosas. –Apuntó la pistola directamente al pecho de Leo–. Ya hemos charlado bastante. ¿Dónde están los Anillos Prohibidos?

Leo acercó una mano hacia la parpadeante linterna.

–No lo sabemos.

–¡Miente! –La mano de madame Virtue se cerró en torno a la pistola–. Han venido a abrir la estatua.

Leo negó con la cabeza.

–Vinimos a buscar más respuestas.

–¡Bah! Esto es una pérdida de tiempo. Ya no necesito sus servicios, Monkcrest. La única que me interesa es la señora Poole.

–Ella no tiene los anillos –dijo Leo.

Madame Virtue entrecerró los ojos.

–Oí cómo le decía a Graham que los tenía.

–Mentía.

El rostro de madame Virtue se puso tenso por la furia.

–¡Bastardo! Sois todos iguales.

Beatrice carraspeó.

–Yo tengo uno de los anillos –aseguró.

Atónito, Leo apartó brevemente los ojos de madame Virtue para posarlos sobre Beatrice, quien, llevándose la mano al pecho, sacó de debajo de su camisa una cadena dorada que pendía de su cuello.

Madame Virtue se volvió rápidamente hacia ella.

–¿Lo lleva puesto? Déjeme verlo de inmediato.

Beatrice se sacó con cuidado la cadena de entre la ropa.

Leo vio el rubí rojo sangre de los Monkcrest que centelleaba a la luz de la linterna.

–¡Démelo! –Madame Virtue extendió su mano libre y avanzó impulsivamente hacia Beatrice–. ¡Dios mío, es un tesoro en sí mismo! No necesito otra cosa. Démelo.

Leo estimó que no volvería a presentársele una oportunidad mejor. Era el momento para realizar el movimiento preciso, mientras madame Virtue estaba transportada por la visión del brillante rubí. Con un amplio gesto de la mano, dejó caer la lámpara al suelo. El cristal se hizo añicos. El petróleo se derramó por el suelo de piedra y las llamas avanzaron con voracidad.

–¡Maldito sea! –gritó madame Virtue, volviéndose hacia él y apuntándole con la pistola.

Leo rodó sobre la superficie del armario, procurando ponerlo como obstáculo entre él y el arma.

–¡Condenado bastardo!

Madame Virtue apretó el gatillo.

La suerte de Leo para esquivar disparos demostró haberse extinguido. Madame Virtue fue más rápida de lo que había calculado. Sintió la ya familiar punzada de hielo abrasándole el hombro. Era la segunda vez en menos de quince días. Quizá fuera cierto que estaba haciéndose viejo para estas cosas.

Sintió a sus espaldas el ruido de la porcelana al romperse, y un grito de dolor. Se puso de pie, salió desde detrás del armario y corrió hacia la esquina del cuarto. Al ver a Beatrice, que sostenía entre sus manos los restos del jarrón que había estrellado contra la cabeza de madame Virtue, se detuvo en seco.

La dama de negro no se movía.

Beatrice reparó en el hombro herido de Leo.

–¡Oh, Leo, otra vez no!

–Sobreviviré –replicó él, al tiempo que cogía su abrigo y lo utilizaba para sofocar las llamas–. Ayúdame. Si no conseguimos apagar esto, todo el edificio arderá en llamas.

–Creo que aquí hay algunas cosas que deberían quemarse –susurró.

Él la miró estupefacto.

–¿Por qué dices eso?

–No importa. Tienes razón. Si esta cámara se incendia, bien puede provocar una catástrofe en todo el vecindario.

Cogió su propia capa y la arrojó sobre una pequeña lengua de fuego que corría a lo largo de un reguero de petróleo.

La fría piedra del suelo logró apagar las llamas antes de que pudieran causar daños importantes. Beatrice y Leo sofocaron los últimos focos, y pocos minutos después la cámara aparecía iluminada solamente por la luz de la linterna que había llevado Sibson.

Beatrice Poole se colocó un pañuelo sobre la nariz y le dijo a Leo:

–Será una historia interesante para los periódicos de la mañana. ¿Cómo rayos vamos a explicar esta peculiar situación?

–No tengo la menor idea. –Leo se secó la frente con la manga de la camisa y paseó la mirada por la cámara–. En lo que se refiere a sagaces trabajos de ficción, la experta eres tú. Te sugiero que inventes una buena historia que contarles a las autoridades. Pero, hagas lo que hagas, manténte fuera de la cuestión. El escándalo no te beneficiaría.

–Creo que podría sobrevivir –dijo madame Virtue de súbito, con voz curiosamente serena–. Es una dama de muchos recursos.

Beatrice y Leo se volvieron con presteza. Madame Virtue había conseguido levantarse y estaba sentada sobre un arcón de cuero con herrajes de bronce. Se la veía sumida en una extraña paz. Se había bajado el velo del sombrero, ocultando así sus facciones.

Tenía en las manos un pequeño frasco.

–Brindo por usted, señora Poole. –Madame Virtue alzó el frasco–. Mi digna contrincante.

Beatrice la miró y luego bajó los ojos hasta el frasco.

–¿Qué ha hecho?

–Tomar uno de los tónicos especiales del doctor Cox, por supuesto –respondió, en tono jovial–. Le pedí que me preparara un poco más por si se presentaba una contingencia como ésta.

–¡Ha consumido veneno! –murmuró Beatrice.

–Seguramente no habrá imaginado que estaba dispuesta a ser acusada de asesinato y enviada a la cárcel, ¿verdad? –replicó la dama–. ¡Sería tan indigno!

–Usted conoce suficientes secretos para librarse de las garras del verdugo –argumentó Leo–. En el peor de los casos, sería deportada.

–Por desgracia no puedo confiar en un resultado como ése. –El negro velo se estremeció–. Es mejor así. Sólo hay una cosa que me gustaría saber antes de despedirme, señora Poole.

–¿De qué se trata? –preguntó Beatrice.

–Ese anillo que lleva colgado del cuello, ¿es uno de los Anillos Prohibidos?

–No. Es el anillo de los Monkcrest. Lo cierto es que no sé dónde están los Anillos Prohibidos.

–Entiendo. De manera que, después de todo, el secreto de la estatua se quedará sin desvelar. –Madame Virtue parecía agotada–. ¡Qué ironía!

–Madame Virtue... –Beatrice dio un paso hacia ella.

–No –se interpuso Leo con rapidez–. No te acerques demasiado.

La carcajada de madame Virtue fue un áspero graznido.

–Todo marcha bien, Monkcrest. Le aseguro que no me he guardado ningún as en la manga. –Volvió los ojos hacia Beatrice–. No se preocupe, señora Poole. No se puede salvar a todo el mundo.

–¡Dios bendito!

Beatrice se liberó de la mano de Leo. Él la dejó ir. Era obvio que madame Virtue agonizaba. Vio que Beatrice la sostenía por los hombros.

–Lo importante –susurró madame Virtue–, es que logró salvar a unos cuantos.

Se estremeció y se desplomó en brazos de Beatrice.

21

Quince días más tarde, Lucy levantó la vista de la carta que acababa de recibir del procurador. Se quedó mirando a Beatrice, que examinaba una pieza de muselina amarilla en el mostrador.

–¡Esto es asombroso! –anunció Lucy, boquiabierta–. Aquí dice que madame Virtue legó todas sus propiedades a La Academia.

–Sé que es difícil de asimilar, aunque... –comenzó a decir Beatrice, pero se interrumpió ante una andanada de pésimo francés que se oyó al otro lado de la cortina; Arabella estaba probándose su vestido de compromiso.

Para gran sorpresa y alivio de Beatrice, lady Hazelthorpe se había sentido emocionada ante la elección de esposa que su hijo le había notificado.

–¿Qué ocurrirá cuando descubra que Arabella no tiene ni un penique? –le había preguntado a su tía.

Winifred lo desestimó con un gesto.

–Lady Hazelthorpe no es ninguna estúpida. Sabe muy bien que ha tenido la gran suerte de que su hijo eligiera como esposa a alguien cuya familia está relacionada con el conde de Monkcrest.

–¡Pero es una relación tan vaga! –señaló Beatrice–. Apenas una suerte de potencial compromiso.

No tuvo coraje para decirle que Leo había declarado tener esas intenciones sólo para eludir un duelo.

–No tiene nada de potencial –contraatacó Winifred–. Y la dote de Arabella ha dejado de ser un problema.

–¿A qué te refieres?

–El otro día vino a verme Monkcrest para asegurarme que restablecerá la herencia de Arabella.

–¿Que hizo qué? Nunca me ha comentado nada al respecto.

–Dijo que podrías ponerte un poquitín difícil, ya que no conseguiste encontrar esos estúpidos anillos y, por lo tanto, él no podía comprártelos. De manera que convinimos en arreglar los detalles financieros entre los dos.

–Ya lo veo –dijo Beatrice, desconcertada.

–También dijo que, en lo que a él se refería, el arreglo le había proporcionado lo que deseaba.

–Entiendo. –Beatrice se preguntó qué había querido decir con eso–. Tía Winifred, ¿qué has querido decir cuando señalabas que mi compromiso no tenía nada de potencial?

Winifred se mostró sorprendida por la pregunta.

–Querida mía, Monkcrest te dio el magnifico anillo con el rubí que llevas al cuello, ¿no es así?

–Bueno, sí. Pero nunca dijo que fuera un anillo de compromiso. Se trataba de una especie de regalo.

–Tonterías. Todo el mundo sabe que es el rubí de los Monkcrest. Es una leyenda de la familia.

–¿De qué familia?

–La de Monkcrest, por supuesto. Los condes ofrecen ese anillo sólo a las mujeres que aman.

–Jamás había oído esa leyenda.

–¿De veras? Todo el círculo de la nobleza no hace sino hablar de ella. Estoy segura de que él te contará los detalles.

Pero aquélla no iba a ser la pregunta más fácil de todas las que pensaba hacerle. Sólo aguardaba el momento y el lugar adecuados para hablar sobre el rubí.

Sin embargo, para sus adentros sospechaba que estaba postergando el interrogante porque temía la posible respuesta: «¿Esa vieja reliquia? La encontré hace unos años en el desván. No tiene ningún significado en particular ¿Por qué lo preguntas?».

–¿Crees que será legal? –preguntó Lucy de forma directa.

–¿Qué? ¿El testamento? –Beatrice apartó sus pensamientos y regresó al presente–. Sí, por supuesto que sí. Con los ingresos devengados por sus inversiones, podremos ampliar La Academia. Contrataremos más profesores franceses y algunas modistas experimentadas para que se hagan cargo de la educación de nuestras jóvenes.

–Asombroso. Absolutamente asombroso. –Lucy se sentó en su silla–. No tenía nada en común con la clase de mujeres a quienes tratamos de ayudar. Me pregunto por qué lo haría.

Beatrice pensó en las últimas palabras de madame Virtue: «No se puede salvar a todo el mundo. Lo importante es que logró salvar a unos cuantos».

–Jamás conoceremos la respuesta.

Esa misma tarde, Leo entró al estudio de Beatrice sin esperar a ser anunciado. Llevaba la Afrodita del alquimista en sus brazos. *Elf* lo seguía con aire tranquilo.

Beatrice pensó que ambos se habían adaptado muy bien a su casa. Entraban y salían de ella como si se tratara de la suya propia.

Elf se fue derecho hasta su lugar favorito, frente a la chimenea. Bostezó, se echó e inmediatamente cerró los ojos.

Beatrice no le prestó atención. Miró a Leo, paladeando la intensa sensación que enseguida se adueñó de ella y la hizo estremecer.

–Buenos días, milord. –Dejó la pluma, y dirigió la mirada hacia su hombro–: ¿Cómo está la herida?

–Perfectamente curada. –Dejó la estatua en el suelo, cerca de la chimenea y se plantó frente a ella para admirarla–. Gracias a tus magníficos cuidados.

–Parece que te recuperas muy bien de las heridas para...

–¿Para un hombre de mis años, quieres decir?

–En efecto –replicó ella con sequedad–. No obstante, me asusta pensar que esto de recibir balazos pueda estar convirtiéndose en una costumbre.

–Créeme que es un hábito que tengo intención de abandonar. –Leo se frotó las manos–. Me han dicho que a mi edad, un hombre debe tener cuidado con ciertas formas de excitación excesiva.

–Espero que no termines aburriéndote si te pones a régimen.

Él le dirigió una rápida sonrisa y se acercó hasta el escritorio, donde ella estaba sentada. Con las manos apoyadas en el respaldo de la silla, se inclinó para besarla profunda y vorazmente.

Cuando ella se quedó sin aliento, levantó la cabeza. Sus ojos mostraban un insolente brillo de satisfacción.

–Dije que tenía que evitar ciertas formas de excitación excesiva, no todas.

–Me alegra oírlo, milord. –Con gran esfuerzo, logró recuperar su aplomo–. ¿Dónde has estado?

–Me detuve en El Gato Borracho. Clarinda me ofreció una porción de su nuevo pastel de carne y me pidió que te transmitiera sus saludos. Parece prosperar con su nuevo oficio de tabernera.

–¡Maravilloso! –Beatrice miró la estatua–. Veo que decidiste traerte a Afrodita.

–Me pareció que podría ser un excelente recuerdo de nuestra aventura.

Beatrice sintió que se le hacía un nudo en el estómago. Un recuerdo era algo que uno conservaba una vez que algo había concluido.

–Entiendo. ¿Ya has despachado todas esas antigüedades del depósito de Trull?

Leo se apoyó en el borde del escritorio, contemplando la figura verdosa.

–Todo ha sido repartido según tus indicaciones –respondió–. Los objetos que señalaste de la cámara, los que no te gustaban, han sido destruidos. El resto se subastó entre varios coleccionistas. Las ganancias obtenidas irán a engrosar los fondos de La Academia, tal como estipulaba el testamento de madame Virtue.

–Y así termina todo.

–Así es. Dicho sea de paso, las autoridades parecieron quedar sumamente satisfechas con esa historia que te inventaste.

–En realidad, me pareció uno de mis mejores argumentos.

Había procurado que fuera lo más simple y más cercano a la verdad posible. Los periódicos habían informado del incidente con gran entusiasmo, tratándolo como si fuera un nuevo jalón en la leyenda de Monkcrest.

Se le dijo al público que, mientras trataba de recuperar un objeto perdido perteneciente al patrimonio de lord Glassonby, el conde de Monkcrest había desenmascarado una banda de ladrones que traficaban con antigüedades. Los delincuentes habían discutido violentamente entre ellos, y habían acabado por matarse entre sí. No se mencionó ni a la señora Poole ni a Amelia York.

Tampoco se hizo referencia al señor A. Sibson, anticuario, en el relato. Ni Beatrice ni Leo consideraron necesario entregarlo a las autoridades. Había logrado recuperarse de sus heridas y se encontraba preparando un largo viaje por Italia.

–Un poco imaginativo –dijo Leo–. Y también un poquito verboso.

–Pero nadie lo pondrá en tela de juicio. Después de todo, se trata nada más y nada menos que del conde de Monkcrest, notoria autoridad en antigüedades legendarias.

–Lo más importante es que ni la señora Poole ni la señora York se han visto perjudicadas ni llevadas a la ruina en el transcurso de esta aventura.

–Ruina. –Beatrice se quedó inmóvil; clavó los ojos en el manuscrito cuidadosamente envuelto que se hallaba en uno de los estantes–. «Ruinas.»

Leo frunció el entrecejo.

–¿Qué diablos se te ha ocurrido?

–Con toda esta agitación, había olvidado las palabras de madame Virtue. –Beatrice se apoyó en los brazos del sillón y se puso de pie con lentitud–. Seguramente...

–¿Beatrice?

–Madame Virtue dijo que la droga que le suministró a mi tío le afectó el cerebro. Cuando le preguntó dónde estaban los anillos, él le respondió algo que le sonó como «ruina» o «ruinas».

–¿Y qué? –Leo le dirigió una mirada compasiva–. Era la verdad. Estaba muriéndose, y había perdido su fortuna buscando a Afrodita.

–No estoy segura de que se refiriera a eso.

Beatrice se detuvo frente a los estantes y alcanzó de puntillas el paquete que contenía la copia de su manuscrito.

–¿De qué estás hablando?

–El título original de *El castillo de las sombras* era *Las ruinas* –repuso–. Mi editor insistió en cambiarle el nombre porque pensaba que el nuevo estimularía más las ventas. Siente predilección por los títulos que contienen la palabra «castillo».

Leo se enderezó, apartándose del escritorio. Un brillo ya familiar fulguraba en sus ojos.

–¿Estás sugiriendo lo que creo?

–Tío Reggie acababa de leer una copia de mi manuscrito. Me lo devolvió el mismo día de su último encuentro con madame Virtue. Entre una cosa y otra, nunca llegué a abrir el paquete. Me limité a ponerlo en el estante y me olvidé de él.

–¡Imposible!

Leo había atravesado ya casi todo el cuarto. Beatrice dejó el paquete en una mesa y se quedó contemplándolo, sin atreverse a respirar.

–Tijeras –pidió, mirando fijamente el cordel que lo ataba.

–Tijeras. –Leo se detuvo, dio media vuelta y volvió hasta el escritorio–. Cuando lo registré el otro día vi unas por aquí.

–El cajón de arriba –indicó ella, sin apartar los ojos del paquete.

Leo encontró las tijeras y se las entregó sin decir una palabra. Beatrice aspiró con fuerza y cortó el cordel.

El papel de estraza se abrió hacia ambos lados, dejando a la vista la copia de *Las ruinas* que le había enviado al tío Reggie. Sobre la pila de hojas, había una carta.

> Mi querida Beatrice.
>
> Otra obra maestra. He disfrutado con cada palabra de *Las ruinas*. Te interesará saber que yo mismo me encuentro en este momento envuelto en una misteriosa aventura. Si tengo éxito, me hallaré en posesión de un tesoro de incalculable valor.
>
> Sin embargo, el asunto conlleva cierto peligro. Como no sé cómo terminará, me he tomado la libertad de guardar las llaves de la historia dentro de tu manuscrito. Si todo sale bien, las retiraré dentro de unos días.
>
> Pero si algo malo me sucede, te lego a ti estas reliquias. Eres la única persona de la familia capaz de resolver el enigma. Disfruta del misterio, querida mía, pero extrema la prudencia. Otros andan tras la misma presa. Te sugiero que contactes con el conde de Monkcrest en busca de consejo o de ayuda. Es una autoridad en esta clase de asuntos.
>
> Con todo mi cariño
>
> Tu querido tío
Reggie

–¡Querido tío Reggie! –Beatrice dejó la carta a un lado–. Es casi como si lo hubiera adivinado.

El manuscrito estaba extrañamente abultado. Beatrice procedió a hojear las páginas con atención. Un delgado envoltorio se escondía entre el final del capitulo décimo y el comienzo del undécimo.

Lo sacó de allí y se lo dio a Leo sin decir palabra.

Él lo sopesó, pensativo. Luego, rasgó el papel y lo abrió.

Dos anchas y pesadas bandas, realizadas con el mismo material verde de la estatua, rodaron por su palma. Estaban grabadas con unas inscripciones en latín. Leo tradujo rápidamente:

–«Las llaves de Afrodita.»

Se giró para mirar la estatua. Luego, volvió los ojos hacia Beatrice.

Ella le sonrió.

–Adelante, si lo desea, milord.

–No puedo creer que hayamos encontrado los Anillos Prohibidos.

Atravesó el estudio hasta llegar al sitio donde se encontraba la estatua, cerca del fuego. *Elf* levantó la cabeza y contempló con indolente curiosidad cómo Leo deslizaba con cuidado los anillos dentro de las ranuras situadas en la base de la estatua.

Se oyó un claro clic cuando el último de los anillos se insertó en su lugar. Al principio, Beatrice pensó que nada había cambiado, pero entonces Leo colocó la estatua cabeza abajo.

–Hay una grieta a lo largo de la base que no estaba antes –señaló.

Empujó con cuidado, pero al final recurrió a una de sus ganzúas.

–Probablemente ha permanecido cerrada desde su creación –sugirió Beatrice, al tiempo que corría a reunirse con él–. Imagínate, ha estado sellada durante más de doscientos años.

–O puede que la abrieran diez años atrás y sacaran el tesoro. –Se oyó un nuevo clic–. Ah, sí. Ya está. Ya lo tengo.

Una parte de la base de la estatua se deslizó hacia un lado. Beatrice espió en el interior de la pequeña abertura que había quedado descubierta.

–Leo, hay algo ahí dentro.

–Veamos. –Leo sacó de la estatua un pequeño cilindro.

Beatrice se arrodilló a su lado.

–¿Qué es?

–Un pergamino –dijo Leo, y comenzó a desenrollarlo cuidadosamente–. Está escrito en latín.

–¿Qué dice? –preguntó Beatrice–. Léelo en voz alta, Leo. No me tengas en vilo.

Leo pasó la vista con rapidez sobre el texto en latín. Empezó a esbozar una sonrisa, que fue ampliándose más y más, hasta transformarse en una abierta carcajada.

–¿Qué te hace tanta gracia?

Leo no hizo sino reír con más fuerza.

–¡Leo! ¿De qué se trata?

–Es realmente un tesoro –consiguió decir–. Pero que sólo un alquimista consideraría como tal.

–Déjame verlo. –Beatrice le arrebató el pergamino de las manos–. Mi latín no es muy bueno. Esto parece ser una serie de instrucciones.

–Para transmutar el plomo en oro.

–¡Tantos muertos por esta tontería! –musitó Beatrice.

La risa de Leo desapareció como por encanto. La miró a los ojos.

–Hoy es fácil decir que los alquimistas estaban desencaminados y no eran más que unos necios despistados. Pero doscientos años atrás defendían con pasión el carácter científico de su disciplina. Para ellos, el secreto de la transmutación del plomo en oro habría justificado el asesinato.

–¡Si tío Reggie hubiera sabido la verdad sobre el tesoro que buscaba!

Leo la tomó de los hombros.

–Beatrice, escúchame, y escucha bien. Siempre habrá buscadores de tesoros, en especial entre las personas de cierta edad. Para algunos, es un señuelo irresistible. Nada que se les pueda decir logrará desalentarlos.

–Supongo que tienes razón. –Lo miró a los ojos–. Sé lo mucho que significan para ti las viejas leyendas y las antigüedades, Leo. Sé muy bien lo difícil que debe de haberte resultado destruir las piezas guardadas en la cámara de Trull que me perturbaban. Fue una gentileza por tu parte el complacerme librándote de ellas.

–No es nada. –Alzó un hombro con gesto galante–. Es un hecho conocido que los Monkcrest debemos sufrir por amor. Es parte de la tradición familiar.

¿Por amor? De pronto se sintió muy ligera.

–Leo, ¿estás diciéndome que me amas?

Él la miró a los ojos y sonrió.

–Te lo dije la noche en que te di el anillo de los Monkcrest.

–No hiciste nada semejante. Créeme, lo habría recordado.

Él buscó su rostro.

–Pensé que todo el mundo conocía la leyenda familiar acerca del rubí de los Monkcrest. Se entrega solamente una vez en la vida. He tenido que esperar todos estos años para entregártelo a ti.

Beatrice acarició el anillo, consciente del calor contra su pecho.

–¿Nunca se lo diste a ninguna otra persona?

–Nunca.

Sintió que la alegría estallaba en su interior.

–¡Te amo tanto, Leo!

–¿Tanto como para arriesgarte a casarte con el Monje Loco? –preguntó él, sonriendo.

–Si alguna vez se hubiera tomado la molestia de leer alguna de mis novelas, milord, sabría que mis heroínas adoran las leyendas.

Epílogo

Un año después

Leo entró como una tromba en el cuarto de los niños, con un conocido periódico en las manos.

–¡Esos malditos idiotas del *Quarterly Review* no se saldrán con la suya! ¿Cómo se atreven a llamar a *El elemento misterioso* «un texto de recargada prosa que pone demasiado énfasis en las más oscuras pasiones»?

–Cálmate, Leo. –Al oír los gorgoritos que hacía el bebé que tenía en sus brazos, Beatrice bajó los ojos y le sonrió–. Los críticos del *Review* siempre califican mis obras de «recargadas». Uno termina por acostumbrarse. Por otra parte, tú mismo nunca has podido terminar ninguna de mis novelas.

–Eso no tiene nada que ver. A mí me agradan las oscuras pasiones.

–Así es, mi amor.

–Hoy les escribiré una carta. –Se golpeó el muslo con el ejemplar del *Review*–. Esos imbéciles no pueden reconocer un texto excelente cuando lo tienen frente a sus ojos. Es evidente que carecen del refinado grado de sensibilidad que se requiere para poder apreciar la imaginación, la sutileza de la narración y las exquisitas descripciones...

Había una sola manera de apartar su atención del tema.

–Ven, Leo, sostén un momento a la pequeña Elizabeth, por favor. –Beatrice le puso a la niña en los brazos.

–¿Qué? –El ceño fruncido de Leo se desvaneció de inmediato. Contempló los ojos que eran la viva imagen de los de su madre y sonrió como el feliz padre que era–. Buenos días, tesoro mío. Hoy estás más adorable que nunca.

Elizabeth le respondió con una carcajada y cerró sus puñitos. Leo era un padre excelente. Sus dos hijos varones, que habían regresado de su viaje por el continente pocos meses atrás, eran el vivo ejemplo de su talento. Carlton se había instalado en su propia casa en Londres, como acostumbraban a hacer los jóvenes de su edad. William estaba en Oxford, pero venían a visitarlos con frecuencia. A ella le cayeron bien de entrada, desde el mismo instante en que los conoció, y ellos, a su vez, la aceptaron con cálido entusiasmo.

Beatrice sonrió a su pequeña.

–Algún día, Elizabeth, cuando seas una escritora famosa, tu padre también escribirá ásperas cartas a los críticos del *Quarterly Review* en tu defensa. La verdad es que es muy bueno para eso. Puede lanzar frases realmente feroces.

–No parecen surtir mucho efecto –murmuró Leo–. Idiotas.

–No vale la pena preocuparse por ellos –le aseguró Beatrice. Se puso de puntillas para rozarle las mejillas con los labios–. Tengo todo lo que de verdad importa.

–¿Una perfecta y armoniosa unión desde el punto de vista físico y espiritual, quieres decir?

–Como mínimo –confirmó Beatrice–. ¿Y usted, milord?

Él le sonrió mientras la pequeña Elizabeth le cogía el pulgar con su manita.

–Por raro que parezca, estaba pensando que disfruto de las mismas cosas. ¿Qué maravilloso azar te trajo a mi vida, Beatrice?

–Si se hubiera tomado usted la molestia de terminar alguna de mis novelas, milord, se habría enterado de que al final la heroína acaba siempre casándose con el héroe.

Nota de la autora

Las novelas de terror –escalofriantes relatos de horror gótico– gozaron de una enorme popularidad a principios del siglo XIX. Los autores que con mayor éxito cultivaron este género fueron mujeres. Todo el mundo, incluso intelectuales de prestigio como Jane Austen o Percy Shelley, leían esos libros. Sin embargo, no todos los aprobaban.

Los críticos deploraban el gusto por las emociones intensas y los misterios tenebrosos. Pero novelas con títulos como *La mano misteriosa* y *La cabeza encantada* encontraban un vasto y entusiasta público.

Al final, la crítica logró, usando toda su influencia, mantener a la mayoría de las novelas de terror y a sus autores al margen de la respetable literatura oficial. Pero no pudo empañar el entusiasmo de los lectores. La naturaleza arquetípica de las historias demostró tener demasiada fuerza como para ser sojuzgada.

Hoy en día, raramente se estudian las novelas de horror en las clases de literatura inglesa, pero eso no significa que su influencia no se siga sintiendo con la misma intensidad. Sus autores han dejado un poso perdurable en la moderna ficción popular. El género romántico, la ciencia ficción, la literatura fantástica, la de suspense y terror están particularmente en deuda con ellas.

Dicho sea de paso, sólo una novela de horror logró subsistir hasta la era actual. Los críticos del *Quarterly Review* se ensañaron con ella cuando se publicó, en 1818, pero todos conocemos su título en la actualidad. Esa novela era *Frankestein*, de Mary Shelley.

A veces, se necesita un solo libro.